漫漫世界拥抱你

（下册）

代琮 著

重庆出版集团 重庆出版社

目录 Contents

章节	标题	页码
第二十五章	以后不要对我说谎	/1
第二十六章	如何成为高管身边的女人	/18
第二十七章	这个位子我抢定了	/32
第二十八章	要及时止损	/49
第二十九章	接着演无间道	/64
第三十章	出来混总是要还的	/82
第三十一章	谁叫你这么做的	/98
第三十二章	一家人能在一起真好	/114
第三十三章	说明你成长了	/127
第三十四章	总要试一试才知道	/140
第三十五章	有人故意使坏	/156
第三十六章	真是一场无妄之灾	/170
第三十七章	终究抵不住权力的诱惑	/186
第三十八章	要那些虚荣有什么用	/200
第三十九章	做跟他并肩站立的女人	/214
第四十章	你跟我都不会受到牵连	/231
第四十一章	石董事长的家宴	/245
第四十二章	工厂出事了	/259
第四十三章	为咱们的孩子想想	/274
第四十四章	女人要自强自立	/288
第四十五章	我今日的地位不是你给的	/304
第四十六章	你还记得你的初衷吗	/321
第四十七章	做最真实的自己	/333
第四十八章	千言万语化作祝福	/347

第二十五章　以后不要对我说谎

沈默和米拉刚到家门口,她拿出钥匙开门,包里的手机就响了。拿出来一看,还是言辰的私人号码。

沈默皱着眉接听:"言副总,这么晚了,还有什么事吗?"

言辰迟疑着:"你们安全到家了吧?"

"嗯。"

米拉抢过沈默的钥匙打开门,笑着把她推进屋里又关上门,故意大声道:"沈小默,我去洗澡了,你们慢慢聊。"

沈默瞪她一眼,对那头的言辰说:"言副总,很晚了,您早点休息吧。"

"沈默……今天晚上真是对不起,我没想到言梦会追过来。"

"没事的,那是您妹妹嘛。"沈默客套地回答。

言辰不知说什么好,两个人就这么沉默了一会儿,他叹口气道:"这样吧,过两天我请你和米拉吃饭,当做赔罪。"

"不用了,言副总,我觉得我们还是保持上下级的关系最好,这样我也觉得自在些,也就不会被一些无谓的人骚扰。我想休息了,言副总晚安。"说完不等言辰再说什么,沈默便挂了电话。

她拿着手机走到床边,仰面躺下来,盯着天花板发呆,刚才在日料店里那一幕幕闪现在眼前,说不生气那是假的。

别说她跟言辰没什么,就算有什么,那也跟言梦没有半毛钱的关系,她以什么身份站出来指手画脚?

对,她是言辰的妹妹,可那又怎么样呢?言辰的个人生活关她什么事,她要是想霸着言辰,不如重新投胎一回不做他妹妹,下辈子做情侣,跟他结婚啊。

感觉到眼前有个人影晃动,沈默坐起来,看见米拉笑嘻嘻地站在床边。

"你不是洗澡吗?"

米拉坐下来道:"我是打算洗澡的,不过我用意念感觉到你在生气,就打算先安慰你一下。"

"去你的,我哪里生气了,我有什么可生气的?"

米拉斜睨她:"那行吧,你说没生气就没生气,我洗澡去。"

"哎,我说,你早上不是才洗过吗?这北京的温度又不比深圳,咱家又没暖气,你别冻感冒了。"

米拉已经走进卫生间,她拉开门探出头来:"沈小默,你真像个妈。"

沈默失笑,她看着米拉关上门,没一会儿便听到里面传来水声,突然她一拍脑门,坏了,米拉那两大箱子还在公司呢,她洗完了澡,也没有可以换的衣服啊!

沈默起身走到卫生间门口:"米大娘,黄梁上午把你的行李送到我公司了,我今天忘了给你带回来,要不明天你先穿我的衣服?"

卫生间里的水声停了,然后米拉裹着浴巾走出来,短发滴着水:"哦?原来上午你就知道了?"

沈默笑了,从一旁的架子上拿起吹风机插上电源:"算是猜到了一点吧。"

她拉着米拉坐在床边,打开吹风机试了下温度,然后给她吹头发。

米拉闷声问:"既然知道了,为什么不问我?"

沈默笑着没回答。

沉默了一会儿,米拉道:"沈小默,谢谢你。"

沈默轻轻打了她一下:"这会儿不说我母性泛滥了?"

"说,沈默同学,你让我感觉到了母亲的温暖。呕……我真的想吐啊。"

"哈哈,吐吧,吐啊吐的就习惯了。"

早上沈默被闹钟叫醒时,摸了摸身边没人,睁开眼睛一看,米拉已经穿好衣服正坐在镜子前化妆。

听到声音,她转过身:"你醒了,我给你煎了蛋,面包片也煎了一下,你家没有土司炉,将就着吃点吧,哎沈小默,我发现你这麻雀窝里缺的东西太多了。"

沈默掀开被子下床,伸了个懒腰去厨房里转了一圈:"哇,现在是我感觉到母亲的温暖了。"

"你赶紧洗脸刷牙吃早饭,我为了等你,都磨叽半天了,咱们把今天的计划安排一下。"

"嗯?安排什么呀?我上午上班,你接着去弄你公司的事,然后中午一块儿吃饭再接着看房子不就好了吗?"

"那不行,今天中午务必要把房子订下来,然后周末搬家,你这麻雀窝我实在是……"米拉一脸嫌弃地环顾一圈。

沈默笑了,她一边往卫生间走,一边道:"你再嫌弃我也住了这么久了,我觉得挺好的。"

等到沈默吃完早饭收拾停当,米拉已经站在她身边敲了好几回手表:"沈小默,你这生活习惯不行呀,你知不知道在深圳,我用等你的时间都已经完成一份时装草图了?"

沈默吐吐舌头:"我哪能跟你比。"

两个人出来锁好门,米拉挽着她的胳膊:"不行,你以后不能这么懒散了,我得好好调教你。你没听过一句话吗?你必须拼尽全力才能看起来毫不费力,沈小默,你别告诉我,你甘愿一辈子做言辰的生活助理。"

沈默没说话,她想起昨天晚上言梦的话:就你这样的,配得上我哥吗?

是吧,就算不为配得上谁,也总要有所追求吧,想想自己当初来北京开公司的初衷,不就是想干出一番事业?可是自从那五十万被骗之后,她也知道自己变得消极了。

被米拉这么一敲打,她觉得自己挺可悲的,人这一辈子谁没遇到过几个坎儿呢?米拉受了这么大的情伤,第二天照样生龙活

3

虎地去跑公司的事，可自己呢？

沈默挽紧米拉："米大娘，你说得对，我以后一定好好努力，要干出自己的一番事业，坚决不做某个男人背后的女人。"

米拉坏笑："这话听着有深意呀，难不成是言妹妹昨天晚上那话刺激你了？"

"喊，谁也刺激不了我，我是向我的人生导师米大娘学习，要不然以后跟不上米大娘的步伐，我怕我会被你嫌弃。"

"哈哈哈，这话我爱听。"

两人在地铁口分手，沈默往公司方向走，经过那间网红咖啡店时，看见林倩倩痴痴地站在店门口。

沈默走过去，在她肩上拍了一下："倩倩，你不赶紧去公司打卡，站在这儿干吗？"

林倩倩正往店里看，被沈默这一拍吓了一跳，她转头，看到沈默就红了眼睛："沈默。"

沈默看向店里头，看见排队的长龙中，站着祝贺，他人站在那儿，可是脸正冲着店里某个地方笑。

顺着祝贺的目光，沈默看到赵婉儿坐在一张小圆桌旁，正跟祝贺眉目传情。

沈默撇撇嘴，挽住林倩倩的胳膊往前拉："走吧，有什么好看，你就算再看又能怎样？"

林倩倩打断她："道理我都明白，可是我就是觉得难受，当初他说的那些话是假的吗？为什么他转眼就能忘得这么干净？"

沈默拿出纸巾，抽出两张来递给林倩倩："快别哭了，你再哭他也不会回来看你一眼的。忘记过去努力向前，把工作做好早日得到转正，你只有让自己变得优秀，才能让这渣男后悔知道不？"

林倩倩接过纸巾擦泪："沈默，谢谢你，跟你说说话，我心里好受多了。"

"那你想找我说话的时候就给我打电话。对了，我有个朋友刚从深圳过来，以后就留在北京了，过几天等我们找好房子安顿下来,到时候请你去我们家做客,我介绍你们认识啊。"

林倩倩点点头:"嗯。"

两个人走进公司打卡,到了八楼,沈默跟林倩倩打声招呼,便走出电梯。

刚走进办公室坐下,就看见方若雨阴沉着脸走了进来。

"沈助理,昨天的会议记录你做好了没,言总赶着要呢!"

沈默皱着眉问道:"方秘书,会议记录不是秘书的工作吗?"

方若雨柳眉倒竖:"沈默,怎么说我也是你的前辈,你现在是在质疑我吗?"

沈默轻笑:"不敢不敢,不过方秘书,我们应该算是平级吧,就算是你没有做会议记录,需要借我的一用,你也应该好好跟我说话吧。"

方若雨一听更气了,指着沈默道:"沈默,你别以为你跟言总一块儿出去吃几次饭就是跟言总怎么样了。我告诉你,言总过去交的哪个女朋友不比你优秀,你别想在言总身上打主意。"

一听这话,沈默顿时明白了方若雨这一大早上的邪火是打哪儿来的。

她冷笑一声打开电脑,不再搭理方若雨,从包里拿出手机,打算把昨天录下来的会议记录整理出来。

方若雨见自己被无视,更加生气,重重拍了下沈默的桌子:"沈助理,我跟你说话你没听见吗?"

"听见了呀!方前辈您要会议记录,我这不是正要给您整理出来吗?如果方秘书愿意的话,就去您办公室等着,一会儿整理好了我给你送过去。要是方秘书想站在这儿看着,我也无所谓。"

"沈默!你太过分了!"

"吵什么呢?"身后传来言辰的声音,方若雨转身,看见言辰紧皱眉头冷着脸站在外面。

沈默抬眸,跟言辰视线相接,轻笑一下又低下头,却并没像往常一样站起来恭敬地跟言辰打招呼。

言辰冷声问:"方秘书不去工作,站在沈助理的办公室里吵什么?"

方若雨委屈地道:"我……我这不是来看看沈助理的会议记录整理出来没吗?"

"沈助理只需要对我一个人负责,她的工作不用你来催促,还是方秘书以为自己的地位现在已经跟我平齐了,那我的工作要不要也分给你一份?"

见言辰在沈默面前丝毫不给自己面子,方若雨的脸都气白了,可是她怎么敢在言辰面前发脾气。

方若雨低着头,小声说了句:"对不起,言总,是我的错。"

然后她快步走了出去,回到自己的秘书室关上门。

言辰转身,看着沈默,张了张嘴想说什么,又觉得说什么都不合适,他心中叹口气,走进自己办公室。

刚坐下来,桌上的座机就响了,看到来电显示是薛山办公室的,他拿起来接听:"薛总,您好。"

薛山"嗯"了一声:"你到我办公室来一下。"

言辰答应着:"好的,薛总。"

放下电话,言辰皱着眉,自从上次他越级把计划书上报到董事会后,薛山就没再单独找过他,每周一的高层例会也不再像以前那样点名让他汇报工作了。

言辰知道自己这次让薛山丢了个大面子,他是不会轻易放过自己的,却迟迟未见他出手。

这次袁梓翔的事,言辰也曾怀疑是薛山从中作梗。

他曾从侧面问过袁梓翔,但袁先生只是含糊地回答说他收到了匿名邮件,附件内容是敬一总公司下半年的财务报表,里面注明了公司的发展计划,没有一个跟AI项目有关的。

所以袁梓翔才不想浪费时间加入他们这个团队,可是后来言辰的诚意感动了他,再加上他带去的计划书确实很专业,袁梓翔才答应他到公司跟他们开个会见一面。

大家都是明白人，袁先生不愿多说，言辰也就没再追问下去。况且他很清楚，就算问出真是薛山做的又能怎样呢？

言辰并不知道，沈默和尚卫国其实都知道事情的真相，只是沈默的身份不便于说，也不会说，而尚卫国出于心理医生的职业素养，更不会主动跟言辰谈起这件事。

言辰来到顶层总经理办公室门前，敲了敲门，里面传来薛山的声音："进来。"

推门进去后，言辰看见薛山坐在会客沙发上，正在沏功夫茶，看见他笑着道："小言来了，过来坐。"

小言这个称呼，言辰好久都没从薛山嘴里听到过了。

当年他加入敬一时也不过是业务部的部门经理，后来得到薛山的赏识，在他的培养下才一步步走到今天的位置。

要说言辰对薛山没有一点感情，那是假的，薛山毕竟是言辰的导师，算是他人生中很重要的人物之一。

言辰走过去坐下，心里有些感慨，"薛总，您叫我来有什么事吗？"

"哦，我刚才接到市里的电话，说市政府要举行一个为期一周的企业家研讨会，邀请我去参加，这个会议挺重要的，市里很重视，吃住都在宾馆里头，每天还要打卡拍照，听说连手机都不让带，你看看这规定的，也不知道是去开会还是去坐牢。"

言辰皱了下眉，他不明白薛山跟他说这些是什么意思。

薛山拿起烧开的水壶，先洗了茶，然后沏茶，又给言辰倒了一杯，拿到他面前。

言辰双手接过，想了想问："薛总的意思是？"

薛山端起杯子，示意言辰也喝："我是想在我去开会这一周的时间里，把公司交给你。"

言辰沾了沾唇，把杯子放下，他以为自从那件事后薛山应该对他心存芥蒂，却没料到他居然会说这一周内要把公司交给他来管理。

"薛总,公司里还有其他副总,要不把赵副总和陈副总一块儿叫过来,大家开个会研究一下?"

薛山摆摆手:"不用不用,他们各自有各自的任务,把公司交给你,我放心。小言,你是我一手栽培起来的,这个公司里我最信任的人就是你了,你就不要推辞了。"

薛山又是捧又是打情意牌,言辰也不好再说什么,只得点点头:"那好吧,薛总哪天开会?"

"明天。"

言辰很吃惊,他看看表:"这么快?那要交接的工作应该有很多,从现在算到下午下班时间还有不到十个小时,这时间怎么够?"

薛山笑着道:"你不用紧张,其实就做你日常的工作就可以,具体事务我已经交代给程秘书了,有几个项目需要你签字跟进,到时候他会提醒你的。"

"嗯?薛总,您开会程秘书不跟着去吗?"

薛山回答:"我这不是想着你身边没人吗,我让韩助理跟着我去就可以,程秘书就留下来帮你。"

薛山摆出一副体恤下级的模样,言辰心里再有疑惑,也只能感激道谢了。

他放下杯子站起来,对薛山道:"很感谢薛总对我的信任,您放心,您去开会的这一周内,我一定管理好公司,不会让您失望的。"

薛山很满意:"小言,我就知道我当初没有看错你。"

现在两个人的关系僵成这样,薛山这话在言辰听来,只觉得充满讽刺,他笑了下:"那没什么事的话,我就去找程秘书了,在您去参加会议之前,我想我们先通一下气,有些需要您决策的事,最后在您走之前让你先过一下目。"

"嗯,你回你办公室,一会儿我跟程秘书交代一下,让他过去找你就行。你不用这么紧张,这不还有一天嘛。"

"好的，薛总，那我回去了。"言辰跟薛山打过招呼，走出他的办公室。

回到八楼，言辰坐在办公桌后，他皱紧眉头思忖着，一般市政府需要召开这种全封闭的会议，都是会提前通知企业，而且他本人也曾经去参加过几次，并不像薛山说的那样还要没收手机，非得住宾馆不让回家的。

可是现在薛山说得这么突然又严重，他到底有什么目的呢？

沈默坐在电脑前整理会议记录，见没一会儿言辰出去，十几分钟后又回来，可是方若雨没跟着，应该不是开会，那他会去哪儿呢？

言辰在敬一的地位可以说仅在薛山之下，所以如果是其他副总找他，要么就是打电话，要么就应该亲自到他办公室来。

想来想去，应该只有薛山找言辰，他才会去薛山的办公室。

联想到之前自己和尚卫国的谈话，沈默开始担心，薛总不会又想到什么法子，想要破坏他们团队的项目了吧？

想想大家这些日子的辛苦，再想想方若雨说的言辰为了让袁梓翔回心转意，硬是在他家大门口等了大半夜。沈默开始着急，她在想要不要把薛山上次的所作所为告诉言辰，这样最起码言辰能有个防备，要不然这个AI项目怕是还不能顺利地进行下去。

这么想着，沈默站起来，正打算去言辰办公室，却看见电梯门打开，程昊夹着文件夹走了出来。

沈默迎上去，惊讶地问："程秘书怎么到八楼来了？"

程昊笑着说："怎么了？沈同学现在做了言副总的生活助理，就把我这个老师给忘了？"

沈默忙道："那我怎么敢呢，就是想着程秘书贵人事忙，在顶层服务于薛总，怎么有空到我们八楼来呢？"

"几天没见，沈同学也学会跟我说客套话了。"

沈默赧然，脸红红地道："唉，其实我也觉得挺别扭的。"

"嗯，其实是薛总要到市里开会，这一周把公司交给言副总来负责，让我留下来帮言副总，所以我把要处理的急件拿到言副总这儿来，我们通一下气。"

"哦哦，原来是这样，那你赶紧进去吧，言副总在里面呢。"沈默忙道。

程昊点点头："有空一块儿吃饭，对了，米拉不是说要来北京发展吗？她什么时候来，到时候叫上黄梁大家一块儿聚一聚呀？"

提到黄梁，沈默的脸色变了，她苦笑："行，到时候给你打电话。"

程昊盯着她："是不是出了什么事？"

这事太复杂，一句两句哪说得清楚。沈默摇摇头："工作要紧，等有空了再跟你说吧。"

程昊也没纠结："那行，我先进去了。"

看着程昊敲敲门走进言辰办公室，沈默回到办公桌后坐下。

她心想，看来薛总还是信任言副总的，要不然公司这么多副总，他为什么单单在自己不在的时候把大任交给言副总呢？

嗯，也许上次的事真是个误会，幸亏自己刚才没有进去跟言副总多嘴，要不然她沈默不就变成搬弄是非的小人了吗？

这边沈默正暗自庆幸没变成说三道四的小人，那边言辰看着程昊放在他面前的一周工作计划，皱紧了眉头。

"这就是薛总这一周的工作部署？"

程昊点点头，虽然他心里也挺替言辰无奈的，可是他毕竟是薛山的秘书："是的，言副总。"

"周二晚上七点，宴请规划局程局长，地点敬怡酒店三楼贵宾厅；周三晚上六点半，参加电视台举办的慈善酒会，地点腾京美食广场；周四中午十二点，接待香港兆华实业公司孙总经理，设宴地址敬怡酒店三楼贵宾厅……"

言辰抬起头问道："这才是三天的安排？周六周日都不休息吗？每天晚上都有活动？"

程昊抿着唇，直视言辰的眼睛，他没什么好说的，这确实是薛山的安排，但是如果薛山来做的话，是一个月之内的计划，但是薛山在决定去参加会议之前，就把这些计划给修改了，安排得那叫一个紧锣密鼓。

言辰后靠在椅背上，无奈地叹口气道："行吧，除了这些活动，还有其他什么需要薛总马上决策的吗？"

程昊回答："目前是没有的，只有这些不能不出席的交际活动。"

"知道了。"

程昊合上文件夹，拿起来恭敬地道："言副总，那没什么事的话，我先回去了。"

言辰摆摆手："行，你走吧。"

程昊转身走出办公室，言辰看着门合上，疲惫地捏了捏眉心，他就知道薛山不可能那么好心将大权交给他，现在看来，他之所以把这些交际活动都安排在他不在的这一周，就是为了分散他的精力，晚上喝顿大酒，白天还有空儿去弄你那个可笑的AI项目吗？

只要项目暂停下来，就等于给了薛山机会，让他再一次想出法子来阻挠项目的进展，说不定就能如薛山所愿，一旦整个项目流产，而他言辰也会成为董事会和敬一全体员工眼里的笑话。

他心想，不就是喝酒吗？坐上副总这几年他虽然不再像做业务经理时那样整日奔波于各种酒席，可是他的底子还在的，真要是敞开了喝，他言辰也没在怕的。

然而此刻他只想到了这一层，他并不知道，还有更加卑劣的手段等待着他。

快到中午时，沈默接到了米拉的电话，说房子找好了，问她能不能早点下班，一块儿过去看看。

沈默刚好弄完了会议记录，就拿着打印出来的纸质文档，去敲言辰的门。

听到里面说"请进"，沈默推门进去，看见言辰坐在办公桌后，正皱紧了眉头盯着电脑，手指快速地在键盘上敲击着。

沈默走到桌边站住，言辰抬起头问："有事吗？"

沈默把文件放在他桌上说："这是昨天的会议记录，我已经整理出来了。"

言辰扫了一眼道："以后你整理出来自己做参考就好，不用专门拿给我看。做会议记录这项工作原本就是秘书的，不是你生活助理的。"

"哦，知道了。"沈默应了一声，却依旧站在那儿没动。

言辰再次抬头问道："还有事？"

"米拉打电话说要我跟她一起去看房子，我可以提前半小时下班吗？"

言辰的手从键盘上放下来，盯着沈默问："我记得你昨天说，房子已经找好了。"

沈默语塞，她昨天之所以那样说，是不想让言辰帮忙，她不想欠他什么。

"米拉上午又去看了那套房，房东突然提价了，所以米拉就把押金要回来了，又去找了一套。"

沈默不会说谎，言辰这样的老江湖又岂会看不出来，他心里长叹一声，显得有些无奈。

沈默呀沈默，如果你不要我帮忙你直说就好，何必又要委屈自己说谎呢？

沈默自己都没发觉她的脸红得跟熟透了的苹果似的，她也不想说谎骗他，可是谁叫他这么……

这么什么呢？沈默说不好，反正她就是不想欠他的，原本两人就站在不平等的位置上，如果他再为自己做些什么，她觉得两个人就更加不平等了。

可是言辰就这么盯着她，也不说到底让不让她下班，她只好又问一次："可以吗，言副总？"

言辰的语气很低落："可以，但是以后不要对我说谎，我不喜欢被人骗。你出去吧。"

说完他又把视线落在电脑屏幕上，沈默又站了两秒，这才转身走出去。

她回到办公室里收拾东西，莫名觉得委屈，心里又沉又堵。

她说不清楚自己为什么会是这样的心情，仅仅是因为言辰指出她的谎言吗？可是她只要当着他的面认个错，说一句"对不起言副总，我不需要你的帮忙"不就好了吗？

什么时候开始，面对着他直言不讳，变得这么难了呢？

沈默收拾好东西，给米拉打了个电话约好地方，便搭电梯下楼。

电梯门打开，沈默看见林倩倩站在里头，她笑着说："倩倩，你也下楼吗？"

林倩倩点头："嗯，吴主任让我把文件分发到各部门。"

"哦？那是不是还得去业务部？"

林倩倩苦笑道："是的。"

沈默问："那用不用我替你送？如果你不想看见祝贺和赵婉儿的话。"

"不用了，大家都在一个公司，躲得过这次躲不过下次，早晚都要面对的，沈默谢谢你，我没事。"

沈默赞许道："嗯，你能这样想就好。"

"沈默，不是还没下班？你也是出去替言副总跑腿儿吗？"

沈默笑着说："不是的，我跟言副总请了半个小时的假，约了我朋友中午去看房子，我早上不是跟你说了，我打算跟朋友合租一套公寓吗？"

林倩倩听了很羡慕："能跟好朋友住在一块儿真好，哎，我也好想搬离现在住的房子，我现在下班都不想回去，一想到当初是因为跟他……在一起才租的这房子，我心里就难受。"

"你不是说跟房东约定了提前一个月退房吗？那你现在退房，赶紧找房子，下个月的这个时候不是就能搬出来了吗？"

林倩倩叹口气道："哪有那么好找呀，再说了，租这套房加上搬家又置办了些乱七八糟的东西,我的钱已经差不多花光了,上次又被偷了八百多。这个月发了工资,我还得还信用卡,吃饭都成问题,不敢折腾了。"

"怎么还有信用卡的账?你平常在公司餐厅吃,不是一直都很节俭吗?还有你……"

沈默话说到一半,意识到林倩倩的钱应该全给祝贺花了,抿了抿唇没再说下去。

她叹口气,只好道:"我那一千块钱不急着用,你慢慢还就好。"

"沈默,谢谢你啊。"

"哎呀,你就别跟我客气了。"

五楼到了,林倩倩看着电梯门缓缓打开,跟沈默打了声招呼,慢吞吞走了出去。

电梯门再次合上,沈默也叹气,她想不通现在的人都怎么了,在这个速食时代,好像每个人都想不劳而获,都希望付出一丁点就得到自己想要的,勤恳吃苦的人在大众眼里成了傻子,巧取豪夺的人却成了强者。她想不通,到底是这个世界病了,还是人病了。

到了跟米拉约定的地方,沈默在马路对面便看见她正站在路边打电话,米拉皱紧眉头,好像是在跟电话那头的人争吵,她的手在空中挥舞,动作很大。

车流减少,沈默跑过去,米拉已经挂了电话,看见沈默并没有很开心的样子,而是骂了句"他×的"。

沈默愕然问道:"哦,我没迟到吧?米大娘你干吗骂我?"

米拉没好气地道:"我没事骂你干吗,我骂的是那个渣男。"

渣男,哪个?沈默随即想到应该是黄梁:"黄梁吗?"

"嗯,打电话约我见面。"

"昨天在小馆里不是都说清楚了吗?还见面干吗?"沈默突然想到昨天晚上吴珍妮说的什么照片,还是裸照。

她瞪着米拉："不会是问你要照片吧？"

米拉从包里拿出烟盒，点了一根烟抽了一口："不然呢？"

"米拉，你真的拍他们的床照了？我想采访你一下，你是如何操作的？"沈默一脸八卦，很兴奋地问。

米拉从头到脚打量她，夸张地撇嘴："想不到你也这么爱八卦。"

沈默挽住她的胳膊摇晃着："快点快点，你快说呀！"

"我……"这事儿说起来好复杂，米拉很不耐烦，现在也没有心情说。

她手里的手机再次响起，米拉以为是黄粱打来的，看也没看就接听："我告诉你渣男，你别跟我说什么苦衷什么迫不得已……"

"米拉？"那边有个男人试探着叫了声，那声音不是黄粱。

米拉愣在那儿："哪位？"

"我，我啊……"男人听起来很开心的样子。

米拉骂道："你谁呀你，你姓我叫我？"

"我是张易斌，一夜的战友情，这才隔了不到七十二小时，就不记得我的声音了？"

真是瞌睡有人送枕头，那边正要照片呢，这边拍照片的就自动送上门来了。

米拉冷哼一声："张助理，你有什么事？"

沈默一听助理？嘿，沈助理张助理，看来是同道中人？她支棱着耳朵，把脸贴在米拉的手机外面。

"照片我洗出来了，你要吗？我现在给你送过去？"

"现在？"

张易斌说："是啊，这不刚好中午下班了？给米拉小姐送照片，不正好蹭顿饭吗？"

米拉挖苦道："你就这么穷，连顿饭钱都掏不起？"

"嗯，我确实很穷。"

张易斌倒不像一般男人那样爱面子，这实事求是的态度噎得米拉竟不知道说什么好了。

"你在哪儿？我过去找你呀？"

米拉觉得这人挺贫的，而且那晚上自己所有的丑态都让他看尽了，她实在不想再跟他打交道，赶紧把照片要回来，最好以后老死不相往来。

于是她说了个地址："就这儿，你赶紧打车过来吧，我跟我朋友在这儿看房子，给你半小时，过时不候。"

"哎，那边我不熟，能不能加个微信共享一下？"

米拉哼了一声："要加就加我工作号，我私人号没有微信。"

"行吧。"张易斌说完挂了电话，过了一会儿，米拉的微信上传来好友验证的申请，点开一看，还是加的私人号。

沈默在一旁看着也笑了："这人谁呀？脸皮挺厚。"

米拉点了通过，念着张易斌微信上的名字："莫比乌斯，什么鬼名字。"

"哟，还挺有内涵。"

米拉给张易斌发了个共享地址，对沈默说："不管他，房东等着呢，咱们先去看房子。"

米拉给中介打了个电话，人家说已经在房子那边等着了，而且房东也在，地址刚好就在两人站的街角附近。

房子在三楼，两室一厅，还带个小书房可以放杂物，挺旧但收拾得很干净，朝向也不错。

沈默和米拉都挺满意，两个人一商量，便跟房东签订了租房合同。

交了钥匙后，中介和房东刚离开，半开的门口有个人探头探脑往里看："米拉小姐？"

米拉转头，看见是张易斌，冷声道："在这儿呢。"

沈默也看过去，咦，这不就是昨天早上她家楼下那个单反男吗？这下她更加肯定了，那天他用冲锋衣裹着的女人，肯定就是米拉。

张易斌笑着走进来："我没迟到吧？挂了电话我就打了辆车跑来了。"

见米拉没说话，张易斌朝正打量他的沈默伸出手："你好，我叫张易斌。"

"啊？哦哦。"沈默愣了下，也伸出手，"你好，我叫沈默，我是米拉的……"

"我知道，你是米拉的好朋友，昨天早上我们还一起在你家楼下等你回来。"

米拉忍不住翻了个白眼，这人还真是自来熟，她问张易斌："多少钱？"

"什么？"

米拉冷冷看着他："照片，你不是过来送照片的吗？"

张易斌拿出一只信封交给米拉："钱就算了，米拉小姐请我吃顿饭就成。"

米拉接过信封，看都没看便塞进包里："你想吃什么？"

"你不验验货呀？"

"我赶时间，你快点说你想吃什么，吃完了咱们好聚好散。"米拉很不耐烦。

张易斌脸上的笑容僵住："既然你赶时间就算了，对了，昨天的采访稿我已经打印出来交给总编审核了，他看了很满意，下期的杂志应该很快就会登出来，到时候我给米拉小姐送几本杂志过去？"

米拉摇头道："不用了，没什么事的话我们先走了，麻烦你走的时候帮我们锁上门。"

说完她拉着沈默快步走了出去，在走出门口的那刻沈默回头，看见张易斌表情尴尬地站在那儿，她有些不忍，问米拉道："这人到底是谁呀？他得罪你了？"

"没，我就是不想看见他。"

沈默又问:"这人怎么了?对了,昨天早上我送完我爸妈回家的时候,看见他坐在楼下冻得嘴唇青紫,却把自己的衣服脱下来盖在他怀里一个女人的身上,米拉,那女人是你吗?"

米拉并没有回答沈默的话,两个人下楼走到街上,米拉说:"我就不陪你吃饭了,我得去行政大厅排号拿执照。"

"啊?那你呢?你也不打算吃了?"

"行政大厅里人山人海,早点排上号下午就不耽误时间做其他的了,你回公司吧,晚上见。"

说完米拉头也不回地走上天桥,沈默看着她的背影自言自语道:"这人是怎么回事啊,说好的一块儿吃饭,怎么突然就变卦了?"

"呵,也许是因为讨厌看见我吧。"

听到身后的声音,沈默转身,看见张易斌不知何时下了楼,站在她身边也看着米拉远去的方向。

沈默虽然好奇,可是米拉显然不愿意搭理张易斌,于是她对他客气地笑笑:"张先生再见。"

"沈小姐再见。"

第二十六章　如何成为高管身边的女人

沈默点点头,朝反方向走去,她搭上公交车回到了公司,在公司附近小巷的小吃店里吃了点东西,沈默回到八楼。

走到自己办公室门口,便看见言辰的办公室窗帘开着,他坐在办公桌后面,就像上午一样,正盯着电脑屏幕,双手飞快地在键盘上敲打着。

沈默想了想,还是去敲了敲他的门。

言辰头都没抬,说了声:"请进"。

看见进来的是沈默,言辰显得有点吃惊:"你不是跟米拉去看房子了，怎么这么快回来?"

"已经看完了，米拉有事要办，所以我就回来了。"

言辰问道："嗯，有什么事吗?"

沈默咬了下唇道："我看见您还坐在这儿工作，想问问您有没有吃午饭。"

言辰看看表："哎哟，已经快一点半了，忙过头把时间都忘了。"

"言副总忙什么，需要我帮忙吗?"

言辰看看电脑屏幕，又将视线转移到沈默脸上："我要提前把AI项目下一步在实施中会遇到的问题先预估出来，交给袁先生过目，未来一周我会很忙，我怕我没有时间会耽误项目的进度。"

沈默问："薛总出去开会一周都不回来吗?有些事情不能交给其他副总来处理吗?"

言辰苦笑了一下："薛总的安排总是有他的用意的。"

"那……我能帮您什么吗?"

言辰想了想："你会开车吗?"

"啊?"

下午五点半，方若雨从办公室出来，看见沈默居然还坐在那儿看电脑，她想要上去呛她两句，说她有心机又虚伪，每天都比言总走得晚，根本就是为了在言总面前表现。可是她想到上午言辰当着沈默的面教训自己的情形，撇了撇嘴走进电梯。

晚上她要跟言梦一块儿吃饭，她让言梦今天弄好了简历并且投给了敬一人事部。两天内她会跟赵经理打招呼，言梦到敬一工作已经是板上钉钉的事了。

沈默刚才给米拉微信发了信息，说她晚上要加班，让米拉自己在外面吃点再回家休息。

米拉没有回复，也不知是不是没看见，反正打从昨天黄粱的事情后，米拉的情绪就很低落，沈默看着虽然担心，却不知道该怎么帮她。

六点钟，沈默又给米拉发了信息，然后起身收拾东西。

锁好自己办公室的门，转身看见言辰也从他办公室出来了，两个人对视，沈默脸色微红："言副总，现在就去酒店吗？"

言辰点点头："这会儿应该堵车，路上耽误一下时间也就差不多了。"

"好的。"

两个人走进电梯，言辰关上门后按了负一层，然后站定在沈默的身边，两人肩并着肩盯着液晶数字，气氛有点尴尬。

沈默咳嗽一声，问道："言副总，宴请规划局程局长是因为房地产公司那个CASE吗？上次我跟薛总一起到机场找赵书记签字，当时这个CASE不是已经拍板定案了吗？"

言辰回答："房地产项目本身就有许多变数，具体是什么原因到现在都没定案，我也不太清楚，我想今天晚上宴请程局长，应该是地皮上出了问题吧。"

"哦，那我需要注意些什么吗？"

言辰看着她，笑了下："不用，你就做你自己就好，上次招待工藤，你就做得挺好的。"

沈默低下头道："明白了。"

"你车开得怎么样？什么时候拿的驾照？"

沈默回答："上大学的时候，这几年很少摸车，也就寒暑假在家的时候，跟着爸爸出去练过几把。"

言辰笑着道："那我今天晚上的性命可是交到你手里了，怎么把我和车送回家，你看着办。"

"啊？"沈默抬起头，看着言辰很紧张地说，"言副总，实在不行就找代驾吧。"

"我跟你开玩笑的，你不用紧张。"

下班高峰时段，路上确实很堵，等他们开车到敬怡酒店时，已经是七点过五分了。

把车钥匙交给门口的保安，言辰和沈默匆匆上楼，推开三楼贵宾房的门,就看见圆桌旁已经坐满了客人。

言辰大步走进去,跟坐在主宾位置上的程局长握手:"对不起呀程局长,路上实在是太堵了,我先跟您道个歉。"

程局长是位五十多岁的中年男人,他勉强笑着站起来:"你们薛总给我打电话说,他要去市里开会不能来了,说是把公司大权交给言副总了。呵呵,我们在这里坐着等了半天,我还以为言副总贵人事忙,要放我们鸽子呢。"

言辰赔着笑脸:"对不起,对不起,都是我的错,我一会儿自罚三杯。"

程局长说:"那还用你说?今天晚上你是无论如何也跑不了的。言副总,我记得上次我们喝酒,你还只是负责薛总分派给你的小项目,现在却已经能够独当一面了,不错不错,薛总当年真是慧眼识珠,没看错人呀。"

言辰浅笑,礼貌地回道:"程局长说的是,我是薛总的学生,我之所以有今天,全靠薛总给我机会。"

程局长意味深长地点头,看向他身后的沈默:"这位是谁?不跟我们介绍一下吗?"

言辰道:"这是我的助理沈默,沈助理,这位是程局长,这是陈股长,赵主任,王科长……"

沈默一一跟他们打招呼,然后落座,放眼看去,一桌人除了她一个年轻女孩和那位四十出头的王科长外,其他的全是男性。

言辰刚坐下,程局长便笑着道:"言副总,刚才可是你说的,迟到了要自罚三杯的哟。"

言辰也没推辞:"今天我迟到确实是我不对,我先干为敬。"

说完他把自己面前的高脚杯里倒了半杯酒,一口气喝光,然后又倒上半杯喝光,如此重复三次。

一干人笑着拍手:"言副总好酒量,一会儿大家得多敬你几杯。"

言辰空着肚子喝酒,又一口气连灌三杯,只感觉酒气往上涌,眼前渐渐变得模糊。

程局长端起自己的杯子:"后生可畏呀,言副总,你人这么爽快,来,我敬你一杯。"

看见言辰端起茶杯,沈默赶紧给他倒上,可是茶杯还没碰到他嘴唇,程局长又端起酒杯来了。

言辰微微皱了下眉,站起来端起自己的酒杯:"今天是我代表薛总向各位领导汇报工作,感激多年来领导们对我们敬一集团工作的支持,怎么能让程局长敬我呢。"

程局长面色沉了沉:"言副总呀,你这杯酒我也想喝,可是我前两天刚去医院检查出脂肪肝,医生说了,要少喝酒多吃清淡的东西,不是我不想喝,是我的身体喝不起呀。"

一旁的陈股长端着杯子也站起来:"这样吧言副总,我代程局长跟你碰一杯,不要说我们工作辛苦,你们这些企业为了市里的经济繁荣,也很辛苦的嘛,要说敬酒,也得是我们先敬你们,毕竟你们才是为城市添砖加瓦的中坚力量嘛。"

陈股长跟言辰碰了下杯,一仰头把酒喝干,然后把杯子朝言辰一亮:"言副总,看您的了。"

言辰喉结滚动两下,笑着道:"我先喝口茶。"

他接过沈默手里的杯子喝了口,然后把酒喝了:"多谢各位领导支持我们的工作,我代表薛总……"

他话没说完,赵主任又站了起来,又是刚才陈股长的说辞,言辰只好再喝一杯酒。

整个晚上,言辰粒米未进,在这几位领导的轮番攻势下,早就喝得七荤八素了。

可是为了敬一集团的面子,也为了不在外人面前失态,他就一直那么忍着,直到酒宴结束,沈默和言辰把他们送到门口,又陆续看着他们开车离开。

沈默见言辰的脸色很难看,就问道:"言副总,您没事吧?"

言辰摇摇头,皱着眉把车钥匙交给沈默:"你去让他们把车开到门口,我去趟卫生间。"

沈默担心地看着他快步往卫生间的方向走去,可是毕竟男女有别,她也不能跟着。

她只好把车钥匙交给门口的保安,让他们把车开过来。

车子停在酒店门口,保安下车,又把车钥匙交还给沈默。

可等了好一会儿,还没见言辰出来。

沈默正要让前台的服务员帮忙去卫生间里看看,就看见言辰脸色苍白地走过来。

看到他的脚步有些踉跄,沈默赶紧上前扶住他:"言副总,您觉得怎么样?"

"我没事,就是胃有点痛,以前跑业务的时候,喝得胃出血过,这些年都没有像今天这么喝过了,一时不太适应。唉,老了。"

沈默看着他,那张平素清冷淡漠的面孔,此刻眉头微皱,嘴唇紧抿,就连眼神都不再犀利明亮。

沈默的心抽痛了一下:"您现在觉得怎么样,是不是很难受,要不一会儿回去的路上买点药吧?"

言辰摇摇头:"不用,家里有,你赶紧送我回去就行了。"

沈默把言辰扶到车边,打算打开后边的车门让他坐进去。

言辰却道:"我坐前面吧,我得给你指路,坐后面我怕自己睡着了,那你就要拉着我夜游北京城了。"

见他这时候还有心情开玩笑,沈默不知道说什么好,她只得扶着他坐进副驾驶座,然后绕过车头上车。

沈默发动车子,转头看向言辰:"言副总?"

言辰闭着眼睛没回答,似乎很痛苦的样子。

沈默咬了下唇,只好一手撑着坐椅,一手替他拉安全带。

她在言辰的右侧摸索着,车里昏暗一片,再加上隔着言辰,沈默又紧张又害臊,摸到安全带要拉过来卡上,拉了几下却没动静。

她有点着急,正要再试的时候,言辰突然睁开眼睛。

沈默僵在那儿,两个人贴得很近,言辰紧抿着唇,直视沈默的眼睛。

沈默感觉他的呼吸很热,直喷到她的脸上,再加上言辰身上那股冷冽的香味跟酒气混合在一起,她的脸腾地红了。

她松开安全带,立刻坐起身子:"言……言副总,您没系安全带。"

言辰"嗯"了一声,拉过安全带系上,又闭上眼睛说:"慢慢开,没关系的,广渠路66号,劲松附近。"

"知道了。"

一路上,沈默不时瞥一眼身边的言辰,她很担心他,想要说些什么,却又找不到合适的措辞。

就这么一路纠结着,终于到了言辰的公寓楼下,将车子停好,沈默小声道:"言副总,您到了。"

"嗯?"言辰睁开眼睛,意识有些模糊。

他皱眉看看窗外,手握着门把手就要下车,沈默赶紧拉住他,一手帮他把安全带解开:"言副总,安全带。"

言辰苦笑:"唉,真是老了,我以前挺能喝的。"

沈默拔掉车钥匙下车,绕过车头去扶言辰。

言辰下了车,推开沈默的手:"我没事,我自己上去就行,你把车子开回家吧,这么晚了,你路上叫车也不方便。"

沈默道:"不用了,我家那个巷口车子开不进去的,放在路边也不安全,我把车钥匙给您放口袋里了。"

沈默拉开言辰的大衣口袋,正要把钥匙放进去,言辰突然拉住她手腕,可两手没有着力点,整个人就往沈默身上倒去。

沈默"啊"了一声,下意识张开双臂抱住言辰,后背重重抵在车边。

夜风很冷,沈默却觉得自己全身像被点燃了一样热,原来两个人的身体接触是这回事,原来冰冷的言副总,他的身体也是热的，他的心，竟然跳得如此有力。

也不知过了多久，言辰两手撑着车顶，后退一步跟沈默拉开距离，"对不起，我喝醉了"。

沈默红着脸，一猫腰从他手臂下钻出来，然后扶住他的胳膊："我送您上楼吧。"

言辰也没再坚持，将手搭在她肩膀上，由她揽住他的腰，往电梯走去。

言辰的公寓在四楼，开门后沈默扶着他走到沙发边坐下："言副总，您要喝水吗？"

见言辰皱眉点点头，沈默走进开放式厨房，里面一尘不染，所有的东西都跟新的一样，她找了半天，居然连只水壶都没找到，再环顾一圈，也没有饮水机之类的东西。

她只好拉开冰箱，看见里面满满的瓶装纯净水，叹了口气拿出来一瓶拧开。

"言副总，您每天都喝冰的东西吗？长期这样对身体……"

她转身，看见言辰已经歪倒在沙发上睡着了。

放下纯净水，沈默把卧室里的枕头和被子拿出来，她帮言辰把大衣和鞋子脱掉，帮他躺好后又给他盖上被子。

想了想，她还是把车钥匙拿了出来，又把那瓶打开的水放在言辰可以够得着的地方。

然后她站在那儿端详着这个男人，哪怕是睡着了，他依旧紧锁眉头，紧闭的双眼眼皮跳动得很厉害，也不知梦到了什么。

"言副总，您好好休息，我明天早上来接你上班。"沈默小声道。

言辰似乎是听到了，他嘴唇动了动，说了句什么。

沈默听不清，俯下身子问道："您说什么？"

"对不起啊，小白……"

小白？小白是谁？难道是言副总之前交过的女朋友吗？在这样醉意浓重的睡梦中，他竟然还念着她的名字，他们当时一定爱得刻骨铭心吧。

沈默心里莫名酸楚,她替言辰关了灯,然后打开门走了出去。

回到家已经十一点半了,米拉躺在沙发上面朝里裹着被子。

沈默走过去叫她,可是推了两下却没有动静,她只好洗漱后关了灯上床睡觉。

第二天早上六点,沈默照旧被闹钟叫醒,看见小沙发上的米拉不见了,枕头边留了张条子,只有两个字:"跑步。"

沈默不知道米拉还有晨跑的习惯,她把纸条放下,洗漱后做了两个三明治,自己吃了一个,留了一个装盘放在餐桌上给米拉,然后换好衣服拿着车钥匙出了门。

沈默在路上买了早点,开车来到言辰家楼下时,刚好八点整。

她拿出手机给言辰打电话,那边很快接通:"沈助理?这么早有什么事吗?"

那声音听起来十分清醒,并不像昨天晚上宿醉的人,沈默愣了下回答:"言副总,我昨天晚上把车开回家了,我现在来接您上班。"

"哦,你上来吧。"

沈默挂了电话拿着早餐上楼,敲了两下后听见里面有人说:"请进,门没锁。"

将早餐放在料理台上,听到卫生间传来水声,沈默局促地站在那儿。

不一会儿言辰走出来,衬衫袖子高高挽起,鬓角处还带着些许水珠:"沈助理,昨天晚上辛苦你了。"

沈默笑着摇头:"您从昨天中午到晚上就没怎么吃东西,我给您带了早餐,您要现在吃吗?"

言辰很意外,他看着料理台上的袋子:"哦,是什么?"

沈默有点窘:"就是豆浆和油条,我也不知道您爱吃什么,想着昨天晚上喝了酒,早上应该吃点清淡的东西。"

言辰浅笑着走进厨房里,把袋子打开:"一块儿吃吧,我一个人也吃不了这么多。"

沈默红着脸说:"不用了,我在家里吃过了。"

"我跟你说过,以后不要对我说谎,因为你的任何谎言我都能看出来。"言辰盯着沈默,目光灼灼。

沈默的脸更红了,她想辩解:我这次真的没撒谎。

可眼看着言辰把油条拿出来,又忙活着在橱柜里找碗,她只好闭嘴。

言辰找了半天,却只找到两个马克杯。

他把马克杯洗了一下,把豆浆倒出来,一杯放在沈默面前:"单身汉住的地方,什么都没有,别见笑。"

沈默接过言辰递给她的油条咬了一口:"咳,怎么会呢?"

吃过早餐,两个人出门上班。

沈默把车钥匙交还给言辰,言辰笑着道:"你来开,你得尽快熟悉车况,因为昨天晚上才是第一场。"

"啊?"沈默瞪大了眼睛,"今天晚上还有局啊?"

"对,这周每天晚上都有,周六周日也不例外。"

沈默皱紧眉头道:"这样喝下去,您的身体受得了吗?"

言辰开了句玩笑:"公司利益高于一切。"

沈默没吭声,两个人上了车,她发动车子往前开。

她突然明白自己想错了,她以为薛山是看重言辰的能力才在他开会这一周里把公司大权交给言辰,原来并不是这样,他如此密集地安排酒局,也许正是他阻挠AI项目的手段之一。

怪不得昨天言副总中午不休息都要把预案做出来,原来他早就想到这一层了啊。

想到这儿,沈默看向言辰:"您早就想到了是不是?"

言辰浅笑:"这些都不重要。"

沈默生气地道:"怎么不重要啊?您这样喝是要把身体喝坏的,胃出血的毛病万一再犯怎么办?胃病可大可小的。"

言辰转过头,盯着沈默的眼睛,"想不到沈助理这么关心我。"

沈默红着脸，过了好半天才说："因为您是位好上司，我们大伙都很尊敬您。"

言辰"哦"了一声，似乎有些怅然："原来是因为这个。"

听出他话语中的落寞，沈默觉得心头堵堵的，可是她不知道自己该说什么。

"其实不是的啊，就是我自己担心你，言辰，我不想看着你受苦"；又或者，"言辰，我说不清对你是什么感觉，我只知道昨天晚上看着你那样难受，我的心就好像被揪住了一样。"

可是话到嘴边，终究是难以启齿的。沈默在心里默念着，言副总只是我的上司，只能是我的上司。

言辰突然问："沈默，你打算一直做我的生活助理吗？"

沈默愣住："啊？言副总，是不是我做得不够好？如果您对我有什么意见的话，您尽管提，我会改的，真的，我学习能力很强的。"

言辰笑了："我不是这个意思，我是说，如果AI项目正式投入实施，我想让你负责其中的一部分，你愿意吗？"

沈默攥紧了方向盘，她完全没料到言辰会说这些："可是……我只是刚入门，再专业些的东西我是不懂的啊，如果我负责某个环节，我怕我做不好，会辜负您的栽培。"

言辰道："有些环节并不一定得懂专业知识，只要了解个大概就行。沈助理，你没发现你记忆力很强，善于跟人沟通，而且很有亲和力，大家都愿意聆听你的意见吗？我是想让你负责跟厂方沟通和人事安排方面的工作，你可以考虑一下。"

沈默有点激动，她知道这个项目对言辰来说意味着什么，可是现在他居然愿意对她委以重任，她很想立刻答应，却又害怕如果真的贸然答应了，将来自己做得不好会拖整个项目的后腿。

"好的，言副总，我一定好好考虑。"

"嗯。"言辰点点头，"希望你之后给我的答案是同意。还有，谢谢你昨天晚上对我的照顾和今天的早餐，自从我小时候父母离婚后，就没有人为我盖过被子买过早餐了。呵，我也有很多年没吃过这样的早餐了。"

"什么样的？"

"温暖牌的。"

沈默笑了，她突然想起昨天晚上言辰那句话："对不起啊，小白。"

如果小白是他的女朋友，而且两个人的感情深到分手后言副总还会在酒后念她的名字的话，她怎么可能没有给他盖过被子买过早餐呢？

"言副总，小白是谁呀？"

听到沈默这么问，言辰转头看着她："小白？就是我母亲养的那只猫，它是纯白色的，所以我一直叫它小白，不过我母亲叫它咪妮。"

这么一说，沈默更加疑惑了，言辰说过他母亲离婚后，那只猫不久后就走失了，那他为什么会在酒后对一只猫说对不起？

言辰又问："我好像没跟你说过那只猫叫小白吧，你怎么知道的？"

"是昨天晚上您睡着了说的梦话。"

"嗯？我说什么了？"

"我其实也没听清，就听见'小白'两个字，我还以为是您之前的女朋友。"

言辰愣了一会儿，然后看着沈默笑了。

将车子开到敬一的地下停车场，沈默看看表，八点五十五分。

言辰表扬道："开得不错，挺稳的。"

沈默拔掉车钥匙道："哈，主要是言副总指导得好，给您车钥匙。"

"你拿着吧，今天我用不上车，晚上咱们还要去腾京美食广场参加电视台的慈善酒会，估计还是得你来开车。"

沈默叹口气道："酒会上很多人，您是不是就能少喝点酒了？"

言辰苦笑，想起昨天晚上程局长那伙人根本就是故意灌他："谁知道呢，但愿吧。"

两人下了车，沈默锁好车把钥匙收进包里，她得到一楼打卡，所以跟言辰打声招呼，便走楼梯去一楼大厅。

从安全门出来往打卡机旁走，沈默看见面熟的同事笑着跟他们打招呼，可奇怪的是，今天大家看见她纷纷把视线移开，好像故意躲着她一样。

还有几个人原本是排队打卡，却都夸张地给她让出一条道路，让她先打卡。

沈默莫名其妙，打完了卡搭电梯上楼，就连电梯里的同事们也跟躲瘟疫一样躲着她，看见她进来，集体挤到一边跟她拉开距离。

站在那儿看着电梯门缓缓合上，沈默听到身后有人小声说道："是她吗？"

立即有人附和："应该就是，看身形差不多，虽然脸上打了马赛克，可是我一眼就能认出来。"

"真没想到啊，她居然是这种人……"

沈默转过身，环顾一圈冷声问："你们在说什么？"

所有人同时低下头，没有一个人愿意回答。

沈默道："如果对我有什么意见，请当着我的面说出来，在背后小声议论算怎么回事？"

有个胖胖的女孩哼了一声，小声咕哝道："自己做了见不得人的事，还有脸在这儿指责别人，真有意思。"

沈默怒道："我做了什么见不得人的事，你把话说清楚！"

她包里的电话响了，她瞪着那女孩，拿出来一看是林倩倩打来的。

"喂……"

沈默只喂了一下，就听那边林倩倩急切地道："沈默，你到公司了吗？你快上公司网站看看，有个人在论坛发了个帖子，是关于你的。"

沈默莫名其妙:"关于我?关于我什么?"

"你快看看就知道了。"

叮——

电梯到了八楼,沈默快步走出电梯,一边跟林倩倩说:"我到办公室了,先挂了。"

"嗯嗯,沈默你放心,我相信你不是这样的人,我一定会支持你的。"

这句话更让沈默觉得奇怪,她打开自己办公室的门,走到电脑前先开机,然后再脱下外套把手包挂在椅背上。

电脑还没反应过来,桌上的电话就响了,她拿起来接听,听见言辰说:"你到我办公室来一下。"

沈默心里很着急,她想知道到底公司论坛上关于她的帖子里说了什么,可是言辰的命令她又不能不听。

她只好应了一声放下话筒,起身去言辰办公室。

言辰看着她走进来,一脸严肃地说道:"你先不要着急,这件事我会处理的,你放心,我会给你一个交代。"

沈默直觉言辰说的就是刚才林倩倩说的事,可是到底是什么呀!

"言副总,到底发生了什么事,为什么你们都这么紧张啊?"

言辰愣住:"原来你还不知道?"

"倩倩给我打电话说让我看公司论坛,我刚打开电脑您就叫我进来了。"

言辰皱紧眉头,把桌上的显示器转了个方向,然后指了指屏幕:"你一定不要着急,不是冲着你来的,是有人想要搞我。"

沈默走过去,浏览着那个帖子。

标题很醒目:如何成为高管身边的女人……

下面的帖子并没有文字,只有几张照片,看画面应该是晚上偷拍的,虽然车子和上面的男女主角都给打了马赛克,可是看车型和衣着，很容易就能认出是沈默和言辰来。

第一张正是昨晚在酒店门口，沈默扶着言辰上车后，伏在他身上替他拉安全带。那姿势从车头看过来，真的就像是沈默趴在言辰身上，两人在脸对脸地亲吻着。

第二张是在言辰公寓楼下，言辰把沈默压在车身上，他的大衣挡住了两个人的身体，可是能看出两个人贴得很近。而且拍照人角度拿捏得很好，看起来就像是下了车的离别吻。

第三张，则是言辰搭着沈默的肩膀，沈默搂着言辰的腰，两个人一起往言辰公寓大厅里走的情形，那张照片抓拍得也很巧妙，有那么一瞬间两个人转头对视，大厅里的灯光打在他们的头顶，虽然看不见眼神交汇，却能感觉到他们之间的绵绵情意。

沈默站在那儿，两只撑在桌面上的手慢慢攥成了拳头。

言辰担心地看着她，看她的眼睛亮晶晶的，屏幕里的照片映在她的瞳孔里，变成若干个明亮的点。

"呵。"沈默突然笑了，泪水随着笑容滚落下来，她抬手抹了一把，"拍得还真不错。"

言辰愕然地望着她，他以为她会暴怒大哭，又或者怨恨指责，毕竟这事关一个姑娘的名节，无端端被扣上勾引上司的罪名，以后在公司里不仅会成为女员工唾弃的对象，更会成为男员工眼里可以轻薄的对象。

哪知道这姑娘居然笑了，她虽然在哭，却看不出愤怒，就这么没心没肺地笑了。

第二十七章　这个位子我抢定了

"沈默，你没事吧？你放心，这事全怪我，我会替你主持公道的。"

沈默摇头，眼泪四散："不用了，反正我又没做过，我自己心里有数就行。"

"那可不行，我不能让你因为我污了清白。"

沈默苦笑道："言副总，明眼人都能看出来，这拍的就是您和我呀，如果您这时候站出来替我说话，那他们更要说三道四了。我不在乎这个的，真的，明白我的人不用我解释他们就明白，不明白我的人我就是把嘴说破了他们也不会相信我没做过的。我不需要您还我清白，因为我本来就是清白的啊！"

"可是……"

沈默摆摆手："没有可是，言副总，您真的不用为我做什么。我也知道这些人为什么会跟踪我们拍这些照片，他们就是想阻挠我们的项目。您放心，我不会上他们的当的，如今我们打击他们最有利的方法，就是把这个项目做好，一定要尽早投入生产。"

言辰瞪大了眼睛看着沈默，这么多年来他都没有如此激动的心情了，对眼前这个女孩既有愧疚又有敬佩，更多的是心疼。

"你把车钥匙给我吧，今天晚上的酒会你不用陪我参加了，你下班回家，好好休息，用不用我给你放几天假？"

"那不行。"沈默决然地摇头，"我这个时候更要陪在您身边，他们不是想拍吗，那就让他们多拍几张，给他们点新素材，不然这新闻炒多了就成旧闻了，那多没意思啊。"

"沈默……"

沈默摆摆手："我没事，真的，言副总，您不是一直说我需要锻炼和学习吗？这也是一种学习的方式不是吗？您放心，我承受得住，没什么事的话我出去了。"

说完不等言辰再说什么，沈默转身走了出去。

言辰看着门慢慢关上，他愤怒地在桌上捶了一拳，然后拿起手机打给信息管理部武部长。

就算沈默说得很有道理，他言辰现在出面维护沈默会让更多的人指责，可是他还是不想看着事态这样发展下去，他必须得做点什么才行。

沈默回到办公室坐下，对着已经开机的电脑发了一会儿呆，她很想集中精力工作，可是那几张照片和电梯里那些同事的脸一直在她眼前晃。她心里很难受，好想找个地方大哭一场。这跟上次被闺蜜骗走五十万不一样，那次她只是觉得伤心难过，有种被愚弄的感觉。而这次事关她的清白，况且还是根本就没影儿的事情，平白被人往头上扣了屎盆子，还无从辩解，因为说什么都是错的。外人不会追究一件事的真相如何，他们只愿意享受八卦这件事时跟别人互相交换不知道的信息所带来的快感。一想到此刻在那些人的嘴里，她已经不堪成什么样子了，沈默就觉得心里像压了块石头似的又沉又堵。她觉得无法呼吸，快步跑进卫生间里，站在镜子前看着里面的自己，很想哭却哭不出来。

她打开水龙头，掬了捧凉水洗脸，希望短暂的冰冷能够让自己冷静地思考。

卫生间的门突然被撞开，方若雨奔到沈默跟前，沈默听到声音站直身子，还没来得及转头看，脸上就挨了一巴掌。

"啪"的一声脆响，沈默整个人蒙了，她反应了半天，感觉自己的左脸颊上火辣辣地痛。然后她听到自己跟自己说："哦，原来被人扇耳光是这样的啊。"

方若雨厉喝道："沈默，你太不要脸了，你当你自己是谁？你凭什么勾引言总，你老实说，昨天晚上是不是你故意把言总灌醉的，你对他做了什么？"

沈默愣愣地看着方若雨，听到她最后那句话，竟然咯咯地笑了起来。

方若雨吃惊地瞪着她："你真是不知廉耻，这个时候你还笑得出来？"

沈默转身，又掬起手洗了把脸，感觉到被她打过的地方钻心地疼。

她慢吞吞地抽出纸巾擦手，冷冷地看着方若雨道："我知不知道廉耻，不用你来评判。我从来没当过自己是谁，请问方秘书，你又当自己是谁？你现在以什么样的身份来指责我，你以为你是言副总的准夫人吗？"

看到方若雨身后的门关合，沈默知道外面已经围了一大群人在偷听。

她冷笑道："方秘书，你这一巴掌我记住了，你放心，我总有一天会还回来的。"

她说完往门口走去，方若雨拉住她的胳膊："你别走，今天把话说清楚！"

沈默厌恶地道："放开。"

"你不把话说清楚，我是不会放你走的。"

沈默恼怒地攥着拳："方秘书，你再不放开我就不客气了。"

"耳光都叫我打了，你能把我怎么样？你也不过就是个……"

沈默以迅雷不及掩耳之势抓住方若雨的手腕，背转身的同时突然弓背，把方若雨的手腕往前拉过肩头。

随着一声尖叫，方若雨仰面躺在地板上，门外传来此起彼伏的惊呼声。

沈默拍拍手："我说过，你再不放开，我就不客气了。"

说完她跨过方若雨的身体往外走去，拉开门的那刻，门口挤成一团的女员工们惊呼着让开一条道路。

沈默看都没看她们一眼，径直往前走去，迎面看见林倩倩正慌慌张张地往这边跑，看见沈默一把拉住她，着急地上下打量着问："沈默，你没事吧？我听她们说方若雨在八楼卫生间打你，我就赶紧跑过来了。"

沈默苦笑着问道："你来能做什么呀？"

"当然是给你帮忙啊，虽然我没有她高打不过她，可是我也不能眼睁睁看着你挨打呀，我可以……可以吐她口水。"

林倩倩看到沈默的左脸颊上有五个指头印，而且还肿了起来："呀，还是被她打了，你痛不痛呀？都肿了啊。"

"我没事，我就是想找个地方静一静。"

林倩倩拉住她："我们去楼梯间，那里一般没有人来的。"

两个人走进楼梯间，坐在缓台上一级的台阶上，林倩倩盯着沈默的脸，叹口气说："你等我一下，我去休息室的冰箱里拿冰块给你敷一下，很快的。"

沈默拉住她："倩倩，真的不用，我没事的。"

"很快的，你等我。"林倩倩推开她的手，转身推开安全门跑出去。

听到她的脚步声渐渐远去，沈默抱着膝盖，把脸埋在双腿间，她不想出手打人的，她更不想让自己卷进这些无聊的事情里。

为什么是这样呢？大家就不能像上学时那样坦诚相待、有什么摊在桌面上说清楚吗？

她想到骗走自己五十万的丁佳雯，又想到薛山，然后是祝贺和黄梁，她想不明白，这些人为什么都要这样呢？

追求自己想要的东西没有错，可是为什么一定要欺骗和伤害身边的人？

不想舍弃手中的权力，害怕被这个时代淘汰也没有错，可是为什么要不择手段地编派不是事实的事实，为什么要用这么卑劣下流的手段呢？

人的心怎么能够这么复杂和恶毒，怎么就不能简简单单的呢？

口袋里的手机响了，沈默拿出来，看见是言辰的私人号码，她没有接听，任由它一直响着。

身后的门开合，她以为是林倩倩，把手机挂断塞回口袋里，转过身就要说话，却看见言辰一脸焦急站在那儿。

泪一下子涌出来，心里无比委屈，沈默转过身背对着言辰，肩膀一抽一抽的。

言辰嗫嚅着，好一会儿才问："你没事吧？脸上……是方若雨打的？"

沈默使劲摇头："我没事，坐一会儿就好了，言副总你去工作吧。"

"来了来了我来了。"林倩倩跑进来,手里举着两个冰袋,看见言辰就是一愣,"言……言副总?"

言辰点点头,又对沈默说:"方秘书被人抬到医务室去了,沈默,你要不要也去看看?"

林倩倩以为言辰是来替方若雨出头的,没多想就大声道:"言副总,您不能这样,明明是方秘书先打沈默的啊。"

沈默扑哧笑了,她瓮声瓮气地说:"我也打了她,倩倩,我不吃亏。"

"啊?你怎么打的?她那么高,你打得过她吗?"

"过肩摔,我小时候练过跆拳道,是真的,可惜跟你们说你们都不相信。"

林倩倩愕然,言辰长叹一声,这姑娘坐在那儿缩成一团,明明看起来让人心疼又怜惜,可是说出来的话听起来没心没肺却又总是掷地有声,他说不出来心里是什么滋味,可是他很清楚自己想为她做什么。

"沈默你放心,这件事我一定要给你一个交代。"说完他转身,推开门走了出去。

林倩倩坐在沈默身边,把冰袋贴在她脸上。

沈默嘶了一声,下意识躲了一下,然后她接过来,贴近脸适应着那种凉意:"倩倩,谢谢你啊,他们都躲着我,只有你肯陪在我身边。"

林倩倩揽了下她的肩膀:"我们是好朋友呀,而且你也曾经为我出头。况且这次我也来晚了,没有为你做什么。"

沈默"嗯"了一声,不再说话,两个人就这么静静地坐着。

沈默的手机又响了,她拿出来,是程昊的号码。

接通后还没说话,程昊劈头就问:"你没事吧?现在在哪儿?"

"我和倩倩在楼梯间里坐着呢,我没事。"

"那我过去找你。"

沈默连忙说:"真的不用,我没事,你没听说嘛,我都把方若雨打得进医务室了。"

程昊好半天没说话,然后长叹一声:"你放心,这件事我会帮你摆平。"

沈默笑了,眼泪再一次流出来:"你相信我啊?"

"那当然,我心目中的沈默同学是光明磊落的人,不会做这么不堪的事,她很高傲又自信,更不会为了上位去用任何手段巴结某位高管。"

沈默感激地说:"程昊,谢谢你啊。"

"不用谢我,晚上我请你吃饭,我们去小馆好吗?"

沈默道:"不行,晚上我要陪言副总参加慈善酒会。"

"沈默,现在公司正在传你俩的风言风语,你还敢跟他一块出去呀?"

沈默笑着道:"他们爱怎么传就怎么传,反正我也没做过,清者自清。只要有你们这样的好朋友相信我就行。"

"唉,那好吧,你自己当心点,有什么事给我打电话。"

沈默挂了电话,看看表,推了下林倩倩:"十来分钟了,你一直在这儿陪我没事吗?"

林倩倩一拍脑门:"坏了,我是用送文件的借口跑出来的,不行了,我得赶紧回去了。"

沈默笑了:"嗯,我也得回去了。"

两个人起身走出安全门,林倩倩拍拍沈默的肩:"我和程秘书永远支持你,别难过。"

"嗯,我知道。"

沈默回到自己办公室,看见言辰的门开着,正在打电话,看见沈默,他朝她招招手示意她进来。

沈默走进去,言辰把电话挂断,对她说:"方若雨请假回家了,她那边我已经交代过,不会再闹什么了,沈默,对不起。"

沈默摇头道:"不关言副总的事,方秘书的误会我会跟她解释清楚的。"

言辰沉吟了一会儿:"你把车钥匙给我,晚上下班你回家休息,慈善酒会的事我已经让陈副总去参加了。"

沈默问:"为什么啊?早上您不是说……"

"晚上我有安排,你回去好好休息,今天的事不要多想。"

晚上七点,薛山的别墅。

吃过晚饭,石梅给薛山泡了杯普洱送进书房。

石梅一开门,就看见薛山正抱着胳膊看着对面墙上"虚怀若谷"那四个字微笑。

她走过去把紫砂杯放在他手边,又体贴地把杯盖拿下来搁在一旁,"今天心情不错呀?晚上回来就一直哼着歌,有什么开心事不打算跟你的太太分享一下吗?"

薛山笑了,坐直身子端起杯子,吹了吹漂浮的茶叶,啜了一口放下杯子:"味道不错,多谢太太了。"

石梅手指在薛山额头戳了一下,半开玩笑道:"薛总甭客气,这是应该的,谁叫你给我过了个浪漫的生日呢。那条丝巾我真喜欢,我今天戴着去上课,学生们都围过来说好看,还问我是谁买的呢。"

提到丝巾,薛山眼前闪过沈默的影子,他心里生出惋惜,这姑娘是个可造之才,他是想过要培养她的。

可是他听说言辰对沈默也很器重,而且两人走得挺近的,为了沈默,言辰甚至还多次当着下属的面批评过刁难她的方若雨。

要知道方若雨跟随言辰多年,公司里还曾经传过两个人的绯闻,况且贴身秘书这职位可以说是最了解高管私人秘密的人了,可言辰竟然愿意为了沈默得罪方若雨,可见他跟沈默的关系有多亲近。

薛山不得不考虑将沈默安插在言辰身边还有没有价值,如果没有的话,就让她最后一次发挥作用,然后舍弃她吧。

石梅见薛山没回应,手在他眼前晃晃:"喂,我跟你说话呢!"

薛山打了个哈哈:"太太喜欢就好。等到咱们的结婚纪念日,我再给你个惊喜。"

石梅搂住他的脖子问："真的吗？那我可等着了哦。"

"嗯，敬请期待。"

石梅甜蜜地在他脸颊上亲了一口："吴学立下午给我打电话，说你昨天早上找他谈话了？还说你对他很赏识，还打算委以重任啊？老薛，吴学立这人也就做个小主任在公司混日子就得了，大事他可干不了的，别到时候毁了你我的名声。"

薛山"嗯"了一声，笑着对石梅道："我也没跟他说什么，就是安抚两句罢了。你放心吧，他有几斤几两我知道。不过还是谢谢太太，这么理解我的工作。"

石梅嗔怪道："老夫老妻了，还跟我说这种话。我出去看电视了，你忙一会儿也早点休息。"

薛山浅笑着点点头："遵命，太太。"

石梅走出书房关上门，薛山盯着茶杯里氤氲的蒸汽，想起昨天早上在停车场碰到吴主任的情形。

其实他是特意支开了司机赵师傅，等着吴主任的车停在车位里，才下车假装经过的。自打吴主任进公司，薛山就没正眼儿瞧过他，这回居然主动跟他打招呼，吴主任自然是受宠若惊的。

两个人坐进吴主任的车里谈了七八分钟，薛山没有说什么实质性的话，只说最近公司挺动荡的，有些人让他觉得头痛，可是为了公司的长远发展，他又不能采取措施。又说市里要召开一个为期一周的学术研讨会，他打算把公司交给言副总暂管，还特意叮嘱吴主任，让他上楼跟徐经理交代一下，这周他不在公司时，大家一定要好好配合言副总的工作，可千万不能惹出什么事来。

那些含含糊糊实则有所指的语句，在聪明的吴主任听来自然是别有用意的，于是他拍着胸脯保证，一切包在他身上。

今天在市里开会时，已经有人把公司发生的事原原本本地汇报给薛山了。

他当时听了就是一笑，却用很生气的口气道："这到底是怎回事？堂堂敬一公司的副总经理，居然会被人跟踪？这些照片是怎么跑到公司论坛上的，马上让信息部删除，这件事一定要严查，给我查个水落石出。"

这时候的言辰，应该已经慌了阵脚吧，只是一想到沈默，薛山还是有点可惜。他心想，等市里的会开完，到公司看看情况再说，如果可能的话，想个变通的办法把沈默留下。只要把言辰拿下，要收服沈默这么年轻简单的姑娘还是轻而易举的。到时候随意给她安排个职位，她都会感恩戴德的。

搁在手边的手机响了，薛山拿起来，看到是规划局程局长的私人号码。

他笑着接听："喂，老程呀，吃过晚饭了没？"

那头程局长回答："吃过了吃过了，不过昨天晚上的酒没喝好，你们那位言副总战斗力不行呀，我们这边还没展开呢，他就已经倒下了。"

薛山哈哈大笑："那等我开完会回去，我单独请你，咱俩大战三百回合怎么样？"

"这可是你说的啊！哈哈，那我这几天可得清空肚子等着你了。"

"成，没问题，老程呀，说起来我还得谢谢你呢，听说你昨天晚上给我们家言副总上了一课？我得多谢你指导这些不成器的年轻人呢。"

"惭愧惭愧，我哪有给他上课，不对，是我根本就没来得及给他上课呢，他就已经自己下课了。"

"他就已经自己下课了。"薛山回味着这句话的用意，摸了摸下巴，心里很畅快，连日来的积郁纾解了好多。

"行了，也没什么事，就是跟你汇报一下战况。"

薛山客气道："真是多谢你了，你等着我开完会回来，给你打电话。"

"多年的老朋友了，你就别跟我客气了。行了，我挂了。"

"嗯,再见。"

薛山刚把手机放下,外面又传来敲门声,石梅推开门探进来半边身子,"公司的言副总来了,你见吗?"

薛山愣住:"他这个时候来干吗?"

石梅摊手:"我怎么知道?这得问你呀。"

"他现在在哪儿?"

"还在门口,你不说话我怎么可能放他进来。"

薛山厌烦地摆摆手:"你让他走,就说我在市里开会没回来。"

石梅点点头,关上门出去。

过了一会儿,她又回来了,皱着眉说:"这人也真是的,以前我没觉得言辰这么讨厌啊,跟狗皮膏药一样。我跟他说你没在家,他却说要进来等你。我说我一个女人在家不方便,他说那他在车里等,等到你出来见他为止。"

薛山哼了一声,手边的手机就响了,他看见是言辰的号码,心里更加厌恶。

紧接着家里的用人进来对石梅说:"太太,外面那个年轻人门铃也不按了,一直在拍门,这样不好吧,搞得四邻会提意见的。"

薛山毕竟是有身份的人,见言辰这样死缠烂打,也不能由着他在外嚣叫。

他皱紧眉头,只得吩咐道:"让他进来吧。"

石梅讶异道:"你不是不想见他吗?要不然我让小区保安过来赶他走。"

薛山摆摆手道:"算了,毕竟是我的下属,闹得太僵以后还怎么见面?"

这边话音刚落,用人便带着言辰走了进来,言辰的脸阴沉沉的,看见石梅只是略略点了下头:"石教授好。"

石梅愣住,以前言辰上门,从来都是叫薛太太或者梅姐的,今天怎么改了称呼呢?

她也略点一下头:"言副总好,这么晚了,来找薛总有什么事吗?"

"薛总在书房?我进去跟他谈谈。"

说完,他不由分说打开书房的门走了进去,石梅很生气:"你这人怎么这样……"

可是她话没说完,书房门就砰地关上了,将她后半句话硬生生给堵了回去。

书房里,言辰目光冰冷地站在书桌前盯着薛山。

薛山端起杯子又喝了口茶,放下杯子笑着道:"怎么这个时候过来了,快坐吧。"

言辰拉开椅子坐在他对面,冷声问道:"薛总不是说吃住都要在酒店吗?"

薛山浅笑道:"我今天不大舒服,就跟领导请了个假,明天一早就得回酒店报到。"

言辰抿了抿唇,似乎在斟酌如何开口,薛山也不说话,只是微笑着跟他对视。

过了好一会儿,他听见言辰问道:"山哥,非得这样吗?"

薛山愣在那儿,他想起从前自己还是副总经理时,言辰跟在他身边,多少次酒桌上抢过他的酒杯,将他挡在身后。

"我山哥身体不好,他不能喝。"

"我山哥明天还有重要的会议要开,来来来,这杯我替他干了。"

"我这辈子最服的就是山哥,他是我的恩人,我永远都记着他对我的栽培。"

……

薛山垂眸,盯着紫砂茶杯,这杯子并不保温,虽然房里有暖气,可是茶水还是渐渐失了温度。

他再次抬头,眼神已经变得冷漠:"小言,公司里出了什么事吗?你怎么一进门就说这样的话?你是不是对我有什么误会?"

言辰紧皱眉头,愠怒道:"山哥,如果你想让我放弃AI项目,你可以直接跟我说，为什么要陷害沈默？你明知道她是什么样的人，你不是也很欣赏她吗？你这样白白断送一个年轻人的前途，你真的忍心吗？"

薛山一掌拍在桌子上："言辰，我不明白你在说什么，你不要太过分！"

"山哥，这是我最后一次这样叫你，看在我跟着你多年的情分上，你给个准话儿，你到底要怎样才能放过沈默？"

薛山起身，背着双手在书桌后面来回踱步："既然你说开了，那我也不妨直白地告诉你，下午已经有人把这事汇报给我了，公司明令禁止办公室恋情，可是你跟沈默还是不清不楚地搅在一起，还被人抓了实锤，那你告诉我，我该怎么办？"

"办公室恋情？薛总，你当初把沈默安排在我身边，你以为我不知道你的用意吗？"

薛山怒目瞪着言辰："我们说的是现在！言辰我老实告诉你，这件事我也没有办法帮你遮掩。要么我会议结束回公司开除沈默，要么你自己去跟董事会解释清楚！我知道你现在翅膀硬了，我是管不了你了，可是沈默还是归我管吧！她违反了公司制度，我有权开除她吧？"

言辰攥着双拳，目光冷戾地盯着薛山，突然笑了："薛总，我真是认不出你来了，为了保住自己的位子，你有必要这样不择手段吗？我告诉你，我从来就没有觊觎过总经理这个位子，这么多年来，我所做的每一件事都是为了公司的发展着想。在我心目中，你一直就是当年那个山哥，我曾经跟自己发誓，我还在朋友面前拍着胸脯说过，我这辈子都不会辜负山哥对我的栽培，否则我就天打五雷轰。可是今天我收回这话，薛山，你太让我失望了，你的所作所为令我不齿。我今天很郑重地通知你，敬一集团总经理这个位子，我抢定了！"

说完这话，言辰推开门大步走了出去，站在门口偷听的石梅差点被他撞倒。

她追到大门口,看着言辰上车后发动车子绝尘而去,又急匆匆地跑回来。

书房的门大开着,薛山脸色铁青地站在那儿,石梅唤他一声:"老薛,你没事吧?"

薛山的身子震了一下,视线缓缓收回,他抓起桌上的紫砂茶杯,狠狠掼在地上。

"放肆!简直太放肆了!他算个什么东西,要不是我,他现在还满世界跑着赔酒卖笑拉业务呢!他现在翅膀硬了就想踩着老子的肩膀往上爬,他以为他是谁!"

言辰上了车,将油门踩到底向前开去,他胸口激荡着复杂的情绪,有愤怒有伤怀,更多的是替沈默的不值和惋惜。如果沈默知道她所敬仰的薛总只是将她当做棋子来利用,现在还要当成弃子抛弃的话,她会怎么想呢?

夜街上霓虹闪烁,言辰的车子在灯红酒绿间穿行,他很想给沈默打个电话,理智却又不允许他这样做。因为自己,沈默已经背了这么大个锅,如果再跟他有纠葛,那就更没有翻盘的机会了。

可是言辰不想回家,他迷惘地看着来往的行人,仿佛所有人都有个去处,除了他自己。

脑海里闪过小馆里温暖的灯光,还有尚卫国半是调侃半是关切的话语,于是他掉转车头,朝小馆方向开去。

下午下班时,沈默在众人的瞩目下,走出公司大厅,施施然坐进了门口程昊的车子里。

她甚至故意打开车窗,好让那些人看清楚一点。有些面熟的同事经过,好奇地往里看,沈默戳一戳程昊,居然还让他跟他们打招呼。

程昊哭笑不得,缓缓发动车子:"怪冷的,咱把车窗关上成吗?"

沈默笑嘻嘻地说:"他们不是想看嘛,那就让他们看个够,如果没人替咱俩拍照,那咱们就自拍两张。"

程昊抿了抿唇没说话，沈默看了他一眼："哦，不好意思，突然发现我这好像是在利用你。"

"你这说哪儿去了！"程昊笑了，"我就是觉得你这么激进的态度有点反常，有点那什么的意思。"

"那什么？"

程昊咂咂嘴："说不好，就是知道那个意思，可真要用语言表达出来吧，想想好多词儿都差点。"

"那行吧，一会儿喝两杯估计你就能找到好词形容了，我等着。"

沈默并没有把车窗关上，反而把手搭在那儿，很悠闲地用手指敲击着窗框。

程昊叹口气，直接在中控台上把窗玻璃关上，沈默收回手，小声咕哝着："真霸道。"

程昊笑了笑没吭声，加大油门往小馆开去。

六点，小馆里的客人还不多，尚卫国站在收银台处，看见两个人走进来，笑着迎了上去。

"二位这是刚下班？"

沈默点点头："嗯，今天想喝点。"

尚卫国打量她："是不是出了什么事？"

沈默笑着摇头："不是什么大事，工作上的，就是心情有点差。"

"行，知道了。"尚卫国一副了然的样子，指了指里面，"黄梁和米拉也来了，刚到。"

"啊？"沈默一听，蹑手蹑脚地往里走，跟偷地雷似的，"在哪儿呀？"

程昊觉得好笑："你这是干吗呀？"

尚卫国说："看来你不知道。"

"嗯，知道什么呀？"程昊奇怪地问。

沈默一脚迈进门槛，探头往里看看，没瞧见人，又转头，小声问尚卫国:"人在哪儿?没瞧见呀。"

"在包间,现在没什么人,就安排他俩坐包间了。"

沈默跺脚道:"尚老板你真是的,我想偷听八卦都没地方听去。"

"到底怎么了啊?"这两个这一出唱的,程昊更加好奇。

尚卫国眨眨眼道:"可以给你们安排隔壁包间,这房间是用石膏板隔的,隔音差点。"

沈默搓搓手,一脸的兴奋:"行行!那我们进去了,没事不要来打扰,如果实在要打扰,请开静音模式。"

说完她就朝着尚卫国指的那个房间跑过去,尚卫国笑着问:"还没说你们吃什么啊?"

沈默半个身子已经跑进去,手扶着门框探出头来,用口型说:"你看着办吧。"

尚卫国笑着点头,问站在身边的程昊:"沈助理今天这是怎么了?有点反常。"

"你也看出来了?"

"嗯,表情太多动作太多,刻意地用外在的表象遮掩内心的情绪,一般人在受到重大的创痛后才会这样。"

程昊后退一步,打量尚卫国:"尚老板以前是干吗的?这话说得好专业。"

尚卫国一拱手:"客气客气,在下不才,以前在香港做心理医生。"

"啊?"程昊瞪大了眼睛,"放弃做心理医生那么好的收入,跑到北京来给人做菜当厨子?尚老板真乃神人也。"

尚卫国呵呵笑着说:"我就不明白了,做厨子很差吗?都是凭本事吃饭,跟心理医生比哪点不好,为什么每个人知道我以前是做心理医生的,都是这副表情?"

程昊挠挠头:"也不是不好,就是吧……人都是有等级观念的,在大多数人眼里,心理医生是高尚的职业,而厨师就……"

"所以说众生平等只是某些人站在制高点上的说辞罢了,其实大多数人还是恪守着等级观念生存的,仰视比自己高级的,鄙视比自己低级的,在落差中寻找心理平衡点。"

程昊想了想,摇摇头:"算是吧,不过有个人不是,我知道的。"

"嗯?是谁?"

程昊就笑,指了指包间:"我们的沈大小姐呀。"

"哦,呵呵。"尚卫国也笑了,"你也进去吧,我一会儿给你们送茶。"

"行,记住……"程昊拇指和食指捏在一团,在嘴上好像拉拉链一样横过去,"沈大小姐吩咐了,开到静音模式。"

尚卫国笑着比了个OK的姿势,程昊冲他眨眨眼,便也走进包间关上门。

走进包间关上门,程昊看到沈默的姿势,差点笑出声来。

她整个人趴在墙板上,微微屈膝,两手环着右耳,半张脸几乎粘了上去。

沈默看见他进来,手指竖在唇边做了个嘘的动作,又朝他招手,示意他过来一块儿听。

程昊摇摇头,搬了张椅子放在沈默腿边,沈默用口型说了句"多谢",然后坐了下来。

程昊站在那儿看着沈默,他其实很想问问,你这丫头心到底有多大呀,公司里闹成那样了,薛总开会回来很可能会开除你,你现在还有心情听米拉的八卦?难道就一点都不为自己担心吗?

"沈默……"

程昊刚说了两字,沈默厉目一瞪,他赶紧闭上了嘴巴,叹口气也拉了张椅子坐在她对面,把耳朵贴在了墙板上。

此时如果有人进来看见两个年轻人面对面坐在这儿听墙根,一定会捧腹大笑。

只听隔壁黄梁不知说了什么,有人拍了下桌子,想来肯定是米拉。

因为她正在怒喝:"我说了,我只有这些照片,哪来的底片和U盘。跟我一块儿拍照那个男人是我在机场认识的,他跟我没关系,你现在让我上哪儿找他去!"

黄梁愤怒地说:"米拉,我跟你在一起这三年,我待你不薄吧!我就算现在出轨了,我也跟你倒茶认错了,还当着珍妮的面被你扇了一耳光,珍妮就因为你那句'卖身换绿卡',到现在都不理我,算我求求你,你就不要再难为我了,把底片还我成不?"

"我是真的没有,不是不还你,我以我的人格保证,我绝对不会让那些照片在网络上流传!"

黄梁冷嗤:"人格?这话你自己说着不好笑吗?不是我说你,米拉,就冲你这身穿戴,还有平常我们约会时你的消费水平,你别告诉我那些钱都是你自己挣来的。你做服装设计师有多少收入我清楚,虽然不低,可是也撑不起你这样的排场!你背着我在深圳做了什么,跟了几个大老板我都不想计较,我也不愿意过问,我就找了个吴珍妮,大家你好我好的事,你用得着做这么绝吗?"

米拉一听就炸了:"黄梁,你他×少含血喷人!我穿戴怎么了?我身上穿的平常吃的用的,全是我自己的血汗钱,你说我傍大款给人包养,你有证据吗?你他×再污蔑我,信不信我撕烂你的嘴!"

第二十八章　要及时止损

黄梁冷笑道:"行吧,你不承认我也没办法,既然现在是谈分手,我也没必要再计较这些,请你把底片还我,咱们好聚好散。"

"我说了我真的没有!那人我真不认识,就是机场上认识的,我拉着他去的你家!"

黄梁阴沉着脸瞪着米拉:"机场上认识的,凭什么你说两句话人家就愿意跟着你去我家捉奸?男人什么样儿我再清楚不过,你不给他点好处他能听你的话？米拉，你太肮脏了，我以前以为你只是在深圳玩，你行啊你，你居然玩到首都机场卫生间里了？"

米拉气急，一杯茶泼到黄梁脸上，大骂着就要上去撕扯他，可是她毕竟是个女人，身单力薄，被黄梁一下抓住手腕，然后就是一巴掌，很瓷实地扇在脸上。

米拉坐倒在椅子上，下意识地捂住脸，脑袋里嗡嗡作响。

就在这时，她看见门被踹开，沈默势如破竹般地冲进来，一手抓住黄梁的肩膀，将他身子调了个个儿，另一只手握拳，朝他面门砸去。

黄梁怪叫一声捂住脸，可还没反应过来，沈默又是一脚，重重踹在他肚子上。

黄梁后退两步，后背撞在圆桌上却没能阻住势头，他坐倒在地的同时，桌椅板凳也翻倒一片。

听到包间里的响声，尚卫国跑到门口，看到这一地狼藉抚额道："我的天，这餐馆要改竞技场了。"

程昊赶紧安慰："我们赔我们赔。"

此时沈默已经冲到米拉身边，扶着她问："米拉，你没事吧？"

她拿开米拉的手，见她脸颊肿着，也是五个指头印，想想上午自己的待遇，竟然扑哧笑了。

米拉先是恼怒，然后惊异地看着她的左半边脸，"你的脸怎么肿了？也被人扇耳光了？"

"嗯哪。"小丫头还整了个东北腔。

两个人扶着坐在一块儿，你看看我我看看你，又都咯咯笑起来。

门口的两个男人瞠目结舌，对视一眼又看向地上的黄梁，黄梁捂着腰还在"哎呀哎呀"地叫，程昊赶紧上前扶起他："黄哥，你觉得怎么样？"

黄梁一看是程昊，顿时又羞又臊："你怎么在这儿？"

"我和沈默是来吃饭的，我先扶你起来。"

尚卫国叹口气道:"程秘书,你扶黄先生去隔壁坐,我把这里收拾一下。"

黄梁搭着程昊的肩,一脸痛苦地站起来,走到门口又转身,指着沈默和米拉:"臭娘们儿,我跟你们没完!"

见黄梁走出去,米拉收了笑容,眼泪哗哗往下淌,她倔强地用手背擦去,可是又有眼泪涌出来。

沈默知道这会儿劝也没用,站起来帮尚卫国收拾残局,"对不起啊尚老板,最近好像老把你这儿闹得鸡飞狗跳的"。

"没关系,人生本来就是一场戏,我这儿偶尔插播个小剧场也不错。"

沈默吐吐舌头,扶起一张椅子。

"看来你挺会打架呀?以前练过?"

沈默笑笑:"嗯,小时候身体弱,经常被班里的坏小子欺负,我爸就送我去学了跆拳道。"

"哈哈。"尚卫国想,也不知道言副总知不知道沈助理还有这身功夫,那他以后有得受了。

"尚老板笑什么?"

"没事没事。对了,我觉得你还是得劝劝米拉,黄梁既然要底片,给他就是了,这样纠缠不清的也不是个办法。"

沈默点头:"嗯,我也是这么想的。"

桌椅重新归置好,尚老板说去隔壁安抚下黄梁,让沈默再劝劝米拉,然后关上门出去了。

沈默站在那儿看着米拉还在抽抽搭搭,笑着道:"差不多得了,为个渣男值得吗?"

米拉抹了把泪道:"不是为他,是替自己不值,在一起三年了,今天才知道,他居然把我当成那种女人。他×的,我算是知道了,女人太要强太优秀,会被人说成是靠姿色卖身上位,他们从来不看我们有多努力吃了多少苦才换来如今表面的光鲜。可是男人就算是再渣再无耻,但凡他在事业上有点成就或是有钱,就会有人追着赶着说他优秀有上进心，从来没有人想过他究竟有没有付出努力有没有不劳而获。太不公平了，真他×太不公平了！"

沈默没工夫跟她一块儿感慨这个，坐下来按住她的肩："他要底片你就给他，你跟他这样纠缠有什么意义啊？你不是说过嘛，遇到渣男就要及时止损，不要浪费时间浪费生命啊。"

米拉皱眉道："不是我不愿意给，我真的不知道张易斌在哪儿，他的微信我删除了，他的手机号我也不知道啊。"

"行，你真行！你这是典型的过河拆桥，就冲人家大半夜陪着你坐在我家楼下等着，自己冻得乌眼儿青还把衣服盖在你身上，就不能得到这样的待遇啊！"

"你到底是向着谁啊！我还难受呢，你安慰我两句会死吗？"米拉把沈默的手甩掉，"我现在也没有办法，我就记得他说他是那个什么杂志社来着……"

沈默想起签租房合同后张易斌上楼，跟自己握手好像说了个杂志社的名字："叫什么秀什么的，好像是个英文名，对了，他没给你名片？"

"名片？"米拉眼睛一亮，拿起包就开始翻，把里面的东西都倒在桌上，扒拉来扒拉去，还真找到一张名片。

"*Show Time*杂志，张易斌，号码是……。"

沈默一边念着，一边拿出手机拨号，那边很快接通，沈默把手机递给米拉，她却不愿意接，她只好跟张易斌说了原委。

张易斌一听，问了地址说自己就在附近，他半小时内就过来。沈默忙不迭地说谢谢，然后才挂了电话。

她坐下来，用肩膀碰碰米拉："你说这位张助理是不是对你有意思？要不然能这么心甘情愿地为你跑腿儿？"

米拉横她一眼："别胡说，八竿子打不着的人，哪来的意思？一点意思都没有。"

"行吧，你最大你说了算。"沈默趴在桌子上，盯着桌子上的一块花纹发呆。

米拉在她后背上拍了一下："你的脸是怎么回事？"

沈默坐直："你不提我都忘了，你这一提，我就开始难受了。唉，我可能要被公司开除了。"

"什么事啊这么严重？"

沈默把事情的前因后果说了一遍，米拉一边听一边拍大腿："他×的，你们这位薛总不是东西呀，这分明就是把你当猴耍，亏你那时候还说，遇到个好上司好领导，还说他很器重你对你很好，原来都是有目的的啊！"

沈默托着腮："人类真是太复杂了，我想回我妈肚子里。"

"滚蛋！"米拉手指戳她脑门，"你有点志气成吗？对了，那你家言副总怎么说？所有的事全是因他而起，你就是个'背锅侠'，他不能放着不管吧？"

"这跟他有什么关系？明明就是薛山陷害我们。"

"哟哟哟，还说言副总不是你家的，这都开始我们了……"

"去你的！"

包房门被打开，尚卫国探头进来问："门口有位张先生，说是来给你送底片的？"

沈默跟米拉对视："这么快，不是说半小时吗？"

两人站起身，再看看对方的脸，又咯咯笑起来，尚卫国叹气道："俩傻丫头，快点吧，人家等着呢。"

张易斌站在门口，看见沈默和米拉走出来，再看两人的脸，就是一愣。

他走到米拉面前，上下打量她："黄梁打的？他人呢？"

说着话还捋了下袖子，米拉拉住他："算了，不关你的事，底片呢？"

张易斌皱眉盯着她的脸，然后拿出张内存卡："我想当面交给他。"

尚卫国忙道："不用了，我可不想我饭馆再发生流血事件。"

"当着你们的面还不成吗？"尚卫国看向沈默和米拉。

反正事情都到这分儿上了，丢人也都丢尽了，还有什么好遮掩的呢？米拉耸耸肩，一副无所谓的样子。

尚卫国这才松开张易斌，指了指包间："他在里面。"

"行！"张易斌捏着内存卡就往里走。

身后三个人正要跟着进去，就听见身后有人问："怎么都在这儿，这是干吗呢？"

三人转头，看见言辰走了进来，沈默下意识缩缩脖子，米拉奇怪地看她一眼，冲言辰瞪眼睛："言副总，我有话要问你。"

沈默赶紧扯扯米拉衣袖，尚卫国劝道："大小姐，你的事完了再说别的行吗？我还要做生意的。"

米拉瘪瘪嘴，走进包间里。

言辰走过来，看看米拉的脸又看看沈默，跟着他们走进包间，看见黄梁抚着腰一脸痛苦地坐在那儿，胸口还有个大脚印。

他愣了一会儿，问沈默："又打架了？"

沈默脸一红，垂眸点点头。

言辰弯了一下唇道："嗯，女中豪杰，真行。"

沈默头垂得更低，跟犯错的小学生被老师抓现行似的，米拉看着有趣有点想笑，感觉有两道怨恨的目光正盯着自己，抬头看过去，跟黄梁对视，恨恨地瞪了他一眼。

张易斌把内存卡放在桌上推过去："黄先生，这是你要的底版。"

黄梁一挑眉："谁知道你还有没有另外拷贝一份。"

米拉气得骂道："你当你是艳照门男主角呀，我们拷贝你那玩意儿干吗！"

黄梁冷笑，拿出手机取出卡槽，把内存卡插上验证了一下，然后取下来放进口袋里："照片的事说完了，咱们来说说赔偿的事儿。"

米拉皱眉道："赔偿？什么赔偿？"

黄梁指指胸口上的脚印，还有后腰："你们把我打成这样，想就这么算了？那不行，不然咱们法庭上见。"

沈默笑了："黄梁，你真是我见过的男人中最无耻的一位。"

黄梁嘿嘿一笑："沈小姐把我打成这样，米拉损害了我的名誉，珍妮说要跟我分手，我现在不能去美国了，还有可能丢了工作，这一切全是你害的。"

张易斌挥起拳头："你少给脸不要脸，你把米拉打成这样，我们还没跟你算账。"

程昊也劝道："黄哥，算了。"

尚卫国轻笑一声："黄先生，我以前觉得你挺像个男人的，现在一看，你连人都算不上。"

黄梁满不在乎地耸耸肩："工作和钱都没了，还要脸干吗？脸能换饭吃吗？"

言辰走上前，拿出自己的名片："黄先生是吧？如果你想起诉的话，我们奉陪，这是我的名片，我们会找专业的律师团队帮米拉打这场官司。如果黄先生手头不便的话，我们可以先跟法院起诉，这样的话，如果我方输了官司，你的诉讼费就算我们的。"

黄梁见言辰说得一本正经，心下有点怕，他其实就是被打了一顿气不过，想挣回点面子而已。

当下他抓起手机，恨声道："行，我走！不就是仗着你们人多吗？米拉你给我等着，这件事我跟你没完！"

黄梁走到门口，大家都让开一条道路，只有张易斌依旧堵在那儿。

黄梁皱眉道："让开，好狗不挡道。"

张易斌冷冷看着他："我能拍你一次，就能拍你第二次第三次，如果你敢再找米拉的麻烦，你放心，我会让我狗仔队的朋友跟你个把月，虽说你不是明星，可总有点不能见光的东西吧？我们也不用发网络发杂志什么的，就把你那点东西拍下来给你亲戚朋友看看，你应该能想到后果吧？"

黄梁一听这话，脸都白了，他瞪着张易斌："行，你狠！"说完他甩手走了出去。

尚卫国搓搓手:"怎么着?大家是准备散了呢,还是坐一起吃点?"

言辰看看大伙儿:"应该都没吃晚饭吧,那就坐下来一起吃吧,你看着弄菜吧。"

尚卫国点点头:"行,我得多弄几个清火的菜,今天大家的火气都大。"

看他走出房间,言辰招呼大家:"都先坐吧,能聚到一块儿也是不容易。"

既然言副总发话了,也没有人反对,于是大家拉开椅子围坐在圆桌旁,你看看我我看看你,一齐把目光投向张易斌。

沈默笑着用肩膀碰了下米拉:"米拉小姐,不给我们介绍一下你的朋友吗?"

米拉白了她一眼,不情不愿地说:"他叫张易斌,杂志社的。"

张易斌掏出一叠名片,起身后很周到地发了一圈:"大家好,我是 *Show Time* 杂志社的摄影助理,我叫张易斌,请多多关照。"

大家接过名片,也纷纷做了自我介绍,不过都只是说了名字,并没有拿出名片来。

言辰刚才拿给黄梁的名片还在桌上,刚好放在张易斌的面前,他低头念着上面的字:"言辰,敬一集团副总经理。"

然后他抬头,环视一圈:"你们大家都是同事吗?"

沈默笑着回答:"是的,我是言副总的助理,程昊是我们公司总经理助理。米拉是做什么的你应该知道吧?"

张易斌点头:"知道知道,哈哈,在座的都是职场精英啊。"

程昊看着他的名片,笑着问:"张先生是搞摄影的?那应该跟米拉是合作的时候认识的吧?"

张易斌正要回答,米拉在桌子底下狠狠踢了他一脚,他疼得皱眉,只好干笑道:"是公司派我给米拉小姐做专访的时候认识的。"

程昊点点头："嗯？您不是摄影助理吗？做专访不是记者的工作吗？"

张易斌"哦"了一声："其实，说得好听点我是摄影助理，难听点我就是杂志社所有人的跟班跑腿，有时候还得帮社长接送孩子呢。"

在知道了大家的身份后，张易斌还能这样自嘲式地说出这样的话来，倒是挺让人意外的。

程昊赶忙道："职业不分贵贱，都是靠劳动吃饭，自己做得开心就好。"

"嗯，我也这么想。我是从农村出来到北京来做北漂的，虽然现在混得不好，可是我已经拼尽全力了。我从来不回避自己的身份，我是什么样儿就是什么样儿，社会上大家的际遇不同分工不同，我觉得应该坦然面对自己和他人。"

言辰很赞许地点点头："对，张先生这话我赞同。"

一直不出声的米拉却低下了头，她跟张易斌是完全不同的想法，她一直介意别人知道她是从偏远的贫困山村出来的，履历上从来不写自己的家乡，只含糊到某省某市。

她以为大家应该都是这样的，她觉得我活的是现在，这些跟自己那普通甚至可以说是有些低贱的出身没有关系，这并不是不坦诚，只是有所保留罢了。

此刻听张易斌这么说，她皱着眉低下头，虽然她并不认为张易斌的话完全对，可是内心还是受到了一定的冲击。

沈默见米拉一直低头不说话，小声问她："米拉，你怎么不说话，脸还疼吗？"

米拉摇摇头："不疼，就是心情不好，不想说话。"

尚卫国拿了茶水进来，"菜马上就好，大家先喝口茶"。

沈默起身接过来给大家倒水，站在言辰身边时，言辰问她："你是跟米拉一块儿来的？"

沈默小声回答："不是的，我跟程昊一块儿来吃饭，遇到米拉和黄梁在这里谈判。"

言辰听了皱着眉，目光冰冷地看向程昊。

程昊那边正跟张易斌交谈着，感觉到有个方向冷飕飕的，他转头看过去，言辰却已经收回目光端起了杯子。

尚卫国回到厨房开始炒菜，他刚把锅洗干净坐上火，听到身后有人走进来，然后拉开言辰常坐的那张圆椅坐下来。

他也没回头，以为是言辰跟过来了，就笑着道："你在包间里坐着，又跟着我过来干吗，不会又遇到什么感情问题了吧？"

"啊？尚老板说谁啊？"

听见是个女人的声音，尚卫国回头，看见坐在那儿的竟然是方若雨，他吃惊地问："方秘书怎么来了？"

方若雨嘟着嘴："没地方去，只好来找你说说心事，你不是心理医生吗？"

尚卫国转回身炒菜，自言自语道："行吧，我这小馆快变成敬一集团的餐厅了。"

"啊？你说什么？"

尚卫国回答："没什么，方秘书来找我做咨询？你知不知道我收费很贵的？"

"喊！我有钱，你想要多少？还有啊，不要老是方秘书方秘书的，我现在是下班时间，我现在很讨厌秘书这个称呼！"

尚卫国笑了："我们言副总又怎么惹您了？你不是他的忠实'粉丝'吗？"

"别提了，我今天被沈默打了，他都不帮我说话，还把我批评了一通让我回家休息，自己好好反省。"

"啊？被沈默打了？"尚卫国失笑，看来沈助理今天火气很大啊。

他把菜盛出来："你等我一下，我把菜送过去，一会儿回来再说。"

"嗯，你快点，我好饿，我想吃上次你给我做的粥还有那个什么小豆腐。"

"知道了，方大小姐。"

尚卫国把菜端进包间，贴着言辰的耳朵小声道："方若雨也来了……"

言辰挑了下眉看着他，尚卫国就笑："我的馆子快成你们敬一集团的餐厅了，怎么样，要不要让方小姐过来一块儿坐，大家都是同事嘛。"

"去你的！"言辰说着话，还担心地看了一眼正跟米拉说话的沈默。

尚卫国了然地跟言辰对了个OK的手势，然后退了出去。

于是整个晚上言辰都提着一颗心，他怕一会儿吃完的时候出去碰到方若雨，倒不是害怕沈默吃亏，而是怕方若雨再像今天在公司那样，说出些过分的话来，让沈默委屈难过。

快接近尾声时，言辰先站了起来："我出去打个电话。"

出来后关了包间的门，他特意在客人中间找了一遍，并没有看到方若雨，于是又来到厨房。

"你不是说方若雨也来了吗？她人呢？"

尚卫国指指料理台上摆的碗筷："吃完了饭就走了呗，怎么你还想送人回家呀？"

言辰盯着空碗："她在这儿吃的？我的专属座位现在归她所有了？嘿，尚老师，你不会是喜欢上方若雨了吧？"

尚卫国正在擦料理台，听了这话面无表情："喜欢倒说不上，就是有点兴趣而已。"

"哦？"

在言辰看来，方若雨身上有着天下美女所有的毛病，自我感觉太好，以为所有的东西只要她想要勾勾手指就能得到；从来不顾及身边人的感受，凡事都以自我为中心，以为自己就是太阳，所有人都得围着她转。

他肯定方若雨工作上是有能力的，可是他并不喜欢她的性格，他觉得像尚卫国这样通透的老狐狸，怎么可能会喜欢上这么没有内涵又自私的女人呢？难不成就为了她的天使面孔魔鬼身材？

　　尚卫国回转身，见言辰正用探究的眼神盯着自己，他笑了，"你也不用想得那么下流，我就是觉得方若雨这姑娘挺有意思的，你们看到的只是她的表象。我倒是觉得她的内心挺单纯，只不过是生活太顺遂没吃过苦，再加上长得美，成长这一路都只遇到绿灯，就有点以自我为中心，点拨一下还是有救的"。

　　言辰讳莫如深地笑，走过来拍拍尚卫国的肩膀："行，那祝你好运吧。"

　　说完他转身要走，尚卫国却叫住他："我刚才听方小姐说了今天的事，你打算怎么办？沈默保得住吗？如果保不住呢？"

　　言辰挑了下眉："方秘书还真把你当知心大哥哥了，公司里这么机密的事都跟你说。"

　　"说人话！"

　　"得，我晚上已经去了薛山家跟他正式摊牌了，我以前是不在乎敬一总经理这个位置，我也无意于跟他竞争，可是他这样利用沈默，我看不过去，我打算跟他争争这个位子。"

　　尚卫国盯着他，长长叹了口气："你这么快就把自己的底兜给对方，你就不怕他此刻已经开始行动了？再说了，你公开挑衅他有什么好处？为什么不做好准备再出手呢？"

　　"来不及了，他下周回来就会开除沈默，我必须得做点什么。我明天上班就去找董事长，我会把事情原原本本跟他说清楚。"

　　"你这是在赌你知道吗？不仅是拿你自己的前程赌，更是连累了沈默。薛山能够坐上总经理的位子，那就说明他是有实力的，你现在空凭一腔孤勇，就能跟他抗衡吗？说不定到时候你和沈默都得卷铺盖走人，那你现在做这些有什么意义？"说到这儿，尚卫国皱紧眉头道，"你以前不是这么冲动的人啊，上位这么多年，应该也是看过经历过的，怎么这次这么冲动？"

言辰抿着唇没说话，尚卫国却笑了："哦……看来你小子这回是来真的了。唉，但愿你这一腔孤勇能感动上天吧。"

言辰耸耸肩："走一步看一步吧，实在不行，我就自己单干，在敬一做这些年，手头还是有些资源的。"

"嗯，你心里有数就好。"

"我去结账，结完账就走了，不跟你打招呼了。"

"哎，记得把以前欠的也一块儿结了啊。"

言辰笑着走出厨房，正好看见沈默从门口进来，看见言辰，她迎上来："你去哪儿了？你说你在外面打电话，我找了半天也没找到人。"

言辰盯着她的眼睛，浅笑着问："找我做什么？"

那双眼睛里的星光让沈默脸红，她低下头："就是想问问你，晚上做什么去了，不会是做危险的事吧？"

"哟，想不到沈助理这么关心我。"

沈默的脸更红了："不是的，不不不……是的。哦不不不……"

言辰忍不住笑出了声："放心吧，我没事，我这么大个人了，知道自己在做什么，我们进去吧，大家都等着呢。"

两个人走进包间，看见那三人已经起身准备离开了。

于是五个人一起走出去，言辰过去收银台那边结账，服务员笑眯眯地说："言先生，您的朋友已经结过了。"

言辰诧异地转头，程昊笑着说："大家一块儿吃饭，不能让言副总破费。"

言辰眼神冷了冷："那下次我再请大家吃饭。"

张易斌作为三位男性之一，倒是一副泰然自若的样子，他收入没有他们高，而且程昊已经结过账了，更加没有必要为了面子再去假客套。

米拉站在他身边，哼了一声道："你还真不客气。"说完，擦着他的身体大步走了出去，张易斌愣在那儿，随即看着米拉的背影摇头，无奈地笑了笑。

五个人走出小馆大门，问题又来了。

言辰提出要送沈默和米拉，可是沈默是跟程昊一块儿来的。

沈默不好意思说什么，只得为难地看看这个又看看那个。

米拉皱着眉道："言副总送我们吧，我有事要问你。"

程昊和张易斌听了都看向米拉，她有事要问言辰，她能有什么事呢？

说完，米拉拉开言辰的车门便上了车，沈默只好跟程昊挥手："那我们先走了。"

程昊笑着点头："嗯，注意安全。"

剩下程昊和张易斌两个男人，气氛有点尴尬，程昊问道："张先生住哪儿？我顺路送你一程？"

"你把我搁在前面的地铁口就行了，我搭地铁回家。"

"行。"

两个人上了车，车子往前开，张易斌看着程昊问："你们都在敬一集团上班，应该认识很久了吧？"

"沈默上个月才进公司，米拉呢，是我通过黄梁认识的，黄梁跟我是校友，他大我几届，我们以前经常一块儿打篮球，工作后还在联系，算是不错的朋友，毕竟是同学情嘛。"

张易斌点点头："嗯，理解理解。"

程昊笑着问："对了，你只是给米拉做过专访，怎么会跟着她去黄梁家呢？而且还帮她拍照片？"

张易斌想起那天凌晨的一幕幕，不由得笑了："这一时还真不知道从何说起。"

程昊以为他是不方便说，便也没再追问。

张易斌却害怕他误会自己跟米拉的关系似的："程先生别多想，米拉跟我真的只是她下飞机那天认识的，我跟着她一块儿跑到黄梁家纯属巧合。"

当下他便把那天发生的事情讲了一遍，程昊静静听完，瞥了他一眼:"张先生好像挺维护米拉的嘛。"

"嗯,就是觉得吧,这女孩挺与众不同的。"

是吧,一切都是从觉得这女孩与众不同开始的,她站在人堆里,周遭有那么多比她好看的姑娘,可是偏偏,我一眼就瞧中了她。

程昊有些感慨,对于沈默,他自己也是这样的感觉。只是他现在越来越明白,沈默的眼睛,只有看到言辰时才会发光。

言辰的车里,坐在后排的沈默一脸紧张地拽米拉的衣角,米拉拍开她的手,质问言辰:"言副总,你上回答应我要好好照顾沈默,今天沈默在公司被你的秘书打了,你难道就这么算了?"

见言辰抿着唇不出声,米拉又道:"这原本是你跟薛山之间的权力相争,沈默根本就是无辜的,她夹在中间成了你们权斗的牺牲品,她招谁惹谁了?言副总,看在沈默对你忠心一片,你真不打算做点什么?你就眼睁睁看着沈默被开除吗?她一个姑娘家,背上这样的污名,你俩要是有什么也就算了,关键是根本就没什么呀!这让沈默以后怎么见人,她还怎么找男朋友啊?现在好了,为了你,工作要丢了,名声也毁了……"

言辰突然道:"我会负责的。"

米拉心头一喜,却假装没听清:"你说什么?"

言辰提高声音道:"我说,我会负责的,不管是她的工作还是名声,我都会负责。"

"噢?你打算怎么负责?"

"我今天晚上已经找过薛山,明天上班我就会去找董事会说清楚这件事,除非我离开敬一,否则谁都不能开除沈默。至于她的名声……"

米拉两手扶着前面的座椅,身子往前倾,故意板起面孔:"对呀,那她的名声怎么办?"

"只要沈默愿意,我可以跟她确定关系!"

言辰这话说完，车里寂静一片，沈默愣愣地盯着他的后脑勺，看样子还没反应过来。

米拉突然爆发出大笑声，然后拍着大腿说："我明白了，有言副总这句话就够了，成，我放心了。"

第二十九章　接着演无间道

沈默出门挺早的，主要是因为昨天晚上言辰的话吓住她了，再加上米拉的调侃，她一整夜翻来覆去地都没睡好。

那一句"只要沈默愿意，我可以跟她确定关系"，就好像闷雷一样在她头顶炸响。

从昨晚到早上起床，她整个人还是懵懵的，就这么蒙蒙地来到公司打卡上楼。电梯里的同事倒不像昨天那样对她议论回避了，不过看她的眼神还是带着半分鄙夷半分羡慕妒嫉恨。

坐在自己的办公室里，她归整好东西，看看时间已经九点十分了，可是言辰还没来。

沈默想起昨天晚上他说，今天上班要去董事会的，她的心又提了起来，如果各位股东根本不听他辩解，一怒之下把他赶出公司怎么办？

沈默想，事情出来之后，言辰完全可以选择无视。她这个生活助理本就是薛山硬塞到他身边的，明眼人都能看得出来，薛山就是为了让沈默给他当卧底。

言辰趁着这个时机把沈默开走不是更好吗？他为什么还要冒着自己的职位受到波及的危险去找董事会，仅仅是为了维护她沈默呢？

啪！一叠文件摔在桌上，沈默回过神，抬起头，看见方若雨厉目瞪着她。

"方秘书，有事吗？"沈默冷淡地问。

方若雨质问道："你知不知道言总去哪儿了，他为什么没来上班？"

沈默皱眉道："我怎么知道啊？你是言副总的秘书，你不知道吗？"

"你……"方若雨气得指着沈默，"你别得意，言梦的面试已经通过了，她很快就会来公司上班，哼，到时候有你受的！"

沈默叹口气："唉，你俩双贱合璧，恭喜恭喜。"

方若雨微昂着头，起初还挺得意，回味了一会儿觉得不大对，她厉喝道："沈默，你什么意思啊！"

"呵。"沈默一摊手，"我能有什么意思，我什么意思也没有。"

桌上的电话响了，沈默拿起来接听，方若雨还要叫嚣，可见沈默一脸严肃地叫了声"薛总"，她立刻闭上了嘴。

沈默听到电话那头薛山说："你现在到我办公室来一趟。"

沈默起身，恭敬地道："好的，薛总，我马上来。"

说完她挂了电话就要走出去，方若雨跟着她："喂你上哪儿去？言总回来问我怎么说啊？"

"你没听见是薛总打的电话吗？他让我去他办公室。"

方若雨愣了下，随即幸灾乐祸地道："哦……沈默你完了，薛总本来在市里开会，为了你的事特意回来的，哈哈，这下有你好看了。"

沈默走到电梯口按电梯，转身瞪着方若雨："我等下好看不好看我不知道，我只知道昨天在卫生间里你很好看，穿着套裙摔个面朝天爽吗？也不知道有多少人看到方秘书的春光。"

"沈默！你……"方若雨气得柳眉倒竖，可昨天见识了沈默的身手，她再也不敢上前。

沈默冲她做了个鬼脸，抬脚走进电梯。

电梯门关上，沈默的脸色沉了下来，她怎么可能不担心呢？可是不是为自己，而是为言辰。

言辰还没从董事会那边回来，薛山却在开会的时候回到公司了，这说明一定是有了什么决策性的变动，需要他这个总经理亲自部署了。可是他走的时候明明说过，公司的大小事务由言辰来决定的啊，那么就很有可能，言辰已经被董事会裁定削职了，所以薛山这个总经理只好回来主持大局。

想到这儿，沈默的心就往下沉，事情怎么会变成这个样子呢？也许一切全都要怪自己，是她不够聪明，不懂得变通。

当初薛山把她派到言辰身边时自己其实是明白薛山的目的的，她就该直接告诉言辰，这样他就有所防范了啊。现在好了，为了她言辰可能丢了副总的位置。想到昨天晚上他郑重其事地说要保住她沈默的职位和名声那种口气，再想想今天他就把自己的职位给丢了，沈默鼻子一酸，险些流出泪来。

叮——

电梯到了顶层，沈默吸吸鼻子走出去。

程昊站在秘书室门口，看见沈默："放心，不会有事的。"

"我知道，谢谢你。"

沈默说完就去敲门，里面传来薛山依旧浑厚的声音："进来。"

"我进去了。"沈默跟程昊招呼一声，推门进去。

薛山并没有坐在桌子后面，他背对着门站在落地窗前，手里夹着一根烟。

听到门的开关声，他并没有转过身来，而是沉声问道："沈助理来了？"

"是的，薛总您好。"

薛山转过身，沉着脸看着沈默："沈助理，你知不知道我一直对你很器重？我让你去言副总身边，是为了让你跟着他学习的，你们现在搞成这样，像什么样子！"

沈默低着头，两手在身前交握："薛总，那是个误会，我和言副总真的没什么的。"

"没什么？人家照片都拍出来了？你说没什么，那是我们这些看照片的人都眼瞎，看不出你们两人的关系吗？"

沈默抬头道："薛总，不是这样的。言副总是被人陷害的。"

"你说什么？"薛山挑眉，厉目瞪着沈默，"你再说一遍？"

沈默鼓足勇气说道："言副总是被人陷害的，而且前天晚上的晚宴，那些人是故意灌醉他的，一切都是有预谋的。您想想，怎么那么巧就有人跟着我们到敬怡酒店，怎么那么巧言副总就被他们灌醉了，又怎么那么巧，我帮言副总系安全带，扶着他下车送他回家都被拍下来，而且抓拍的角度还是那种……"

"够了！"薛山打断沈默，大手在空中一挥，"沈默，我以前一直觉得我没看错你，你是个诚实优秀的姑娘，我今天才知道，原来你也跟他们一样，为了目的不择手段，出了事就巧舌如簧地把一切罪责推卸在别人身上。"

沈默再也忍不住，泪水一下子涌出来："薛总，您怎么能这样冤枉我啊，我真的没做过啊，我跟言副总真的没什么的。"

薛山坐回到办公桌后，把烟按灭在烟灰缸里，看着沈默站在那儿啜泣。

他心头冷笑，小丫头就是小丫头，一吓唬便六神无主了。

过了好一会儿，他的脸色缓和下来，摆摆手对沈默道："你过来坐下。"

沈默走到他对面的椅子旁坐下来，用手背抹着泪水，薛山叹口气，拉开抽屉拿出一盒纸巾递过去。

沈默说了声谢谢，接过来抽了几张擦着脸。

薛山柔声问："好些了吗？"

沈默点点头："嗯，谢谢薛总。"

薛山长叹一声，后靠在椅背上抱着双臂："我正在开会，接到郑董事的电话，劈头就把我给批了一顿。还说言辰现在就在董事会那边，他把一切罪责都归咎在你身上了！"

沈默瞪大了眼睛，用难以置信的口气说："啊？这怎么可能？"

薛山点头，显得很沉重的样子："我也没想到啊，言副总竟然是这样的人。不过你放心，我已经替你跟董事会求情了，还做了保证，你不是那样的人，不会为了升职就去讨好上级的。"

沈默听完刚才薛山的话已经蒙了，她不相信言辰是这样两面三刀的人，昨天晚上他明明保证了的，他说他要把这事承担下来，还要对她负责到底，这怎么才过了一夜，就什么都变了呢？

她脑子里一团乱麻，薛山说了什么，她都只是含糊地答应着。

薛山见她应声，又接着说道："为了你的事，我还专门跟董事会各位股东开了次视频会议，我们商量了下，你现在留在言辰身边毕竟不合适了，先把你调到业务部挂职，不过因为你之前一直在言辰的AI团队，就还让你在团队里面工作。沈默，我说的话你听清楚了吗？"

沈默抬起头："啊？"

薛山皱眉道："我知道被自己信任的上级出卖，让你心里不好受，可是你现在难过也没有用，倒不如珍惜这个机会，在业务部做出一番成绩来。"

"不做言副总的生活助理了？让我去业务部，做什么呀？"

薛山只得再重复一遍："先在业务部挂职，给你留个工位，因为你之前在言辰的AI团队，你目前还在团队里工作，等到这个项目结束再决定分配你到哪个部门，或者到时候你想到我这里来跟着我，也是可以的。"

这话明里暗里的意思，还是想招安沈默，只要沈默答应，那么她留在AI团队里，就依旧是薛山安插的一个卧底了。

其实昨天晚上言辰到薛山家里闹了那一出后，薛山仔细思量过了，这几年言辰在公司风头很盛，好几个大项目都是他谈下来的，所以董事会才对他如此器重，就连他越级请求AI项目的责任都不追究，还破格让他自己组建团队，不需要对薛山汇报。所以现在跟言辰闹僵，对他薛山没有好处。这次的事说穿了也就是作风问题，抛却公司制度不说，沈默和言辰一个未嫁一个未娶，真的在一起了只是换个部门或者其中一个人换个工作的事，真正想要把言辰扳倒，还是得等待一个大的机会。

经过一番思考,薛山给几位董事分别打了电话,还邀请大家召开了一次视频会议,简单汇报了一下照片事件后,又说了言辰今天到他家里来吵架的事情。当然是把自己的责任择得干干净净。

董事会成员听了也很意外,安抚了薛山几句,然后问他的意见,薛山就把自己的想法说了。

说完后他好一番得意,这次的事虽然对言辰没有什么实质性的打击,可是毕竟在董事会那边给他树立了一个恃宠而骄的负面形象,而且公然违反公司制度跟女下属谈恋爱,虽然不是什么原则性问题,可说出去总是不大好听的。

而他薛山主动跟董事会汇报此事,既显得自己大度宽容,还给了年轻的下属改过的机会。

这会儿他又在沈默面前摆了言辰一道,他相信自己说言辰在董事会那边把责任推卸到沈默身上这样的话,以沈默一个姑娘的面皮,是不可能去找言辰对峙的,所以这是死无对证的事儿。

如果现在沈默能够听从他的安排继续在AI团队里当卧底的话,那他薛山就既利用了沈默,还会让沈默觉得自己对她是用心良苦的栽培,那就是一箭N雕了。

薛山说完,眼巴巴看着沈默,见她还是一副呆愣的模样,有点不耐烦地问:"沈默,我说了这么多,你听明白了吗?"

那一会儿工夫,沈默已经把思路给整理出来了,她抬起头,眸子晶亮地望着薛山:"所以薛总的意思是,还让我在AI团队里工作,等到这个项目结束后,再把我分配到其他部门,如果我想的话,还可以过来跟着您工作?"

薛山点点头:"你同意吗?"

沈默突然笑了,不知为何,薛山觉得她这笑容凉凉的:"我在团队里工作的时候,是不是还得向您汇报团队里的任何动向?"

薛山愣了下,他没料到沈默会问得这么直白,他一摊手:"这个没有做硬性要求,除非沈助理觉得有必要的话,是可以来跟我汇报的。"

沈默"嗯"了一声:"好的,薛总,我明白了,那我什么时候去人事部报到?"

"下周一吧,我会跟人事部打招呼的。"

沈默站起身:"行,言副总这边还有些工作,这几天我也交接一下。"

"好,我会通知人事部,让他们给你安排工位。"

"谢谢薛总,那我出去了。"

回到八楼,沈默见言辰已经回来了,她敲敲门,不等言辰回答便推门进去。

看见沈默,言辰脸色沉重:"薛山找你了?"

"嗯。"

言辰看定她:"他跟你说了什么?"

"主要是两件事:一、他说你在董事会那边承认了照片里的事,还把责任都推卸到我的身上;二、他说他跟董事会求情,保了你跟我,不过我不能再跟在你身边,而是让我去业务部挂职,不过因为之前我在AI团队里,所以我现在还在团队里工作,等到项目结束,再安排我去其他部门。"

说到这儿,沈默笑了下。

言辰看着她,也笑了:"还有呢?"

"薛总说,到时候只要我想,我还可以去他身边做他的下属,归他直接领导。"

接下来言辰和沈默不约而同地开口:"代价是……把AI团队里的一切动向汇报给他,接着演无间道。"

说完,两个人都有点吃惊地盯着对方,过了两秒,都会心地笑了。

言辰突然有种冲动,他想上前抱住沈默,跟她说……说什么呢,其实他也不知道,面对着这个姑娘,好像有许多话想说,可是话到嘴边,却又不知从何说起了。

"你就没有一丁点的相信薛山的话?我在董事会那里,真的把责任都推到你身上吗?"

沈默直视他的双眼,摇摇头说:"我不相信,我只相信我昨天晚上亲耳听你说过的话,你说你会负责的,不管是我的工作还是名声,你都会负责。"

沈默那话是不假思索说出来的,却也正是因为对言辰的信赖和自己都说不清道不明的情愫。

可是说完了才意识到以两人现在的关系并不合适,她的脸红得跟熟透的苹果一样,羞涩地低下头。

言辰直直盯着她好一会儿,然后笑着道:"你坐。"

沈默站在那儿,两手在身前交握:"不用了,言副总,我已经答应了薛总的提议,这几天我把工作交接一下,下周一就去业务部报到。"

看到沈默那种小女儿的娇态,还带着几分忸怩,言辰更觉得可爱。

他笑着点点头:"其实在这一点上,我跟薛山倒是想得挺一致的。你还记不记得我上次跟你提过,想让你负责项目中跟厂方沟通和人事安排方面的工作,我原意也是打算先把你调到业务部,不过一直在考虑以什么由头调你过去。现在薛山提出来让你去业务部的同时还可以留在项目团队里,这刚好是个机会。不过我们的事就……"

沈默一听这话,脸更红了,她以为言辰是说自己让他负责名声的事,低着头小声道:"这些都不着急,等到项目完成后再说吧。"

言辰笑了:"我是说照片的事,虽然我已经让信息部把帖子删除了,可到最后也还是没有帮你澄清误会。"

原来是自己自作多情了啊,沈默抬起头,看见言辰正似笑非笑看着她,这才意识到,他是在逗她。

沈默气得鼓着腮,顿足道:"言副总!"

言辰摊摊手,笑得眉眼弯弯:"嗯?"

外面响起敲门声，言辰轻咳一声收了笑容，瞥了沈默一眼，沉声道："请进。"

方若雨抱着文件走进来，看见沈默低头站在那儿，狠狠瞪了她一眼。

可是凭着女性的直觉，她能感觉出这房间里的氛围不大对头，她不由得多看了沈默两眼，见她脸红到了耳根处，而言辰的眼角眉梢也是抑制不住的笑意。

哼！方若雨心想，肯定是沈默又在使什么法子勾引我的言总了，真是太可气了，沈默去了薛总那里回来，不是应该哭哭啼啼地卷铺盖走人吗？怎么看起来还挺开心的样子？

"方秘书，有什么事？"言辰的话将方若雨的思绪拉了回来。

方若雨把文件放在言辰面前："言总，这些文件需要您签一下。"

言辰拿出钢笔，低下头翻阅着文件。

方若雨想了想问："言总，我刚才在茶水间听说薛总上午来公司了？他不是在市里开会吗？公司有什么重大的事需要他亲自回来处理的啊？"

言辰抬头，目光冰冷地看着方若雨："那你应该去问薛总。"

方若雨吃了个瘪，红着脸低下头去。

沈默说："言副总，没什么事的话我就出去了。"

言辰嗯了一声："你现在手头的工作也就是AI项目的会议记录和一些文件吧，这个也不需要跟谁交接，反正你还在团队里，自己带走就好了。"

沈默点点头："好的，言副总。"

方若雨听到言辰说"带走"两个字，心头大喜，等到沈默走出去，她迫不及待地问："言总，沈助理要去哪儿呀？她不做您的生活助理了吗？"

"薛总调她去业务部，不过她还是在AI项目团队里，我会安排她做其他的工作。"

前半句方若雨听了几乎心花怒放，可是后半句却兜头浇了她一盆冷水。

这算什么嘛！明明调去业务部了，为什么还要在团队里，那岂不是还得天天在言总眼前晃吗？这跟不调走又有什么区别？

她就搞不明白了，沈默到底有什么魅力呀！明明犯了这么大的错，薛总不开除她也就算了，还把她调到公司最重要的业务部门。

太气人了，真的是太气人了！一想到昨天自己被沈默摔得四脚朝天，方若雨气得想把牙齿咬碎。

她必须做点什么，不能让沈默就这么顺风顺水地在敬一待下去。

言辰签完了文件，交给方若雨，他看着她，冷冷地道："大家都是同事，而且还在一个团队里。我不希望看到因为个人的一些情绪和误会，而影响团队的进度。"

这话里的警告意味如此明显，而且只是针对方若雨她一个人，她听了心里很难受，可是表面上只能恭敬地答应着。

回到办公室，她拿起电话，打给了业务部经理……

快中午时，林倩倩在微信上呼叫沈默，说她知道公司后面小巷里新开了一家小吃店，邀她一块儿过去尝尝。

沈默知道林倩倩一向节俭，中午不在公司餐厅吃而是邀请她出去吃，就是为了让她散心，害怕她坐在餐厅里被人指指点点再想起照片的事情来。

沈默心里很感激，爽快地答应下来，正准备放下手机的时候，就想起言副总中午该去哪儿吃饭呢。

她在微信上找到言辰的私人号码，手指轻抚犹豫着，到底要不要问问言辰，又或者直接给他带一份饭回来，可是他喜欢吃什么呢？

正胡思乱想，手机又响了，是米拉打过来的："沈小默，中午我们去给新房子买些东西吧？"

"啊？可是我刚才约了同事吃饭呢。"

米拉笑了："嘿，你正处在这风口浪尖上，居然还有人肯约你吃饭，这人心真大，就不怕被你连累啊？"

沈默笑骂："去你的，你以为谁都像你这样现实、没心没肺啊？"

"嗯，这个社会没心没肺才能提高生活质量，要不然你天天牵挂这个担心那个，自己的日子都没活明白呢，心全操别人身上了，关键是你最后落着好儿也行呀，可现在的人吧，大部分都是白眼狼啊。"

沈默道："你现在张口闭口负能量，这样吧，我把这心真大的人叫上，我们一块儿去逛街好不好？"

"是美男就行，我现在缺，要是女的就算了。"

沈默笑着道："嗯，就这么定了。"

挂了电话，看看表十一点五十九分，她起身收拾了一下，走出办公室锁上门，看见玻璃窗里言辰还在伏案工作，就过去敲了敲门。

言辰没抬头，说了句："请进。"

沈默走进去："言副总，我出去吃饭了。"

"嗯？要出去？不在餐厅吃吗？"

沈默回答："米拉约我出去给新房子买点东西，我约了林倩倩一起。"

"林倩倩？"言辰皱了下眉，"哦，我知道，她是人事部的实习生。"

"嗯，我刚进公司时薛总把我安排在人事部，那时我的工位就在她对面。她工作能力挺强的。"

"我看过她的简历，当时她竞聘的是业务部，我记得好像是因为业务部那年只有一个实习生名额，所以她自动退出了，后来就去了人事部，她的面试和笔试成绩还是不错的。"

沈默联想到祝贺，听林倩倩说，当时他俩是一块儿进公司的，难不成一起竞聘业务部,可是为了让祝贺能顺利入职,她才选择了退出?

见沈默发呆,言辰笑着问:"沈助理,又想起什么了?"

"哦,没什么,言副总,需要给您带一份饭回来吗?"

言辰看定她,心里又暖又甜,小丫头开始关心他了,这算不算是良好的开端?

他摇头道:"不用了,我中午有事要出去,谢谢你了。"

沈默"嗯"了一声:"那我走了。"

"嗯。"言辰说完就又将视线移向显示器了。

沈默转身出去,心里莫名地酸楚,因为她想起上次和林倩倩一起在公司附近的咖啡馆,看见言辰跟一个女生约会,而且当时桌上还放着一大捧红玫瑰,那红玫瑰肯定不是女生买的!

来到一楼,沈默看见林倩倩站在门口正等着她,她迎上去,林倩倩亲热地挽住她的胳膊。

"走吧,那家小吃店新开张,转发朋友圈可以买一送一。"

沈默笑着说:"刚才米拉打电话约我去给我们新房子买东西,要不你跟我一块儿去吧,我顺便介绍你们认识呀?而且你还能去我们的房子看看,也算认认门儿。"

沈默在林倩倩面前没少提米拉,在她心里她的闺蜜是业内精英气质美女,做事果断凌厉,待人真诚直爽,唯一的毛病确实就是那张刀子嘴,只要她看不顺眼,那小嘴能把人给说死。

林倩倩性格柔弱,当时听了就有点怕米拉,现在沈默说要介绍她俩认识,她就更怵了。

"那你们去吧,我就不去了。"

沈默挽着她的胳膊往外拉:"走吧走吧,我知道你是怕我在餐厅里吃饭尴尬,才特意叫我去后面小吃店吃的,你现在再回餐厅,好吃的菜都已经给抢光了。乖乖听话跟我走,别怕,米大娘其实是只纸老虎,外表看着凶,其实心肠很软的。"

林倩倩听沈默叫米大娘,有点哭笑不得,就这么被她硬拽上了公交车。

两人租住的房子离敬一总公司有五六站路的距离，到了站点下车，沈默看见米拉就站在站牌底下，她拉着林倩倩下车，跑到米拉面前："米大娘，我们来了！"

米拉打量林倩倩："怎么是个女的啊！"

这一句话就把林倩倩的脸给说红了，沈默笑着打了她一下："我什么时候跟你说是个男的了？"

米拉身后凑过来个脑袋，笑嘻嘻地说："我是男的。"

沈默一看："张助理，你怎么也在这儿呀？"

张易斌笑得很憨厚："米拉的专访定稿了，可是总编说要给她拍几张生活照，所以我就跟来了。沈小姐，你不会嫌我多余吧？"

"哪能呢，我们要去买东西，多个男劳力正好。来，我介绍一下。"

沈默当下给双方做了介绍，米拉看着林倩倩，坏笑着说："小姑娘长得不错呀，盘儿亮条儿顺，要不要考虑给我做模特？"

"米大娘，你别摆出一副旧社会老鸨的样子成吗？你会吓着倩倩的。"

米拉冲沈默瞪眼睛："老鸨你个头呀，鸨字怎么写你知道吗？"

"不……不知道。"

"不知道你就乱用，一边玩儿去。"

林倩倩被两人吵嘴的模样给逗乐了："哈哈，你俩住在一块儿一定很开心，天天吵吵闹闹的。"

三个女孩往前走，张易斌脖子上挂着他那架三万多的单反相机，在后面跟着，不时拿起单反这儿拍一张，那儿拍一下。

米拉听了笑着道："刚好我们还有个小书房，你要是不嫌弃也可以搬来住，这样我们分摊房租，算下来每个人每月就能节省不少了。"

沈默也很高兴："对呀，倩倩，你那边不是住得不开心吗？等你房子到期了，就搬过来跟我们一块儿住吧。这样房租也能分摊些，而且离公司也近，最重要的，三个人热闹。"

林倩倩也笑了："行，我就怕你们嫌弃我。"

米拉一挥手："你把家务都包了，就没人嫌弃你，沈默要是敢嫌弃你，我就打她屁屁。"

"好呀，没问题，做家务可是我的强项呢。"

米拉看着她："嗯，一看你就是贤妻良母型的，怎么样，有没有男朋友？要不要姐姐给你介绍几个？"

沈默怕林倩倩想起祝贺，赶紧笑打岔："介绍什么呀，我们现在还年轻，正是需要好好工作的年华，谈什么恋爱呀，谈恋爱浪费时间。"

米拉撇撇嘴，心说这丫头是名花有主了吧，所以跟这儿站着说话不腰疼。

不过她提到工作，米拉刚才就想问沈默，言辰答应替她出头的事办得怎么样了，可是碍着林倩倩在就一直没问。

这会儿她问道："你工作上的事怎么样了？公司领导怎么说？"

"让我去业务部，下周一上岗。"

米拉听了点点头，心说这言副总是真男人，说话靠谱，就是现在不能问关于沈默名声这事儿他打算怎么办，不过能在薛老狐狸的陷害下把沈默给保住，她在心里就给他点了个赞。

"去到新环境，行事要小心些，可千万别再犯这样的错误了。"米拉叮嘱道。

沈默笑着道："知道了，米大娘，我心里有数。"

米拉撇撇嘴："你有数？人家对你好一点你就恨不得把心掏出来，你有数才怪。"

沈默把头靠在她肩上，像小猫一样蹭着："其实我不像你想的那么弱，真的，不信你问倩倩，她可以证明。"

林倩倩听了，忙不迭地点头道："真的真的，沈默很厉害的，昨天一个过肩摔就把方若雨给摔了个四脚朝天，听说同事们都看呆了。"

"唉,看来你也是个傻丫头,光会打架有什么用啊?这个世界有许多事,是打架解决不了的。"

沈默说:"不管怎么样,我还是愿意相信这世上大多数人是善良的。如果天天都要防着这个防着那个,那不得把自己累死呀。"

米拉手指去戳沈默脑门:"你这丫头……"

沈默笑着躲开,问身后的张易斌:"张助理,你说我说得对吗?"

张易斌哈哈一笑:"我觉得害人之心不可有,防人之心不可无,还是小心点的好。"

米拉翻个白眼:"瞧吧!"

沈默一撇嘴不满地道:"张易斌,你真没原则!"

"嘿嘿,原则又不能当饭吃。"

沈默见他余光看着米拉,心里也明白了几分,她看着张易斌意味深长地笑了笑,转头问米拉:"米大娘,我们去哪儿呀?"

"当然是宜家了,我在深圳就想念宜家一块钱的冰淇淋,啧啧,真是又便宜又好吃,就是太忙了一直没空去,现在到了北京终于有机会了,我得多吃几个。吃饱了就在里头逛逛,把该买的都买了,既节约时间又享受了美食,想想都觉得幸福。"

米拉一边说一边挽着沈默的胳膊快步往前走,沈默见米拉说得眉飞色舞,也不知她是真的忘了情伤还是装出来的,不过这样也好,就算现在笑容是假的,笑着笑着,就会成真的了吧。而且现在她身边还有个张易斌,这人看起来倒也挺不错,哪怕不知道未来结果如何,能有个人陪着她,总是好的。

于是四个人来到宜家,饱餐了一顿后张易斌抢着把账付了,然后又楼上楼下逛了一大圈,买了好多东西后,在售后部写了地址,让他们明天中午送到新租的房子那边。

看看时间也快两点半了,便准备各自回去工作了。

站在路边等出租车的时候,米拉的电话响了,她看见那个号码,皱了下眉,扫一眼张易斌和林倩倩,对他们说:"我接个电话。"

然后她一边接听一边走到离他们远远的地方,张易斌觉得奇怪,就问沈默:"什么电话这么要紧,还得避开我们,不会又是黄梁打来的吧?"

沈默也摇头:"不知道啊,应该不是黄梁吧,他俩的事我们都知道的,就算有倩倩在,以米拉的性格也不会避开她的,应该不是黄梁。"

"那就怪了。"张易斌挠挠头。

敬一集团离宜家比较远,沈默看看表:"我和倩倩要迟到了,就不等米拉了,你一会儿跟她说一声,我们先走了。"

张易斌道:"行,你们走吧。"

"嗯,拜拜。张易斌……"

没等沈默把话说出来,张易斌笑着点头:"放心吧。"

沈默和林倩倩上了出租车,两个人并肩坐在后面。

林倩倩问:"米拉人真好,说话爽快又好玩,以前听你说,我觉得她挺厉害的呢。"

"那是你没见她爹毛的时候……"

林倩倩笑了:"再爹毛能有你厉害?还会跆拳道,现在公司上下都传遍了,言副总的生活助理是个武林高手,大家以后都得躲远点,不该说的话在她面前千万别乱说,否则会挨打。"

"行,这样也不错,起码我耳根清净了,他们想在背后议论就随便议论吧,反正我也听不见,我更不在乎。"

林倩倩侧头,用敬佩的目光看着沈默:"沈默,有时候我觉得你好勇敢,真的。就像你进公司第一天帮我出头,你不知道我当时都吓死了。还有上次在餐厅,你帮我打于晴晴……沈默,你现在在我眼里,就是个英雄般的存在呢。"

沈默笑着道:"我觉得没什么啊,只要自己行得正坐得端,没必要害怕那些坏人。倩倩你也是,你以后不要那么软弱了,太软弱了总会被人欺负。那些人对你呼来喝去地使唤都成习惯了,尤其是吴主任，天天把自己的工作推给你，你打算一直这样下去啊？"

林倩倩无奈道："有什么办法呀，谁叫我是实习生呢？有时候做不下去了，我就给自己打气，没关系的，多做点权当学习了，我现在还年轻，学到的都是自己的本事，以后会用得着的。"

沈默白她一眼："你就不怕在办公室过劳死啊？东西没学到多少，倒先把自己累死了。"

林倩倩失笑："没那么严重吧？不过就是多打几份文件，这些我做熟了的，再说我手很快，你知道的。"

林倩倩冲沈默眨眨眼，沈默叹口气，想到中午言辰说的话。

"对了，我听说你进公司时，应聘的是业务部的职位？怎么后来跑去人事部了？"

提到这事儿，林倩倩的笑容消失了，她叹口气："当时听说敬一业务部招聘两个实习生，我跟祝贺都投了简历，我俩商量着隐瞒恋人关系，一块儿进业务部的话，工作上也好有个照应，而且我也很喜欢业务部的工作氛围，我觉得那是对我性格的挑战。可是后来我们面试和笔试都通过了，业务部经理却通知我们，只有我被录用了。祝贺当时很伤心，求我把这份工作让给他，还说我的成绩好将来有很多机会，只要他进入敬一，就会找关系也把我弄进去的……"

沈默听到这儿，忍不住骂道："渣男，真是太渣了。"

林倩倩苦笑："其实也不怪他，谁叫我心软呢。于是那年我就把名额让给了他，第二年敬一又招实习生，我又去应聘了，不过没进业务部，进的是人事部。后来进了公司才知道，其实祝贺也被录用了，可是业务部经理收了别人的贿赂，就安排了那个人把祝贺给顶下来了。"

沈默一听，瞪大了眼睛："啊？公司里居然还有这种害群之马？那他弄进来那个人是谁你知道吗？这种人还留在公司干吗，应该把业务部经理和那个人都开除掉！"

林倩倩看着沈默："怪不得米拉担心你，沈默，你好单纯啊。只要是有人的地方就有这种乌七八糟的事，也有这种见不得光的交易，这太正常了。不过我倒要提醒你，业务部的周经理不怎么样，你要多提防些。"

沈默说："哼，我只要做好我的本职工作，他能找我什么事？再说我虽然在业务部挂职，可是我还在言副总的AI团队里，还是归言副总管的。"

林倩倩听了很羡慕："你进入言副总的AI团队了？哇，大家都好想进那个团队呀。如果这个项目能够实施，对咱们国家精密仪器方面的贡献不是一星半点，那可是质的飞跃。想想到时候我们生产的用于人工智能的精密仪器遍布全球，就觉得无比自豪，更何况还是直接参加到这个项目中的人呢，沈默，我真是太羡慕你了！"

沈默有点脸红，她没想到公司里大家都这么看好这个项目，再想想自己这半碗水的水平言副总还要委以重任，不由得汗颜。

两个人回到公司，刚好两点半，沈默在八楼下电梯，回到自己办公室。

刚刚坐下，微信就响了。

她拿出来一看，竟然是言辰的私人账号发过来的。

"回来了？东西买齐了？"

沈默愣在那儿，她盯着屏幕发呆，不知道该如何回答。

她说不清楚现在两个人算什么关系，要说是上下级关系吧，这种拉家常式的谈话有点怪。可要说是那种关系吧，言辰自始至终也没有表白啊。

况且从照片事件发生到现在，言辰所说的话都只是想让沈默安心，所做的事也只是为了给她一个交代。所以沈默不得不多想，因为自己被无辜卷入言辰和薛山的权斗中，言辰对她心生愧疚，所以才对她这么嘘寒问暖的。可沈默不想这样，她知道自己心里有他，如果说她内心深处没盼着言辰表白那也是撒谎。可她就是不想这样，在这样的当口，言辰的态度让沈默不舒服，虽然她心里也不清楚，她究竟想要言辰怎样。而且她刚参加工作，想把更多的精力放在工作和学习上，而爱情，只排在她所有的选项中最末端的位置。

言辰等了半天，见沈默没回复，便又发了一条。

"人呢？"

沈默只好回复。

"嗯，回来了。"

"哦，晚上一块儿吃饭？"

沈默再一次盯着屏幕发呆，她想起言辰之前的那些女朋友，他跟她们约会时，是不是也是这样在微信上发过去一条信息，然后对方就乐呵呵地答应了？

言辰等了一会儿，又发过来一条。

"别误会，下周你去业务部报到，单纯的告别饭而已。"

沈默笑了，可她的心却凉凉的，她叹了口气，回复了两个字："好的。"

第三十章　出来混总是要还的

整个下午沈默都在思考，她不知道晚上言辰要说什么，而她又该如何应对。反正只要一想到她即将跟言辰单独坐在一张桌子边面对面，她心里一半开心，一半尴尬。

就这么一直纠结着，快下班时米拉打来电话。

"我和张易斌晚上要去泡吧，你去吗？"

沈默愣了下，眼前浮现出张易斌那憨厚的笑容："米拉，你可别把人张易斌当备胎啊，那人不错，你不能利用人家。"

"你想得真多，是我公司马上就要开张了，所以我想着既然他给我做了专访，我不如趁着这个机会宣传一下公司，所以我们打算找个地方聊聊。"

沈默这才放下心来："那还差不多，我不去了，你少喝点。"

米拉奇怪地说道："咦，你别告诉我你要加班。"

沈默有些忸怩："言辰晚上请我吃饭。"

"哇！"米拉突然大叫，沈默皱着眉把手机拿离耳朵，"你小声点，我耳朵要聋了。"

米拉哈哈大笑："言副总好样的，言副总真男人！这是要表白呀？"

"去你的，我都烦死了，你还有心情开玩笑。"

"咦？你烦什么？我就不明白了，你俩郎有情妾有意的，一拍即合不就好了，只要他表白你就接受，你有什么烦的？要是我得个大总裁，又帅又多金，我得高兴死我。"

沈默啐她："呸，你个拜金女。你可别忘了，他是花心大渣男，他现在的人设再好也洗不白，他的过去在那儿摆着呢。"

"哦？这事儿呀，哈哈哈。我还当什么事儿呢！"

沈默有点急："这是小事吗？这可是原则性问题。"

"那我问你，你难道希望你的爱人在遇到你之前是一张白纸吗？拜托，你是不是言情剧看多了？"

米拉说得沈默脸一下子红了："你真是狗嘴里吐不出象牙，这都哪儿跟哪儿呀，不跟你说了，我挂了。"

"哟，别生气呀。我这不是跟你分析吗？大姐，没有人一出生就是专门等着某个人的，在遇到你之前，他可能会遇到许许多多的人，然后那些人跟他擦肩而过。砰，他有一天就遇到你了，这就是你们相遇的过程你明白吗？虽说，咱家言副总吧，是可能遇到的人有点多，不过也可以理解，也许他真的有什么难言之隐，或者特殊情况呢？我觉得这都不是事儿，关键是现在他心里只有你就行了，而且他还能保证以后不花心不就得了吗。你要这样想，或许正是过去的那些经历，才成就了现在温柔细腻的言辰，你得感激那些前女友帮你成全了一个优秀的男人……"

沈默被米拉一席话说蒙了："我不听你的奇谈怪论，你这都是强词夺理，给男人的花心找借口。"

"嗯，还有一个办法。"

沈默忙问："什么办法？"

"直接问他呗，问他以前为什么要这样，以后还会不会这样。"

沈默半天没说话，这事还能直接问啊？

可是怎么问？"言辰，你以前为什么交过那么多女朋友？"

还是说，"言辰，你怎么能这么花心？"

沈默手肘支在桌面上捧着头，苦恼地长叹一声。

"行了，我知道跟你说什么都是白说，晚上你要是实在跟他聊不下去，你就给我发个定位，我过去救你。"

"好好好，这可是你说的。"沈默一听开心了。

"行，那我挂了。"

沈默突然想起中午她接电话的事儿："先别，我问你啊，中午你背着我们接了个电话，是谁打来的，不是黄粱吧，是的话你得告诉我们，你以后不能单独跟他见面知道不？"

说起电话，米拉的情绪明显低落下来："不是，是我哥嫂，他们知道我来北京了，所以想过来看看。"

"啊？你哥嫂要来，那是好事呀，他们什么时候来，我们周末搬家来不来得及？如果来得及，可以把书房腾出来给他们住。"

"唉，你不知道，我哥……尤其是我嫂子，那是个奇葩，挺让人受不了的。"

沈默愣住，自己家的亲戚都是和和气气，对待她就像对待亲生女儿一样，她无法想象米拉的哥嫂能有多奇葩。

"不管了，反正你们家亲戚好不容易来一趟北京，咱们一定要好好款待，他们什么时候来？"

"不知道，说到了再给我打电话。"

"嗯，那咱们搬家得赶紧的，到时候就不用花钱让他们住酒店了。"

沈默看见言辰走出自己办公室,站在门口正看着她,她赶忙对米拉说:"我回家再跟你说吧,言副总在催了。"

"得,祝你约会愉快。"

沈默挂了电话,言辰敲敲她的门问:"能走了吗?"

面对着他,沈默还是有些拘谨,她点点头:"嗯。"

"我们一块儿搭电梯去地下停车场拿车。"言辰温和地说道。

沈默把手机搁进包里,然后关灯,出了自己办公室锁上门。

两个人走进电梯,门缓缓合上,一只手突然伸了进来:"麻烦等一下。"

方若雨看见言辰和沈默并排站着,愣了一下,走进来按了一楼,看见负一楼的灯亮着,就问言辰:"言总的车今天停在地下停车场了?以往不是都停在公司前面的车位吗?"

"今天有事。"

方若雨故意瞥了眼沈默:"言总是跟安小姐约会吗?上次你们去看演唱会还愉快吧?我听说……"

言辰皱紧眉头打断她:"我跟安小姐已经分手了。"

方若雨笑着道:"哦,看来安小姐也不是言总心目中的理想伴侣,那今天晚上是又要去约会吗?"

言辰的脸色更冷:"跟你没关系。"

沈默听着两人的对话,微微皱了下眉,方若雨很明显是故意的,她就是想让沈默听听,在言辰眼里,女人全是过眼云烟,而她沈默,也不过就是万花丛中那一点颜色罢了。

方若雨听言辰这么说,反倒笑得更灿烂:"我在言总身边这么多年,看您的女朋友换了一个又一个,我就在想啊,将来言总的妻子到底会是怎样的一个人呢?谁又能配得上我们言总呢?我原本以为这位安小姐还不错,没想到还是入不了言总的眼。还有早先的那位姚小姐,言总您还记得不……"

言辰后背挺了挺,余光瞥向沈默,见她面无表情的样子,不由有点担心,她生气了吗?她应该不会生气吧,她该知道方若雨是故意这么说的啊。可是无论怎么解释，自己过往跟那些女孩有过往来是事实，在别人眼里她们就是自己的女朋友，自己表面看来还真就是个花心大萝卜。至于是不是为了工作的逢场作戏，没人会听，也解释不清。

言辰曾经很笃定地认为，他对自己所做的任何事和任何决定都不会后悔。可这一会儿听方若雨如数家珍地讨论起他过去接触过的那些女孩，他突然就后悔了，看着沈默眼底的冰冷，他异常后悔。

他从来没觉得电梯这么慢过，看着方若雨的两片嘴唇不住开合，他甚至有种冲动，想一拳把方若雨打晕。

叮——

电梯终于停在一楼，方若雨跟言辰告了个别，看都没看沈默一眼便走了出去。

言辰长长呼出一口气，他此刻终于深刻地体会到那句话："真是跳进黄河也洗不清……"

来到地下停车场言辰的车边，他打开副驾驶那侧的车门，让沈默上车。

沈默扶着门，盯着言辰的眼睛："言副总，你能不能告诉我，你为什么要交那么多的女朋友？"

女孩的表情倔强坚定，明亮的眼睛看着言辰，言辰跟她对视，竟然有种自惭形秽的感觉。

"沈默，我们先上车好吗？"

沈默抿了下唇，低头坐进车里，言辰替她关上车门，叹口气绕过车头上车。

沈默突然问道："言副总今晚不是还有薛总交代下来的任务吗？"

言辰听出她负气的口气，笑了下回答："剩下那些酒会和对外的交际任务，我已经让赵副总和陈副总去做了。"

沈默不再吭声，看着车子驶出停车场，她将脸扭向另一边，看着夜街上的行人。

车子徐徐往前开,没有人说话,言辰不时用余光瞥一下沈默,喉结滚动了两下,他柔声问:"沈默,你还记得我跟你说过,我妈养的猫,我叫它小白吗?"

沈默抬头:"嗯,怎么了?"

"我妈走后我很生气,所以有一天放学回家,我把小白装进书包里,哭着走了很远的路,把它扔在一个废弃的工厂里……"

沈默想起那夜,喝醉的言辰躺在沙发上说的那句话:"对不起啊,小白。"

"小白没有找回来吗?"

言辰摇摇头:"没有,我第二天就后悔了,我跑回那里找小白,可是它已经不在了。"

沈默小声道:"小白应该很伤心吧,你母亲走后,你就是它唯一可以依靠的人了。"

言辰"嗯"了一声:"是啊,许多事小时候不明白,等到长大后明白了,却再也回不去了。"

沈默没作声,言辰又说:"后来我爸就跟现在的赵阿姨结了婚,他们还生了言梦,我就搬离了那个家。"

"沈默。"

沈默再次抬头:"嗯?"

"你问我为什么要交那么多的女朋友,嗯,我要是告诉你,那些不过都是些逢场作戏,为了工作上的合作,而被迫应付的约定,你信吗?"

听言辰这么一说,沈默瞬间有些震惊:"为了工作逢场作戏?你的意思是,跟那些女孩都是在假装恋爱假装情侣?好,就算真是这样,那你愿意这么做,那些女孩就愿意配合?"

"当然,因为事情一开始,我就坦白了一切,而且她们也都有各自的苦衷需要我来帮忙化解。沈默,那些上流社会所谓有钱人的家庭,你是不会懂的。你以为那些从小含着把金钥匙出生的富二代，他们就可以天天无忧无虑，坐享其成了？他们的自由和婚姻，其实早已被绑上了家族利益和未来的枷锁，他们也有大把的苦衷，他们也渴望自由和展现自我。"言辰说得平淡，但内心却起了波澜。

"果然没有谁的生活是容易的。好吧，我大概明白了一些。那一直以来，你为什么不对外解释呢，以至于让外界和别人误会你这么久？甚至这些年来，竟然连天天跟在你身边的方秘书都毫不知情？"沈默好奇地问。

言辰脸上再次露出了一点笑容："这是一个需要保密的约定，要是对外解释或者连方秘书都知道了，你觉得我到时又该如何收场？更何况你是知道的，要不是因为你这么介意地总问起，我这人其实也并不太在乎这些外界的说辞和议论的。"

见沈默略带微笑地又望向窗外的霓虹若有所思，言辰又一次温暖地叫了一声她的名字："沈默？"

"嗯？"沈默回过神微笑回应。

"其实我不光没有交那么多女朋友，就连普通朋友也是寥寥无几，很长一段时间，我甚至一度对爱对感情都是抗拒的，或许在大家眼里我所谓的冷漠冷血，就是我的一种情感障碍吧。年少时的成长经历，让我充满了对人对爱的各种不信任，更不知道如何才能正确地与人交往。这个世界很少让我看到温暖，我看到的都是孤独和冷漠，因为对世界恐惧，才让我总喜欢把自己包裹在一层层厚厚的壳中。"

沈默不明白，她的原生家庭很幸福，她理解不了幼年父母就离婚的孩子心里那种无助和被抛弃的感觉，哪怕他们长大到足够强大，内心深处总会感觉不安全和空虚。

她困惑地皱着眉问："你恐惧、孤独、失落什么呀？你的亲人不就在身边吗？你有没有想过，虽然你母亲离开了你，你不是还有父亲吗？他并没有离开你呀，还把你培养得这么优秀。虽然你父亲后来再婚了，那也可以理解吧，毕竟一个单身男人既要带孩子还要工作，很辛苦的。"

言辰愣在那儿，好半天没有说话，他从来也没想过这个问题。

小时候只是怨恨，怨恨母亲抛弃他，怨恨父亲不跟他商量就把另一个女人带回家，怨恨他们又生下言梦，怨恨……

后来长大了，也许是理解了父亲当年的苦楚，可他总不愿意低头，仿佛对父亲的怨恨才是他这么多年努力坚持的动力。

见言辰不说话，沈默转头看着他："对不起啊，言副总，我不该评论你的家事。"

言辰浅笑摇头："干吗要说对不起？我只是在想，也许你说得有道理，可能是我错了吧。"

沈默笑道："哦，那也没关系呀，父子没有隔夜仇，我想你父亲一直在等着你回家吧。"

言辰苦笑道："不说这个了，我听你妈说你喜欢吃火锅？"

沈默愣了下："嗯，在家的时候挺喜欢的。"

"所以我预订了温鼎阁的海鲜火锅……"

沈默打断他："啊？不用了吧，到那边的车程就得四十多分钟，不如我们就近找个地方吃点就好了，我想早点回家，今天挺累的。"

言辰攥紧了方向盘："沈默，你是还在生气吗？"

沈默看着他，显得有点惊讶："生气，我为什么要生气啊？主要是中午跟米拉一块儿买东西逛街太累了，而且马上又要换个新环境工作，我有点紧张，想好好休息。"

言辰语塞，几个亿的生意他可以在谈笑间就拿下，可是面对着沈默，他不知道该说什么好。

"其实你不用紧张，苗甜和黄亚旗他们也在业务部，你们不是处得挺好的吗？"

沈默点点头，"嗯"。

言辰的心里有点忐忑，他吃不准沈默是因为方若雨的话还在生气，还是确实是不想跑太远去吃火锅。

89

"那就听你的,在附近吃吧,这附近有家泰国菜也不错。"

沈默又是同样的表情:"嗯。"

言辰无奈地叹气,只得载着沈默到了那家泰国菜馆。

吃饭时沈默都很少说话,言辰怕自己说多错多,于是两个人第一次非正式的约会,就在沉闷的气氛中结束了。

晚上十点钟,沈默回到家,看见米拉居然趴在床上看文件:"咦,你回来得这么早,不是跟张易斌泡吧吗?"

"拍了几张照片就散了,你怎么样,第一次约会的感觉如何?"

沈默闷闷的:"没感觉,尴尬得要死。"

"你要出发之前不是还蛮期待的吗?"

沈默换了拖鞋,仰面躺倒在床上道:"别提了……"

她把在电梯里遇到方若雨的事讲了一遍,米拉听了抓起文件夹摔在一边,"美女蛇真不是个东西,言辰为什么不开了她?留着这样的女人在身边干吗呀!"

沈默苦笑道:"那是薛山安排在他身边的,哪是能说开就能开的。"

"你不是说他已经公开跟薛山叫板了吗,既然这样,开了方若雨还能是多大的事儿呀?对了,你说那个言梦也要去敬一上班了?啧啧啧,沈小默,锤炼你的时候到了。你以后做事可得小心点,知道不?"

沈默叹口气道:"我只想安安稳稳打份工,哪知道会遇到这么多乌七八糟的事儿,想想都觉得烦。"

米拉趴在她身边,托着脸冲她眨眨眼:"对了,交好多女朋友的事,言副总是怎么跟你解释的?"

"他告诉我,那几个女孩其实都是他为了工作、为了应付一些长辈的介绍,而逼不得已的逢场作戏,跟她们之间并没有真的谈过恋爱。他还跟我说起了一些他小时候的事,原来他还一直有着情感障碍和感情缺失。"

"你瞧,我就说一定有什么难言之隐或者特殊情况吧?来,具体说说,这到底是啥意思?"

沈默摆摆手:"算了还是不跟你说太多了,工作上的事还是要替他保密的,至于情感的障碍和缺失,我其实也理解不了太多,也许是他父母离婚的事让他心里有阴影吧,所以他对感情也总是充满了抗拒且不信任。"

"哦,有问题……看来很有问题。没想到言副总也是个有故事的人。"

沈默听到米拉这么说,突然就想到上次参加邵老的葬礼时,卫生间里两个"八卦女"的谈话。

她皱紧眉头,很严肃地看着米拉:"对了,有一回我听到有人八卦言辰,说他那方面有问题,我一直都不明白,那方面是哪方面啊?"

米拉听了这话,愣在那儿半天,然后爆发出大笑,"哈哈哈,沈小默,你真是天真得可以,哈哈哈,言副总那方面有问题,笑死我了……这些女人是哪儿的?真是太奇葩了!"

沈默莫名其妙:"你先别笑,我怎么天真了?到底是哪方面啊?"

"嗯……"米拉笑得上气不接下气,"那方面就是那方面喽,不过沈小默你可要考虑清楚,如果言辰那方面真的有问题的话,你以后的幸福生活可要大打折扣了。"

沈默愣了半天回过味儿来,脸腾地红了,她扑上去打米拉:"臭丫头,你说什么呢!你再胡说八道,我把嘴给你缝起来。"

"哈哈哈,沈小默你别胳肢我啊,痒死了,哈哈哈,痒死我了。"

米拉笑着逃开,躲进卫生间里关上门。

沈默起身,盘腿坐在床上,她想起晚上言辰欲言又止的表情,如果只是因为父母离婚的事不会造成这么大的阴影吧?

难不成……言辰的那方面真有问题,这也是他抗拒感情,有情感障碍的原因之一?唉,可是为什么他不去看男科呢?

现代人的生活压力大，言辰作为高管需要承受的压力应该比普通男人更大，某些方面有问题好好医治就可以，也不用成为心结吧。

这么想着，又觉得言辰其实也挺可怜的。

周一早上，沈默和米拉一起出门上班。

沈默出了公司附近的地铁口，就看见林倩倩站在那儿冲她招手："沈默！"

沈默笑着上前挽住她的胳膊："你怎么会在这儿？"

"你今天到业务部报到，我给你打气呀。"

"哈，那真是多谢你了。"

两个人往前走，林倩倩看着沈默满脸愧疚，担心地说："以后你跟于晴晴和赵婉儿就在一个部门了，上次因为我，你跟她们打架的事，我想她们不会罢休的，你可要处处小心啊。"

沈默点头，"放心吧，只要她们不招惹我，我是不会招惹她们的。你也知道我很能打架，再说我那天打方若雨不是全公司都知道了吗，我想她们不敢对我怎么样的"。

林倩倩一听这话笑了，可是想想又皱起眉头："明枪易躲暗箭难防，你还是小心点的好。"

"嗯，我知道。"沈默拍拍林倩倩的手，安慰她道。

到了公司打卡后，时间才八点五十分，沈默到了八楼跟林倩倩告别，找了个纸箱，把自己办公室里的东西收拾进去，然后把钥匙留在门上，又搭电梯来到五楼业务部。

业务部是全公司员工最多的部门，下设三个分部：业务策划调研部、战略管理部、客户开发维护部，而言辰团队里的年轻人都隶属战略管理部，他们直接归言辰领导，也间或参与其他两个部门的工作。

时间刚刚好九点，业务部办公室的门大开着，沈默看见周经理身边站着一个女孩，周经理正跟大家介绍："这是我们的新同事言梦，她今天第一天到公司上班。"

言梦笑着跟大家打招呼："大家好，我叫言梦，我是新手，请大家多多关照。"

沈默皱紧眉头，言梦不是应聘到人事部了吗，怎么又跑到业务部来了，还不早不晚，刚好是自己调入业务部的同一天？

周经理感觉到身后有人，转头看见是沈默，微笑着打招呼："沈助理也过来了，你的工位已经安排好了，就在战略管理部那边，苗甜，你过来帮沈助理拿一下东西。"

苗甜应了一声，走过来接住沈默的箱子，冲她眨眨眼："沈默，以后你就坐我对面。"

沈默冲她一笑："谢谢你，以后也请多多关照。"

周经理打着哈哈，对办公室所有人说："沈助理大家已经都认识吧，就不用做介绍了，以后沈助理就在战略管理部，暂时跟随言副总的AI团队，一切工作由言副总统筹安排。言梦呢，就先在市场调研部实习。祝贺，你带言梦一段时间，她具体的工作你来安排一下。"

祝贺站起来应声道："好的，周经理。"

周经理摆摆手："那先这样，大家开始工作吧。"

看着周经理走回自己办公室，言梦脸上的笑容消失，目光冰冷地盯着正在工位上收拾东西的沈默。

祝贺走进来，很热情地对言梦说："你就坐在于晴晴对面吧，这两天你先熟悉一下咱们市场调研部的规章制度，于晴晴，工作方面如果有需要的话，你帮她一下。"

言梦点头："好的，前辈，我初来乍到什么也不懂，请你们多多指教。"

于晴晴看她坐到自己对面，上上下下地打量着她，小声问道："你也姓言，言副总也姓言，你们俩是什么关系呀？"

言梦装作不经意的样子："哦，他是我哥。"

于晴晴表情夸张地叫了一声，朝言梦伸出手："哇，原来你是言副总的妹妹呀。你好你好，我叫于晴晴。"

言梦笑着跟她握了下手:"前辈,你好,我以后有什么不明白的地方,可以请教你吗?"

于晴晴高兴地说:"前辈不敢当,你有什么不懂的尽管问。"

言梦瞥了眼沈默的位置,小声问道:"沈默不是我哥的生活助理吗?她怎么跑到业务部来了?"

于晴晴眨眨眼:"你不知道呀,这两天公司里传得可凶了,沈默勾引言副总想上位,结果被有心人拍了照片发到公司论坛上了,我们都以为沈默这下肯定要被开除了,哪知道昨天上午她去见了薛总后,就被分配到业务部来了。"

说到这儿,于晴晴顿了顿:"我还听说,当初沈默进公司是在薛总身边做生活助理的,可是后来不知道怎么得罪了薛太太,薛太太本来非要薛总开除她的,可是薛总居然保下她还把她派到了言副总身边。瞧瞧这次又惹祸了吧,可薛总又把她保下了,要说她清白,谁信呀?啧啧啧,说她是敬一的二号狐狸精,就没人敢认第一号,这狐媚的本事真是了得,敬一集团的两个大人物都拜倒在她的石榴裙下了。言梦,虽然你哥是言副总,不过我也好心劝你一句,你最好不要得罪沈默,她只要跟言副总或者薛总抛个媚眼,就有你受的。"

照片事件言梦已经从方若雨那里听说了,她之所以今天就到敬一来上班,并且从人事部转到业务部,其实也是方若雨的安排。此刻听到于晴晴添油加醋的八卦,她对沈默的恨意又加深了一层。心里虽然恨得要死,可表面上言梦还是笑着道:"我想领导们这样安排,应该有他们的用意吧,也许沈默真的很优秀,所以才得到薛总和我哥……哦对,在公司不能这么叫,言副总的赏识呢。"

于晴晴听了撇撇嘴,上次在餐厅沈默让她出丑的事,她到现在都耿耿于怀。

她想着言梦毕竟是言辰的妹妹,如果能把她拉到自己这条阵线上,就算不能把沈默怎么样,多一个队友刁难或者搞臭她的名声也能让自己解解气。

可听言梦这口气,她也不便再多说什么,便笑着道:"其实我也是听说,至于沈默这人到底怎么样,以后大家在一个部门,多多相处就知道了。"

言梦点点头:"嗯,大家都是同事,应该和睦相处的。对了晴晴,我这样叫你可以吧?"

于晴晴赶紧道:"当然可以了,我还有个好朋友叫婉儿,她在客户开发部,一会儿休息室里我介绍你们认识啊。"

"好啊,我刚来,也没什么朋友,以后你们一定要多帮助我。晴晴,你现在有什么工作需要我做的吗?"

于晴晴想了想:"不用不用,你电脑上有咱们市场部的分工细则和规章制度,你就先熟悉一下好了。"

"行。"

言梦打开面前的电脑,一边假装浏览文件,一边想,今天一定要给沈默一个下马威,让她知道自己的厉害,这样以后她就不敢在自己面前嚣张了。

沈默那边只顾着跟苗甜在电脑微信上交流AI项目的问题,她可不知道,自己身后已经危机四伏了。

时间过得很快,一转眼到了午餐时段,同事们纷纷起身吃饭去了。

苗甜站起来,活动着肩膀和脖子:"沈默,我和黄亚旗、秦少洋他们商量了,你今天第一天到业务部来上班,我们打算请你吃大餐,去餐厅你随便点,想吃什么都行。"

沈默笑着道:"真的啊?那我可不客气了。"

黄亚旗和秦少洋也走过来:"客气啥,你可是我们AI团队的小公主,走吧走吧,赶紧下楼,不然一会儿好菜都让别人给买完了。"

沈默拉开椅子站起来,从包里取出手机拿着,又把包的拉链拉好,然后挂在了椅背上。

苗甜看到了说:"周经理没给你安排储物柜吗?要不先把包放

我柜子里吧。"

沈默说:"可能上午太忙他忘了吧,一会儿吃完饭回来我问一下。没事,我这包里也没什么东西,挂在这儿就行。"

苗甜也没多想,挽着沈默的胳膊往外走,一边回头跟黄亚旗和秦少洋商量着吃什么。

来到一楼餐厅,林倩倩看见沈默,就要走过来跟她打招呼,看见她旁边跟着三个人,又愣住了。

沈默走过去,对林倩倩说:"我就知道你会等我,苗甜他们要请我吃大餐,你去找个位子等着我们,大家一块儿吃。"

林倩倩羞涩地说:"啊?你们新同事聚餐,我夹在中间不好吧。"

黄亚旗爽朗地笑了:"我们跟沈默可不是新同事,我们都熟得快流油了,没什么不好的,你等着我们,一会儿哥请你吃好吃的。"

苗甜笑着在黄亚旗背上打了一下:"什么哥啊妹的,动不动就占人家便宜。"

"好了,别闹了,倩倩你先去占座位,我们去打饭。"

林倩倩也笑了,"行。"

来到收银台,沈默拿出饭卡,其他三人非要她收起来,她也没客气,打好了饭端着餐盘来到林倩倩找好的位置坐下,四个年轻人边吃边聊。

林倩倩笑着说:"你们都是AI团队的吧,我好羡慕你们呀。"

黄亚旗说:"有什么好羡慕的,天天加班到半夜,干的都是辛苦的活儿,还有人不断从中作梗想拖慢我们的进度,想想都气。"

秦少洋捣着面前的米饭笑笑没说话,苗甜在桌子底下踢了黄亚旗一下,"你少说两句,当心人多嘴杂"。

林倩倩吐了吐舌头:"怪我怪我,我不该多嘴的。"

苗甜赶紧道:"哎呀,倩倩你误会了,我不是说你。"

"咳,没事的,倩倩不是小心眼儿的人。"沈默夹了块肉放在林倩倩的碗里，"放心吧，是金子就会发光，倩倩你那么能干，领导都看在眼里呢，你肯定有干出一番成绩的那一天。"

"哈，借你吉言，我一定努力。"

黄亚旗扬扬手里的饭卡："聊得这么开心，我去买几瓶饮料，大家以饮料代酒，喝一个。"

黄亚旗站起来去买饮料，走到门口看见言梦一路小跑着往电梯去，他皱了下眉，心想这位新同事好奇怪啊，她中午不用吃饭吗？这会儿又上楼干吗？

买完了饮料回来坐下，黄亚旗忍不住八卦起来："咱们的新同事，那个叫言梦的，她跟言副总什么关系呀？两人都姓言，还都是两个字的名字。"

苗甜碰碰沈默："沈助理，解惑一下？"

沈默接过黄亚旗递给她的饮料："言梦是言副总的妹妹。"

"哦……原来是这样啊，难不成言梦来公司上班是言副总安排的？"

苗甜摇头说："不可能，咱们言副总那么正直，他可不像是利用手中职权随意安排亲戚进公司的人。"

黄亚旗撇撇嘴："这有什么不可能的。薛总都能安排吴主任到人事部，言副总安排自己的妹妹进公司也正常。"

秦少洋一直默默听着，黄亚旗在桌子底下踢他一脚："少洋，你怎么不说话？你今天怎么这么沉默？"

秦少洋咧嘴一笑："因为有沈默在啊。"

大家愣了下，然后全都哈哈大笑，沈默夹了块土豆扔在他盘子里："多吃点，堵上你的嘴。"

吃过午餐，看看时间还早，苗甜便约沈默和林倩倩出去逛街。

刚刚走出公司，苗甜和沈默的手机同时响了，两人拿出来，看到是沈默建的那个群里有人发信息。

打开一看，居然是言辰发的。

"下午两点半，大家到我办公室开会。"

苗甜笑了："嘿，沈助理不在，言副总居然会用微信群来通知咱们开会了。"

沈默问："我在言副总身边没几天啊，那以前你们开会都是怎么通知的？"

"方孔雀打电话呀，你不知道，每次打电话那个趾高气扬的样子，想想都让人讨厌。"

林倩倩好奇地问："方孔雀是谁呀？"

苗甜调皮地眨眨眼："方若雨呀，言副总的秘书，怎么你不知道她呀？就上次在八楼卫生间被沈默过肩摔的那位……"

林倩倩一听也笑了："我知道方秘书，不过不知道她外号叫方孔雀，哈哈。"

苗甜很得意："我取的，贴切吧。"

林倩倩居然还认真想了想："嗯，贴切，很贴切呢。"

第三十一章　谁叫你这么做的

原本打算多逛一会儿的，可因为言辰通知要开会，所以两点十分，她们回到了公司。

沈默看到周经理在办公室里，就进去跟他提起储物柜的事。

周经理听了笑着道："柜子上有钥匙的就说明没人用，你看看你喜欢哪个，挑一个就行了。"

"好的，谢谢周经理。"沈默答应着，退出了周经理的办公室。

拿着自己的包走到墙边那排储物柜处，看到角落里有个柜子上面插着钥匙，就打开门，把包放了进去。

她想起早上搬过来的那个纸箱里有些常用的杂物，还放在她工位桌子的下面，于是她过去把箱子搬出来，打算把那些东西放进柜子里。

刚刚抽出两本书放好，沈默的手摸到一个软软的东西，她皱了下眉，拿出来一看，尖叫一声，把箱子和那东西扔在地上。

大家听到叫声，都朝这边看过来。

苗甜和黄亚旗跑过来："沈默你怎么了？"

沈默的脸色吓得惨白，她看着手指上的血迹，嘴唇都在颤抖。

黄亚旗看看她的手又看看地上那堆杂物下面，有个毛茸茸的东西，就蹲下来，把杂物拨到一边。

大家看到地上躺着一只死麻雀，脑袋不见了，脖子处血淋淋的，十分吓人。

"天哪，这是谁干的？"

"怎么会有人做这么恶心的事！"

"就是呀，以前咱们办公室从来没有发生过这种事的，怎么今天刚来两个新员工，就发生这种事呀。"

黄亚旗找了张纸，把死麻雀包起来，抬头问沈默："沈默，你是不是得罪什么人了？"

沈默已经吓得不能说话，苗甜厉声道："别瞎说，沈默今天第一天来业务部报到，她能得罪什么人啊。"

于晴晴和言梦还有赵婉儿三个人走过来，看到地上的血迹和黄亚旗手里的纸团，再看看沈默的表情，虽然不知道里面是什么东西，也能猜出来她是被人恶作剧了。

赵婉儿看见言梦唇角露出一丝冷笑，心里也猜出了几分，她假装关切地问："出了什么事啊？大家都围在这儿干吗？"

"有人在沈默箱子里放了只死麻雀，太过分了。"

于晴晴撇撇嘴，阴阳怪气地说："真奇怪，咱们业务部从来没有出过这样的事，怎么沈助理一来就有人对她恶作剧啊？"

黄亚旗性子直，也没多想，又问了一次："是呀沈默，你得罪了谁，赶紧想想。"

沈默紧抿着唇不说话，于晴晴又道："看来沈助理的人品不怎么样啊，要不然这人怎么不捉弄别人只捉弄沈助理啊？"

赵婉儿扯一扯于晴晴的袖子："晴晴，别瞎说！"

于晴晴冷笑道:"哼,我有说错吗?上回在餐厅打了我,前两天又打了方秘书,可见沈默一向是个专横跋扈的人,她要是人品正的话,也不会被薛总下放到业务部来当普通职员了。"

苗甜气得喝道:"于晴晴,你不了解情况你在那儿瞎说什么?难不成这死麻雀是你放的?"

于晴晴翻个白眼:"拜托,我才没有那个闲工夫捉弄她!我说苗甜,你这么向着她干吗啊,她现在人过气了,不是经理助理了,她跟我们平起平坐,你巴结她也没用的。"

苗甜瞪圆了眼睛:"你胡说八道什么!"

言梦也装出一番好意地劝道:"是呀晴晴,你不了解的事就别说了,沈默,我觉得你也应该检讨一下自己,为什么人家不捉弄别人只捉弄你?今天咱们都是第一天来业务部上班,你现在闹这么一出,弄得我也跟着受连累,这要是传出去,不清楚的人还以为是我干的呢。"

沈默听了这话,抬起头盯着言梦,目光冰冷之极,言梦心虚地把视线错开,又去拉于晴晴:"走吧晴晴,咱们回去工作吧。"

周经理看见大家都围在储物柜前,走出来问道:"出了什么事?都不用工作吗?"

沈默忙道:"没事,是我不小心打翻了箱子。"

周经理也不想多管闲事,"嗯"了一声道:"没事就回去工作吧,别围在那儿,其他部门的同事看见了影响不好。"

大家议论着散去,可经过这件事,对沈默不由得便有了别的看法。

苗甜把杂物重新捡进箱子里:"沈默,你没事吧?先去卫生间洗洗手。"

黄亚旗已经出去把死麻雀扔进垃圾桶里,甩着湿湿的手回来,看见沈默的脸还是惨白的,就笑着道:"别怕,都扔了,你往好处想想,咱们吃过的鸡鸭不都是这么处理的吗?"

苗甜骂他:"去你的,你吃鸡鸭的时候还想着它被肢解被人拧掉脑袋的情形啊?"

"嘿嘿,赶紧去洗洗吧,一会儿该去八楼开会了。"

苗甜想想也是,就拉着沈默去卫生间洗了手回来,又帮着她把柜子里的东西整理好,然后四个人就一块儿坐电梯去了八楼。

敲了门进入言辰办公室,言辰的视线停留在沈默身上:"沈助理第一天去业务部上班怎么样,还适应吗?"

苗甜抢着道:"别提了,刚才把我们都吓死了,有人在沈默的箱子里放了只死麻雀。"

言辰皱眉问道:"怎么回事?"

沈默忙道:"没,没事的,都过去了,不要再提了。"

站在一旁的方若雨听了也很惊讶,她直觉这应该是言梦的主意,因为她以前很骄傲地跟方若雨讲过她曾经溜进言辰大学里给他的追求者枕头下放死老鼠的事。

方若雨生气地想,言梦太冲动了,她要给沈默个下马威是没错,可是这样一来,言辰很容易就会怀疑到她身上。而且她昨天知会周经理让言梦进入业务部的事,是打着言辰的旗号说的,言梦这么一闹,事情败露的话,言辰肯定是要骂自己的。

这阵子因为沈默的原因,言辰就一直看她不顺眼,再加上之前言辰曾经跟她提过,公关部有一个职位,如果言辰发火的话,很有可能把她从副总经理秘书的位置上踢走。

见当事人都不愿意说,其他三个人也就没再说下去,言辰皱眉盯了沈默一会儿,知道也问不出个什么来,便招呼大家坐下,开始开会。

这次会议主要的议题就是因为袁梓翔的加入,给他们的项目不足之处做了很好的修正,这样一来,下一步就可以拟定实施生产的试验阶段了。

言辰让大家集思广益,再参考下国内外这方面的文献,尽量避免实施生产时会出现的误差和纰漏。

一时间大家都把心思放在项目上,沈默也开始很认真地记录和聆听，渐渐地也就把刚才的惊吓给忘了。

两个小时后，会议接近尾声，言辰笑着问："大家还有没有需要补充的？"

黄亚旗想了想说："如果项目真的进入实施阶段，大家都要各司其职做自己专业领域方面的工作，那人员的调配和跟进工厂进度的工作谁来做？"

言辰看着沈默："这个工作我想交给沈默来做，她的个性比较合适，而且她的专业知识跟你们几个相比薄弱一些，她负责人事调配和其他工作比较合适。"

大家听了也很赞同，言辰又说："到时候可能会很忙，如果沈助理需要增加人手的话，可以跟我说一下。"

沈默点点头："好的，言副总。"

"那今天就到这儿？"言辰站起来，"大家还有什么问题吗？"

苗甜冲几人眨眨眼，对言辰说："言副总，您可欠我们一顿饭呢，您没忘吧？今天沈默第一天到我们业务部上班，她以前可是您的得力干将，不管怎么说，您这位老上级也得表示一下吧。"

言辰笑道："老上级？我什么时候就成老上级了？"

苗甜赶紧说："口误口误，这里的'老'字是为了表达对您的尊重之情。"

言辰笑着说："没关系，沈默怎么说？你晚上有空吗？"

沈默刚才受了惊吓，她下班实在是不想再出去应酬，可是大家都眼巴巴地看着她，她也不好拒绝。

见她点头，大家都很高兴。

黄亚旗心直口快："言副总，您妹妹今天也到我们业务部报到了，她也是第一天上班，晚上要不要叫上她？"

这话一说出来，言辰的脸就变了，他板起面孔，凌厉的目光看向方若雨。

办公室里的气氛顿时降至零度，大家也不敢再说什么："那没什么事的话，言副总我们就回五楼了。"

言辰冷声道："嗯，你们走吧，方秘书留一下。"

大家走出言辰办公室，来到电梯边，黄亚旗按着电梯，纳闷地说："怎么回事，看样子言副总好像不知道言梦到公司上班的事啊？"

苗甜也皱眉道："是呀，刚才黄亚旗一说，言副总好像挺吃惊的样子呢。沈默，你觉得呢？"

沈默自然也不知道这其中的原因，她摇摇头："我也不清楚。"

而此刻言辰办公室里，方若雨垂着头站在那儿一声不吭。

言辰愠怒道："方秘书是觉得你当年是薛总安排在我身边的，所以我才不敢动你吗？还是觉得你在我身边多年，已经可以肆意地打着我的旗号出去滥用职权了？"

方若雨真是恨死了言梦的鲁莽，她小心翼翼地解释道："不是的，言总，这件事我真的不知道，是早上言梦报到后，我才知道她竟然去了业务部。我也很奇怪，当时她明明是把简历投到人事部的啊，怎么会去业务部报到呢？"

言辰冷冷盯着她："你以为我不会调查吗？我只要打几个电话就能把事情弄清楚，一旦发现是你在中间操作，我不会再姑息你，我会把你和言梦一起赶出公司。"

方若雨听了这句话，只觉得无比地委屈："言副总，在你心里我就这么不堪吗？为什么沈默什么都是好的，她受一丁点的委屈你就会怪罪到我头上？"

言辰紧抿着唇，目光冷戾无情，方若雨跟他对视两秒，哭着跑了出去。

门砰地关上，言辰疲惫地捏着眉心。

这件事也怪他疏忽了，当初言梦说要进敬一时，他只当她是说着玩儿的，却没想到在方若雨的挑唆下她居然真的投了简历。言梦虽然只比沈默小三岁，可是不论是涵养还是心性都要差上一大截。父亲和继母生她时已经四十出头，所以对她十分溺爱，这也养成了她现在我行我素却又幼稚无脑的性格。

言辰更没想到的是，方若雨居然胆大妄为到打着自己的旗号肆意把言梦安插进了业务部。言梦是他妹妹这件事早晚会被全公司的人知道，到时候如果有心人想拿出来做文章，那是易如反掌的事情。可是现在言梦已经在业务部了，如果言辰这时候再出手把言梦给开除了，恐怕公司会更加落人口实。而至于方若雨，她毕竟跟了言辰这么多年，无论是工作默契还是其他方面，一时想要找个代替她的人，还真是不容易。更何况AI项目已经进行到关键时刻，从项目开始，方若雨就参与其中，所以现在给方若雨调岗，也不是明智之举。

言辰攥着拳轻敲自己的额头，他突然觉得自己好失败，感情问题他处理得真是一塌糊涂，如果早点严辞拒绝方若雨，让她断了那些妄念，也不至于弄成现在这样。

现在最受委屈的就是沈默了，因为他，沈默被冠以"用美色引诱上司想要上位"的污名不说，进入业务部第一天又被言梦捉弄。

一想到刚才会上沈默强装笑脸说"没事"，言辰一颗心就揪了起来。他有种深深的无力感，沈默心里应该很委屈吧，而他呢，却只能这么干看着她难受，作为一个男人，连最起码的保护和安慰都不能给予她……

方若雨回到秘书室，给言梦微信上留言，让她下班在公司门口等她。

言梦很快回复。

"若雨姐，我今天干了一件大事，你知道了肯定会很开心，哈哈，沈默今天可把人给丢大了，现在整个业务部的人都看她不顺眼呢。"

方若雨气愤地把手机拍在桌上，什么叫猪一样的队友啊，眼前这不就是吗？言梦怎么这么笨，难道步步都需要她来教吗？职场不比校园，你的任何举动都被无数双眼睛盯着，并且会有各种各样的解读，现在好了，她图一时痛快捉弄了沈默，谁知道后续又会有怎样的影响？

方若雨原本打算等言梦在业务部待几天，再慢慢跟言辰说给她调部门的事，可现在言梦入职头一天就闹出这样的事情来，且不说下面的连锁反应会如何，言辰肯定会把所有的罪责怪在她方若雨头上，他现在是恨死她了！

就这么既懊恼又纠结的，时针指向五点半，方若雨收拾好东西下班。

电梯行至五楼，门开了，言梦走进来，看见方若雨很开心地喊了句："若雨姐！"

电梯里还有其他同事，方若雨冲言梦使个眼色，可是言梦浑然不觉，她伸手想挽住方若雨胳膊，方若雨却后退两步靠着厢壁，用看待陌生人的眼神看着言梦："你是新来的同事吧？你怎么知道我的名字啊？"

其他人一听，也都朝言梦看过去。言梦愣在那儿，一时不知道如何回答："我……"

叮——

电梯到了一楼，大家纷纷往外走，方若雨放慢步子，见人都走光了，对言梦恨声道："梦梦，你太不小心了！你去前面路口等我，我开车去接你。"

言梦呆呆地看着方若雨往大门外走，困惑地自言自语："怎么了嘛？难道在公司上班还得装不认识啊？"

言梦站在路口，远远看见方若雨的车子开过来，嘟着嘴拉开车门上车。

"若雨姐，你刚才在公司为什么不理我啊？"

方若雨秀眉紧蹙："你知不知道你的身份特殊？过不了几天大家都会知道你是言总的妹妹，到时候有心人会说是言总利用职权把自己的妹妹安排进公司的。我可是言总的贴身秘书，你刚才还那么亲热地叫我，这会让别人怎么想？"

言梦愣住，可还是不服气："有那么严重吗？"

方若雨很生气地说："还有你今天捉弄沈默的事，你为什么不事先跟我商量？谁叫你这么做的？"

言梦更加委屈："我看她那么嚣张觉得不顺眼，捉弄她一下怎么了嘛？再说了，我这不也是为你出气吗，你不是说她前几天还让你在公司出丑了吗？"

"言梦，你是不是傻！你觉得你这件事做得天衣无缝吗？我问你，你在哪儿弄的死麻雀，又是怎么把它放进沈默的箱子里的？你知不知道，公司到处都有监控，你能保证你做这些事的时候没被监控拍到吗？"

言梦一听不说话了，好半天才后怕地问："真的吗？业务部里也有监控吗？哎呀，我趁中午大家在餐厅吃饭时放的死麻雀，那我一定是被拍到了。若雨姐，怎么办啊？"

方若雨气得不想跟她说话，言梦喃喃道："哥哥一定会知道这件事的，他肯定会很生气。怎么办啊若雨姐，你要帮我想办法啊，我可全是为了你啊。"

方若雨发泄了一通，气消得差不多了，想想这毕竟是言辰的亲妹妹，便语重心长地道："梦梦，你以后要学聪明点，你现在是在公司里上班，不比你以前上学的时候啊。以后做什么事之前都要先跟我商量，不要再擅自行动了。你知不知道，刚才言总已经狠狠地批评了我一通，我真怕他会把我调离他身边！"

言梦瘪着嘴："知道了，我以后不会这样了。若雨姐，我这次是真的想替你出口气，我也没想到……唉，说起来还是怪那个沈默，这女人真是太可恶了！"

会议结束时言辰因为言梦的事变了脸，大家看在眼里，下班时也没有一个人敢主动在群里问聚餐的事了，所以大家便各回各家。

沈默回到家，米拉还没有回来，她也不觉得饿，一想到下午的事就觉得堵得慌，索性倒在床上睡觉。

睡梦里，她手中抓着那只死麻雀，脑袋不见了，腔洞里还在往外汩汩冒血，于晴晴和言梦站在一旁奸笑着，沈默看过去，她俩的脑袋不见了，变成了麻雀的脑袋，脖颈处的羽毛鲜血淋漓。

沈默尖叫一声坐起来，感觉到全身都是冷汗，她抱着双腿坐在那儿，心里无比地委屈。

为什么会这样呢？她只是想好好地工作，她根本就不想招惹这些是非，她一直以为只要自己以诚待人，哪怕得不到好的回报，至少也不会得到怨怼吧。可是现在看来，是她太天真了，她想起米拉说的话，这个世界不是你好我好大家好就算好，有些人是自己不好也不想看别人好，而有些人是自己好了更看不得别人好。

她沈默是喜欢言辰，可她从来都没有妄想过想跟他怎样，在她眼里言辰是导师是上司，是她尊敬的重要人物之一，然而这些人却非要把她这种近乎神圣的情感给抹黑亵渎。

沈默下午不想把事情闹大，一是因为她是第一天调入业务部，二来也是因为她感觉这件事跟言梦和方若雨有关，如果闹起来恐怕要把言辰也牵扯进去。可是一想到当时于晴晴和言梦的嘴脸，她就觉得恶心，这样的人你替她们着想，人家未必会感激，说不定还会觉得你柔弱可欺。米拉说得对，一个人可以善良但不能懦弱，你的善良应该留给那些懂得尊重和感恩的人，对于小人就应该以牙还牙以眼还眼。

房间里很黑，沈默回来的时候没有开灯，她拿起手机，看看时间已经快九点了。

扔下手机正要下床开灯，她看见屏幕亮了起来，拿在手里一看，是言辰的来电。

沈默叹了口气接听："喂？言副总，这么晚了有什么事吗？"

言辰的声音透着迟疑："我在你家楼下。"

"啊？"沈默跳下床，光着脚跑到窗边，看见路灯下言辰真的站在那儿，正朝楼上看过来。

沈默下意识地往后躲，完全忘了家里没开灯，外面的人根本看不到她。

言辰接着道:"我看见你家灯关着,你没回来吗?下班后去了哪里?是跟米拉在一起吗?"

沈默"嗯"了一声,"我跟米拉在外面"。

言辰没说话,过了一会儿才道:"你在哪儿,我去接你,我想见你。"

沈默皱着眉,她知道言辰是关心她才会来找她,可是一想到言梦,她是真的不想看见他。

说实话,言梦这件事她多少有些怨言辰,她相信没有言辰的首肯,言梦不会那么容易就进入敬一,而且还是跟她同一天进入业务部。

"言副总,您有什么事吗?米拉叫我呢,没事我挂了。"

"沈默,下午的事对不起,我不知道言梦会做这样的事。"

言辰这话不说还好,一说沈默更气了,她原本只是怀疑是言梦做的,现在言辰等于是给她证实了。

沈默说话的口气变冷:"既然您知道是言梦做的,您有什么打算?您现在打电话过来,是想让我帮您妹妹把这件事隐瞒过去吗?"

"你在生气?"

"呵……"沈默给气笑了,"言副总的意思是,我不该生气?所以我就该由着别人往我头上扣屎盆子,由着别人拿我当棋子使,我无辜被卷入你跟薛山的权斗里也就罢了,现在你还把你妹妹弄进公司里来捉弄我?言辰,我自问跟在你身边时没有做过对不起你的事吧?是,袁梓翔的事是我泄露给薛山的,可是我现在被人污蔑成引诱你的狐狸精在公司里被人笑话指责,我也算是受到惩罚了吧?你现在打来电话还想要求我不追究这件事吗?你为什么要这样对我啊?是因为我好说话吗?还是你觉得我是个新人就应该被你们当成棋子利用还得毫无怨言地接受,还得谢谢你们这些所谓高管的栽培和提拔?"

沈默积郁多日的委屈,突然就在这一刻爆发,她泣不成声地哭诉着，把言辰当做了指责的对象。

"沈默，你误会了，我过来找你，并不是想让你帮言梦遮掩这件事，我今天已经给周经理打电话，让他调查了。还有，言梦进入业务部的事，我真的不知道……"

听到沈默的冷笑，他叹口气道："唉，我要怎么解释你才相信呢？总之一切都是我的错，我跟你道歉，哪怕你现在不能原谅我，也请相信我好吗？你放心，言梦不会在业务部待很久的，可是让我马上把她调走也不现实，沈默，你能体谅我吗？"

言辰等了一会儿，听不到沈默说话："你几点回来，我在你家楼下等你。"

"不要……"沈默刚说出这两个字，就看见远处米拉摇摇晃晃地朝这边走过来。

米拉应该是看见言辰了，沈默在电话里听到她惊讶地叫道："言副总，你怎么会在这儿？"

言辰看看她，又抬头往楼上看，沈默心虚地躲在窗帘后面。

一刹那，言辰的心里冰凉冰凉的，他对沈默说："我明白了，你不愿意见我，可是请你相信我，给我时间，总有一天，我会给你一个交代的。"

说完他挂了电话，沈默攥着手机，看见他跟米拉说了两句话后便离开了。

沈默的泪水又开始往下淌，她后背靠着墙，慢慢地蹲在地上，抱着膝盖哭了起来。

不一会儿，米拉进门开灯，看见沈默蹲在那儿哭，砰地关上门，然后把包扔在床上。

她走过来把沈默拽起来："又出什么事了？我问言辰他也不说，你俩搞什么呀，一个楼上泪水涟涟，一个楼下肝肠寸断，在这儿演罗密欧朱丽叶啊？"

沈默站在那儿抹眼泪，像个被班主任训斥的孩子，米拉盯着她好一会儿，咯咯笑了。

她拉着她坐在床边："乖，跟米大娘说说，到底出了什么事。"

沈默抽泣着把下午的事说了一遍，然后又把言辰刚才的话也说了："我就不明白了，凭什么受委屈的是我，凭什么那些人可以这么嚣张，凭什么他妹妹捉弄了我我不能吭声，他来找我一句安慰的话不说？米拉，你相信吗？他说言梦进业务部的事他一点都不知道，这怎么可能，他可是敬一第二号人物，如果他不示意，周经理会同意言梦进业务部吗？"

米拉抱着胳膊站在那儿看着她，笑着问："说完了？"

沈默抬起头，哼了一声道："干吗？"

"所以你现在是怪他把言梦安排进公司呢，还是怪他没安慰你？那你希望他怎么做？把言梦交到保安部让他们处理？或者是把你看不顺眼的人都开除了，这样也好坐实你美色诱惑言副总上位的谣言？"

沈默愣在那儿："我……我不知道。"想一想还是生气，"我就是不信言梦不是他安排进公司的，他明知道言梦会对付我，却还是把言梦弄进来。"

米拉叹口气，坐在她身边："其实我觉得吧，这件事未必跟言辰有关，你可别忘了还有个方若雨呢。你们俩有多大仇你忘了？你就没想过可能是方若雨打着言辰的旗号把言梦给弄进公司搞事情的？"

沈默看着她："不可能，方若雨怎么会有那么大的胆子啊，她敢'假传圣旨'？"

米拉拿过纸巾盒扔在沈默身上："哭，遇到事儿就知道哭，沈小默我觉得你应该不是这样的人啊。难不成是因为言辰是当事人，所以乱了方寸？"

沈默抽出纸巾擦泪，发泄了一通，她的心情没那么沉郁了。

她是想过，如果捉弄她的不是言辰的亲妹妹，她是不是就不会有这么大反应了，可是转念又一想，如果不是因为言辰，言梦又怎么可能这样捉弄她，让她当众出丑？

所以想来想去还是气不过，沈默气呼呼地说："我没乱方寸，我就是生气，我快气死了。"

米拉笑着道："既然生气，那就把气撒出来。刚才言辰说了，不管你明天做什么，打算如何还击言梦，他都没有意见，愿意无条件支持你。所以沈小默，你打算怎么办？"

沈默没说话，是呀，她打算怎么办？明天去保安部看监控吗？可就算是把言梦抓个现行，这件事闹大了又有什么好处呢？

"算了！"沈默无奈道。

米拉笑了："你瞧，你还是顾念着言辰的，你是不是怕事情闹大了，薛山会抓到把柄在这件事上做文章，会让言辰难看？"

沈默白了她一眼："不明白你在说什么！"

米拉站起身往卫生间走："嘿，不明白就不明白吧，我洗澡睡觉，我忙了一天了，懒得当居委会大妈调解爱情纠纷。"

接下来的几天里，沈默能感觉到除了苗甜和黄亚旗他们几个，业务部的其他同事对她都有点敬而远之。

要说真的一点都不在乎，那是不可能的。可是除了把工作做好，沈默知道，自己现在说什么都没有意义。

这天快中午的时候，周经理过来叫她，让她跟他一块儿到言副总办公室去一趟。

走进言辰办公室，言梦竟然也在，她低着头两手在身前交握，一副委屈的表情。

言辰的目光投射在沈默身上，沈默将脸扭到一边，故意不跟他对视。

看得出小丫头还在生气，言辰心中长叹一声。

他把电脑屏幕转了个方向，沉声说道："前几天沈默被人恶作剧的事，周经理已经到保安部调查清楚了，这是当时的监控录像。"

沈默没料到言辰竟然真去调查了，她抬起头看着屏幕，看到画面上的时间是中午十二点四十分，业务部办公室里没有一个人。

过了一会儿，言梦跑进来，看看左右然后小心关上门，走到沈默的工位下，拉开椅子蹲下来，往桌下面的箱子里放了什么东西。

言辰目光严厉地看向言梦，冷声问："言梦，你还有什么可说的？"

言梦低着头，小声辩解道："我什么也没做，当时是看到沈默的箱子里有东西在动，所以蹲下去看看的。"

"那么多人的工位你不去，沈默的工位在业务部最里面，你专门跑过去看她的箱子？"

言梦抬了下眸，又迅速低下头："反正我没做过。"

言辰不说话，又把显示器转过去，操作了几下再次转回来。

于是屏幕上又换了幅画面，是公司后巷的大垃圾箱边，有几只麻雀正站在边沿上拣东西吃。

言梦拿了个大塑料袋，一下子抓住了一只麻雀，然后在墙上摔了几下。

可以很清楚地看到，言梦隔着塑料袋扭了一下，把扭断脑袋的麻雀拿了出来，又从口袋里掏出一个干净的塑料袋装了进去。

看到这些，言梦的脸都白了。

沈默也吓得不轻，她看着言梦，冷冷地道："言梦，我觉得你应该去看心理医生。"

言梦哼了一声，不屑道："要你管！"

言辰面色阴沉，盯着言梦摇了摇头，问沈默："沈默，现在捉弄你的人抓到了，你准备怎么做？"

一直不作声的周经理这时开了口："沈助理，言梦毕竟年轻，可能她刚从学校出来没接触过社会，所以做事不知道轻重，会不会她只是跟你闹着玩儿啊？"

言梦忙不迭点点头："是啊沈默姐姐，我就是想捉弄你一下，我真的没别的意思。"

沈默冷着脸："捉弄？言副总，我没什么好说的了。言梦是您的妹妹，您怎么处理我都没意见，没别的事我出去工作了。"

说完，她看都没看在场的三人，快步走出去摔上了门。

言辰愣在那儿，周经理尴尬地笑了笑："没想到沈助理脾气还挺大。"

"哥……"

言辰目光严厉地瞪向言梦，对周经理说："周经理，全公司通报批评言梦，她的实习期由三个月增加至半年，这半年除了基本的工资外，不能有任何福利待遇。言梦还必须写一封公开道歉信，就她的行为对沈默进行真诚道歉，道歉信附在周经理的通报批评稿下面。"

言梦一听，这是让她在全公司丢人啊。

她急得哭了："哥，我知道错了，求你别这样好不好？我可以给沈默道歉，可是也不用在全公司公开吧？"

"周经理，如果言梦在这六个月当中工作上有什么差池，或者再发现她有跟某些人拉帮结派搞小团体，恶意诋毁他人的行为马上向我报告，我会立即责成人事部开除她。"

说完这话，言辰摆摆手："周经理，带着你的人出去，我一会儿还要开会。"

周经理尴尬地对言梦道："走吧言梦，回去好好工作。"

言梦跟周经理离开言辰办公室，经过秘书室时，方若雨看见言梦的模样，知道她一定是被言辰狠狠地批评了，不由得有些后怕，幸亏自己机智，当时就撇清了，要不然现在哭的人可能就是她自己了。

言梦回到业务部，想想委屈万分，便趴在自己工位上大哭起来，于晴晴和赵婉儿劝着言梦，还把她拉到了休息室去，办公室才得以安生。

沈默坐在自己工位上校对文档，一副两耳不闻窗外事的模样，其实她心里很清楚，言辰这么一弄，初衷是为了替她出头，可反而再一次把她给推到了风口浪尖上。

她叹口气,还能怎么样呢?

如果她出来辩解,只会让更多人看笑话。

如果她再去找言辰倾诉委屈,也只会让言辰难做。

她所能做的,也是唯一能做的,就只能是认真工作了,把一切交给时间来证明。

第三十二章　一家人能在一起真好

午休时,办公室里的人纷纷起身去吃饭,苗甜知道沈默心情不好,走过来挽住她胳膊:"今天打算去哪儿吃?"

沈默笑着道:"我还不太饿,中午这顿就省了吧。"

"那可不行,我看你忙了一上午了,走,我们去餐厅。"

沈默只好起身,两个人说着话往外面走,看到林倩倩走出电梯,三个人相视一笑。

苗甜眨眨眼道:"倩倩,你是来安慰沈默的吗?"

林倩倩挽住沈默的胳膊:"沈默那么强,不用我安慰吧,我过来找你们一起吃饭呢。"

一楼餐厅里坐满了人,看见沈默,大多数人的眼神都有点奇怪,有些人还故意对她指指点点。

沈默始终保持微笑,神态自若地刷卡买饭,又跟苗甜和林倩倩端着餐盘找位子坐下。

林倩倩拍拍沈默的手,鼓励道:"别放在心上,误会总是暂时的,时间久了,大家就知道你的为人了。"

沈默点点头:"嗯,我也这么想。"

其实她心里很苦,毕竟只是个小姑娘,一夜之间成了众矢之的,怎么可能不难受?这种压力哪怕是个社会阅历丰富的中年人,也会承受不住吧。

林倩倩转移话题，笑着问沈默："明天周末了，你和米拉是不是要搬家了？"

"嗯，这两天晚上一直在打包东西，米拉的东西原本就在她的大箱子里，我的也差不多打包好了，明天找个搬家公司就行了。"

苗甜一听，高兴地说："沈默你搬家怎么也不说一声啊？我们一块儿去帮你呀，顺便认认门，这样以后蹭饭就又多个地方了。"

沈默笑了："我可事先声明，我和米拉都不会做饭。"

林倩倩很得意地说："我会啊。"

沈默揽一揽她的肩膀："那你快点搬过去吧，这样我和米拉就不用吃外卖了。"

"我这个月已经跟房东说过了，不过因为当时签的是三个月，我现在住了一个月就要搬走，所以房东说可能要扣点押金，不过她又说，看我是个小姑娘，而且人不错，所以象征性地扣一点就好了。"

沈默听了这话也替林倩倩高兴，因为她知道现在节约的每一分钱对林倩倩来说有多重要："那太好了，你看我说的吧，一切都会好起来的。"

"嗯，沈默你也要这样想，一切都会好起来的。"

苗甜拿出手机，在微信群里呼叫黄亚旗和秦少洋，告诉他们沈默要搬家的事，大家都说要来帮忙。

林倩倩羡慕地说："哇，真的好想进你们的群，看起来好热闹、好和谐的样子。"

"你们人事部没有群吗？"苗甜好奇地问。

林倩倩叹口气道："有啊，不过年轻人一般不说话，吴主任每天发些乱七八糟的东西，我们大家基本上把那个群屏蔽了。"

沈默突然灵光一现："倩倩，等我们的项目开始投产，我可能需要有个人帮我协调工厂跟公司之间的一些问题，还有整理资料和其他一些杂事，你愿意做吗？"

林倩倩一听，开心得差点跳起来："沈默，你这是在邀请我加入 AI 团队吗？哇，那真是太好了。"

沈默笑着道："你先别高兴得太早，这也只是我一个初步的想法，到时候还是要请示言副总的。还有啊，那你就得跟祝贺和赵婉儿在一个部门了，你会不会觉得尴尬？"

林倩倩见苗甜和沈默都盯着她，红着脸说："我已经放下了，我现在只想好好工作努力升职，让那些看不起我的人后悔！"

苗甜和沈默不约而同地举起手，林倩倩哈哈笑着，三个人欢呼击掌。

"对，做好你自己，让看不起你的人高攀不起，让看得起你的人更喜欢你！哈哈哈……"

三个女孩的笑声引得众人瞩目，纷纷议论着朝这边看过来。

可是此刻的沈默心情大好，身边有这么好的朋友和同事，而且还做着自己喜欢的工作，那些伤害和恶心的诋毁又算得了什么呢！

周六早上沈默和米拉还没起床，微信群里就炸了。

米拉骂骂咧咧地从沙发上爬起来："你这都什么同事呀，他们不用睡觉的吗？这才几点啊，就嚷嚷着搬家搬家。"

沈默笑着说："大家住的地方不一样，过来的时间肯定不一样啊，这不是早点问地址，怕耽误咱们搬家嘛。"

米拉进了卫生间洗脸刷牙："对了，昨天晚上你们家言副总也问我了。"

"嗯？他怎么问你的，没看见你打电话呀。"

米拉给她一个大白眼："前天晚上我在楼下碰见他时，他主动加了我微信。"

见沈默不哼声，米拉龇着满口的泡沫："怎么样沈小默，有没有一点点吃醋的感觉？"

"去你的！"沈默收拾着被子和床铺，又把它们打包起来，"我说了，我现在不想考虑这些，我只要好好地工作。"

米拉嘿嘿一笑，回到卫生间关上了门。

沈默换好运动服,却坐在床上发起呆来,大家在群里那么吵,言辰应该是看到她要搬家的事了吧,他今天会不会来?如果来了,自己要不要跟他说话?

不到八点,苗甜、林倩倩和黄亚旗就来了,大家把收拾好的箱子和杂物搬下楼。张易斌不知什么时候也来了,正站在那儿给搬家公司的司机师傅递烟。

看见两个人有说有笑的样子,沈默笑着对米拉说:"你觉不觉得,张易斌这人好接地气呀,见什么人都能套上近乎,而且吧,话不多却句句都很实在,给人的感觉很踏实。不像那个谁,总是一副道貌岸然的样子,一看就是个大坏蛋。"

米拉狠狠瞪她:"你说的那个谁是你家言副总吧。"

"去你的!"沈默拍了米拉一巴掌,转身往楼上跑。

米拉哈哈大笑:"言副总,你真的来了啊,哟嗬,你今天不穿西服,改穿休闲装,让人眼前一亮啊。"

沈默一听,以为真是言辰,红着脸转身又跑下楼。

看见米拉叉着腰正坏笑着看着自己,气得一顿足,就要上前打米拉。

两个人嘻嘻哈哈地绕着车跑了好几圈,气得苗甜骂道:"喂你们俩,别光顾着打架啊,到底是我们搬家还是你们搬家,屋里的东西哪样搬哪样不搬啊?"

就这么闹哄哄的,搬好了家已经是中午一点了,沈默一直有些心不在焉,因为米拉说言辰可能会来,结果他压根就没出现。

米拉笑话沈默心口不一,沈默就把斗争矛头指向张易斌,还说年底之前一定要撮合他俩成为一对。

米拉听了不住翻白眼:"就他?我现在什么身份,他张易斌什么身份,你觉得我们能站一块儿吗?"

沈默很不屑,抱着箱子一边上楼一边教训道:"米拉,不是我说你,就算你穿戴得再浮夸再超前,可是生活是必须要脚踏实地的,你得多跟人家张易斌学学知道不?"

"我学他什么？你让我学他什么？学他在北京混了几年了还是个摄影助理，还是学他点头哈腰地给搬家公司的司机递烟？"

沈默皱着眉道："你怎么能这么想呢？人的际遇不同，社会分工也不同，你可以做服装设计师，人家也可以做摄影助理，有时候并不是努力就会有回报的啊。"

米拉摆摆手："算了，我没工夫跟你讨论这么深奥的问题，反正你以后别把他跟我扯到一块儿，我们俩……不，可，能！"

米拉抱着箱子快步上了楼，沈默摇头叹气，听到身后有人笑着说："想不到沈助理也有教育别人的时候。"

沈默回头，看见是言辰，先是要笑，想一想又板起面孔："你怎么来了！"

言辰确实是一身休闲服，也确实像米拉说的那样，他穿西服是清心寡欲般的帅气，给人神秘高贵的感觉，现在穿着休闲装又让人觉得阳光明朗，笑起来好像邻家大哥哥。

言辰长腿迈上台阶，跟沈默并肩，从她手里接过箱子："我没说不来呀，不过早上回了趟家，来晚了。"

沈默看着言辰的脸，心里想：他好帅呀，以前怎么没发现，言辰竟然这么帅。

蓦地又想起那两个八卦女的话："言副总那方面不行。"

沈默表情一滞，看着言辰又多了几分同情。

言辰见她的小脸跟调色盘一样，好笑地问："怎么，是在想到底要不要接着生我的气？"

沈默白他一眼："我才没那么无聊！"

沈默说完这话，自己的脸先红了："我下去看看还有没有东西。"

言辰看着她转身下楼，笑着摇了摇头，正打算搬着箱子上去，沈默却又回来了。

"怎么了？"言辰笑着问她。

沈默低着头："你别上去了，免得大家看见误会。"

"误会？误会什么？"

沈默的脸更红了，从言辰手里抢过箱子："反正就是会误会，现在公司都已经传成那样了，你再来帮我搬家，算怎么回事？"

言辰皱着眉，见眼前的女孩低垂着头不敢跟他对视的样子，心里生出怜惜。

最终他叹口气道："那好吧，你有事需要帮忙给我打电话。"

"行，谢谢你。"沈默说完，头也不回地上楼去了。

言辰盯着她的背影，直到她消失在拐角处，只觉得心里空落落的。

他转身下楼，回到自己的车里，双手握着方向盘却没发动车子，就那么呆呆地看着车窗外的人流，坐了好一会儿，直到手机铃声将他的思绪拉回来。

看到是袁梓翔打来的，言辰放在耳边接听，"喂，袁先生您好"。

那边传来袁梓翔愉悦的声音："言副总，您前阵子托我把项目报告发到美国的实验室，今天他们把试验结果发过来了。"

言辰问："噢，结果如何？"

"经美国专家验证，你们团队这个项目的可行性达到百分之九十五，稍后他们会把数据报告传真过来。言副总，恭喜你呀，等拿到这个权威性的报告，你就可以跟董事会汇报，项目就可以正式投入生产了。虽然前期只能小批量地试验性生产，可是也已经很了不起了。"

言辰很高兴地道："能有这样的结论，我也很开心。袁先生，真的应该多谢您，如果不是您的帮忙，这个项目不会这么快就能从纸上谈兵走到小批量生产这一步。"

袁梓翔回答："言副总不必过谦，我是真的很佩服您的勇气。要知道这个项目国内很多团队都有想法，但是都处于观望阶段，一是资金投入巨大也不一定有成效；二呢，也怕砸了自己的招牌。还好机缘巧合让我们相遇，能为祖国的AI事业尽一点力，我个人也感觉到很高兴很光荣啊。"

"那互相恭维的话咱俩就不说了，以后还需要袁先生多方面的帮助，我希望我们不仅是公事上的合作，我更愿意交袁先生这个朋友。"

袁梓翔爽朗地笑了："在我心里，言副总早就是朋友了。我比你虚长几岁，就自称老大哥了。不过小老弟，我有几句话也想提醒你，接下来才是打硬仗的开始。据我所知，你们公司的薛总经理应该是从一开始就不同意你这个项目开展的吧，一旦投入生产，势必需要大量的资金投入，到时候如果薛总不批，你这笔资金打算从哪里来？"

其实这件事言辰也想过，敬一集团有几家长期合作的银行，言辰在里面也有些人脉，他的打算是等美国那边的实验数据发过来，他就可以拿着成果跟薛山汇报，到时候薛山应该会考虑公司的长远发展而摒弃个人恩怨支持这个项目。

退一万步说，如果他不支持的话，他打算再一次越级上报董事会；再不济，如果董事会也不支持，那他就只有自己一家家地跑银行了。

可是这只是言辰私底下的想法，他跟薛山在公司再怎么斗，那毕竟是关起门来自家的事，当着袁梓翔这个外人的面也不好多说。

于是他笑了笑，回答道："袁大哥能跟我说这些话，可见是把我当成真正的朋友了，资金方面的问题您不用担心，希望接下来咱们的合作依然像现在这样融洽又互相信任。"

袁梓翔肯定地回答："这个自然，言老弟有什么需要可以随时找我，只要我能帮上忙的一定义不容辞。"

挂了电话，言辰的心情好了许多，他发动车子，想想自己孤身一人下午也没事，便打算回公司加班。

刚把车子开出车位，手机又响了，言辰戴上蓝牙耳机接听。

他还没来得及说话，就听见手机里传来急救车的鸣笛声，然后便是赵秀慧哭着说:"辰辰,你快到医院来,你爸爸他心脏病复发,我们现在正……"

言辰皱眉,他上午回家的时候不是还好好的,怎么自己才离开几个小时,父亲就住院了?

"在哪家医院?我现在过去。"

"在去阜外医院的路上,辰辰,你快点来。"

言辰应了声便挂了电话,加大油门往医院开去。

车子停在医院大门口,远远便看见言梦站在那儿一边张望一边抹眼泪。

言辰下车走过去,言梦看见救星一般扑进他怀里:"哥……"

言辰扶住她,两个人往急诊大楼里走:"我上午走的时候不是还好好的吗?怎么突然就进医院了?"

言梦也不回答,眼神闪躲着言辰,就只是呜呜地哭。

抢救室门口,赵秀慧看见言辰,走过来一把抓住他:"辰辰!"

言辰安抚着她,让言梦扶着她坐在长椅上,看见有医生从抢救室里出来,赶紧迎了上去。

"医生,我父亲怎么样?"

医生戴着口罩,只露出一双眼睛,打量着言辰问:"心脏有问题,抢救后暂时脱离危险了,需要住院观察,做几项检查确诊。"

言辰松了口气,走过去把结果告诉赵秀慧,然后让言梦陪着她,自己去给父亲办住院手续。

等到一切杂事都办完,一家三口坐在病房里看着床上的老人,赵秀慧不住地叹气,言梦则一直在哭。

言辰皱眉问道:"阿姨,我上午走的时候还好好的,到底出了什么事?"

赵秀慧看一眼言梦:"因为你妹妹的事。你走后你爸说了她几句,她不服气跟他顶嘴,说的话有点重了,当时我看你爸捂着胸口不舒服,就给他拿速效救心丸,结果还没吃到嘴里就……"

"我爸什么时候有心脏病了?"

赵秀慧道："两年前检查出来的，他不让我跟你们说，说是怕你们担心。"

言辰看着床上的老人，突然感觉很陌生，他有些恍惚，父亲的头发什么时候白了那么多，脸上布满了皱纹，躺在那儿瘦弱而单薄。

记忆里的父亲是很高大的啊，他不苟言笑总是板着脸，话很少，可是会在下班回来时给他带些好吃的。母亲走后父亲就更加严肃寡言了，那时的言辰总以为父亲是因为怨他才不跟他说话的，如果没有他这个儿子拖累，他应该可以生活得自在逍遥，而不是每天下班都得回来给他做饭和辅导功课。

他想起沈默的话："你的母亲虽然离开了，可是你的父亲还在啊，他并没有离开你，还把你培养得这么优秀……"

言辰突然鼻酸，他走到床边，看见父亲慢慢睁开眼睛："辰辰，是你吗？"

言辰握住父亲的手："爸，是我，我来了，你感觉怎么样？"

"唉，我还以为再也见不到你了。"

言辰哽咽着道："爸，别这么说，我这不是在这儿吗？"

"好好好，在就好，在就好，你阿姨和妹妹呢？"

赵秀慧也走过来，看见言梦站在一边扭捏，强把她拉到床边。

老人看到全家人守着自己，很欣慰地笑了："好好，咱们一家人能在一起，真好。"

周一上班，言辰就召集项目组全体成员开会，会上把袁梓翔说的好消息宣布了出来。

大家一听都很高兴，苗甜拍着手道："太好了，不枉这阵子天天加班，现在终于有结果了，哈哈，一想到我的名字以后将要在中国AI界名垂青史，我就想跳起来大笑三声。"

黄亚旗笑着给她浇凉水："你是不是傻，到时候开发人的署名也是写敬一集团AI团队全体成员，怎么可能提我们的名字。"

苗甜瞪他一眼："那又怎么样，反正我还是很开心，有种看到自己的孩子终于长大成才的感觉。"

言辰看着沈默道:"沈助理,一旦项目投产,你就该忙了,怎么样,你的副手人选定下没有?"

沈默回答:"我想让人事部的林倩倩跟我一块儿工作,她性格稳重,学东西很快,关键是有责任心。"

言辰点点头:"行,开完会我就给人事部打电话,暂时借调林倩倩到AI项目团队。"

方若雨最近不被言辰待见,所以只做会议记录也不敢说话,听到沈默要拉林倩倩进入团队,就撇了撇嘴,心想言总还警告言梦不让拉帮结派搞小团伙呢,沈默这不就是在搞小团伙吗?

苗甜看秦少洋一直不吭声,就打了他一下:"少洋,你怎么不说话,项目取得这么大的进展,难道你不开心吗?"

秦少洋嘿嘿笑着:"开心呀,不过我是个内敛的人,我的开心不那么外放而已。"

"喊,你从前也不这样啊,你现在怎么……"

言辰咳嗽一声,打断苗甜的话:"目前的形势很好,希望大家继续努力,今天是二十二号,我争取下个月让项目正式进入投产阶段,这段时间还请大家多辛苦一下,严格审阅每个人手里负责的环节资料,一定不要出现一丁点的差池。"

大家异口同声地回答:"言副总放心吧,我们大家都会很努力的。"

走出言辰办公室,秦少洋对大家说:"我上个卫生间,你们先下去吧,不用等我了。"

黄亚旗拍拍他肩膀:"兄弟,我觉得你最近不大对劲呀,下班也不叫我玩了,上着班无精打采的,刚才开会也不说话,你从前不这样呀。你不会是……身体上出问题了吧?"

黄亚旗说着话,还坏笑着在秦少洋身上打量。

秦少洋瞪他:"别瞎说!"

说完他朝走廊那头的卫生间走去,苗甜拉着沈默:"走楼梯吧？刚好减肥。"

黄亚旗哈哈大笑："别逗了，你走三层楼梯中午就得多吃两块肉，还得加杯奶茶，我还不知道你？"

苗甜冲黄亚旗挥拳头："要你管，哼，八卦男！"

说完她拉着沈默推开安全门，黄亚旗耸耸肩："反正我不用减肥，我才不走楼梯，浪费时间。"

苗甜和沈默走楼梯来到六楼，苗甜一摸兜："坏了，我手机好像落在言副总办公室了。"

"那回去拿吧。"沈默转身就要上楼。

苗甜拉住她道："回去会不会被言副总骂，说我丢三落四的，下次再把重要文件给丢了？"

沈默笑着说："你想得真多，要不我帮你去拿，就说是我把手机落下了？"

苗甜嘿嘿一笑："我就知道你最好了，而且我觉得吧，言副总对你比较和善，你去你去，中午我请你喝奶茶。"

沈默撇撇嘴："我才不要，我怕胖。"

说完她转身上楼，苗甜就笑着冲她背影来个飞吻："宝宝，爱你哟……"

沈默一边笑一边往上走，走到七楼半缓台处，她听见上面好像有人在说话。

"是的，目前就是这些情况。"

沈默皱眉，这不是秦少洋的声音吗？他刚才说他去卫生间了，怎么这会儿在楼道里打电话？有什么事需要背着大家的吗？

就听秦少洋又说："具体的没说，只说美国那边传过来的数据报告，说AI项目可行性达百分之九十五，我想下一步言副总就应该有所行动了吧。"

对方不知说了什么，秦少洋似乎很为难："可是我接触不到这个报告啊，啊？那好吧，我明白了，好的好的。"

沈默听到这儿，顿时什么都明白了，她两步并作一步上去，想要质问秦少洋到底在给谁打电话。

可是来到八楼安全门口,秦少洋却已经不在了。

沈默想了想,快步走出去,来到言辰办公室,敲了敲门不等里面回应,便推门进入。

方若雨正站在办公桌前,微微俯着身,似乎在是跟言辰一块儿看文件。

两个人同时看向门口,看到沈默闯进来,方若雨厉声道:"沈默,你现在已经不是言总的助理了,就算你是言总的助理,你也不能这么冒失地闯进言总办公室不敲门吧。"

"我敲了啊,是你没听见。言副总,我有很重要的事跟您说。"

言辰见沈默一脸焦急的模样,对方若雨道:"方秘书你先出去吧。"

"可是……"

言辰冷冷看着她:"方秘书,这是我的办公室还是你的办公室?"

方若雨气结,悻悻地走了出去。

看到门关上,沈默上前一步:"言副总,我刚才在楼梯间听到秦少洋打电话,好像在跟谁泄露咱们团队的事。"

"嗯?"

于是沈默把刚才她听到的经过讲了一遍,言辰皱着眉后靠在椅背上,紧抿着唇没有说话。

其实他一直都知道,薛山肯定会在他的团队里安插自己的人,只是言辰无心去查这个人是谁。因为在他看来,团队里所有的事情都没有需要保密的,这个项目早晚要付诸实施,就算今日某些方面某个环节保密了,可到投产那一天,许多细节上还是需要公司许多人参与,那么现在保密也就没什么意义了。另一方面,虽然他口头上跟薛山宣战了,可内心深处还是抱着那么点希望的。那毕竟是栽培他对他有知遇之恩的山哥啊,言辰还是无法相信他会为了自己的私欲置公司的利益于不顾。

再说这个秦少洋,他和苗甜还有黄亚旗可以说是团队里的骨干,他们三人是打从开始就在团队里面的,而这三人中黄亚旗活泼外向脑子活,秦少洋则稳重细腻。

言辰一直以为,他们将来会是自己的左右手,是一起朝下一个目标奋斗的好伙伴,却没料到,秦少洋居然是个卧底,还很有可能是薛山的卧底。

沈默见言辰不说话,焦急地问:"言副总,现在怎么办啊?要不把秦少洋叫上来直接问问他?"

言辰笑了笑:"这件事除了你还有谁知道?"

沈默摇头:"没有了,是苗甜的手机落在这儿了,我上来帮她拿,没搭电梯走的楼梯,结果听到秦少洋在那儿打电话。"

说到这儿,沈默想起自己第一次跟言辰见面的情形,也是在楼梯间里,当时自己还说他是个渣男。

回避言辰的目光,沈默低下头问道:"那接下来该怎么办?"

"你能暂时保密吗?秦少洋毕竟是团队里的骨干之一,我不想因为这件事影响团队的士气。"

"可是,如果他把我们现在的情况泄露给薛总,那会不会给项目投产带来困难?"

言辰看定沈默:"放心吧,我不会让项目因为任何原因而停滞不前的,沈默,你相信我吗?"

见沈默点头,言辰又笑着道:"而且秦少洋是个好青年,也许他这么做有他自己的原因,我们不应该不给他机会的,对不对?"

听到这儿,沈默由衷道:"言副总,真没想到您这么宽容。"

"其实有时候,给别人一个机会,就等于给自己一个机会。这件事你先不要告诉任何人,等我调查出结果再说。"

沈默走到沙发边拿起苗甜的手机:"好的,言副总,那我下去了。"

第三十三章　说明你成长了

国贸大酒店的会议室里，薛山感觉到口袋里的手机嗡嗡振动，拿出来一看，是吴学立打来的。

他起身走出去，然后按下接听键："喂？有什么事？"

那边传来吴学立讨好的声音："薛总，我听到一些消息，是关于言辰那个团队的。"

薛山皱着眉，冷声道："说。"

于是吴学立把从秦少洋那儿听来的消息讲了一遍："我已经让我的人想办法搞一份试验报告书了，等您开完会回来，我给您送到家里去？"

薛山冷哼道："你的人？"

吴学立赶紧赔不是："说错了说错了，是敬一集团的人，是薛总您的人，我也是您的人，大家所做的，都是为了公司良好的发展，嘿嘿。"

"我知道了，你那边密切注意他们的动向，试验报告书的事等我回去再说，切不可轻举妄动。"

"好的好的，我知道了薛总。"

薛山挂了电话，脸色阴沉得可怕。

他原本以为，照片事件闹出来之后，他在董事会那边参了言辰一本，言辰至少会老实一段时间，却没想到这才几天工夫，AI项目居然已经能够正式投产了。

他攥着手机，在走廊里踱步，想起那天晚上言辰闯进他家里那声色俱厉的模样就来气，当年对自己服服帖帖的小子长大了，明明是自己手把手扶持他到今天的位置，他不但不感恩戴德，居然还敢跟自己叫板。

薛山知道，只要言辰把试验报告书拿到手，肯定会找自己审批项目资金的事,到时候他是能够以下半年公司周转资金不足的理由拒绝,可他要是再次越级把报告呈交给董事会,然后以公司名义跑到银行贷款怎么办?

明年就是薛山任职敬一集团总经理的第三年,公司章程有规定,总经理三年换届一次,连选也可以连任。可是这两年言辰在公司的风头太盛,现在他又弄这个AI项目。一旦这个项目投产,言辰在敬一的威信将会牢不可破,公司董事会和高管层势必会有一大批人支持言辰,那么薛山想要连任的打算也就成为泡影了。

绝不能让这个项目进入投产阶段,绝不能给言辰任何机会。

会议室的门打开,各个单位和企业的领导们一边交谈一边往外走。

薛山看见某行的孙行长,笑着迎了上去:"孙行长,讲座结束了?"

孙行长点点头,也笑着道:"原来你没在里面听课呀?老薛呀老薛,你年纪也不小了,怎么还跟小学生一样,学会开小差了。"

说完了孙行长哈哈大笑:"开玩笑开玩笑,薛总可别生气。"

薛山也笑了:"瞧你这话说的,多年的老朋友了,哪那么容易生气。我这不是公司有事出来接个电话嘛。"

孙行长跟薛山并肩往前走:"你这都出来开会了,还不把公司的事撂给那些年轻人啊。"

薛山紧皱眉头:"别提了,就是因为撂给年轻人才不省心,你是不知道,现在这些年轻人呀,办事太我行我素,头脑一冲动就不计后果,他们也不想想,作为高管,他们的任何一个决定都关系着全公司员工的生存保障呢。"

看到孙行长赞同地点头,薛山心中有几分得意,他接着道:"不说这个了,晚上叫上赵行长和郭行长,到我房里喝两杯?说起来咱们几个老伙计好久没在一起喝酒了。"

"行呀,天天在这里关着学习,也是真没意思,我正想晚上找你们聊聊天呢。"

"哈哈，那走，先去我房里喝会儿茶，一会儿我给老赵和老郭打电话。我那儿可有上好的碧螺春，今年的新茶，老孙，我记得你最喜欢喝碧螺春了，是吧？"

"可不是嘛，走走走，那我可得去尝尝。"

沈默回到五楼，把手机交还给苗甜。

她看到秦少洋已经回来了，坐在那儿正敲打着键盘，一副认真工作的样子。

沈默很疑惑，她想不通一个人怎么能够背弃自己的伙伴和团队去做卧底。

她毕竟是才进团队没多久，相对于外向的苗甜和黄亚旗来说，她对秦少洋真的了解得不多。

"沈默！"苗甜敲敲隔断的玻璃。

沈默嗯了一声，心不在焉地问："干吗？"

苗甜笑嘻嘻地说："言副总没说什么吧？我看你回来就一直盯着秦少洋，怎么，对他有好感？"

沈默瞪她："去你的，我跟言副总说苗甜丢三落四把手机忘在您办公室了，可她自己不好意思过来拿，就让我帮她拿，言副总很生气，说苗甜一看就不靠谱，以后不给她安排重要任务了。"

苗甜瞪圆了眼睛问道："啊？不是真的吧？"

沈默咯咯地笑道："哈哈，放心吧，骗你的。"

"臭丫头就知道吓我，本来还想着一会儿请你去休息室喝咖啡呢。"

"我帮你拿回手机，你当然要请我喝咖啡！"

那边于晴晴突然咳嗽一声，大声道："要说话出去说，能不能别打扰别人工作。"

苗甜吐吐舌头，用口型说了句："事真多。"

沈默冲她笑笑，两个人不再交谈，把注意力放在了工作上。

沈默电脑上的微信跳出来信息提示，她点开一看，是林倩倩发过来的。

"沈默，刚才徐经理告诉我，言副总通知让我明天去业务部报到！"

沈默笑着回复。

"是吗？那太好了，以后咱们就是一个团队的伙伴了。"

林倩倩发过来一个捧心的表情。

"沈默，真是太谢谢你了，我知道一定是你在言副总面前推荐我的。"

"那也要你有能力才行呀，倩倩，我相信你的能力，以后我们一起加油。"

林倩倩发了个转圈跳舞的表情。

"我真是太开心了，就这么样吧，我去工作了。"

沈默笑着关掉微信，开始聚精会神地工作。

时间过得很快，苗甜敲敲玻璃，指指墙上的挂钟："喝咖啡去不去？"

沈默笑了，把文档保存后，拿起手机站起来，跟苗甜一前一后走出办公室。

两人说笑着往休息室走去，还没走到门口，就听见里面有人在说话。

"你们说那个沈默怎么还有脸待在公司，现在分公司都知道她勾引言副总的丑事了。"

"是啊，虽然信息部把那篇帖子删除了，我可是听说好多人都保存了照片。"

"也是够不要脸的，不过也够有本事的，闹得这么大居然没被开除。"

"对呀，我也听说了，她待在薛总身边时，就是因为对薛总有非分之想惹恼了薛太，听说当时薛太非让薛总开除她，也不知道她用了什么狐媚的招术，竟然被薛总派到了言副总身边。"

"嗯嗯，妖女就是妖女，到了言副总身边还不老实，真是太贱了!"

苗甜担心地看着沈默,小声说:"要不我们回去吧?"

沈默咬了下唇,笑着道:"没事,我们进去。"

她说完大步走进休息室,那几个端着杯子围在咖啡机边的女职员,看见她都尴尬地准备离开。

沈默笑着道:"谁有照片的原版呀?能不能发给我让我欣赏一下?老实说那天太着急了,也没仔细看,也不知道偷拍的人把我拍得美不美。"

女职员们面面相觑,一时不知道怎么接话才好。

苗甜看向沈默,见她神色如常不像是在说气话,也笑了:"沈默,你倒是说说,那天到底是怎么回事呀?"

"算了,不说也罢。知道我为人的人,根本不需要我解释;不知道我为人的人,我就算再解释,他们也会想歪了。有些人就是喜欢胡编乱造些八卦来引人注意,好像这样就能显得自己有多受欢迎似的,这样的人,一定挺自卑的吧。"

那几个女职员听了这话脸上一阵红一阵白,有个性子急气不过的,瞪着沈默道:"你说谁呢?"

沈默一摊手:"我谁也没说呀,你们说你们的看法,我说我自己的看法而已。"

"真不要脸!做出这样的丑事还这么理直气壮,这脸皮厚得也是没谁了!"

沈默转身看向说这话的女职员,目光冰冷之极:"你亲眼看见我做这样的丑事了吗?"

那人没想到沈默还有胆量质问她,顿时有点慌了:"我没看见又怎样,你要是什么都没做,会被人拍下来吗?"

沈默脸上始终保持着笑容,她接了杯咖啡,递给苗甜。

"拍下来的就是真的?你有亲眼看到吗?你知道事情的来龙去脉吗?如果说随便抓拍几张照片就能当做故事讲,你信不信我跟你几天,也能拍出相当精彩的照片?你最好不要跟任何异性有接触，否则会很危险哟。"

"你……你怎么这么说话！"那女职员被沈默怼得涨红了脸。

其他几个人一看，对那女职员道："算了，别吵了，说到底这事跟我们没关系，说两句就得了呗。"

沈默自己也接了杯咖啡，朝那女职员扬了下杯子："所以说出来做事要带脑子，不要人云亦云。"

女职员还要跟她吵，被那几个人拉了出去。

苗甜吐吐舌头，冲沈默竖起大拇指："沈默，我今天才发现你好厉害，要是我听到她们那么说，肯定躲到卫生间里哭去了。你这三言两语就把她们都骂了个遍，还句句不带脏字儿！牛，你真牛。"

沈默无奈地叹口气，苦笑道："没办法，我也不想的，我原来也想着息事宁人。可是你看看，这些人根本不给我机会呀。还是米拉说得对，一个人可以善良但不能懦弱，必要的时候，还是必须要站出来为自己发声的，不然就得憋屈死。"

一席话说得苗甜连连点头："嗯嗯，说得有道理，沈默，我佩服你的勇气，以后我得跟你学习。"

"学什么呀！但愿你不要遇到这样的事，说真的，这种事真是太恶心了。"

喝完了咖啡，两个人回去继续工作，等到午休时去一楼餐厅吃饭，沈默很明显地感觉到有些人看她的眼神不一样了。

之前那些人看着她眼神里半是鄙视半是嫉妒，可现在看着她时，鄙视的感觉少了些，倒是多了几分惧意和探究的意思。

林倩倩看到苗甜和沈默，站起来很开心地朝她俩挥手："这里。"

沈默和苗甜去打了饭，端着餐盘坐到林倩倩对面。

林倩倩看着沈默就笑："听说你上午跟人吵架了？"

沈默也是挺无奈的，她没想到短短两个小时，吵架的事就已经传遍公司了，这些八卦人真是相当地敬业，要是把这份热忱放在工作上，敬一年底的公司效益得翻好几倍。

苗甜使劲点头："嗯，我可是亲眼所见，沈默简直是舌战群儒呀。"

"哈哈，我们人事部也听说了，大家都在议论呢，说照片那件事本来就挺蹊跷的，如果你对言副总有图谋，也不会那么明显就在酒店门口下手吧？"

沈默低头看着盘子里的菜没说话，林倩倩又说："还有人分析，说要不就是有人想整言副总，要不就是有人想整你，看照片就是一路跟着你们的。"

苗甜也接话道："对呀，当时看照片我也觉得不对，尤其是在言副总家楼下那张，很明显言副总是喝醉的状态啊，然后你扶着他进楼，怎么就变成你们情人双双把家还了呢？"

林倩倩也附和道："就是，你是言副总的生活助理，他喝醉了你送他回家很正常呀。这些人真是太无聊了，什么事都能拿出来炒作。"

沈默叹口气道："两位姑奶奶，吃饭吧。"

苗甜和林倩倩对视，见沈默有点不高兴了，便把话题转到了项目上，沈默这才提起了兴趣跟她俩聊天。

三个人正说话时，又有一个人端着餐桌坐了下来："这儿还有人吗？"

沈默一看是程昊，笑着道："程大秘书怎么屈尊到餐厅来吃饭了？"

"瞧你说的，我不是一直在餐厅吃饭吗？沈默同学，你今天可是又出名了。"

沈默一脸无奈："我也不想啊，不说话是错，说话也是错，我都不知道该怎么办好了。"

程昊听了哈哈直笑："其实不管怎么样，做你自己就好了。"

"不说这个了，薛总还没回来吗？那你最近是不是很闲？"

说到这个，程昊也开始叹气："我闲什么呀，薛总不在，其他几位副总有事情不敢担责任,把什么事都压到我这儿来。我一个秘书哪有胆量做决定呀,只好压着等薛总回来处理,等着吧,等薛总回来,大家一块儿受批评。"

沈默愣了下:"不是说薛总走之前,把大权交给言副总了吗?"

程昊盯着沈默,显得有些无奈:"这刚夸完你,你就又犯迷糊了。"

沈默这才回过味儿来,言辰到薛山家吵了一架,薛山第二天上午来到公司,要办的肯定不是只找沈默谈话这一件事,应该是那天就下了言辰的大权。

沈默不由得摇头,想当初自己对薛山那样崇拜敬仰,以为自己遇到一位宽容仁厚的好老板,没想到他竟然是这样的人。

如果言辰将来做了总经理,会不会也变成这样呢?为了保住手中的权力不择手段,不惜以牺牲公司全体员工的利益为代价。

这么一想,沈默又在心里坚决地否定,嗯,言副总不是这种人,如果有一天他做了敬一的总经理,他肯定做任何事都是一心为公司、为全体员工考虑的。

程昊见沈默发呆,手在她眼前晃了晃:"你又想什么呢?"

"哦,没,没什么,就是觉得虽然进公司没多久,可是学到的东西挺多的。可是每当我觉得学到的东西挺多的时候吧,又会发现原来我还有很多没有学。"

苗甜扑哧笑了:"沈默,你这是在说绕口令吗?怎么一套套的,我们完全听不懂。"

程昊跟随薛山多年,沈默这话他自然是听得懂的,他用赞赏的目光看着沈默,点点头道:"嗯,你能想到这些,就说明你成长了。沈默同学,我看好你哟。"

沈默双手抱拳:"过奖过奖,还是得感谢程昊老师对我的指点和教导。"

程昊笑着从她盘子里夹走一块肉:"好说好说。"

不远处,于晴晴、赵婉儿和言梦正往这边看着。

言梦好奇地问:"坐在沈默身边那个男生是谁呀?"

于晴晴撇撇嘴:"程大秘书呀,薛总的贴身秘书。"

"哦……"

于晴晴满怀嫉妒地看着程昊从沈默盘里夹菜,酸溜溜地道:"真是不服不行,沈默可真有办法,连跟言副总对立的薛总的秘书都笼络了,听说上午还在休息室跟几个女职员吵架,愣是把那几个人骂得无话可说。听说现在公司里舆论两边倒,有好多人站在沈默这边,说照片事件她是无辜的呢。"

言梦撇撇嘴却没说话,她心里很不服气,却也不敢多说什么,因为言辰的警告和方若雨的谆谆教导言犹在耳。

刚进公司就惹出那么大的乱子,还被全公司通报批评,再加上因为公司里的事,父亲都被她气得住院了,她现在是再也不敢轻举妄动。

于晴晴见言梦不说话,笑着问:"言梦,你怎么不说话?你不是挺讨厌这沈默的吗?"

言梦的脸一板,托起餐盘站起来就走。

赵婉儿用手肘碰了下于晴晴:"晴晴,你别乱说话了,你看都惹得言梦不高兴了,不管怎么说,言副总是她哥哥,你小心点别得罪她了。"

"喊!我才不怕。她哥要是真的维护她,就不会让周经理全公司通报批评她,还让她给沈默写公开道歉信了。多大点事儿啊,至于吗?这就能看出来,言副总根本就没把她这个妹妹看在眼里。"

"话也不能这么说,人家毕竟是亲兄妹。"

赵婉儿正说着话,口袋里的手机响了,她拿出来一看,微信上祝贺给她发过来信息。

"晚上有空吗?我们去看电影好不好?"

赵婉儿皱着眉,又把手机塞进口袋里。

于晴晴看到她的表情,眨眨眼问:"是不是祝贺又骚扰你了?

他今天又想约你干什么呀？"

赵婉儿撇撇嘴："还能干什么，吃饭看电影嘛，这就是个穷鬼，早知道他这样，我就不费那劲把他从林倩倩手里抢过来了。上回我看中一条钻石手链让他给我买，好笑死了，他居然说没现金要用支付宝分期。"

于晴晴也笑了："你也太不知足了，人家都说给你买了还不行吗？你甭管他是给现金刷卡还是分期，只要愿意给你买，不就能说明他对你还是有心的吗？"

赵婉儿哼了一声："你不明白，我太清楚他们这种人的心思了，其实他就是看中我家的地位和钱，现在他对我付出多少，将来总有一天会要回来的。我当初也只是想跟他玩玩，没想到他居然真的把林倩倩给甩了。唉，他最近缠得我好烦。我都在考虑要不要辞职了，反正我来敬一上班就是为了打发时间。"

于晴晴听了满心羡慕嫉妒恨："别呀，你走了我在公司就没有朋友了。其实我觉得祝贺对你挺好的，反正你现在也没别的男朋友，就吊着他先玩玩呗。"

"唉，我也是这么想的，不管了，先把那条钻石手链弄到手再说，你不知道，那手链可漂亮了……"

吃过午饭，苗甜、沈默和林倩倩三个人在公司附近逛了一圈当是消食，在回公司的路上，远远看见祝贺拎着两杯咖啡走过来。

林倩倩的表情有些不自然，愣了下，努力让自己保持平静。

"倩倩！"祝贺看见林倩倩好像挺高兴，"你们出来逛街啊？"

林倩倩点点头没说话，沈默冷声道："是呀，你这是干吗？"

"哦，我帮同事买咖啡，我先走了，你们接着逛。"祝贺说完，快步朝前走去。

苗甜笑着说："咦，这不是附近那家网红店的咖啡吗？听说要排好久的队才能买到的，祝贺这是帮谁买的啊，估计中午饭都没吃吧。"

沈默见林倩倩低着头，当着苗甜的面又不好问，只好安慰她道:"别想太多。"

林倩倩笑得很勉强:"嗯,我知道,我现在要把重心放在工作上,其他的我不想再多想了。"

回到公司后,大家各自回到自己的部门开始工作,快下班时,沈默接到米拉的电话。

"我晚上可能会晚回去一会儿,你不用等我了。"

沈默笑着问:"又接受张易斌的采访啊?"

"去你的,我在公司忙呢,我的团队成员也陆续到北京了,今天大家忙了一天都挺辛苦的,我就让他们下班了。"

"那公司现在就你一个人?我去找你吧,反正我回家也没什么事,你想吃什么,我带饭给你?"

米拉很高兴地说:"好啊,那你下班过来吧。"

下班后,沈默在附近的小吃店买了两份晚饭,便拎着去找米拉。

米拉租了写字楼的十二层整层,出电梯就是精装商务大堂,接待台上方"Aromatic时装公司"的LOGO格外显眼。

推开玻璃门,整齐划一的白色办公桌中间摆放着绿植,看起来既清新又养眼。

沈默走到米拉办公室门口,看见门半开着,米拉正伏案写着什么。

沈默在门上轻叩两下,米拉抬起头,看见沈默,灿烂地笑了:"你来了!觉得我这儿怎么样?"

把饭盒放在门口的茶几上,沈默赞叹道:"太棒了,看得我都想在这儿工作了,这装修还有这些办公用品……啧啧,我太喜欢这种色调的搭配了,这是谁设计的?"

米拉得意地一扬下巴:"当然是我了。"

"哇,米大娘你好棒,这么短的时间你就能找到这么好的写字楼,装修和布置也这么用心,你简直太厉害了。"

米拉笑着道:"写字楼是张易斌帮忙找的,装修基本上没大动，我只是购置了些办公用具。"

两个人坐在门口的会客沙发上，一边吃饭一边聊天。

听到有脚步声由远及近，沈默问："这个时候会有谁来？"

米拉知道应该是张易斌，最近他几乎每天下班都会到这边来报到，有时还会带着饭过来。

沈默转头，看见张易斌拎着两个袋子走进来，问道："张易斌，你怎么会来？"

看到沈默，张易斌有点尴尬："我心想米拉应该会工作到很晚，反正我下班也没什么事，就给她带饭过来了。"

米拉冷声道："早就跟你说应该提前打电话的，我们现在都吃上了。"

张易斌从袋子里拿出两瓶饮料："没事没事，不吃饭就喝点饮料。"

沈默接过饮料："米拉说这写字楼是你帮她找的，张易斌，看不出来你的交际圈挺广的啊！"

"咳，其实也是凑巧了，我有个朋友是做房产中介的，那天聚会就顺口问了一下，没想到他手头刚好有一个，所以就让米拉来看看，这一看还真看中了。"

"嗯，那也要你对米拉的事情上心才行啊。"

沈默冲米拉眨眨眼，米拉瞪她："喝你的饮料吧，这样也堵不住你的嘴！"

张易斌拉着椅子坐下，笑着道："米拉，你的专访稿定在这周的杂志上了，大约两天后印刷出来就能上市了，到时候我给你送过来几本？还有啊，我觉得你这边弄好了之后，可以趁着杂志刊登的机会造一下势，反正你在业界挺有名的，不如到时候办个酒会，顺便宣传一下你们公司还有你自己，也好为以后在北京立足开个好头。"

沈默听了连连点头："那很好呀，到时候多请点业内的人，对了，还有上次你来北京参赛时的那几个评委和知名的模特，有他们给你做宣传，相信你的公司很快能打开局面。"

米拉也觉得这主意靠谱："这主意不错，我跟总公司那边商量一下，要造势咱们就造得大一点，看看能不能找几位知名的模特走秀。"

说到这儿，米拉问沈默："你们敬一旗下不是有酒店吗？反正要办酒会，不如就用你们的酒店，沈小默，回去给我联系一下？看看能不能打个折？"

沈默道："喊，米总现在财大气粗，背后有总公司支持，还差这点钱啊。"

米拉笑着打了她一下："你还真是不当家不知柴米贵，就算总公司支持我，那该花的钱花，能省的自然也要省啊。"

沈默撇撇嘴："我看你不做设计师的话可以做管家婆了。"

"别废话，到底帮不帮？"

沈默赶紧点头："帮，帮，不过我没有门路，我得问问言辰。"

"只要你开口，哪怕是要天上的月亮，你们家言副总也会答应的吧！"

"去你的，吃你的饭吧。"

张易斌说："酒会的日子定下来通知我一下，我可以通知我的媒体朋友参加，到时候在现场拍照采访，这稿子还能在网刊和杂志上宣传，等于二次造势了。"

沈默看着张易斌："张易斌你可以呀，我觉得你挺有头脑的，现在只做摄影助理，真是屈才了。"

"其实吧，我就是个胸无大志知足常乐的人，我觉得现在这种生活挺适合我的，每天可以出来跑跑，拍些自己喜欢的东西，而且也不用操那么多的心，我很喜欢这样。"

沈默由衷地点头："嗯，说得对，自己活得开心才最重要。"

米拉撇撇嘴道："你现在是开心了，你没想过将来你结婚有了孩子后，你这点工资能养活一家老小吗？你这不叫知足常乐，你这叫不思进取。"

"米拉！"沈默怕张易斌生气，可是看见张易斌只是笑了笑。

当着他的面沈默也不好说米拉什么，只好狠狠地瞪了她一眼。

吃过晚饭，米拉也无心再工作，便收拾了一下东西，跟沈默一块儿回家。

张易斌说："我开车过来的，我送你们吧。"

沈默吃惊地问："你什么时候买车了？"

"哈哈，是杂志社的。"张易斌转过头，很坦然地回答道。

一路上米拉都没有说话，靠在沈默的肩闭上眼睛好像是在休息。

张易斌跟沈默有一句没一句地聊着，不时地从后视镜里看米拉一眼。

沈默看着，在心里叹气，她觉得张易斌是个很不错的男人，可为什么在米拉的眼里，就那么不值一提呢？

第三十四章　总要试一试才知道

第二天到公司打了卡，沈默跟苗甜交代了一声，就去八楼找言辰。

敲了几下门后，里面传来言辰的声音："请进。"

沈默推门进去，看见言辰坐在办公桌后，正盯着手里的那份文件。

"言副总。"沈默站在那儿，就跟以前一样，双手交握放在身前。

言辰抬头，他以为是方若雨进来了，看见是沈默便笑着道："是你找我？有什么事吗？"

"我想求您帮个忙。"沈默垂眸，有点不好意思。

"嗯？"

"是这样的，米拉的公司这两天要开张了，她想在敬怡酒店办个酒会，我就想到能不能请言副总出面……"

言辰打断她："这个没问题，我给敬怡的经理打个电话就OK了，你把米拉的电话告诉我，我让经理跟她联系。"

沈默点点头："谢谢言副总。"

言辰笑笑，拿起茶杯要去倒水，沈默赶紧接过来，走到饮水机旁帮他接了温度适宜的水，双手送到他面前。

看到他从抽屉里拿出一瓶药，拧开倒进手心几颗，然后接过杯子，送水把药服下。

沈默问："您身体不舒服吗？"

"这两天有点累，我父亲住院了，他又不愿意用护工。所以阿姨白天在医院，我晚上在医院。还是以前跑业务时落下的老毛病，稍微累一点胃就不舒服，没关系，吃点胃药就好了。"

沈默关切地道："有空还是去医院检查一下吧。"

言辰把抽屉合上，似笑非笑地看着沈默："谢谢沈助理的关心，我有时间会去医院检查的。"

沈默道："您在医院陪护您父亲，那是不是说明你们的关系已经有所改善了。"

言辰收敛笑容，叹口气道："那还要多谢你，是你提醒了我，你说我根本不需要抓住什么东西，因为我该珍惜的东西一直都在我眼前。"

桌上的电话响了，他拿起来接听，那边传来方若雨的声音："言总，顶层的同事说，薛总已经回来了。"

"嗯，我知道了。"

沈默见言辰放下话筒，便说道："言副总是不是要开会？那我下去工作了。"

言辰拿起桌上的文件夹："我昨天晚上收到美国试验室发过来的数据，薛山今天来上班了，我准备拿过去让他看一看，顺便谈谈咱们项目需要资金的事。"

沈默皱着眉道："薛总会同意拨款给我们吗？"

言辰道:"总要试一试才知道。"

两个人在电梯口分手,沈默回到业务部,正看见林倩倩抱着个箱子站在门口,周经理就像上次那样,在跟大家做介绍。

林倩倩满脸通红,朝大家鞠了一躬:"大家好,我叫林倩倩,请多多关照。"

沈默上去接过林倩倩的箱子,谢过周经理之后,带着她坐在自己旁边的工位上。

这边两个人小声说着话,那边赵婉儿看见林倩倩竟然也来业务部,脸都气白了。

她狠狠瞪向祝贺,见他正一脸无辜地朝自己摊手,还用口型说道:"我什么也不知道呀。"

于晴晴在一旁挤眉弄眼地说:"哇,林倩倩怎么也会到业务部来?这下有好戏看了。"

言梦好奇地问:"怎么了,有什么好戏呀?"

于晴晴神秘地说:"嘿嘿,以后你就知道了。"

沈默把之前言辰给她的那几本关于AI方面的书和一些文件全都转给林倩倩,让她先阅读熟悉一下专业知识。

然后又把自己搜集了几天做的文档发给苗甜三人,让他们看过之后提些意见,等到苗甜他们把反馈发给沈默,已经差不多快到午餐时间了。

沈默归整文档后打印了一份,她打算拿上八楼给言辰看看,其实她自己很清楚,送文件只是个借口,因为言辰早上说他的胃不舒服,而她整个上午都惦记着这件事呢。

沈默搭电梯来到八楼,门刚打开,就看见言辰皱紧眉头走了进来。

言辰看见沈默就是一愣:"你是来找我的?"

沈默点头:"言副总你是要出去吗?那我下午再上来也行。"

言辰嗯了一声,伸手去关电梯,并按下负一层:"薛山不同意拨资金给我们,我得亲自去跑银行了。"

"啊?"

言辰接着道:"昨天下午我没拿到数据报告,只是去了跟公司有业务来往的几家银行稍微咨询了一下,他们都不同意贷款给我们,既然薛山那边通不过,我只好拿着报告再去试试。"

沈默看看表:"已经快中午了,您的胃又不好,吃过午饭再去吧。"

"我在路上随便买点就行,你回去工作吧。"

沈默担心地看着他:"反正我今天也没什么事,要不我跟您一块儿去吧,这样您可以买饭在车上吃,您吃饭的时候我来开车就行了。"

言辰盯着沈默,笑着说:"怎么绕来绕去,你又做回我的生活助理了?"

沈默也笑了:"我也没想到只给您做了几天的生活助理。"

"这是不是说,沈助理还是愿意待在我身边的?"

沈默直视言辰:"言副总是位好上级,我们大家都很尊敬您。"

"嗯?只是这样吗?"

沈默别转面孔,紧攥着手里的文件:"你再这么说,我就不跟你一块儿去了。"

言辰哈哈大笑,双手举至肩前:"好好,我不说了。"

坐在言辰车上,沈默给苗甜打了个电话,跟她说要跟言辰一块儿去银行。然后她挂了电话,问言辰:"你胃不好,一会儿看见有卖粥的店铺,给你买点粥吧。"

言辰笑着道:"行,你做主就行。"

沈默一直注意着车窗外,看到有家粥铺,就下去买了粥,跟言辰交换了座位让他喝粥,自己则开着车上路。

言辰喝完了粥,感觉整个人舒服多了,他把垃圾装进袋子里搁在脚边,看着沈默很郑重地问:"沈默,等我父亲出院了,你愿不愿意跟我一块儿回我家吃顿饭?"

沈默愣了一下,她在想,言辰这是什么意思呢?这是打算带她见家长的节奏？

见沈默不说话，言辰笑了笑："其实你也不用多想，上次我见过你的父母了，我觉得你也是时候见见我的父母了。还有，以前那些女孩，我真的跟她们只是纯粹的约定合作的假恋爱关系，后来那些被迫的撮合和介绍也都说开了，也就都结束了。往后我打算无论是不是有利于工作合作，我都将彻底拒绝。并且如果以后我真的不再单身，这种事就更加没理由再发生。"

"啊？怎么突然想起来说这个？"沈默嗫嚅，"我又没问。"

"可是我想跟你说啊，也不想以后再让你担心和在意。"

沈默左思右想，最终下定了决心开口说道："嗯，不过，在我心里，有件事我还真一直想问你，但又觉得我会不会问得有点太多？"

"想问就问。对你，我必当知无不言言无不尽。"

言辰这样一说，沈默反而有点脸红："那我就问啦，嗯，你过去就真的一场恋爱都没谈过吗？就从没交过一个女朋友，爱过一个人吗？"

这问题问得确实让言辰有点意外，他长叹了一口气道："其实有过一次，是在大四毕业的前夕。那年……"言辰正要继续说下去，这时蓝牙连接的车载电话突然响起来。

言辰和沈默同时看到了屏幕上的来电显示，是个女人的名字，名叫朱颖，言辰犹豫了一下还是决定不接，但电话一直在响，总打断他的叙述，一气之下他干脆挂断了电话，没想到挂断之后，电话又再次打了进来。

看到言辰一脸的无奈，沈默半是调侃地说："是不是我在车上，言副总不方便接听呀？"

"怎么会呢？这人其实你也见过。"

听到言辰这么说，沈默反而更加好奇了，我也见过？谁啊？怎么可能自己见过都不知道呢？

电话接起，那头传来一个温柔的女声："阿辰，你是在忙吗？

你刚刚怎么还挂我电话啊？你不会还在生我的气吧？"

言辰有些不耐烦地回答："我是很忙，现在在去谈合作的路上，有什么事就快说。"

"其实，也没什么事啦。"

"没什么事，我挂了。"

听到言辰要挂断电话，朱颖赶紧说："别呀，你等一下，我今天给你打电话，是想跟你说声对不起。前段时间去公司找你哭诉，真的是给你添麻烦了。后来一想，男朋友要跟我分手，跟你有什么关系呢？害得你在那儿听我哭着抱怨半天，真的对不起啊。之前你也好心提醒过我，是我听不进去，我确实活该。还有，那二十万我得还你，当时我一气之下就走了，后来一想，你这二十万我怎么能要，等一下我就转账给你。"

"想明白了就好，算了，那二十万，就当是赞助你的分手精神损失费了。"

听到这里，沈默恍然大悟，心想怪不得言辰说她也见过，她还真的见过，这不就是她去敬一应聘的那天，在楼道里看到的那一幕吗？这就是那个被言辰分手赶走的女孩啊，看来还真是当时自己理解错了，误会了言辰那么久，原来他们之间是这么一回事啊。罪过罪过……

朱颖坚定地说："不不不，这钱我一定要还你，真不能平白无故地拿你这么多钱，不就是分个手嘛，还什么精神损失费，就算有，让谁埋单那也不能让你埋单啊。"

看朱颖说得如此坦然且坚持，言辰也便没有再继续推拒的意思，为了转移话题便礼貌性地问了一句："这次彻底分了？"

"彻底分了。这些日子我也想通了，什么人什么事，该是你的就是你的，不该是你的，永远都不会是你的。更何况这人也不值得我这么爱他，为他付出。"

"行吧。期待你说到做到。"

"阿辰？"

"怎么？"

"最近这段时间，我又忽然想起，大四那年我们在一起的日子，对不起啊，这么多年了，当年的事情，一直欠你一句诚恳的抱歉，你当时对我那么好，是我不懂得珍惜，后来离你而去是我的不对，是我欠你的。真没想到，你现在还会再理我。我知道当时对你伤害还挺大的，后来听说……"

还没等朱颖继续说完，言辰便打断他，没有了再想听下去的意思："好了，当年那些事还是不要再提了，都过去了。我现在也不在乎这些了。"

听言辰无意再听，朱颖也就没了说下去的意思："好吧，你不想提那我就不提了。对了，我打算下个月去新加坡那边生活学习一段时间了。"

"这样也好，祝你一切顺利。"

"谢谢。那就，再见了，阿辰。"

"再见。"

两人挂断了电话，沈默却仍旧沉浸在这庞大的信息量中："不好意思呀，是我之前误会你了。"

"没什么。在那个场景下理解错误很正常。"

言辰见沈默欲言又止，便主动道："还想问什么就问吧。"

沈默道："那我可以提吗？你不是不想再提了吗？"

言辰笑了："你不一样，你可以提。"

沈默的眼神里带有一丝欣慰："刚开始我还在想你俩是什么关系，听她讲过去，我就明白了，原来她就是你前面要说的那个大四时谈的初恋啊？"

"对。"

"我记得你跟我说过，因为小时候父母离异，你不是很长一段时间对待感情都是抗拒，有情感障碍的吗？"

"是，不过我也曾经质疑过自己的心理和判断，所以也想过要改变，那一年在她身上，我尝试去打开过一次心门。为了爱我努力付出一切，但后来没想到却被她伤得最深，也让我后来心里的那扇门关得更紧了。真没想到我父母的遭遇还是应验在了我的身上，没到半年，我们就分手了。"

"为什么分手呀？彼此的不信任吗？还是什么别的原因？"

"也可能是因为太信任吧。记得那段时间，我跟家里的关系闹得很僵，也觉得特别孤单无助，后来遇到她。当时觉得真的很幸运，她支持我离开北京离开家，说就应该自立自强地出去闯一闯，我当时特别感动，我以为我遇到了一个最懂我的人，有了一种那个家从没给过我的温暖。我们商量好了毕业后一起考研去上海，然后未来就留在上海那边工作打拼，到时如果暂时没钱，甚至可以先租个房子结婚。后来有一天，我们约好了在北京西站见面一起出发，我背着行囊在候车室兴高采烈地等着她的到来，结果等了好久，等到那班火车开走，等到天黑都没能把她等来。最后她发了一条短信给我，说我们对未来的规划和人生理想其实都太幼稚了，她说她没胆量，也不想跟我离开了。"

"她这也太过分了吧。给了人希望却又再亲手把希望破灭。早知道这样就别给人许诺啊。那再后来呢？"

"再后来，我也没离开北京，不过确实被这件事刺激了，我开始更加发奋图强，最终考上了清华的研究生，又顺利进入了敬一集团直到现在。只是，当时想要接纳感情的那扇心门却彻底关上了。至于她，后来我才知道，她也没再考研，当时是她家里给她安排规划了一份很不错的工作，还给她介绍了一个家庭条件很不错的男孩，这一切最终让她放弃了跟我一起远走高飞的那份理想。不过你也看到了，她现在过得也并不尽如人意。"

"活该！真是自找的。放弃你这样的优质股去求一个所谓的稳定，她也确实配不上你。不过我现在能理解你，哪怕给她二十万也要把她赶走的心了。"

"理解万岁。"

两个人沉浸在这段往事中安静片刻后，沈默问了一句话：

"那，你对我有过抗拒和障碍吗？就不怕有一天我也会伤到你？"

"你不一样，你跟所有人都不一样。我能看到，你身上有光，闪闪发亮，还能让我再次义无反顾地打开这扇心门的，或许也只有这束光。所以？"

沈默攥紧方向盘，余光看到言辰一直盯着自己，她叹口气："谢谢你刚刚跟我说了那么多，不过，我现在还是想把精力先放到工作上，等到咱们的项目成功了再说别的，好吗？"

言辰收回视线，他心里多少有些失落，可他只能这样回答："好。"

两个人都不再说话，车里的气氛冷了下来，沈默有些不忍心，她想了想问道："如果所有的银行都不贷款给我们，那接下来该怎么办呢？"

"如果不能以公司名义贷款，我想以个人名义贷款，但是项目一旦失败，我很可能会破产，薛山也会利用这个机会把我赶出敬一。"顿了一顿，他转头看向沈默，"到时候我就会变得一文不名了。"

沈默握着方向盘，视线看着前方："没关系呀，你这么厉害，会东山再起的，嗯，我一直都是相信你的，你忘了吗？"

言辰说不出话来，胸口激荡着暖流，过了好一会儿才道："你放心，我一定不会让你失望。"

"不是让我失望，是我们整个团队。不过没关系，我们都相信你。"

沈默伸出右手，轻轻拍了拍言辰的手背，言辰伸手想要握住她的手，她却一下子收了回去。

言辰低头看着自己空空的手心，摇摇头笑了起来。

果然如言辰所料，跑了快一个下午，所有的银行都是各种各样的托词，要么就是负责人不在，要么就是"您的这份数据报告是国外试验室出具的在国内没有参考价值"。

言辰的脸色越来越难看，沈默看在眼里既心疼他又替他着急。

车子停在元丰银行的门口，沈默担心地说："要不别去了，元丰不是跟咱们公司没有业务往来吗？那几家有业务的银行都说不行，何况是根本对咱们敬一不了解的银行呢？"

言辰拿着数据报告和公司资料："总要再试试，不然就对不起我自己，更对不起大家。"

沈默点点头："嗯，我明白，我陪你进去。"

银行的玻璃门打开，一个中年人推着一辆轮椅往外走，轮椅上坐着一位老人，头发花白精神矍铄，鼻梁上架着副金丝边眼镜，神情不怒自威。

台阶下停着辆奔驰商务车，司机早已候在车边，看见老人出来，赶紧上前接过轮椅。

中年人恭敬地道："石董事长慢走，等我看过报告后，再给您打电话。"

老人颔首的同时，看见言辰和沈默朝这边走来，微微皱了下眉。

言辰和沈默步上台阶，正准备往里面走，中年人看着沈默，惊喜地道："是你呀？"

沈默愣在那儿，莫名其妙地问："先生您是在叫我吗？"

"是呀，我认识你，在邵老的葬礼上，你救了我父亲，你忘记了吗？"

"啊？哦……"

沈默这才想起来，在邵老的葬礼上，她确实曾在卫生间门口救过一位心脏病发的老人，不过当时言辰给她打电话，她急着过去，根本没注意老人和他儿子的长相。

沈默握住中年人伸过来的手，礼貌地说道："我想起来了，您好您好。"

此时老人已经上了车，他看着言辰，突然开口问："你是敬一的言辰？"

言辰看向老人，打量着，记忆里对这位老人没有一点印象：

"是的，老先生，您认识我？"

"嗯，有所耳闻。"

说罢他摆摆手，不再搭理言辰，对那中年人说："我走了。"

中年人点头："石董事长慢走。"

看着奔驰车开走后，中年人才笑着问沈默："你到我们银行是有什么事吗？需不需要我帮忙？"

看这中年人气度不凡，说不定是银行的高管，沈默赶紧道："我是敬一集团的，这位是我们副总经理，是这样的，我们想找你们银行贷款。"

中年人看了看言辰手里的文件："哦，那进去说吧。"

一个小时后，两人从银行出来上了车。

言辰没有发动车子，而是盯着沈默由衷道："沈默，你真是我命中的福星。"

沈默赧然："张行长只说让我们留下资料，他们审核后开会讨论一下，不一定能行呢，我觉得咱们还是要再多跑几家银行。"

言辰却很高兴："我有种预感，这次一定能行。你是什么时候救了他父亲，我怎么不知道？"

"就是上次邵老的葬礼呀，我去卫生间时出来看见张行长的父亲倒在地上，其实我也没做什么，就是把他口袋里的速效救心丸拿给他吃了。"想一想沈默又问，"对了，刚才那位老先生是谁呀？你认识他吗？"

言辰发动车子："不认识，先不管他，沈默，贷款的事回去先不要跟其他人说，等到有结果了……"

沈默点点头，她想起秦少洋："我明白，言副总你放心。"

言辰笑着道："今天辛苦你了，晚上我请你吃饭？你想吃什么？"

沈默问："你不用去医院吗？"

言辰看看表："五点半了，吃完晚饭我送你回家，来得及的。"

"可是我上午跟苗甜和倩倩他们约好了，今天倩倩第一天加入

AI团队，我们说好要给她庆祝的。"

言辰叹口气道："那好吧，我送你回公司。"

快到公司门口时，沈默说："要不我就在这儿下吧，我给他们打电话就行了。如果我在公司门口下车，被人看到不太好。"

听了这话，言辰有点生气，他加大油门开到公司门口停下，然后说道："我无所谓，除非你介意。"

沈默晶亮的眸子看着言辰，过了一会儿鼓着腮："现在公司里对我们的非议那么多，我自己是没什么，可是我怕因为我个人的问题影响咱们的整个团队。你现在是在生气吗？虽然我不明白你为什么要生气，可是我还是想说，晚上记得好好吃饭，有空儿去检查一下身体，如果你明天还需要我陪着你跑银行的话，上班后给我打电话。"

说完她打开车门下车，朝公司里走去，言辰愣愣地看着她的背影，唇角含着一丝笑意，渐渐的那笑声越来越大，最终绽放开来。

听到有人敲车窗，言辰转头，看到言梦站在外面，他收起笑容打开车窗："你怎么在这儿？"

"我下班啊！哥，你一个人坐在车里傻笑什么？"

言辰看看表："已经六点多了，你怎么现在才下班？"

言梦之所以走这么晚，是因为上午林倩倩到业务部报到时，于晴晴那段阴阳怪气的话引起了她的注意。然后下班时她从卫生间里出来，看见大家都走了，赵婉儿和祝贺却偷偷摸摸地走进了五楼的安全门里。于是她特意跑到四楼，顺着楼梯上到五楼，听到祝贺一个劲儿给赵婉儿赔不是，还说林倩倩调到业务部的事他是真不知道。然后就听赵婉儿哭得梨花带雨，祝贺一通赌咒发誓，最后祝贺答应了给赵婉儿买她看上的一条钻石手链，两个人才欢欢喜喜地走出安全门。

这两人之间如何言梦没一点兴趣，她感兴趣的事，是林倩倩是沈默的好朋友，她还听说林倩倩就是被沈默介绍到AI团队里来的。以后林倩倩在业务部上班，那么只要多制造事端让她跟赵婉儿产生矛盾，等到事情一闹大，沈默自然也要跟着受牵连。沈默现在已经是全公司人眼里的恶女了，以后哪怕再有一丁点影响公司声誉的事情发生，薛总势必会开除沈默，那到时候言辰就是再想保她，恐怕也是力不从心了。

想到这儿，言梦笑得很灿烂，"没事呀，我工作多所以耽误了一会儿，哥，你是不是去医院？我跟你一块儿去啊"。

说完，言梦绕过车头，不由分说地拉开车门坐了上去……

沈默回公司拿了包，走进电梯后给林倩倩打电话，可是打了半天都没有人接听。

于是她又打给苗甜，苗甜倒是很快接了。

沈默问："甜甜，我给倩倩打电话她不接，你们是不是在一起啊？"

苗甜回答："我们等到下班见你都没回来，还以为晚上不聚了，所以就各回各家了啊。"

"哦？这样子啊，那算了，咱们下次再约。"

"沈默你先别挂，你下午跟言副总跑了几家银行，有结果吗？"

沈默想起言辰的嘱咐："没有，跟敬一有业务往来的几家银行都不愿意贷款给我们，言副总说他明天再去其他银行试试看。"

"唉，如果不能正式投产，那我们这几个月就白辛苦了。"

沈默笑着道："再等等吧，言副总总会想到办法的，不跟你说了，我现在还在公司，我收拾东西也回家了。"

"嗯，你路上慢点，我挂了。"

沈默挂了电话，给米拉发微信，问她回家了没。

米拉的回复是她还在公司加班，问沈默要不要过去，沈默心想，张易斌说不定又会去米拉公司找她，自己还是不做电灯泡，给他们两人多创造机会的好。

她打算随便吃点东西就回家，正在想到底吃什么好呢，远远看见秦少洋一边打电话一边快步往前走，沈默心念一动，便跟了上去。

看到秦少洋拐进路边一家小餐馆,沈默站在门口,正犹豫着要不要进去,老板娘走出来热闹地跟她打招呼:"欢迎光临,想吃什么快进来呀?我认得你,你是不是附近公司的,我经常看到你打我门前经过的。"

沈默笑着道:"是的,我就在附近上班,刚才好像看见我一个同事进去了。"

"哦?你说是那位年轻人嘛,他隔三差五来一次,不过不是一个人,是跟一个三十多岁的男人一块儿,他们总是坐隔间。"

沈默听了这话,就走进餐馆,看见有个小隔间上挂着布帘子,能看见里面有两个人坐着。

于是她坐在隔间外面的桌子上,对跟过来的老板娘说:"给我看看你们的菜单。"

老板娘很高兴地把菜单拿过来,沈默随便点了碗面,等到老板娘走进后厨,她拉着椅子靠墙坐着,拿出手机调到录音模式,侧耳听着里面的动静。

秦少洋说:"我已经把你想要的消息告诉你了,试验报告我确实是拿不到手,上次开会言副总说美国那边还没有发给他。就算发给他了,他也不可能把数据发给我们每个人看的。"

有个男人冷声道:"你是负责数据模拟计算的,你要试验数据有最正当不过的理由,秦少洋,你少给我装蒜,如果我把你的老底儿抖出来,你觉得你还能在敬一待吗?"

听到那个男人的声音,沈默愣住,这不是吴主任吗?秦少洋怎么会跟他搅在一块儿?

秦少洋半天没说话,最后无奈地叹气:"吴主任,我跟你无怨无仇的,你何必这样逼我?我知道薛总一心想把言副总挤出公司,我也知道你是帮薛总的。可是我只是想好好地打一份工,我真的没想过……"

吴主任冷笑道:"你利用职务之便把公司内部资料卖出去的事

儿，可是我在帮你遮掩，先别提薛总，一旦言辰知道了你的所作所为，你觉得他还能容得下你吗？"

秦少洋吼道："我说过，我母亲病得很重，我需要钱！"

"你觉得你在言辰面前说出这样的理由他会信吗？秦少洋，你最好考虑清楚，我限你三天之内给个答复，否则我会去言辰那里揭发你！"

吴主任说完，揭开帘子大步走了出来，根本就没留意到坐在角落里的沈默。

看着吴主任走出餐馆，沈默收起手机站起来，走进隔间站在秦少洋面前。

秦少洋抬头，看到眼前的沈默脸色煞白："沈默，你怎么在这儿？"

言辰和言梦刚到医院，还没来得及跟父亲说上两句话，他的手机就响了，看到是沈默打来的，他走出病房接听。

大概了解了情况后，言辰回到病房："爸，我公司有点急事，我去一下就回来，让言梦先在这里照顾你。"

言父笑着摆摆手："我没事，你去忙你的吧。"

见言辰要走，言梦站起来，追到门口："哥，你去哪儿呀？公司出了什么事？"

"你在这儿好好照顾爸，我两个小时后回来。"

"哥，你是不是去见沈默！"言梦气得顿足，可是言辰的身影已经消失在楼梯口。

言辰将车停在小餐馆门口，下车走进隔间，看见秦少洋耷拉着脑袋坐在那儿，沈默抱着胳膊杵在门口。

听到脚步声，秦少洋抬起头来，惶恐地看着言辰："言副总……"

言辰点点头，又看向沈默："是不是都没吃饭呢？我也没吃，要不咱们换个地方一块儿吃点？"

"言副总!"沈默皱着眉。

言辰摆摆手,笑着对秦少洋说:"少洋,我记得你是南方人,我知道有家餐馆南方菜做得不错,一块儿去尝尝?"

沈默不明白,秦少洋可是出卖公司出卖整个团队的叛徒,她之所以打电话让言辰过来,是希望他能拿出个态度来。可是没想到,他来了不但不发火,居然还要请秦少洋吃饭。

见秦少洋依旧低着头不吭声,言辰又道:"如果不想吃饭,就到我车里谈谈?"

老坐在这里也确实不是个事儿,秦少洋站起来,垂着头往外走。

见沈默跟了上去,言辰叫她:"沈默,今天的事你能先不告诉大家吗?"

"啊?言副总你不打算开除秦少洋吗?"

"嗯,我想听听他的解释。我说过,每个人都应该有个机会。"

"可是他把公司的资料卖出去,这还不算,他居然还勾结吴主任……"

言辰打断她:"我是可以现在就开除他,可是你有没有想过,如果我开除他,他以后会怎么样?而且现在我们的项目正进行到关键时刻,秦少洋又是团队里的骨干。如果他拿着手里的资料去做些别的,那我们这个项目不用薛山从中作梗,就彻底关停了。"

沈默不说话,她理解言辰的意思,可是她内心里却无法原谅自己的伙伴是个叛徒。

"好了,你先回去吧,这件事先不要告诉其他人,我会好好处理的,相信我。"

沈默点点头:"好。"

她跟言辰告别,回到家后看见米拉头发湿漉漉地从卫生间里出来。

米拉问她:"你今天回来得这么晚?"

沈默问她:"你今天回来得这么早?"

两个人愣在那儿,然后看着对方笑了。

沈默放下包换了鞋,瘫坐在沙发上:"别提了,我今天抓到团队里的叛徒了,可是言辰却想要宽待他,我真是想不通。"

米拉擦着头发,坐在她身边:"怎么回事呀?"

沈默便把刚才的事讲了一遍,米拉听完笑着道:"我想言辰是想将计就计。也许他会利用秦少洋给薛山放假消息,另一方面呢,他也确实是惜才,不想放弃秦少洋。要知道如果被敬一这种大公司开除的话,秦少洋的履历上会有污点,他以后找工作就难了。"

沈默皱着眉道:"可是他现在能做叛徒,难道以后就不会吗?如果以后还有诱惑,他说不定还会再次出卖自己的伙伴啊。"

"以后的事谁能说得准呢?听你刚才说的,秦少洋也是因为母亲重病需要钱才会这么做的,虽然这样做可以说是违法也是不道德的,可是站在他的立场上,他并没有错啊。"

米拉站起来,拍拍沈默的头:"小姑娘,不是每个人都像你那样,能够在父母的呵护下健康幸福地成长的。我觉得你应该听言辰的,既然你已经把事情告诉他了,就让他来处理吧,其他的你就不用多想,赶紧洗洗睡吧。"

看着米拉走回自己的房间关上门,沈默若有所思,坐在那儿好一会儿,才站起来去洗漱回房睡觉。

第三十五章　有人故意使坏

一转眼,就要进入十二月了,天气越来越冷,可这并不妨碍AI团队里年轻人的工作热忱。

大家一切照旧各司其职,认真地做着自己负责的工作。

而林倩倩也在沈默的帮助下,渐渐熟悉了团队的工作节奏,并且能够很好地辅助沈默完成言辰布置下来的工作任务了。

米拉的酒会定在了周六晚上,她还给了沈默好几张邀请函,让她邀请公司的伙伴一块儿参加。

晚上六点半,沈默和苗甜、林倩倩几个在酒店门口会合。

苗甜看见林倩倩大衣里那条粉色裙子,赞叹道:"哇,倩倩这条裙子好漂亮,是特意为今天晚上买的吗?一定很贵吧。"

那条裙子正是上次林倩倩为祝贺生日买的,苗甜这么问,林倩倩尴尬得不知如何回答。

沈默笑着挽住两个人的胳膊:"赶紧进去吧,别讨论裙子的问题了。对了,黄亚旗和秦少洋怎么还没来?"

身后传来黄亚旗气喘吁吁的声音:"来了来了,太堵了,这个点路上正堵呢,我出租车坐到一半,怕你们等急了又要骂我,就赶紧跑着过来了。"

苗甜打量着黄亚旗大衣里面的西服:"哟,我们小黄打扮起来还是挺帅的嘛。"

黄亚旗一挺胸脯,骄傲地说:"那是,别忘了我可叫敬一第一帅。"

几个女孩子咯咯笑起来,沈默问:"秦少洋呢?他没跟你一块儿来啊?"

"哦,他说他晚上有事不来了,还让我给你们捎话,让你们玩好。"

苗甜埋怨道:"一天天的就知道装高冷。沈默,倩倩,我们不管她。"

沈默笑笑没吭声,其实自从那天之后,秦少洋都刻意跟他们保持着一段距离。

黄亚旗以为他是担心老家母亲的病情所以心情不好,苗甜偶有埋怨时,他也是这样帮秦少洋解释的,可真正的原因,只有沈默知道。

四个年轻人搭电梯来到十楼的多功能厅,门口有米拉的下属专门做接待工作,看了四人的邀请函后,礼貌地请他们入内。

看到眼前衣香鬓影觥筹交错的情形,林倩倩瞪大了眼睛:

"哇,我这是生平第一次参加酒会,简直就跟电影里演的一模一样啊。"

苗甜兴奋地拉着沈默:"沈默你看,那个人是不是那个导演,最近刚拍了一部很火的宫斗剧那位。"

黄亚旗也是一脸兴奋:"哇塞,全都是平常在电视和网络上才能看到的名人呀。沈默,我没想到米拉这么了不起啊。"

米拉在不远处正跟人寒暄,看到沈默带着同事们进来,笑着迎了上来。

今天的米拉妆容精致,身穿一件香槟色露肩晚礼服,下摆是鱼尾设计,将她的好身材勾勒得完美无缺。

她的短发梳到脑后,右耳上戴着一枚造型夸张的钻石耳环,搭配手上的戒指,整个人显得既干练又性感妩媚。

沈默跟她拥抱了一下,牵着她的手笑着道:"米大娘今晚好美。"

另外三个人也是忙不迭地点头,尤其是两个女孩子,都用艳羡的目光看着米拉:"什么时候能够达到米拉姐的高度就好了,米拉姐,你今晚美死了,看起来好像电影明星,高贵又优雅。"

米拉心里很受用,笑盈盈地谦虚道:"哪有你们说的这么好呀,我这也是为了挣场面,今天是为了宣传我们的公司,我肯定要穿得隆重一点。"

米拉的视线越过三人看向门口,笑着对沈默说:"你们的言副总来了。"

沈默惊讶地问:"你给他邀请函了?"

米拉白她一眼:"宴会场地可是言副总帮忙安排的,我总要谢谢人家,再说以言副总的身份,能够屈尊来参加我们的酒会,那是给我莫大的面子。"

米拉笑着迎上去,沈默四人也转过身来。

米拉跟言辰握手:"欢迎言副总大驾光临。"

言辰浅笑,跟米拉寒暄着,目光却落在沈默身上。

两个人对视，沈默看到言辰上身穿午夜蓝西服配白衬衫，下身黑色西裤，不由得愣一了下。

因为她今天晚上穿的是一条赫本风的黑色礼服裙，这是米拉替她挑的，当时还说样式简约很衬沈默的气质，但是参加酒会未免有点单调。所以米拉帮她做了下改良，腰上系了条午夜蓝的丝巾，胸口处又别了一只蓝钻胸针。

言辰打量着沈默，看到她愣愣地看着自己，也笑了。

言辰小声问米拉："怪不得你提前打电话问我穿什么，你是故意的吧？"

米拉冲着他眨眨眼："那当然，不然我怎么帮你跟我家沈小默搭？加油啊，我看好你哟。"

言辰笑着道："明白了，多谢。"

苗甜走过来，看着言辰说："言副总，您今晚好帅呀。"

言辰浅笑："你们也很漂亮。"

米拉招待者送酒过来，跟大家说了几句话，便去应酬其他客人了。

林倩倩眼尖，看看言辰又看看沈默："咦，言副总今晚好像跟沈默穿的是情侣装呀。"

她这一说不打紧，苗甜和黄亚旗也看过去，三人对视，都讳莫如深地笑了。

言辰倒是一脸坦然，沈默板着脸道："倩倩别胡说。"

这时门口传来喧闹声，米拉离得远没听见，沈默几人就在门口附近，却听得清清楚楚。

"你们凭什么拦着俺，俺是来找俺妹妹的！"

门口的招待员不耐烦地说："这里没有你妹妹，这是我们时装公司的酒会，你们要找妹妹，去别的地方找！"

沈默看过去，见门口站着一男一女。

男的穿着军大衣，脚上是一双沾满灰尘的黑色棉鞋，脚边搁着只红白格子的编织袋。

女的穿件看起来质地还不错的大红色大衣，下身是一条老式的踩脚健美裤，要命的是她选的是肉色，脚上踩着的两根带子中间露出绿色的袜子，再配上脚上那双已经变成土黄色的白色旅游鞋，看起来要多土有多土。

苗甜皱着眉道："这谁呀？找亲戚找到这儿来了？"

言辰看向沈默："是米拉的亲戚吗？"

沈默还没说话，就听那女的尖着嗓子说："春花，俺妹叫春花，有人告诉俺，她现在就在这儿呢，还开车把俺们送过来的。你快叫俺妹出来！"

那男的说："就是，俺妹现在可是大公司的老板，你是她的手下吧，你要是得罪了俺们，就叫俺妹开除你！"

"坏了！"沈默想起前几天米拉说她哥嫂要到北京来，算算时间也该到了。

这对男女，应该是米拉的哥嫂，可是他们是怎么知道米拉在这儿开酒会的呢？

不过这时候也来不及考虑这些，沈默赶紧走出去，笑着对他俩说："你们是来找春花的？我认识她，你们跟我来，我带你们去见她。"

两人对视一眼，又上下打量着沈默："你真认识俺家春花？"

言辰也走了过来，他看向沈默，见她轻轻点下头，当下也明白了是怎么回事。

他笑着对两人说："米小姐知道你们要来，特意给你们在酒店安排了房间，不如先带你们过去休息，一会儿让米小姐过去看你们？"

两人见言辰气宇轩昂，就跟在老家电视剧里看到的演员一样，不由得就相信了他的话。

男人拿起编织袋往肩上一扛："那走吧，媳妇儿，咱先去休息，等会儿让春花过来找咱。"

女人往会场里张望着："不走，俺想进去瞅瞅，当家的，你看里头有那么多好吃的好看的,咱在家的时候也就是在电视里看过,咱进去瞅瞅呗,等回老家了说给街坊四邻听听,长长脸哪。"

沈默忙道:"这里是私人酒会,没有邀请函不让进去的。"

女人冲沈默一瞪眼:"你是干啥的!有人告诉俺了,俺家春花是这里的领导,这酒会就是她整的,俺们进去吃点喝点算啥!"

说着话女人就要往里冲,沈默想上前拉住她,却被她一把推开,言辰赶紧扶住沈默,皱紧了眉头却不好发火。

这毕竟是米拉的亲戚,看样子是刚到北京来,又是一对混不吝的主儿,要是真闹开了,现场这么多记者媒体,被他们一曝光,那米拉这酒会就算白开了。

眼看这女人谁也拦不住,就听有个人大声道:"闹什么呢?"

沈默和言辰看见张易斌快步走过来,身后还跟着两个穿制服的保安。

"这两人是谁?怎么在这儿闹开了?"张易斌问沈默。

沈默小声道:"是米拉在老家的哥嫂,知道米拉在这里开酒会,就找到这儿来了。"

老家?哥嫂?看这两人的打扮,得是偏远山区出来的农村人吧。

张易斌疑惑地说:"可是米拉说过……"

言辰打断他:"先别管米拉怎么说,不能让他们进去。"

普通人看见穿制服的都会有种畏惧感,更何况是刚从偏远山村出来的这两位。看见两个人高马大的保安站在张易斌身后,米拉的嫂子以为张易斌是带着保安来抓他们俩的,便瘪着嘴站在一旁不敢吭声了。

门口负责接待的小姑娘怕他们真闯进去会被米拉责怪,趁着沈默和言辰拦住那二人的时候,就溜进会场找到米拉,把这边的情况给说了。

米拉急匆匆地走进来,还没说话,她嫂子就上前拉住她:"春花,你可算出来了!"

说完了她又一愣，拉着米拉胳膊的手赶紧松开，在大衣两侧搓了搓，似乎是怕自己的手弄脏了米拉。

米拉目瞪口呆："大哥大嫂，你们怎么找到这儿来了？"

说完这话，才意识到还有其他人在场，她的脸色瞬间惨白。

张易斌看在眼里，也明白了是怎么回事。既然米拉的哥嫂已经将他当做是酒店的保安领导，便板着脸道："这里是私人地方，禁止喧哗，你们俩没穿礼服不得随意出入，米拉小姐，请让你的亲戚暂时回避。"

沈默上前，笑着道："大哥大嫂，刚才不是说了嘛，米拉给你们俩开了房间，你们先去休息一下，等米拉忙完了再去跟你们说话。"

米拉的大哥叫米春来，他扯扯媳妇儿王秀芬的袖子："走吧，别耽误春花做正事儿。"

王秀芬甩开他，恨声道："春花，你把里头那些好吃的给俺们装些送到房间去，俺们赶火车这一路累死了，这会儿饿得前胸贴后背呢。"

米拉垂着头不说话，沈默赶紧道："知道了嫂子，您先去休息，我一会儿给您送过去。"

这边言辰已经给经理打电话开了一个标间，他对张易斌说："你带他们去五楼，516房间，我已经跟经理打过电话了。"

张易斌点点头，对两人冷声道："走吧。"

米春来老实，冲着张易斌点头哈腰："好好，谢谢您嘞。"

王秀芬撇撇嘴，见米拉不理她，瞪了她一眼，跟使唤用人似的对沈默说："你快着点儿啊，我这饿着呢。"

沈默苦笑道："好的，嫂子，我这就去拿，一会儿就给你和大哥送过去。"

等到两人走远了，米拉才抬起头，她对言辰和沈默说："谢谢你们啊。"

沈默笑着道："傻瓜，跟我们还用说谢谢吗？可是到底是谁告诉他们你在这儿办酒会的呢?还有啊,我听他们的口气,好像是有人专门让他们到北京来找你的,米拉,你说会是谁?"

米拉现在哪有心思想这些,她想的是,她以前多次在媒体的采访中,说的都是自己出身书香门第,家境优渥,可是她不愿意依靠家里,凭借自己的努力考上名牌大学,还被保送到国外留学。后来在求学期间接触到服装设计专业,这才找到了自己的兴趣所在,经过几年的刻苦学习后终于在服装设计领域崭露头角,直到有了今天的成就。

沈默见她不说话,就转头对言辰说:"你说,会不会是有人故意使坏,知道米拉今天开酒会,专门把她的哥嫂接到这里来的?"

言辰微微皱眉,看米拉的表情,他大概也了解是怎么回事了,可他毕竟是个局外人,不好评判什么。

他笑了笑,轻扶着沈默的腰:"叫米拉进去吧,里面的宾客都等着她呢。"

沈默想想也是,就对米拉说:"别想了,这会儿再想也没用的,把今晚的酒会办好,其他的过了今晚再说。"

好在门口这边的喧闹并没有引起大家的注意,三个人回到会场后,米拉又走到宾客间应酬去了。

林倩倩她们围过来,关切地问:"米拉姐没事吧?刚才那两个人是谁呀?"

言辰笑着道:"不太清楚,保安已经请他们离开了。"

苗甜说:"没事就好,这年头还真是什么事儿都有,米拉姐这边为了宣传公司开酒会,那边就有人冒充她的亲戚来认亲。哎你们说,会不会是她的竞争对手故意请的群众演员,来砸场子的啊?"

黄亚旗晃着手里的酒杯:"我倒觉得没什么啊,谁还没有几个穷亲戚呢,如果这两人真是米拉姐的亲戚也正常,不过他们选的时间未免太巧了。"

苗甜看向沈默:"不会吧,我记得以前看过米拉姐的专访,里面说她出身书香门第呀？沈默，你知不知道是怎么回事？"

沈默一直担心地看着米拉，根本就没听到伙伴们说什么。

林倩倩心细，见沈默这副模样，便对苗甜和黄亚旗说："别讨论这个了，我们去吃东西吧。沈默，言副总，要不要帮你们拿一些？"

沈默摇头："不用了。"

沈默看着米拉，见她没了刚才的自信和从容，跟人交流时显得有些心不在焉、畏首畏尾的。

她担心道："怎么办呀？米拉这样会不会出事？"

言辰说："我们担心也没有用，一切还得看她自己。你去给她哥嫂送吃的吧，要不然一会儿再过来闹就不好了。"

沈默想想也是，就装了两大盘食物，搭电梯来到五楼，看见张易斌正站在房间门口，皱着眉头一脸的无奈。

沈默叫了他一声，张易斌过来接住盘子。

沈默问："你怎么站在外面？"

"你看看就知道了。"

沈默走进房间，看见米春来坐在编织袋上抽旱烟，王秀芬坐在床边，正用手指戳着米春来的脑袋。

那么个人高马大的男人，被老婆戳得脑袋一点一点的，却苦着脸压根不敢生气。

王秀芬恨声道："你妹这回要是不拿出钱来，咱就不回去！大娃眼见就要上初中了，家里的那点地打的粮食卖了哪够缴学费？二娃虽然是个闺女，可她将来总要嫁人的吧，难不成你还打算让她走换亲那条路？俺跟你说，俺可不同意。你妹是她亲姑，她不给自己侄女置办嫁妆可说不过去！"

米春来闷声道："春花一个人在外面打拼也不容易……"

"不容易个屁！你瞅瞅她那一身衣裳，还有那穿的戴的，跟电视里头的人一样一样的，那得多少钱呀！够咱大娃好几年的学费了吧！俺跟你说米春来，俺自打嫁给你俺就没过过一天好日子，当初你爹妈瘫在床上不会动，可是俺端屎端尿伺候的，你妹她出过一点力吗？"

米春来道："春花不是往家寄钱了吗？还有你身上这衣裳，这不都是春花的吗？春花哪年不给你寄衣裳啊，你当初穿上身的时候不是可高兴吗？还十里八村见人就说，这是俺妹给俺买的新衣裳。"

"呸！俺那是受了她的蒙骗，那些衣裳都是她穿过不要的！她这是拿俺当废品收购站了！今天接咱那个王先生不都说了嘛？你妹这些年在城里头吃香的喝辣的，手里有好几百万呢！光在深圳就有两套房，这一来北京就开个大公司，她手里那么多钱，贴补咱点儿咋了？那不应该吗？"

见米春来不吭声，王秀芬又道："要不是因为你这宝贝妹妹，你这条腿能残吗？现在刮风下雨都疼得厉害，一点体力活儿都不能干！你瞅瞅，咱村里跟你一般大的，人家上城里建筑队干活儿，家里的土坯房早换成瓦房了，可咱呢？闺女都快八岁了，还住在那土坯房里，遇上下雨天外头下大雨，咱那屋里下小雨，这叫人过的日子吗？俺不管，你妹欠咱家的，这回来就得跟她讨个说法。"

米春来一抬头，看见沈默和张易斌一人端着个盘子站在门口，他赶紧走过来接住，脸上带着讨好的笑，"谢谢您嘞"。

王秀芬恨声道："瞅你那点出息，谢啥谢，这是春花的下属，她伺候咱是应该的。"

沈默也没反驳，笑着对二人说："大哥大嫂你们先吃，今晚就安心住在这儿吧，等到米拉忙完了就会过来跟你们说话的。"

王秀芬正拿着个蛋挞往嘴里塞，一听这话把蛋挞扔进盘里："那可不行，俺们要去米拉家里住，不是说她住别墅吗？还有七八个用人伺候，俺这辈子还没住过别墅，俺得去她家住一阵享享福。"

沈默和张易斌面面相觑，张易斌皱眉问道："谁告诉你们米拉有大别墅的？"

米春来扯扯王秀芬衣袖，又局促地看了沈默和张易斌一眼："你就少说两句吧，咱今晚住在这儿就挺好，春花忙，别给她添乱。你瞅这床铺多干净多软和。"

王秀芬打开米春来的手："你起开！是接俺们来的王先生说的，就是他打电话到俺村里，说米春花现在在北京出息了，可她却哄骗外头人说她是城里人，还说她全家人死绝了。米春花太没良心了，她凭啥这么咒俺们，要不是因为她，她哥的腿能坏吗？俺家现在过的这穷日子，都是她害的！"

沈默越听越迷糊，"王先生是谁呀？他怎么会有你们家的电话？"

米春来解释道："这位小姐，俺家没电话，王先生是打到村公所，村公所的大喇叭叫俺去接电话……"

王秀芬厉喝："你别说，让俺说！"

米春来很无奈，摆摆手又坐回到编织袋上："好好，你说你说，看把你能的！"

"春来在村支书办的厂子里上班，俺就去村公所接了电话，那王先生就把刚才俺说的话说给俺听，俺一听就气炸了。这么些年她米春花没回过家，俺公婆瘫在床上是我伺候送终的，她一份孝心都没尽过，她现在还咒俺全家死绝了！"

张易斌插口道："那王先生说的话你也信呀？你没问问他是干吗的？"

"王先生说他是米春花公司打工的，米春花在公司老是欺负他，后来还把他开除了。他气不过，就打听到俺村的电话号码，算是给俺提个醒儿，也让俺帮他出口气！"

沈默真是好气又好笑："那你们就来北京找米拉了？"

"咋了？她咒俺全家死了俺还不来骂她啊？再说了，俺伺候她爹妈这些年的劳务费她得给吧，还有她哥那条腿，她得赔钱吧？她既然不愿意认俺们是亲戚，俺还顾念着她干啥？这种没人味儿的妹妹，不要也罢！"

张易斌问："是王先生到车站接你们的？又把你们送到了酒店这儿来？"

王秀芬说得渴了，点点头抓起桌上的水壶晃了晃："咦，这咋是空的？那个谁，你去给俺们拿点喝的！"

她指着沈默，沈默摇摇头，只好道："行，我去拿。"

她朝张易斌使个眼色转身离开，回到会场言辰迎上来问："怎么样了？"

沈默叹口气，把刚才王秀芬的话转述一遍："我还得回去，我是过来拿水的。"

言辰听了皱着眉道："王先生是谁？米拉公司有姓王的吗？"

沈默说："不知道呀，难不成米拉真是在深圳得罪了什么人，然后这人调查到她家里的事，专门把她哥嫂骗来，就为了让她出丑？"

此时会场里的顶灯关了，舞台上霓虹闪烁，随着节奏感很强的音乐声响起，模特们从幕布后款款走出来，整个会场掌声雷动。

主持人在一旁简单介绍了一下Aromatic时装公司的企业简历，又特别说明现场走秀这些模特身上穿的时装全是米拉设计的，随后又介绍了米拉的履历和历年来获得的各种奖项，最后又邀请米拉出场，和模特们一起走秀。

米拉出场后，整个酒会达到了高潮，闪光灯闪个不停，还有些自媒体在抖音等社交软件上做着现场直播，贵宾们纷纷鼓掌叫好，有些酒兴正酣的贵宾还邀请身边的女伴跳起了舞。

言辰看着沈默，他正想伸出手来邀请她跳舞，却听见她担心地说："米拉的脸色很差，我得过去看看她。你能不能帮我去给米拉的哥嫂送水？"

言辰愣住，伸出去的手又收回来，无奈道："行。"

沈默转头看着他，冲着他甜笑的同时，右手在他手臂上轻抚了一下："谢谢你。"

言辰还没来得及说话,沈默便快步朝后台走去。

言辰的手按在刚才沈默抚过的手臂上,怅然若失地叹了口气。

沈默来到后台,看见米拉正在帮下场的模特们整理时装,沈默走过去叫了她一声。

米拉转头,对身边的助理交代了下,便走过来对沈默说:"对不起啊,给你们添麻烦了,我哥嫂说这周来,可今天都周六了还没来,我以为他们改变主意不来了,这几天又忙也没空给他们打电话,所以就……"

沈默本来想问她关于王先生的事,可又一想,米拉今晚压力已经够大了,而且现在酒会还没结束,还是等回家再说的好。

沈默嗔怪道:"你瞧你,跟我还用解释这些?大哥大嫂那边已经安顿好了,今晚让他们住酒店,等酒会结束了咱们一块儿回家。"

米拉"嗯"了一声,又回去忙去了。

沈默便回到会场,看到大家都在跳舞。

苗甜和林倩倩组成一对,黄亚旗正跟一个长得很漂亮的女孩共舞。

沈默看了很羡慕,心想,言辰这人也真是的,他怎么就不知道邀请自己跳舞呢?

等了一会儿言辰回来,沈默问:"米拉的大嫂没再说什么吧?"

"跟刚才一样的话,不要住酒店,说米拉有大别墅,七八个用人,她今晚一定要去米拉的大别墅住。"

沈默失笑:"那怎么办?难不成真租个大别墅给她呀?"

言辰浅笑:"我跟她说,我是米拉的大老板,如果她再闹我就把米拉给辞退了,米拉跟公司签了劳动合同,现在辞退她米拉就得赔偿违约金,到时候别说大别墅了,这酒店房间钱也得给我拿出来。"

沈默斜睨言辰一眼:"想不到言副总也会撒谎。"

"有什么办法,这还不是为了帮你吗?"

沈默笑了,一手背在身后,一手伸向言辰微微弓身:"为了感谢言副总的帮助,我能有幸请您跳支舞吗?"

言辰弯唇,握住沈默伸过来的手:"我就给沈助理这个面子。"

"哟,那我是不是更得多谢言副总了。"

"不用不用,以后对我好点就行了……"

酒会接近尾声时,陆续有贵宾离开,米拉换了衣服,站在酒店门口送客,沈默和言辰一直在一旁陪着她。

等到所有宾客和记者们都走了,沈默看看表,已经快十点了。

看米拉一脸的疲惫,沈默问:"直接回家吧,还要上楼去见你哥嫂吗?"

米拉说:"不了,咱们回家吧,他们在农村习惯了早睡,现在应该已经睡觉了。明天我看看,抽空陪他们出去逛逛。"

沈默"嗯"了一声,替米拉披上大衣:"那我们回家。"

侍者把车子开过来,言辰送沈默和米拉回家,米拉靠在沈默肩上,一副不想多谈的样子。

沈默想问王先生是谁的心思再次打消,她想还是算了吧,反正米拉的哥嫂已经到北京来了,好好招待一番,然后哄着他们回去就行了,再说别的也没有意义。

转过街角,车子在十字路口等红灯,沈默不经意看向车窗外,居然看见林倩倩正沿着人行道快步往前走,身后有个男人小跑跟着她,正招手对她喊着什么。

绿灯亮起,车子往前开,沈默转头看男人的正面,看到居然是祝贺,沈默愣住了。

她拿出手机给林倩倩打电话,响了很久,林倩倩才接听:"喂,沈默?"

沈默问道:"倩倩你到家了吗?"

"嗯,我和苗甜还有黄亚旗一块儿坐出租车,他们先送的我,我已经到家了,怎么了?"

林倩倩分明是在撒谎,沈默皱紧眉头:"没事,我刚才一直跟米拉在一起，不知道你们什么时候走的，问问看你们到家了没。你安全到家就好了，没事我挂了。"

"好的，沈默，明天见。"

言辰从后视镜里看向沈默："林倩倩怎么了，出了什么事吗？"

言辰毕竟是敬一的副总经理，沈默不想告诉他林倩倩跟祝贺谈过恋爱的事，就笑笑说："没事，刚才没看见他们什么时候走的，我问一下。"

回到家里，米拉没再跟沈默交谈，匆匆卸了妆洗漱后就回到自己房间关上门。

沈默等她进房，自己也去卸妆洗漱，直到看到米拉房间里关了灯，这才放心地回屋休息。

第三十六章　真是一场无妄之灾

第二天是周日，沈默醒了后起床走出房间，米拉却已经不在家里了。

她给米拉打电话却无人接听，沈默在想，自己要不要去酒店把米拉的哥嫂接回家来。

正打算换衣服出门，楼下的单元呼叫门锁便响了，沈默走到门口拿起话筒，还没放到耳边，就听到米拉大嫂尖厉的声音："米春花，你快点开门！"

沈默解了锁，对楼下说："大嫂，门已经开了，你们进来吧。"

然后她把话筒放下，打开门站在楼道里等着，不一会儿就看见王秀芬气势汹汹地上楼，米春来耷拉着脑袋，扛着那只编织袋在后面跟着。

走到家门口，王秀芬用肩膀把沈默撞开，进屋也不换鞋，把包扔在沙发上，跟抄家似的打开每个房间的门瞧着："米春花她人呢？昨天晚上不搭理俺们，今天打电话也不接，她以为躲着就行了？"

沈默等米春来进屋，帮他把编织袋拿下来放在地板上，然后关上门。

"大哥大嫂，我早上起来她就已经上班去了，不过她已经说了，让我去接你们回来的，是我起晚了，这事儿都怪我。"

王秀芬一摆手："你别替她说话！你跟她就是一伙儿的，她根本就不在公司，俺刚才往她公司打电话了，要不是她公司一个小姑娘好心告诉俺她住的地址，俺们还不知道她住哪儿呢！俺看她就是故意躲着不见俺们，她要是不亏心，躲着俺们干啥？你是谁呀？你不是米春花的手下吗，你为啥跟她住一块儿？不是说她住大别墅吗？哼，这地方这么小，是不是她昨天晚上安排的，怕俺们赖在她的大别墅不走，就让她的人给俺们假地址，把俺们骗到你家来了？"

米春来难为情地杵在门口，看了沈默一眼，冲着王秀芬吼道："你少说两句会死啊？"

王秀芬狠狠瞪他："瞅你那窝囊样儿，米春花就是看你这窝囊才作践你，她就没把你当成她的亲大哥！"

沈默怕两人吵起来，赶忙说道："大哥大嫂，你们先坐，吃早饭了吗？我下楼去给你们买点，你们喜欢吃什么？"

王秀芬还没回答，沈默的手机响了，她跑进房里拿起来，看到是张易斌打来的。

"沈默，你看到米拉了吗？我一直给她打电话却没人接，她在家吗？"

沈默说："没有啊，我起床她就不在家里了，大哥大嫂也从酒店找到家里来，怎么你们都要找米拉啊？"

"啊？你还不知道吗？网上的新闻都爆了，还有视频和照片……"

沈默莫名其妙："什么视频和照片，发生什么事了？"

"微博热搜第二条，先不说了，我过去找你。"

张易斌挂了电话,沈默赶紧走回房间,打开笔记本登录微博。

看到热搜第二名那一条:#站得再高也不能飘#,沈默点开链接,首先看到的是一段视频。

她点开视频播放,画面很暗,提问那个人的声音虽然用了变声器,却能听出来是个男人。

那个男人问:"这么说,米拉是你们的妹妹喽?"

王秀芬的脸虽然看不清,可是声音却很清晰:"啥米拉呀,俺妹就叫米春花。"

"好吧,米春花是你们的妹妹?她以前接受媒体采访时,可是说自己出身书香门第,家里只有她一个孩子,后来父母去世,她凭借自己的努力考上名牌大学后来还得到了出国深造的机会。"

"这不可能!俺家四代贫农,俺村是俺那个山区里头最穷的,春花在家排列老三,她下面还有个弟弟,俺是她的大嫂,俺现在都有儿有女了,她咋能这样说呢,这不是咒俺全家人死嘛!"

问话的男人有点不耐烦:"那也就是说,米春花忘本负义,不愿意认你们这些穷亲戚喽?"

"俺不懂啥叫忘本负义,俺这回就是来城里找米春花讨个说法的。"

"你们想找她讨什么说法?"

"你不是说米春花在城里挣了好多钱……"

王秀芬从客厅里跑过来,指着屏幕说:"咦,这不是俺吗,俺咋会在这里?"

沈默皱眉问:"这上面问你话的是不是就是那个王先生?"

"是呀,可是他声音咋不一样呢?"

外面的呼叫器响了,沈默走出去替张易斌开门,不一会儿张易斌气喘吁吁地上楼,看见米春来夫妇一愣:"大哥大嫂怎么找到这儿来了?"

沈默着急道:"米拉回你电话了吗?"

"没,我一路都在给她打,一直没人听,打到最后关机了。你有没有……"

沈默摇头道:"没有,我刚才在看视频。"

张易斌道:"太奇怪了,昨天晚上米拉刚为了宣传公司开了酒会,今天就有人发了这个话题。按说这种家庭伦常的话题应该不会上热搜的,何况米拉只是在业内出名,她又不是什么艺人明星,摆明了是有人买了'水军'想整她。"

沈默又给米拉打了几个电话,果然都是提示关机。

她突然有种不好的预感:"米拉不接电话,现在又关机了,会不会她早上已经看过这新闻了?"

"那她能去哪儿?沈默,她在北京还有别的地方去吗?"

沈默皱紧眉头道:"我去换衣服,我们先去她公司看看,你等我一下。"

沈默回到自己房间,看到王秀芬还盯着那个网页看,视频已经播放完了,她不知道怎么操作,正学着沈默胡乱按鼠标。

沈默说:"大嫂,你先出去一下,我要换衣服。"

"你换呗,我又没耽误你。"

"大嫂,麻烦你先出去!"

王秀芬直起身,不屑地哼了声:"出去就出去,不就换个衣裳嘛,有啥金贵的,大家都是女的,谁比谁多块肉还是咋的!"

沈默着急找米拉也没心思搭理她,关上门换了衣服出来,看见王秀芬穿着肮脏旅游鞋的脚翘在茶几上,手拿遥控器对着电视,正在有一下没一下地换台,而米春来还局促地站在刚进门的地方,无措地看着沈默。

看见沈默出来,他小心翼翼地问:"沈小姐,是不是春花出事了?"

沈默道:"大哥,没事的,你和大嫂先在家等着,你们有手机吗?"

王秀芬撇撇嘴:"哪有钱买那个。"

沈默只好道:"那一会儿我在路上给你们买外卖送过来,如果有人来送餐的话，会往楼上打电话，你记住按话筒上这个按钮，送餐员就能上楼来了。"

"不用不用，俺们不饿，你昨天晚上给俺们拿的点心还没吃完呢，俺都装回来了。"

王秀芬尖声道："谁说不饿，你不饿俺饿。那个谁，俺咋知道哪个是送餐的哪个是坏人呀，你们都出去了，万一要是坏人进来咋办？"

沈默懒得理她，又对米春来嘱咐了两句，便跟张易斌下楼。

坐在车里，沈默拿出手机，先给米春来夫妇点了餐，然后打开微博继续看那条话题。

视频下面的文案里把米拉写成了靠卖身上位的美女蛇，说她日常穿戴奢侈跟收入严重不符，还说她之所以能到北京来开公司，是在深圳傍了个香港富商给她投资。

文案下面还有几张照片，其中一张拍的是户口本，名字一栏写着米春花，除了身份证号打码，籍贯和详细地址还有年龄清清楚楚。

其余几张有米拉小时候在村子里学校拍的照片，还有现在穿着名牌举着红酒杯对镜头微笑的照片，结合在一起形成鲜明的对比。

文案结尾，又重复了那句"站得再高也不能飘"，生生把米拉说成了靠身体上位，功成名就后对公众撒谎，忘本负义的虚伪拜金女人。

沈默往下拉，看到那些无脑恶心的评论，气得七窍生烟。

她气愤地把手机摔在仪表台上："太过分了！这是谁干的啊？怎么能这样，米拉肯定是看到了，她心里得有多难受呀。"

张易斌叹口气："所以你也知道米拉的家事，她确实是对公众撒谎了吧？"

沈默瞪着他："你这话是什么意思？张易斌，你到底站哪一边的？"

张易斌无奈道:"我没有站在哪一边,我问你,如果你不了解米拉,看到这篇报导你会怎么想?虽然这报导有抹黑的成分,可是人家确实是有理有据的。"

沈默气愤道:"你知道什么呀!米拉这一路走来吃了多少苦是你想象不到的,当初她为了挣学费在学校外的小餐馆打工,吃着客人吃剩的饭菜,穿着老板娘施舍给她的旧衣服,她的同学和老师都看不起她。她这么多年受了多少白眼和屈辱,她之所以对外隐瞒自己的出身,只不过是想要得到一点尊重和平等的机会,这有什么错!"

张易斌道:"我只是觉得,一个人如果不能正视自己的出身和过去,那他就永远无法逾越自己心里那个坎儿,自然也就达不到自己梦想达到的高度。米拉当初对公众隐瞒自己的出身时就应该想到会有今天,毕竟每个人都要对自己做过的事负责。"

沈默其实也同意张易斌的观点,可是一想到米拉此刻不知躲在哪个角落里痛哭,她就觉得心疼。

见沈默不说话,张易斌又道:"其实你也明白米拉这样做不对,只不过因为她是你的朋友你才毫无原则地维护她。可是你想过没有,事实就是事实,谎言总有被揭穿的一天,与其一直担心着这一天的到来,倒不如自己直接面对。"

车子停在米拉公司楼下,沈默不理张易斌,下车奔进大厦,搭电梯来到十二楼,看到公司的门开着,沈默才稍稍放心。

米拉的办公室门紧闭,沈默敲了两下:"米拉,你在里面吗?"

可是里面没有人应声,沈默试着推门,才发现门没有锁。

见办公室里空无一人,沈默站在门口左右张望着,她又叫了两声米拉,还是没有人应声。

张易斌走过来问道:"她在里面吗?"

沈默摇摇头:"没在,可是公司的门是开着的啊,她一定回来过。坏了,张易斌,你说她会不会想不开……"

沈默捂住自己的嘴,惊恐地看着张易斌,张易斌叹口气道:

"米拉应该没那么脆弱,你去卫生间看看,我再去别的地方找找。"

沈默听了跑进卫生间,每个隔断都打开瞧了,并没有米拉的踪影。

她越来越着急,又拿出手机给米拉打电话,可还是提示"对方已关机"。

再次跑回米拉的办公室,沈默看见张易斌站在办公桌后面,正拉开椅子往桌子下面看着。

她走过去奇怪地问:"你在看什么?"

然后她就看见米拉抱着双膝缩在桌子下面,她的脸埋在双腿间,整个人不住地颤抖着。

沈默的心都要碎了,她蹲下身脱了外套,抱紧米拉替她披在肩上,颤声问道:"米拉,你怎么躲在这儿呀,你知不知道我们都快急疯了。"

米拉一下子抱住沈默的腰,她哽咽着道:"沈默,我怎么办,我该怎么办啊?我现在觉得我像被人当众剥光了衣服一样,我没脸见人了,我好难受,我好想死!"

沈默想把米拉扶起来,可她却固执地缩在桌子下面不动:"我不出去,我不要出去。"

沈默只好半蹲半跪地抱紧她,轻拍她的后背:"你也不能一直躲在这儿呀,我们回家好不好?乖,跟我回家好吗?"

米拉疯狂地摇头:"我不要,我知道我哥我嫂子在家里,对吗?我不想见他们。"

"你听我的话,你先出来,要不我们去酒店开个房间,先让你休息好吗?"

米拉不说话,只是小声地抽泣着,沈默没办法,也只能这样抱着她。

张易斌站在一旁皱紧眉头,看到沈默一手撑桌面一边搂着米拉,明明腿已经麻了却还坚持半蹲在那儿的样子,他突然就发火了。

他把沈默拉起来，冲着米拉大吼："米拉，你这样有用吗？你今天就算哭死在这里，能解决什么问题？你打算永远这么逃避下去吗？"

沈默被张易斌的怒吼吓了一跳，回神后使劲把张易斌推到一边："张易斌你疯了！"

她又要去抱米拉，张易斌拉着她的胳膊，看着米拉继续道："哪怕你对自己的出身再不满意，可它已经是既定的事实，当初你选择隐瞒并且美化你的过去的时候，你就应该想到会有被揭穿的一天。这不是别人剥光了你的衣服，而是你被动地被人撕下了虚伪的面具！我问你，你这些年戴着自己精心粉饰的面具有何用？你一直选择逃避不去面对该面对的，你真的开心吗？你的心里真正的轻松过吗？"

沈默怒道："张易斌，你够了！我求求你少说两句行不行！"

米拉爆发出歇斯底里的大哭，她仰着脸，毫无顾忌地咧着嘴，一边哭一边控诉道："你以为我想吗？你以为我愿意这样吗？我也不想隐瞒我的出身，可这就是个现实势利的社会！同样的设计方案，如果你是客户，你会选择米春花的作品还是米拉的？我见过太多女孩因为简历上的出身写着农民而被公司拒之门外，哪怕她们的学历再高简历再完美，HR还是会戴着有色眼镜看人，她们在公司里得不到重要职位，因为他们觉得她们不配！公司里那些人对农村出来的同事表面上和气友善，可你们知道背地里他们是怎么议论他们的吗？我吃尽了苦头才有今天的成就，我不想因为我的出身而被人嘲笑看不起，我错了吗？我有什么错啊，错的不是我，是这个社会！为什么你们就是不肯放过我，为什么要对我这么残忍，我没有伤害过谁呀！现在我什么都没有了，我还能怎么样啊！"

米拉哇哇大哭着，沈默甩开张易斌，上前把米拉拉出来按在椅子上坐下，又拿纸巾给她擦脸，一边安慰道："好了好了，你的辛苦我们都知道，米拉，别哭了好吗，你哭得我好难过。"

张易斌沉着脸,"可是你有没有想过,正是因为你的出身才成就了今天的你,你把责任怪罪到这个社会头上,其实根本就是你在逃避!"

沈默再也忍不住,她指着门对张易斌大吼:"张易斌,你走,你现在就走!我们不用你来做卫道士,你现在就走,我们不要再看见你!"

张易斌盯着沈默怀里的米拉,最终叹了口气,转身走出办公室,砰地关上了门。

米拉呜呜哭着,沈默知道再劝也没用,只好抱着她轻拍她的后背。

也不知过了多久,米拉哭累了,放开沈默,接过她递过来的纸巾:"对不起。"

沈默心酸地道:"你怎么又来了?哭也哭了,发泄也发泄了,你总不能一直坐在这儿,你想去哪儿,我陪着你呀?"

米拉垂着头:"算了,回家吧,大哥大嫂大老远来了,我也不能总躲着。"

沈默长长吁了口气:"哎哟,米大娘你总算是回来了,我都快担心死了。"

米拉看着沈默,轻声骂道:"去你的。"

可话一出口又觉得难受,眼睛一眨巴,泪又流了下来。

沈默急得原地打了个转:"要不我给你买个洗脚盆吧,今天你流的泪,都够咱回家洗脚的了。"

"呵……"米拉露出个难看的笑容,随即又叹气道,"沈默,我以后怎么办啊?"

"喊,还能怎么办,马照跑舞照跳,太阳明天还是从东边升起,这世界没有什么不一样。"沈默拉着米拉站起来往外走,一边安慰道,"你放心,这是个速食时代,你那点事压根就不是事儿,睡一觉那些网民就都忘了。"

两个人走到门口,米拉突然转身,跑到办公桌后拉开抽屉,拿出个墨镜戴在脸上。

沈默问:"你这是干什么?"

"你就让我戴着吧,我戴着心里好受点。"

"行吧,我说米拉,你有没有想过,其实张易斌说的也有点道理。"

米拉恨声道:"你现在别跟我提他,他说那些话分明就是拿刀子扎我的心,我受不了。"

"哦哦……"

两个人下楼拦了辆出租车,司机看到米拉这阴阴的天气里戴个墨镜,不由得就多看了她两眼。可他这一看倒好,米拉以为司机看了微博热搜认出她来了,挽着沈默的胳膊就往她身后躲。

沈默看着直叹气,这回米大娘被伤得不轻,要是在以前,凶悍的她早就指着司机的鼻尖大骂:"看什么看,有什么好看的!"

这么一想,沈默就更恨那个始作俑者了,到底是谁这么狠毒使出这下三滥的招术,米拉又是怎么得罪了他的呢?

还没到家门口,沈默就听见砰砰的拍门声,两人走过缓台往上看,看见对门的胖大姐正使劲拍她们家大门。

看见沈默和米拉回来,大姐气不打一处来:"你们家没人啊?那电视机开得那么响干吗?我老公上夜班早上九点才回来,刚睡着你们就开始吵,还让不让人休息了?"

沈默赶紧道歉:"对不起对不起,我们老家来了亲戚,他们不知道,我马上进屋把电视关了。"

"哟,农村来的呀,怪不得呢!理解理解,你赶紧进屋跟他们说,让他们注意点!你得交代他们,这里不比他们农村可以乱来,邻里相处得互相谦让讲规矩。还有啊,等他们走了,你们记得把这楼道里消消毒,最近天气凉,这病毒传播得可快了,你们农村人家里养些鸡呀鹅的,谁知道到城里来带没带病菌!"

胖大姐说完,扭着屁股就往自己家走。

米拉突然就炸毛了,她把墨镜一摘,指着胖大姐骂道:"你怎么说话呢？农村人咋了，往前倒五百年，大家都是刨地球的！你当你们家金贵呀，难不成你们全家是外星生物，跟别人不一样啊？"

胖大姐原本一脚已经踏进她家大门，听了这话转过身来就要开骂。

沈默赶紧捂住米拉的嘴，对胖大姐赔着笑脸说："嫂子对不起，她今天心情不好，刚才还在外面跟人吵了一架，我回家一定说她，你别介意，别介意啊。"

米拉正要掰开沈默的手，她们家的门被人从里面打开，米春来站在门口，看见米拉，笑着道："春花，你回来了。"

沈默赶紧推着米拉进屋，一边对胖大姐点头哈腰地赔不是，等到关了门才松开米拉，重重地呼出一口气。

米拉怒道："你捂我嘴干吗，凭什么不让我骂她，她凭什么看不起农村人，没有农村人她吃什么喝什么，农村人怎么就不干净了，谁他×告诉她病毒就是农村人带来的！"

沈默劝道："行了行了，你就少说两句吧！我知道你有气没处撒，可你也不能冲着咱们家邻居撒气吧！"

米拉哼了一声，突然耸耸鼻子，皱眉道："这什么味儿啊？"

两个人一转头，看见王秀芬光着脚盘腿坐在沙发上，袜子扔在地上，脚指甲盖里全是灰，脚后跟的皮皲裂爆开，屋子里弥漫着她的脚臭味和茶几上吃得剩个底儿的鱼香肉丝盖饭的味道，别提多酸爽了。

王秀芬一点都没觉得不好意思，正拿着遥控器换台，头转向门口这边看着米拉和沈默："那个谁，你叫人送的啥饭呀，难吃死了，俺都没吃饱，俺刚才看了，你家冰箱也没啥东西，你出去买点菜回来，再给俺做点饭！"

米春来走到茶几边收拾垃圾，一边低喝道："赶紧把你的袜子跟鞋穿上，你也不闻闻这屋里啥味儿！"

沈默赶紧过去帮忙："大哥，我来吧。"

米拉抢过遥控器，把电视机关掉，然后把家里所有的窗户打开。

王秀芬冲米拉瞪眼："春花，这大冬天的你开窗干啥，你想冷死俺啊。俺知道，你看俺不顺眼，觉得俺和你哥大老远跑到北京城来寻你，给你丢脸了是吧？"

米春来把手里的饭盒交给沈默，见米拉的脸色很难看，对王秀芬说："你少说两句，春花没这意思。"

王秀芬撇撇嘴，把脏得不像样子的袜子套上脚，又习惯性地在地板上磕磕鞋："喊，你当俺稀罕待在这儿啊，你这屋子这么小，还没俺家的鸡笼大。"

米拉冷声道："那你走啊，我现在就去给你买车票！"

"哈，想让俺走也行，咱们得说道说道，这些年你父母不孝敬，还对外头的人说咱全家死绝了，你咒谁呢你？我告诉你，俺家大儿现在学习不好，那说不定就是你给咒的！"

米拉就要跟她吵，被沈默拉住胳膊，抿了抿唇强忍下来。

可王秀芬却没想消停，她往沙发里一靠，又抓起遥控器打开电视："哼，俺算看出来了，你们城里人就会打肿脸充胖子，啥大别墅呀，啥七八个用人呀，全是吹的吧。还有那往村里打电话的王先生，米春花，你别以为俺是农村人就啥都不懂。你跟那王先生啥关系？他跟俺们说的那些事都是真的吧，你是不是陪人睡觉了？人家给你钱花供你吃喝你又找着新相好就把人家给甩了？你当着俺跟你哥的面说说，你到底卷了人家多少钱？要不然他干吗这么大费周章地哄俺跟你哥到城里来寻你，还把俺们带到那酒店里头？刚才俺在电脑上都看到了，哈哈，你米春花打小就想出人头地想出名，那片子在网上一放，你现在是不是出名出大了？"

米拉气得七窍生烟："王秀芬，你嘴巴放干净点！"

"秀芬，求你别说了！春花是咱的亲妹妹，你俩就算当年有再大的仇，现在也是一家人啊！"

沈默越听越糊涂，米拉从来没跟她说过，她跟自己的大嫂还有旧仇？

米拉攥着拳大吼:"王秀芬,我跟你说过了,当年我上高中的学费是于老师帮我缴的,我没拿家里一分钱!我大哥腿摔伤那是意外,意外!"

王秀芬一拍茶几,站起来叉着腰:"米春花,你要不要脸!你要是没陪于老师睡觉,那于老师能帮你缴学费,你想出人头地你去呀,你别连累你哥成不?要不是因为你不愿意嫁给村长的儿子,那村长能派你哥给村上拉土石?他要是不去拉那车土石,那车能翻吗?你哥那腿能被砸坏吗?现在只要一刮风下雨,他就疼得整夜睡不着觉,家里的重活儿一点都不能干,我一个女人家,这些年来给你们米家当牛做马。你可好,你在城里吃香的喝辣的,见天地穿着光鲜亮丽招惹男人,你现在还好意思跟俺吵?你凭什么!你凭什么?!"

王秀芬挺着胸梗着脖子,嘶吼着就往米拉身上凑,可她还没凑到米拉身边,就听"啪"的一声脆响,她脸上挨了一巴掌。

米拉和沈默也没想到,窝窝囊囊不出声的米春来,竟然敢打自己的老婆。

屋里霎时静下来,米拉和沈默吃惊地看着米春来,米春来的手还举在半空中,瑟瑟抖着。

王秀芬完全被打蒙了,半边脸以肉眼可见的速度肿起来,能很清晰地看见红红的五指印。

回过神来,王秀芬捂着脸嘴唇颤抖,用难以置信的眼神瞪视米春来:"米春来,你敢打俺?你他×的居然敢打俺!俺跟你拼了!"

说话间她冲上去又撕又咬,哭嚎着,十指朝米春来的脸和脖子上挠去,米拉和沈默见势不对,一人一边拉住王秀芬的胳膊,可王秀芬在村里干惯了体力活儿,她们两人根本就拉不住。

"米春来,你算不算人哪,俺这么多年给你们米家生儿育女,俺伺候你的瘫子爹给你娘端屎端尿,到头来你就这么对俺?啊……你还算人吗,你凭什么打俺啊,呜呜……"

米春来举着的手已经放下，攥着拳垂在身体两侧。

他被王秀芬撕扯着，身子一晃一晃的，脸上已经被抓出许多道血印，神情既悲怆又无奈。

米拉看得心疼极了，她扑上去抱住王秀芬的腰，泣不成声地说："嫂子，我求你别打了，你别打我哥，你要打就打我，是我不对，一切都是我不好，我没良心，我对不起米家，一切都是我的错。嫂子，嫂子，我给你跪下，你别打我哥了成吗？"

沈默也上前攥住王秀芬的手腕，王秀芬打累了，被米拉抱着后退了两步，仰着脸大声痛哭。

米春来哀嚎一声，蹲下身抱着头："春花，是哥不好，哥没本事看不好这个家，这么多年哥知道你在外头吃了许多苦，可是俺啥忙也帮不上，现在还被人哄骗着到城里给你添乱。春花，你让你嫂子打吧，多打两下俺心里好受些啊。"

米拉也哭了，哽咽着道："哥，不怪你，全都怪我，是我的错，我不该隐瞒我的出身，我以为我说自己是城里人就能被人高看几分，我以为我只要穿戴名牌就能趾高气扬地站在人前。我错了，一切全是我的错。"

王秀芬擤了把鼻涕，带着哭腔恨声道："你现在说这些有啥用，你哥的腿能好吗？咱爹妈当年走的时候你都没回家上炷香，你现在说这些有啥用？"

米春来捶着头："秀芬，当年是俺央求村长去拉土石的，跟春花没关系啊。你一直怨俺没本事，俺想挣些钱补贴点给春花当生活费，把余下的钱给你，可没想到……"

王秀芬听了这话，上前狠狠踹了米春来一脚："米春来！你是咋想的啊？你当年为啥不告诉俺？"

米春来一屁股坐在地上，瓮声瓮气地说："俺敢说吗？每回只要一提起春花，你就骂天骂地，俺说啥你就给顶回来。后来想想，你嫁给俺没过过一天好日子，你想骂就骂吧，骂两句出出气你心里好受些，反正春花也听不见，这骂俺接住，权当是骂俺了。"

米拉把米春来扶起来，哭着道："可是哥，你不告诉嫂子，怎么也不告诉我啊？你在镇上住院的时候我去看你，你为什么让嫂子拦着不见我？嫂子指着我的鼻尖骂我害了你，你知道我当时心里多难受吗？"

米春来一掌拍在自己的伤腿上："唉，俺出事后，你嫂子非要去找村长说个明白，人家村长好心帮咱家才给俺派了这个活儿，俺不能忘恩负义呀。再说了，村长是咱村上最大的官，你推了跟村长儿子的婚事非要去镇上读高中，咱已经得罪人家了，你嫂子那脾气你又不是不知道，她要是再去人家家里闹，咱一家在村里还咋立足？俺想着你也不会再回到村子里，你嫂子想骂两句就骂吧，反正都是一家人，一家人一个锅里吃饭，哪有隔夜仇啊。就这么着，日子长了，你嫂子后来也没再提这事儿，俺也就……"

米春来的声音越来越小，他长长叹了一声，拿出旱烟来点上，吧嗒吧嗒地抽了起来。

沈默听到这儿算是明白了，当年的米拉和王秀芬之间的误会，纯粹是因为米春来的懦弱胆小和自私，如果这回不是因为王先生从中挑拨让王秀芬翻出陈年旧账来，也许这事还真的像米春来说的，日子久了也就忘记了。

王秀芬气得又踹了米春来一脚，恨声道："你个杀千刀的，一辈子都是个没嘴的葫芦！你要是早点跟俺说实话，咱能跑到北京来给春花添这么大的麻烦吗？"

王秀芬当年嫁到米家，是奔着米春来老实能干，她心想虽然米家穷点，可只要两口子勤劳肯干，那日子就能过好。哪知道刚嫁过去米拉就考上高中回家哭着要学费，然后米春来就出事了。之后米春来的腿没治好落下病根，而米拉则在支教老师的帮助下去镇上读高中。

这么多年王秀芬一直以为米春来是为了给妹妹挣学费才去干那么危险的活儿，可是米拉明知道大哥为了她受伤，却还是自私地抛下家人远走高飞。所以她一直就很恨，觉得自己之后这十几年在米家过的苦日子全是米拉害的。

其实王秀芬也不傻,她也知道王先生没安好心,可是想起当年的积怨她就气不过,就觉得反正有人出车票钱,那就来北京一趟,让米拉出出丑让大家都知道她的真面目,也算是给自己出了口气,可是她没想到事情居然会闹这么大。

现在又知道了一切的误会全是米春来一手造成的,她心里又是气愤又是对米拉满怀愧疚,坐在沙发上拍着大腿也哭了起来。

米拉看看大哥,再看看嫂子,这一切对于她来说,真是一场无妄之灾,可是事已至此,她又能怪谁去?

她瘫坐在米春来身边的地板上,仰着脸抹了把泪,心里像打翻了五味瓶一样难受极了。

大家僵在那儿,沈默看米拉难过,她也跟着难受,她走过去把米拉扶起来:"米拉,别难过了,现在大家都知道了,当年的事是一场误会。既然事情都说开了,就别哭了。大哥有句话说得对,一个锅里吃饭哪有隔夜仇?大哥大嫂,你们也别难受了,你们一家三口好好说说话。"

米拉叹口气,沈默说得对,她就是再怪米春来,他还是自己的亲大哥,这血缘关系一辈子都不可能抹煞掉。

她扶起米春来,哽咽着道:"大哥,你起来吧,我不怪你,事情说清楚就没事了。"

王秀芬却不依不饶上前拽住米春来的衣领:"米春来,就算你当年再有苦衷,你也不该打俺,今天当着你妹妹的面,你把话说清楚!不然俺跟你没完!"

沈默叹口气,她实在是佩服王秀芬这纠缠不清的劲头,也知道她是刚才被打觉得在米拉和她面前失了面子,这会儿想要找补回来,可米春来老实巴交的,哪里会像城里男人那样会说好听话哄老婆呢?

"好了好了,嫂子你也消消气,这事儿确实怪大哥,可是事情已经这样了啊,咱们也不能重新再回去过一次。您跟大哥结婚这么多年了,还有了一对儿女,大哥到底心不心疼您,您自己心里最清楚对吗?您大人不记小人过,就饶过大哥这一回吧,您消消气,一会儿洗把脸收拾一下,我跟米拉陪您去逛街行吗?我还没见过咱家侄子和侄女呢,我想给他俩买件礼物,您帮我挑挑行吗?"

第三十七章　终究抵不住权力的诱惑

沈默是城里的大小姐,王秀芬见她这样低声下气哄自己,还说要带她去逛街,要给她的孩子买礼物,便半推半就地坐在了沙发上。

沈默冲米拉使个眼色,米拉进卫生间拧了把毛巾出来双手递给王秀芬:"嫂子别生气了,我替我哥给您赔不是,以前都是我这当妹妹的不懂事,你放心,我以后再也不会这样了。等到俊强考上高中,他的学费我来出,还有俊丽我也会管。这些年我一直在外面,家里的事没有管过,我知道嫂子为了我们米家辛苦了大半辈子,等这回你们回家我就把钱汇过去,咱把家里的房子翻新了,也盖个二层小楼,让你们一家四口住得舒服些。"

这下面子里子都有了,王秀芬再闹也没意思了,她吸了吸鼻子,接过毛巾擦了把脸,对米拉说话的态度也是一百八十度大转弯。

看见米春来不坐沙发又坐在那只编织袋上,王秀芬嗔怪道:"你不是给妹妹带了东西吗?你咋还不知道拿出来?"

见米春来没挪窝还坐在那儿抽旱烟,王秀芬又要变脸。

米拉笑着道:"嫂子,东西可以一会儿再拿,要不咱先出去逛逛,你和大哥这回到北京来,一定要多住几天,要是觉得我住的这地方太小,咱们就去住酒店。"

王秀芬笑着道:"住酒店多贵呀,不住不住,俺们明天就回去，俊强和俊丽在他们姥爷家，俺也不放心。这回要不是那王先生哄着俺们来北京，俺才不来哩！这里车多人多，大街上的人说话俺也听不懂，问个路人家都不拿正眼儿瞅俺。"

沈默亲热地对王秀芬说："嫂子，您老提那个王先生，他到底长什么样儿啊？"

"三十六七岁的年纪，模样挺周正的。春花啊，他说他在深圳是你的手下，你老是找他的茬后来还把他给开除了，俺当时听了还不信呢！可是他能说出你多大年纪模样长相，后来在车站接俺，手机上还有你俩的合照……"

米拉心中一动，拿出手机操作了几下，然后举到王秀芬面前："大嫂你看看，是这个人吗？"

王秀芬瞪大了眼睛，指着照片上的黄梁："对对对！就是他！春花，你手机上咋会有他照片的？他真的是你的下属啊？"

沈默恨恨地道："嫂子，你和大哥被他骗了，他是米拉的男朋友，两个人谈了三年了。后来他为了出国，跟自己的女上司好了，还被米拉捉奸在床，两个人吵了一架后，他那个女上司也不要他了，他现在应该是工作也丢了，所以想要报复米拉，骗你们到北京来找米拉闹的。"

王秀芬目瞪口呆："啊？咋会这样啊！哎哟，那可咋整呀，春花，现在满世界的人都在骂你，这事儿对你有没有影响？你会不会也丢了工作啊？"

半天没说话的米春来哼了一声："俺就说嘛，临来前给春花打个电话问问，你非闹着要找来给春花丢人，这下好了，让人当猴耍了，春花丢了人，你高兴了？她丢的不是咱米家的人啊？"

见两人又要呛起来，沈默说："好了好了，不知者不怪，这事儿算是过去了，想想你们一家人这些年的误会不是也解除了吗？全家人和和睦睦就好了。大哥大嫂，我和米拉带你们出去逛逛？"

米拉不想出去，可看见沈默这样热心地想要他们一家人和好，便又把墨镜戴上，跟沈默一起带着米春来夫妇上了街。

毕竟是节俭惯了的人，再加上误会也解除了，沈默和米拉只要给他们买的东西超过一百块，王秀芬就会假装生气地拉着两人就走，结果逛了一个下午，什么东西也没买成。

晚上回家，米拉给王秀芬放了一浴缸的水，让她舒舒服服地洗了个澡，又把她那些有洞、破旧的内衣和袜子给扔了，给她准备了全套新的。

王秀芬见米拉对自己这么好，心里后悔得要死，直埋怨米春来，应该早点把当年的事跟她说清楚。

第二天是周一，沈默得去上班，米拉给公司打了个电话，然后给米春来夫妇订了火车票，便把他们送上了回老家的火车。

这一场闹剧算是结束了，可是米拉脸上的墨镜却摘不下来了，接下来的几天里，她无论是上班还是外出都戴着墨镜，仿佛只有这样才能保护她自己。

沈默看着很担心，劝了米拉几次她却不听，于是她打电话给张易斌，张易斌却说自己不在北京，去外地采风了。

沈默没有办法，想拉米拉去小馆见尚老板，可她只要一下班就缩在家里哪儿也不愿去，任凭沈默软磨硬泡也不行。

于是沈默再次联系张易斌，让他一回北京就找她，他们约个地方见一面，商量一下如何才能解开米拉的心结。

周四一大早，沈默刚到公司，言辰就通知大家到他办公室开会。

项目组的成员加上林倩倩一齐来到八楼，言辰很开心地跟大家宣布，元丰银行的贷款通过了，应该下午就能到账。

大家听了也很高兴，这几个月来的辛苦没有白费，项目终于可以正式投产，如果经过试验可以应用在大多数领域的话，那就可以开始大批量地生产，甚至可以远销国外。

团队成员除了秦少洋之外，都在热烈地讨论着，言辰坐在办公桌后面，看着秦少洋，心里多少有些替他惋惜。

桌上的电话响了，言辰拿起来接听，听到程昊的声音，言辰笑了，该来的，果然还是来了。

程昊礼貌地道："言副总，薛总让您带着AI项目的试验报告到楼上来开会。"

言辰回答："好的。"

程昊顿了顿，好心地提醒道："言副总，薛总把董事会所有成员都请过来了，您心里有个准备。"

"好的，谢谢程秘书的提醒。"

言辰放下电话，对大家说："今天叫大家上来，就是为了告诉大家这个好消息。现在薛总要我上楼开会，大家各自回去工作吧。"

大家听了起身离开，沈默却留在了最后，她担心地问言辰："不会有什么事吧？"

言辰浅笑："放心，我心里有数。"

当着方若雨的面，沈默也不好多言，只好点点头走了出去。

站在办公桌前的方若雨看到两人对彼此的态度跟从前明显不同了，她皱着眉问言辰："言总，您跟沈默……"

言辰站起来，打开手边带锁的抽屉，取出准备好的试验报告，又重新把抽屉锁上。

他往外走，方若雨跟在他身后，又追问道："言总，您为什么不回答我的话？难道您和沈默真的在……"

言辰冷声道："方秘书如果总是不能认清自己的位置，就考虑一下我上次的提议，我现在上去顶楼开会，你去工作吧。"

说完他头也不回地往电梯走去，方若雨气得攥紧了手中的文件，看着电梯门缓缓合上，仿佛将她和言辰彻底隔绝在两个世界。

方若雨心里既难过又愤怒，她咬牙切齿地道："沈默！你等着吧，我得不到的男人，你也休想轻易得到！"

言辰来到顶层，敲开薛山办公室的门，看见董事会几位成员坐在会客沙发上，而薛山则坐在办公桌后，正一脸严肃地翻阅着手里的文件。

言辰礼貌地跟几位董事打招呼，可他们的态度却冷冷的，只是板着脸轻点一下头，根本不跟他视线交流。

言辰笑了下，走到办公桌前："薛总，公司例行的董事会不是月底才召开吗？今天把各位董事召集到公司，是出了什么大事吗？"

薛山把手里的文件摔在桌上，目光严厉地看着言辰："一个小时前，元丰银行的张行长给我打电话，说有人以我们公司的名义贷了一笔款，下午到账。言副总，这事你知道吗？"

言辰淡然道："知道，就是我亲自去元丰申请的。"

薛山冷哼一声："言副总，你不经我和董事会同意，凭什么以公司的名义去贷款？你知不知道你这算是渎职行为？"

"薛总，AI项目在美国的试验数据报告，我是请您批阅过的，当时你还说，这个项目确实可行，但是公司下半年直到明年都没有这方面的预算。当时我问过您，如果我自己去跑银行拿到贷款的话，是否可以投入试验阶段的生产，你明确回答我，可以……"

言辰话没说完，薛山手指点着桌上的文件："可行吗？言辰，你确定你的项目可行？你这个试验报告，我也找专家检测过了，百分之六十的数据都不准确！你知道这样的项目一旦投产注定会失败，不仅会让公司蒙受巨大的经济损失，也会使公司名誉扫地！言辰，你搞什么！你是不是觉得自己替公司谈下几个大项目，现在敬一就唯你独大了？你想出头冒进可以，可是你不该为满足自己的私欲而置公司前途于不顾。言辰，你太让我痛心了，当初是我一手栽培你坐上今天的位子，我甚至在去市里开会期间把公司大权交给你，我就是一心一意想要培养你做我的接班人，可是你居然还能闹出桃色绯闻来！你现在怎么会变成这样，这还是我当初认识的言辰吗？今天你必须向董事会和我做个交代！"

薛山一副痛心疾首的样子，董事会几位成员看在眼里频频点头，看着言辰的眼神里也带着失望和谴责。

他们一大早就接到薛山的电话，听他大致把言辰最近的所作所为说了一遍,重点提的就是试验数据的错误以及言辰不经薛山允许就以公司的名义去元丰贷款的事。

董事会成员并没把桃色新闻放在心上,场面上的男人有几个没点花边新闻的?他们在乎的是钱,一旦言辰的项目失败,公司就要赔偿这笔贷款,这份损失肯定要算在年底的分红上,自然也就等于算到了他们每个人头上。

言辰抿着唇,拿起薛山手边的报告,翻了几页后惊讶地问:"薛总,您这报告是哪儿来的?这里面的数据怎么都是错误的?"

薛山一愣,这报告明明是吴主任昨天晚上送到他家的,还在他和石梅面前竭力表功,说自己拿到这个数据报告有多不容易。可这会儿言辰怎么说这上面的数据都是错误的呢?

言辰把自己带来的那份报告放在桌上:"薛总您看一下,不知您还有没有印象,我那天上来找您谈资金的事儿时,给您看的就是这份报告,我记得当时您不同意拨款,所以我把报告拿走了啊,怎么您现在手里还有份报告,而且数据都是错的?"

几位董事会成员听了面面相觑,小声议论起来,那位姓陈的董事皱眉问:"薛总,是怎么回事啊?"

苏董事也疑惑地问:"是呀,薛总,你一大早把我们这帮老头子都叫上来,说是言副总滥用职权损害了公司利益,怎么你自己都没搞清楚吗?"

薛山面色如土,他直视言辰,见他目光如炬唇角微扬的模样,一刹那便想通了是怎么回事。

肯定是言辰早就发现了吴主任安置在言辰身边的卧底,知道他想盗取试验报告,所以将计就计,故意让卧底偷到报告,却篡改了真实的数据。

想到此,薛山心一横,冷冷盯着言辰:"我是公司的总经理,公司任何项目都得经过我批准,我拿到报告有什么奇怪的?言辰,你现在说你手里的数据报告才是真的,说我这份是假的,你有什么证据证明?你别告诉我再发到美国重新做一次试验,各位董事

191

和我都坐在这儿等着呢，我们没有那个时间等待，你今天不用妄想蒙混过去。"

陈董事也道："是呀，言副总，薛总是敬一的总经理，你又是他一手带出来的，他怎么可能陷害你？"

苏董事点点头："对对，薛总不仅是敬一的总经理，更是石教授的学生。当年石教授把敬一交给薛总，公司在他的管理下才发展成为今天的规模，他怎么可能做出危害公司利益的事情来？"

苏董事说的石教授，就是石梅的父亲石敬一，当年他在大学主攻精密仪器与装备的研究，薛山是他的得意门生之一，曾经作为石教授的助手，跟他一起多次参与精密仪器应用于国家科研、国防和工业制造的试验项目中，并取得了重大突破。

也正因为跟薛山朝夕相处的了解，石敬一看出当年的薛山是个踏实肯干的可造之才，便把自己的女儿石梅介绍给了他，两个人谈了半年恋爱后，石敬一为他们举办了盛大的婚礼。

后来石教授一手创立了敬一集团，在石梅生下儿子后，他便把敬一交给薛山管理，而自己又回到试验室，再次投身于精密仪器的研究和开发中。

可敬一毕竟是姓石的，石教授也怕将来薛山功成名就后对女儿变心，所以就把手中的股份化整为零，分散到各个股东手中，而其中自己和女儿占最大股，薛山则和其他几位董事平分剩下来的百分之四十九。这样一来，便制衡了薛山的权力，但同时又给了他发挥自己能力的平台和极高的社会地位。而他自己便过起了隐退的生活，一心一意在试验室里搞研究，一般不参与到公司管理中来。

听到苏董事提及石教授，其他几位董事也连声附和："是呀小言，虽然当时你拿着项目报告书找到我们是拍了胸脯立下军令状的，不过好在现在也没什么损失，如果项目失败的话你不用太过自责，我们都理解你。"

"对对对，年轻人有冲劲是好事，你这些年为公司也做了很大的贡献，你放心，我们都会给你机会的。"

"小言呀，知错就改善莫大焉，你这次是为了公司发展着想，大家都不会怪你，好在薛总在造成重大的经济损失之前发现了漏洞，改了就好，改了就好啊。"

言辰脸上的笑容逐渐消失，他回视薛山，声音里是说不出的失望："山哥，你一定要走到今天这一步吗？"

薛山愣了下，皱着眉略一低头，随即抬起头来，大声说道："言副总，我一向是看好你的，年轻人都会出错，有错误及时改正，我和董事会都会给你机会的。"

薛山说完这话，看到言辰重重吁出一口气来，脸上的表情似乎变得前所未有地轻松。

他有些摸不着头脑，正在思忖言辰到底打算干什么的时候，就见言辰拿出手机，操作了几下，然后走到沙发边，放在茶几上。

手机里传出一个年轻男子的声音："我已经把你想要的消息告诉你了，试验报告我确实是拿不到手，上次开会言副总说美国那边还没有发给他。就算发给他了，他也不可能把数据发给我们每个人看的。"

然后是一个中年男人在说话："你是负责数据模拟计算的，你要试验数据有最正当不过的理由，秦少洋，你少给我装蒜，如果我把你的老底儿抖出来，你觉得你还能在敬一待吗？"

薛山听到这正是吴主任的声音，脸唰地白了。

董事会成员皱紧了眉头，全都严肃地盯着言辰的手机，陈董事要说话，被苏董事一摆手给制止了。

过了一会儿，就听年轻男子叹气道："吴主任，我跟你无怨无仇的，你何必这样逼我？我知道薛总一心想把言副总挤出公司，我也知道你是帮薛总的。可是我只是想好好地打一份工，我真的没想过……"

"吴主任？"苏董事看着薛山，厉声问，"薛总，吴主任不是石梅的远房亲戚吗？"

言辰把手机拿起来,然后把录音关闭,他转头看向薛山,冷冷地道:"薛总,现在你是不是也该对董事会有个交代了?"

在座的都是老狐狸,自然听出来是薛山指使吴主任去偷言辰的试验报告,而吴主任应该是抓到了这位秦姓青年的把柄,以此要挟他去帮自己偷报告。

现在且不论谁手里的报告才是真的,薛山这种行为可以算是监守自盗了,大家你看看我我看看你,也明白了薛山为了不让言辰出头,害怕他夺走自己总经理的位置已经到了无所不用其极的地步了。

可薛山是石教授的女婿,又是他当年的得意门生,他陷害言辰的行为确实卑鄙,却也不是不能理解。

大家都是身居高位的人,早已习惯所处的地位给他们的生活带来的便利和内心高人一等的优越感。他们情不自禁地扪心自问,如果是自己站在薛山的位置上,当知道年轻有为又盛气凌人的言辰有可能威胁到自己的地位,他们会怎么做?再换个角度说,言辰的项目是不错,可是谁知道将来是不是真能给敬一带来良好的效益?与其对着画出的大饼点赞,倒不如保守点先抓住手中固有的利益。更何况虽说他们手中的股份跟薛山相同,可薛山跟石家父女这两个大股东是什么关系,他们又是什么关系?

看着此刻的薛山面色铁青,几人不约而同叹了口气。

陈董事摆摆手:"今天薛总让我们过来,是为了汇报试验报告的事,那现在到底哪份报告是真的?"

苏董事一听,也站起来附和道:"对呀,如果言副总的试验报告是真的,那就是说这项目可行喽?既然可行而且贷款也批下来了,言副总放手大胆地去做吧!"

其他几位董事听了纷纷点头,其中一位轻咳一声,笑着道:"至于吴主任这件事嘛,我相信薛总并不知情,应该是吴主任想要讨好上级自做主张搞出来的事情,各位说是不是?"

薛山听了这话,脸上的表情明显轻松了许多,他痛心地道:

"吴主任胆子太大了,想邀功上位也不能这样……"

言辰直视薛山,语气凉凉地问:"请问薛总,下午元丰银行的贷款到账后,AI项目是否可以正式投入试验性生产阶段?"

薛山打个哈哈:"既然言副总确定试验数据无误,董事会全体通过,这个项目自然可以实施。"

言辰抿着唇没说话,薛山眼神飘向别处,略一迟疑道:"至于吴主任,我会责成人事部徐经理给予他处分。可是那个叫秦什么……"

言辰直接打断薛山的话:"秦少洋是我的下属,就像吴主任是薛总的亲戚一样,我自然也会责成人事部徐经理给予他处分。"

这言下之意,分明就是我看着呢,你薛山如何处罚吴主任,我就会如何处罚秦少洋。

其实大家都心知肚明,吴主任是薛太太的亲戚,也是薛太太安插在公司的眼线,薛山想要动他,那就得先回家安抚好自己的太太。这次的事,如果不是薛山有意无意地指使,吴主任没有这么大的胆子,现在既然薛山想要包庇吴主任,那秦少洋等于是被吴主任拉下水的,言辰自然也就可以包庇他了。

薛山脸色阴沉,言辰直视他,也没有示弱的意思。

见两人就这样对峙着,陈董事笑着道:"既然试验报告没有错误,那今天这个会就不用做记录了,就当我们是临时到公司来检查工作的。小言呀,你心里也不必有什么负担,薛总是为了公司大局着想嘛。"

其他董事随声附和着,苏董事道:"既然没事了,那我们就回去吧,别耽误他们的工作。"

几位纷纷起身,薛山站起来送客,言辰跟在他身后,将董事会成员送出门口,然后又请他们搭乘总经理专用电梯下楼。

敬一大厦的门口,薛山看着几位董事上车离开,脸上的笑容收敛,瞪着身边的言辰哼了一声,大步往楼内走去。

言辰并没有跟上去,他看着薛山走进电梯,然后转过身,跟他对视站立，直到电梯门缓缓合上，他的心里涌出复杂的情绪，有失落有悲怆还有着自我解嘲式的轻松感。

多少年的情意，终究抵不住权力的诱惑，言辰不知道还能说什么，而董事会几位那副难看的吃相也让他感觉到深深的失望。

他不由得问自己，言辰，就算你得到了敬一总经理的位子又如何？敬一还是姓石的，而薛山是石家主要成员之一，现在的形势你还看不清楚吗？哪怕你把一颗心挖出来双手奉上，人家不屑一顾的同时说不定还会怀疑你是别有所图。

从未有过的疲惫和空虚感涌上心头，言辰突然好想找个人聊聊，他眼前闪过沈默的脸，她早上站在他办公桌前那欲言又止的眼神让他空落落的心总算是感到些许的安慰。

回到办公室，言辰在微信上给沈默发了信息。

"沈默，晚上有空吗？我想请你吃饭。"

沈默回复得很快。

"出了什么事吗？"

言辰回答。

"没事，放心，我和项目还有秦少洋都没事，我就是心里不舒服，想找人聊一聊。"

过了好一会儿，沈默才回复过来。

"好，去小馆吧，好久没去了。"

言辰皱眉，其实他不想去小馆的，他和沈默单独去的话，尚卫国又要开他的玩笑了。

可想起上几次他约沈默吃晚饭都被拒绝，这次她好不容易答应了，言辰也不好再过多地挑剔了。

"好，下班我在地下停车场等你。"

"嗯。"

此时的沈默正在休息室里，和苗甜还有林倩倩一起喝咖啡。

沈默收起手机，听到苗甜问林倩倩："倩倩，这些甜点都是你做的啊？你太牛了！我早就想学烘焙，可是我一耐不下性子，二是没时间。"

沈默笑着道:"其实最重要的是,做好了没有一个可以分享,愿意品尝的人吧。"

苗甜听了认真想了想,然后点点头:"对对,沈默真是说出了我的心声。我总觉得烘焙这件事挺浪漫的,做出来如此甜蜜的东西,应该跟最心爱的人分享才对。哇,这么一说,倩倩你是不是谈恋爱了?"

林倩倩的脸一下子红了:"甜甜你别瞎说,我现在哪有时间谈恋爱啊?而且沈默说得对,女人也要有自己的事业,我只想好好地工作,等到我的事业稳定了,再考虑感情的事。"

沈默问:"哦?那做这些小点心,纯粹就是个人爱好了?"

林倩倩抿着唇笑,一双杏眸如水,闪着盈盈春光,任谁都能看出来,这分明就是爱情分泌多巴胺的效果。可是她不愿意承认,沈默也无意追问,作为朋友她是希望看到林倩倩开心的,如果她现在找到一个好男孩也挺不错的,至少说明她已经走出祝贺带给她的情伤。

三个姑娘正在说笑,于晴晴和赵婉儿还有言梦三人也走了进来。

于晴晴瞥一眼林倩倩,拉着赵婉儿的手腕夸张地道:"哇,婉儿你这手链好漂亮,一定很贵吧?是不是你男朋友送的?"

赵婉儿礼貌地对沈默点点头,缩回手说:"晴晴,别瞎说。"

言梦一脸天真:"婉儿,你什么时候交男朋友了?是谁呀,怎么不介绍给我们认识?"

赵婉儿看了眼林倩倩,显得很为难又带着些同情,"我真的没有男朋友,这手链是我自己买的"。

"多少钱呀?好漂亮,告诉我在哪儿买的,我也去买一条。"言梦问。

赵婉儿笑着道:"在建国门外大街的蒂芙尼专卖店,也不算太贵,八千多块。"

于晴晴瞪大了眼睛,"啧啧啧,八千多块还不算太贵……婉儿,你男朋友对你太好了!"

赵婉儿半嗔半羞:"都说了不是男朋友买的了。"

听到赵婉儿说八千多块的时候,林倩倩端着咖啡的手抖了一下,沈默看到后小声地问:"倩倩,你没事吧?"

林倩倩摇头,强笑着道:"没事啊。把这些点心打包吧,一会儿给黄亚旗和秦少洋吃,我们回去工作。"

苗甜把装甜点的保鲜盒盖子合上,放进公共冰箱里,沈默把三个人的杯子收在一块儿,在水池里洗干净放回原处。

三个人走出休息室,就听见里面于晴晴大声道:"婉儿,你为什么不说这手链是祝贺给你买的啊,哼,我就是看林倩倩和沈默不顺眼,你刚才应该说出来气气林倩倩。"

听了这话,林倩倩的脸越发地白了,沈默却早就对这些人的恶言恶语无感。

她担心地看着林倩倩,以为她还是在意祝贺给赵婉儿送礼物的事,就温和地劝道:"倩倩,别想太多,你们已经分手了,像祝贺这种嫌贫爱富的男人不要也罢。"

苗甜不知道林倩倩和祝贺的事,只知道在业务部里,祝贺一直在追求赵婉儿,她听到这话瞪大了眼睛,很八卦地问:"啊?倩倩你和祝贺谈过恋爱啊?是你进业务部之前的事?"

沈默拍了苗甜一下,"别问了,都是过去的事了"。

苗甜看到林倩倩神色不对,"哦哦"了两声,虽然还是满肚子好奇,却也不好再追问下去。

沈默问林倩倩:"倩倩,你的房子不是快到期了吗?打算什么时候搬到我们那儿?我们的书房可一直为你空着呢。"

林倩倩愣了下,似乎是已经忘了这件事,她笑着道:"房东有事去国外了,要过完圣诞节才能回来,她把她家的猫猫托付给我照顾,说给我减半个月的房租,所以我就答应再住一段时间了。沈默,不好意思啊,最近太忙了,所以忘了跟你说。"

苗甜道："哇，还有这种好事，既能不花钱养猫还能节约房租，我怎么遇不到这样的世纪好房东啊。倩倩，什么时候带我去你家看看你房东的猫啊，我最喜欢猫了。对了，你房东家是什么猫啊？蓝猫？加菲猫？还是苏格兰折耳猫？"

林倩倩显得很无奈："我也不清楚，不过这只猫猫很怕人的，所以房东才没把它送到宠物店寄养。因为我平常喂惯它了，它才稍微跟我亲些，看见陌生人的话，它应该会尥毛吧。"

苗甜失望地叹了口气："唉，有缘无分呀。"

沈默好笑地说："你喜欢也可以自己养一只呀，为什么非要玩人家的猫。"

"很麻烦的，我玩玩别人的就好了。"

林倩倩挽住沈默的胳膊："沈默，你没生气吧？"

"怎么会呢，没关系的，我午休时去找米拉，跟她说一声。"

苗甜听到沈默又要去找米拉，就好奇地问："沈默，你最近午休都不在公司吃饭，老是往米拉的公司跑，米拉心情还不好吗？还是因为她哥嫂惹出来那件事？"

沈默点点头："嗯，她最近性情大变，以前那么风风火火一个人，最喜欢泡吧去夜店的。现在下了班就宅在家里不出门，不到万不得已不出门一趟，出门就戴个大墨镜。像午休时间，如果没人去找她，她就自己待在办公室里宁愿不吃饭也不出去。"

林倩倩担心地说："听起来好像是得了心理疾病啊，要不要找心理医生给她看看，这样子下去恐怕不行吧？"

沈默"嗯"了一声："我也这么想，可是她不愿意，还非说自己没事。"

三个人说着话已经走到办公室门口，进了办公室回到各自的工位上开始工作。

第三十八章　要那些虚荣有什么用

快十二点时，沈默在微信上问米拉，中午想吃什么。

米拉只回了两个字：随便。

沈默叹口气，收拾了东西，把整理好的数据存盘，然后关了电脑，跟苗甜和林倩倩打声招呼，便出了公司搭公车去找米拉。

在路边的小餐馆买了两份盖饭，沈默来到米拉的写字楼，从电梯里出来，看见大堂接待处的沙发上，几个女孩坐在那儿正开心地议论着什么。

沈默经过她们身边，听见女孩A说："装什么装，上午的访客里根本就没有一位姓林的，非说是我记错了！"

女孩B说："对呀，米总最近也不知道是怎么回事，做事总是心不在焉的，上次让我给总部发传真，结果好几张图版都是重复的。"

女孩C撇撇嘴，嘲讽道："还不是因为那档子事儿嘛！哼，以前那么嚣张，老说自己出身名门名校毕业，师从老佛爷得到他的真传，她老家的亲戚一来，穿帮了吧！不就是个柴火妞嘛，论出身还不如咱们，也不知道天天跩个什么劲儿！"

女孩D哼了一声："关于她那条热搜你们看见了吗？摆明了就是有人整她的，你们说，会不会是因为她陪的男人太多了，所以某个男人争风吃醋求而不得，就买了热搜揭她老底？"

女孩A看到沈默的脚步放慢了，朝其他三位使个眼色："你们小声点儿，当心隔墙有耳，万一传到米拉的耳朵里，咱们都得被开除！"

女孩B笑呵呵地说："怕什么，最该被开除的人是她，以前以为她多有能力呢，原来是纸糊的灯笼——一戳就穿，我看她也没多大本事，设计来设计去就那几个理念，要说被开除，她应该是第一个被开除的。"

女孩D笑着道："就是，说不定那帖子里说的是真的，米拉就是靠卖身上位，真材实料是有的，不过不是在脑子里，是在这儿……"

女孩D说着话还夸张地托了托自己的胸部，其他三人爆发出一阵笑声。

沈默皱紧眉头正要开口呵斥她们，突然身后有个男人朗声道："有什么问题为什么不当着米总的面说？在背后嚼舌根诋毁人家有意思吗？"

沈默转过身，看见是张易斌，不由得笑了起来。

张易斌对她点点头，走到她身边站住，接着道："以一个人的出身来判定她是否有才能，你们不觉得这样很幼稚吗？难不成在座的几位都出身于大富大贵之家？那为什么现在是米拉做你们的总经理，而你们只能给她打工？"

四个姑娘面面相觑，其中一个羞愧地低下头去，女孩D瞪着张易斌："你谁呀你？我们在这儿说话碍着你什么事了，多管闲事！"

张易斌看着女孩D，笑了笑道："同为女性，怎么你的思想就这么肮脏？在你眼里是不是但凡有成就的女性全都是靠身体获得的荣誉？那你呢？请问现在的你除了一张嘴还有什么？你的脑袋和身体看来同样贫乏，哪一样都换不来你想要的，所以你才这样羡慕嫉妒恨地诋毁别人，这样你的心里就会好受一些吗？"

女孩D张口结舌："你……你凭什么这么说我！"

她看着女孩A："小莹，给楼下保安部打电话，就说我们公司来了个疯子！"

看来女孩A应该是公司前台，她听了这话站起来往台子里走去。

刚要拿起话筒，米拉从里面走了出来："不用打了，这两位是我的朋友，你们四个人，下午去财务部结算工资，你们被开除了。"

四个人一听顿时傻眼了,女孩D刚才还很强硬,此刻扑到米拉身前,哭着道:"米总,我们不是故意的,就是吃个饭的时候聊聊八卦轻松一下,您就原谅我们这一回吧。"

女孩A的手里还拿着话筒,她愣在那儿,反应过来哭着说:"米总,我没说什么呀,您的朋友都听见了,我还让她们别乱说,真的不关我的事啊。"

米拉抱着胳膊冷冷地看着这四个人,下巴微扬,表情高冷孤傲,沈默盯着她看,开心地觉得,从前的米拉好像又回来了。

原本她把晚上和言辰的约会定在我家小馆,就是想见到尚老板跟他咨询一下,该如何开解米拉的心病,现在看来是不需要了。

女孩D抱着米拉的腿,几乎给她跪下了:"米总,您不能开除我,我刚毕业投了几十份简历才找到这个工作,你开除了我,我这个月的房租都没着落了。"

米拉嗤笑一声:"每个人都得为她做过的事负责,我一样,你们也一样。刚才不是口口声声说我靠男人上位吗,说得好像你亲眼看见一样。亲爱的,咱们头顶可是有监控的,你有没有想过,如果你不小心得罪了某个人,监控里拍下你此刻的丑态被他收藏,将来某一天,他把这片段放上网也去帮你买个热搜什么的宣传一下呢?呵,那这算不算你那不堪回首的过去啊?"

四个女孩一听,脸都吓白了,站在那儿垂着头小声抽泣着。

沈默看着怪不落忍的,走过去挽着米拉的胳膊:"咱们进去吧。"

三个人回到米拉办公室,沈默把饭盒放在桌子上,搂着米拉的脖子在她脸上亲了一口:"米大娘,你这算不算是回魂儿了?"

米拉在她额头上戳了一下:"一边待着去。"

然后她看着张易斌:"哟,张大助理,几天没见了,今天大驾光临,有何贵干呢?"

张易斌尴尬地挠挠头:"前几天没在北京,去外地采风了,我跟沈默说过的。是吧？"

张易斌求助似的看向沈默，沈默笑着点点头："是是，张大助理早就说要来看你了，不过杂志社给他派了活儿，那肯定是工作要紧啊。"

米拉撇撇嘴道："还以为那天我家沈小默把你骂走，你打算跟我们绝交了呢。"

张易斌嘿嘿笑着说："我好歹也算是资深北漂了吧，这些年什么样的脸色没见过，什么样的骂没挨过，再说沈默那天也不算是骂我，我怎么会跟你们绝交呢。"

米拉没说话，接过沈默递给她的饭盒，坐回桌子后面吃饭。

沈默也坐到会客沙发上，笑着问："张大助理吃了没？要不要分你点？"

张易斌摇头："我吃过才来的。沈默你公司不是有餐厅吗？怎么跑过来陪米拉吃盒饭？米拉你也是，怎么不出去吃呢？"

沈默担心地看向米拉，见她挑着米粒淡淡地回答："不想出去。"

张易斌跟沈默对视，沈默耸耸肩，表示无奈，张易斌了然地点点头。

沈默指指张易斌脖子上挂的相机："张易斌你怎么走到哪儿都挂着你这台相机？你不嫌重啊？"

张易斌爱惜地摸摸它："这可是我老婆，当然要随身带着。再说我是搞摄影的，走走看看随便拍点东西是我的爱好，这么多年都习惯了。"

"那你这回去哪儿采风了，都拍了什么照片？"

张易斌取下相机，操作一番递到沈默面前："都在里面呢。"

沈默接过来，一张张地翻看着："哇，张易斌，想不到你拍照拍得这么好。你去的这是什么地方呀？看着虽然破旧却别有韵味。你看这张，蓝天白云掩映下的半截黄土墙，怎么这么巧会长出一株桃树来，满树的粉色桃花盛开，跟远处贫瘠的荒地形成鲜明的对比。还有这张，这条土路两边虽然全是枯树和杂草，可是这位老爷爷牵着小孙女的背影，却让人在贫苦中感觉到一份脉脉的温情……张易斌，你拍的照片好有感觉！喂，你做摄影助理真的屈才了，你要是开摄影展，我第一个去参观。"

米拉听到沈默对张易斌的作品赞不绝口，忍不住放下筷子走到沈默身后，她的眼睛随着沈默翻动照片的动作瞪大，突然伸手把相机从沈默手里抢过来。

然后她快速地翻看着那些照片，惊讶地问张易斌："这……这是我老家呀，张易斌，你什么时候去我老家了？"

张易斌笑得很憨厚："刚不是说了，我去外地采风了吗？说起来还真巧，这回选的地方就是你老家。"

米拉把这些照片从头看到尾，眼圈渐渐红了，她又倒回去一遍遍地翻看着。

沈默看到她的表情，知道她受到了很大的触动，朝张易斌伸出个大拇指，冲他感激地笑了笑。

米拉完全没注意两个人无声的交流，一直盯着那些照片。

"沈默你看，村口这个磨盘居然还在啊，小时候我经常坐在那儿等着我爹下地干活儿回来。啊，这是我的学校啊，现在翻新了，真好真好。沈默沈默，你看，这就是我的于老师，都过去这么多年了，于老师居然还在村子里教书？呜，他老了这么多……"

张易斌说："我这次去就是住在你们村的学校里，还跟于老师聊了一宿，我告诉他我是春花的朋友，于老师可高兴了，他还跟我问起你的情况。"

米拉的泪水在眼眶里打转，她嘴唇颤抖着，羞愧地说："于老师……他没有怨我吗？我这么多年没回去过，我也没有为家乡做过什么。"

张易斌拿出手机："于老师录了一段话给你，米拉，你要听吗？"

米拉把相机搁在桌子上，转过身很郑重地伸出双手，就在张易斌要把手机放在她手掌之时,她突然又缩回手:"算了算了,我没脸听,我对不起他们。"

张易斌笑了笑,收回手机,一边操作一边说:"我把录音发到你邮箱,你想听的时候再听。"

沈默抽出纸巾替米拉擦泪:"傻丫头,你哭什么啊?有空儿咱们一块儿回你老家看看,家乡的人肯定都很惦记你。"

米拉接过纸巾捂住脸,呜呜地哭了起来,她说不清自己为什么会哭,也许是委屈,也许是歉疚和羞愧。

这么多年来无法正视自己的出身,她心里很清楚是因为骨子里的虚荣和自卑,可是现在想来,要那些虚荣有什么用?又有什么好自卑的呢?

每个人都无法选择自己的出身,可是那不重要,重要的是如何经营好自己的生命,只要努力地生活,做出一番成就,便无愧于自己无愧于任何人。

米拉哭得泣不成声,沈默和张易斌默默坐在一旁陪着她,直到她红着眼睛抬起头。

沈默递给她一杯水,拍拍她的肩膀:"亲爱的,心里舒服些了吗?"

米拉接过水杯,感觉到那种温暖从手心蔓延到心里,她由衷说道:"谢谢你们。"

沈默笑着说:"不用谢我,我可没做什么,只是陪着你吃了几天盒饭而已。你该谢人家张易斌。对了张易斌,你这所谓的采风,是不是你自费去的,你们那时装杂志社能同意你去这样的村子里采风吗?"

张易斌也笑了:"本来是自费去的,不过社长看了我拍的照片,很满意,说要拉一队人马再去一次。还打算请些知名的模特过去拍照,还说这叫做精致的都市文明与粗犷的乡村传统文化交融碰撞的视觉盛宴。"

沈默说:"好拗口,你们社长可真有才。"

"嘿嘿，主要还是我有才。"

外面响起敲门声，沈默走过去打开门，看见米拉的助理站在门外，手里拎着几个袋子，袋子上面的LOGO是一家网红蛋糕店。

见米拉眼睛红红的，小姑娘担心地问："米拉姐，你没事吧？"

米拉强笑着道："没事，你没出去吃饭吗？"

小姑娘俏皮地笑了，举起手里的袋子说："大家看米拉姐这几天心情不好，就派我去这家网红店给你买蛋糕吃，我排了好久的队呢。"

沈默好奇地问："大家？"

小姑娘点点头："对呀，我们团队里所有的人，这几天一直挺担心米拉姐的，可是又不敢过来问。后来是翠西提议说，吃甜食能让人心情变好，所以大家就派我买蛋糕了。"

小姑娘说着话，走进来把袋子放在桌上，然后一样样把蛋糕拿出来。

"这是黑森林蛋糕，这是红丝绒蛋糕，这是抹茶的，这是香草的，这个是红酒口味的……米拉姐，我们也不知道你最喜欢吃哪种，所以各种都买了一份。"

米拉看着满满一桌子蛋糕："这么多……我一个人哪吃得完啊？"

小姑娘眨眨眼："没关系啊，你挑你喜欢的，剩下的还有我们呢。"

说完她朝外面招招手，五六个年轻人走了进来。

"米拉姐，我们还买了咖啡和奶茶。"

"米拉姐不喝奶茶的。"

"没关系，还有果茶啊。"

"米拉姐，我劝你尝尝这个熊猫奶盖茶，上面的奶盖……啧啧啧，真的太好吃了！"

米拉笑着接过来："真的吗？那我尝一口。"

"一口可不行，米拉姐，这可是我们的心意啊！"

沈默和张易斌见他们簇拥在米拉身边，悄悄地退了出去。

关上门的时候，听到小助理问："米拉姐，咱门口的接待员小莹呢？还有新招的文员雪瑞和玛丽她们几个呢？"

"哦，刚才我把她们辞退了。"

有个男孩接话道："辞退得好，这些新人进了公司天天正事不干，就知道讲八卦说三道四，这样的女孩真让人讨厌。"

一个女孩讽刺他："哟，前几天是谁拿着电影票说要请小莹看电影的，人家不愿意跟你去，你不是还挺失落的吗？"

男孩恨声道："周媛媛，你别揭我的短好不好？我那不是有眼无珠吗？"

其他人哄堂大笑，办公室里的气氛和谐又温暖。

沈默替他们关上门，跟张易斌一起搭电梯下楼走出大厦。

张易斌问沈默："回公司吗？我送你？"

沈默看看表："你不用上班啊？时间差不多了，你再送我的话，说不定得迟到。"

张易斌耸耸肩："暂时不用上班了，我辞职了。"

"啊？为什么啊？"

"嗯，我想请假去米拉老家，社长不同意，我一气之下就辞职了。"

沈默直直看着张易斌，惊讶得说不出话来。

张易斌一脸的不在乎："放心吧，我怎么说也在业内混了这么多年，再说我的拍照水平也不差，很快就能找到工作的。对了，你别跟米拉说啊。"

沈默叹口气："张易斌，我真不知道说什么好。"

"那就什么都别说……"

沈默笑着拍拍张易斌的肩膀："千言万语化成三个字：谢谢你。"

她眼珠一转，接着说："要不我问问，米拉公司要不要摄影师？你不会介意在米拉手下，呃，在自己喜欢的女孩手下干活儿吧?"

沈默以为张易斌会难为情或者否认，没想到他却说："我是不介意，我怕米拉会介意。"

"哈？你是承认你喜欢米拉了？"

"不然咧，我不喜欢她我会为她做这么多事，你当我傻啊？"张易斌一摊手，说得倒是理直气壮。

沈默打心眼儿里替米拉高兴："张易斌，你是真男人，你要努力呀，一定要把米拉追到手，我看好你！"

"走吧，再说你要迟到了。我喜欢她是没错，不过我也不强求，一切顺其自然就好。对了，我因为米拉辞职的事，你一定不能跟她说，知道吗？"

"我保证一个字不说……"沈默心想，我坚决不说一个字，可是我能说很多个字啊。

两个人说说笑笑往沈默公司的方向走，张易斌把沈默送到她公司门口，便跟她告别离开了。

沈默走进公司，并不知道身后跟着言梦和于晴晴。

于晴晴看着言梦得意洋洋地收起手机，笑着问："你刚才在拍什么，是在拍沈默吗？"

言梦回答："我没事拍她干吗？就是刚才过去一辆车，我挺喜欢的，我拍下来上网搜搜看价格和配置如何。"

于晴晴羡慕地问："哇，言梦你要买车啊？那车可不便宜，我看过，三十多万呢，你刚上班就有钱买车了？不过也对，你哥是言副总，你让他给你买也是一样。"

言梦敷衍道："是啊是啊，我哥最疼我了，我要天上的星星他也会摘给我。"

于晴晴撇撇嘴，心里鄙视言梦说谎不打草稿，言副总要是真疼她，上次还因为一点小事在全公司通报批评她？不过她表面上却附和道："对对，人家说哥哥是最疼妹妹的，何况你又这么冰雪可爱。"

言梦骄傲地扬着下巴:"那是。"

回到办公室,已经是上班时间,两个人坐回工位上,于晴晴就把刚才的事当笑话在电脑微信上发给赵婉儿了。而言梦则看着沈默恨恨地想,你不是喜欢黏着我哥吗?我就把刚才的照片发给我哥看看,让他知道,你就是个朝三暮四的贱女人。她打开微信登录,然后把刚才拍的照片全都发给了言辰。

言辰刚刚接到会计部打来的电话,说那笔贷款已经到账了,正在给张行长打电话表示感谢,搁在桌上的手机嗡嗡振动起来。

挂了电话,他拿起来看见是微信上言梦发的信息,就皱起眉头打开对话框。看到言梦居然偷拍沈默和张易斌,言辰的心里涌出厌恶。

当初听任方若雨把言梦弄进公司真是个错误,是他自己想得太简单了,言梦再这么搞下去,说不定会捅出什么大娄子。

现在AI项目已经到了最重要的环节,他没有精力再去处理这些鸡毛蒜皮的事情,可是看言梦和方若雨这劲头,只要沈默在他身边一天,她们是不打算消停了。

言辰不可能舍弃沈默,而方若雨又是跟了他几年的秘书,眼下也不可能换掉她。所以就只有动一动言梦了,言辰打算周末回趟家,跟父亲和阿姨打个预防针,如果将来言梦在公司真的做出什么出格的事情,他作为公司的副总,是一定不会姑息的。

五点半时,言辰在微信上问沈默能走了吗。等了好一会儿,都没见沈默回复。于是他出了办公室搭电梯来到地下停车场,坐在自己车里又给沈默打电话。

那头响了好一会儿都没有人接听,接着他就看到沈默从电梯里出来,一路跑了过来。

拉开门坐在车上,沈默气喘吁吁:"对不起对不起,下班时出了点状况。"

言辰发动车子,笑着说:"没关系,出了什么事?"

"倩倩今天一天都心在不焉的,也不知道是怎么了,我让她把试验数据整理出来，到时候好发给工厂试验室那边，结果她把文件全弄乱了，害得我还得重新弄一遍。"

言辰问："她刚接手，应该是还不熟悉吧。"

沈默摇头："不是的，倩倩工作能力很强的，学东西也很快，我肯定她是有什么事，可是我问她又不愿意告诉我。算了，不说她了。早上薛山让你去他办公室做什么？他不会又想阻挠咱们的项目吧？银行的贷款都批下来了，他还想做什么啊？"

言辰浅笑道："他当着董事会全体成员的面，拿出了咱们的试验数据报告，不过是假的。"

"啊？怎么回事啊？"

言辰便把自己准备了一份假的试验报告，然后让秦少洋将计就计交给吴主任，以及今天在薛山办公室发生的所有事情讲给沈默听。

两个人开着车出了地下停车场，沈默听得聚精会神，完全没有看到林倩倩无精打采地正往前走着。

林倩倩回到她和祝贺租住的房子时，已经是七点半了，她打开门，看到房里的灯亮着，祝贺站在笼子前逗着房东那只猫。

小猫瞪圆了眼睛，全身奓毛，正冲祝贺哈气。

听到开门声，祝贺转过身，殷勤地迎上去，接过林倩倩的包："倩倩你回来了？我买了你最爱吃的石锅拌饭，还热着呢，你快去洗手……"

林倩倩打断他，生气地喝道："你怎么进来的？"

祝贺嬉皮笑脸地搂住她："我有钥匙啊，你忘了？"

林倩倩推开他："你把钥匙还给我。"

祝贺抓住她的手腕，再次把她拉进怀里，嘴唇贴着她的耳朵："倩倩，你怎么又生气了？咱们不是都和好了吗？"

感觉到温热的气息扑面，林倩倩的脸红了，她气愤地想要推开他，可是全身软软的，根本使不出力气。

"你放开我！"林倩倩瞪着祝贺，眼圈红红的，"我问你，你用我信用卡刷的那八千块钱是干什么用的？"

祝贺一脸无辜："我不是说了嘛，我报了个手机软件开发课程，教的学费啊。哎呀你放心吧，下个月我发了工资就还你，我说到做到。"

"今天在休息室，赵婉儿跟我炫耀她新买的钻石手链，还说是你送的，说那条手链八千块，你是不是刷我的信用卡给她买的？"

祝贺心中暗暗叫苦，这会儿很庆幸他用林倩倩的信用卡在ATM机上取的现金，虽然损失了几十块钱手续费，好在没有留下痕迹。

他苦着脸说："倩倩，你怎么就不相信我呀？我跟赵婉儿真的已经分手了，跟她在一起后我才发现，她哪里都不如你好，我最爱的还是你啊。"

林倩倩气愤地说："那她今天说那话是什么意思？如果你们已经分手了，她为什么还要在我面前炫耀？"

祝贺拉着她坐在沙发上："她那是公主病，我当时跟她分手时直接告诉她，我还是喜欢倩倩，像你这种刁蛮任性的公主我这种穷人家的孩子伺候不了。所以我想她是气不过，觉得我最终选择了你而不是她，这才想方设法挑拨我俩的关系。"

祝贺拥紧林倩倩："好了，倩倩，别生气了，你要相信我啊。对了，我妈前几天打电话了，还问起你呢，说她给你织了件毛衣，也不知道你喜不喜欢，还说元旦放假时让我带你回去，见见我家里亲戚们呢。"

林倩倩听了这话，心里美美的，却还是故意板着脸："祝贺，你这回不能再骗我了，你如果再骗我，我……我就……"

祝贺凑过去，一下下亲着她的额头，慢慢地亲到鼻尖和脸颊："你就怎么样？"

林倩倩全身酥软，想要推开他的手被祝贺拉住，圈在他的脖颈上，眼见着祝贺的嘴巴渐渐靠近，林倩倩不由自主地闭上眼睛，她喃喃地说："我就死给你看，唔……"

言辰的车子停在小馆门口，沈默还沉浸在言辰刚才的讲述中。

言辰熄了火，笑着道："沈默，醒醒，我们到了。"

"啊？哦哦。"沈默不好意思地笑，拿着包一手握着门把手，"你好厉害啊，居然能想到将计就计这一招，这样直接把吴主任跟薛山的勾当摆到桌面上，让董事会看看薛山的真面目，也保全了秦少洋……"沈默瞪大了眼睛，一脸的佩服，"我真的不知道如何表达我对您的敬仰之情了。"

言辰微微笑道："我以为你会说我老奸巨猾。"

沈默使劲摇头："怎么会呢，对于非常之人就得用非常之手段，薛山的手段那么阴险，跟他比起来，咱们算是光明磊落了。可惜董事会不作为，这些人太可笑了，起码也得警告薛山一下吧。"

言辰叹口气："其实这种结果我早就料到了，薛山毕竟是石董事长的女婿，董事会怎么可能为了我一个外来人得罪薛山呢。"

沈默安慰似的拍拍言辰的手臂："你已经做得很好了，真的，换成是别的副总，他们只会对薛山逆来顺受，哪会有勇气跟他公然对抗？你放心吧，我支持你，我们团队所有人都支持你。"

言辰"嗯"了一声："我知道你现在在业务部也不好过，默许方若雨把言梦弄进公司是我的失策，沈默……"

沈默摆摆手，大大咧咧地说："放心吧，我能应付，米拉说得好，平常多跟小鬼头打交道，将来碰到大BOSS才能临危不乱。"

言辰忍俊不禁："敢把我妹妹比作小鬼。"

沈默俏皮地吐吐舌头："哎哟，忘了原来你是小鬼头的亲哥哥大鬼头了。"

言辰抬起手，想去捏沈默的脸，听到有人敲车窗，沈默转身去开门，他的手举在半空中，自己笑了笑，这才放了下来。

尚卫国站在车边，笑眯眯地看着里头的二位："我站门口看半天，心想着这车明明是我们言副总的呀，怎么不下车呢。哦……原来你们俩在车上聊天呢？"

沈默笑着道："是呀，尚老板，言副总正在教我这职场小白防身术。"

尚卫国瞟向言辰："哦……言副总还真是体贴下属的好老板。"

言辰下了车，瞪着尚卫国，没好气地问："你不进店里招呼客人，杵在门口干什么？"

尚卫国表情一滞："没事，店里暖气太足，我出来透透气。"

沈默已经背着包快步走进店里，言辰和尚卫国并肩走在身后，言辰冷哼一声："哼，我记得以前有个人老说，北京的冬天太冷了，好想念香港的四季如春啊。你现在告诉我店里太热你出来吹凉气？你骗鬼呢？"

想到刚才沈默说他是大鬼头，言辰不由自主地笑了。

尚卫国抿着唇，突然伸手捏住言辰的下巴左右端详："坏了，你这症状有多久了？"

"嗯，什么症状？"

"就是总是会想到一个人，时而不由自主地发笑，时而不由自主地发呆，又时而不由自主地发愁……"

"去你的！"言辰打开他的手，快步往里走。

尚卫国跟着他："真的，不开玩笑，你现在的症状充分说明你的恋爱症候群病已经到了中晚期，没得救了。"

"闭嘴！"

服务员已经引着沈默坐在靠窗的位子，沈默坐下来把包挂在身后，正仰头跟倒水的服务员说着什么。

头顶的灯光打下来，沈默眉眼弯弯红唇轻启，她的周身包裹了一层银边，整个人好像在发光。

言辰站在那儿盯着她看，一瞬间竟有些痴了，直到尚卫国扯了他一下，哈哈笑着，低声道："你还说你没恋爱？言副总，你眼睛里的星星直往外溢，就差绕着沈默画出心形的圈了。"

言辰笑着道："别当着她的面瞎说，会吓着她的。"

"呕……"尚卫国夸张地干呕，"我这辈子都没想过，言副总居然会说出这么肉麻的话，算了，我看不下去了，我去做菜。"

走到桌边坐下，言辰问沈默："你点了什么？"

"啊？没有啊，不是说到这里不用点菜吗？尚老板知道我们每个人的口味。"

言辰失笑道："你听他吹。"

沈默眯着眼睛笑，端起杯子喝水，结果没想到太烫了，一口水直接吐了出来："好烫，好烫。"

言辰怜惜地抽出纸巾，伸长手臂帮她擦拭嘴角的水渍："当心点，怎么跟小孩子似的。"

第三十九章　做跟他并肩站立的女人

"你们在干什么！"一声厉喝让两个人的动作同时静止，一起转头看向站在那儿的方若雨。

方若雨疾步走进来，抓住言辰手里的纸巾狠狠扔在地上："沈默，你够了！"

然后她端起那半杯水泼向沈默的脸，言辰眼疾手快，抓住方若雨的手腕："方秘书，你冷静点。"

方若雨手腕一翻，可惜被言辰攥住，一杯热茶悉数泼在她自己和言辰的手上。

方若雨呼痛，手一松杯子掉在地上摔了个粉碎，她甩着手，充满怨恨地瞪着沈默。

沈默看到言辰手上的皮肤被烫红，推开椅子走到他身边，心疼地问："都烫红了，是不是很痛啊？"

这边的喧闹引得客人纷纷注目，服务员赶紧跑到后厨把尚卫国叫了出来。

看到两人的手都烫红了，他皱着眉说："我这儿有烫伤膏，你们都跟我过来。"

沈默拉起言辰另外一只手，狠狠瞪了方若雨一眼，跟着尚卫国朝后面走去。

方若雨站在原地，感觉到这么多人的视线投射在她身上，跺了跺脚，还是跟了过去。

厨房的洗菜区，沈默正拉着言辰的手在水龙头底下冲着："还疼吗？糟了，会不会起泡啊？"

尚卫国笑着道："哪有那么严重，不过我得说说服务员，怎么能给客人上那么热的茶水呢。"

听到身后的脚步声，尚卫国转头看见方若雨："你也过来，先冲一会儿水，物理降温一下再抹烫伤膏，这样效果好一些。"

方若雨瞪着沈默："我不用。"

尚卫国笑了笑，正要把手里的烫伤膏递过去，沈默一把抢过来，然后她看也不看方若雨，拉着言辰坐到一边，拧开盖子挑出一点来抹到言辰手背上，一边抹一边轻轻地吹着。

眼前的女孩微微弯身，耳侧的碎发落下来，随着她的动作在言辰的手臂上轻轻晃动，痒痒的，却无比地安心。

言辰盯着她，脸上全是温暖的笑容。

看着这一幕，尚卫国抱着胳膊微笑，方若雨气得顿足，厉喝道："沈默，你恶心不恶心？"

沈默给言辰涂好了药膏，站起身子，又把药膏还给尚卫国："哪里恶心了？为什么恶心？"

"你……"

沈默笑着问："方秘书，用不用我给你涂？你这么爱美，小心起泡留疤哦。"说完她看着言辰，"觉得怎么样，还疼吗？"

言辰回视她，弯唇摇摇头："不疼了。"

方若雨又气又恨，转身又要走，言辰突然开口叫住她："方秘书。"

方若雨站定，不过并没有转身："干吗？"

"如果你以后还是不能正视你的角色位置，我将不得不把你交给人事部了。我很久以前就跟你说过，我跟你只可能是上下级的关系，我不明白这么多年你一直执迷不悟到底是为什么。我喜欢谁想跟谁在一起是我自己的事，跟任何人都没有关系。你打着我的旗号把言梦弄进公司，你在公司里散布谣言诋毁沈默的名誉，你不要以为你做的种种我都不知道。我之所以选择不出声，是顾念着这么多年来的同事情分，除此之外别无其他。我今天在这儿把话说清楚，方若雨，如果你再以任何方式伤害沈默或者是损害她的名誉，我不仅要开除你，还要找律师控告你。"

言辰说完，方若雨后背僵直，她慢慢转过身，用难以置信的眼神看着他："言副总，你在说什么啊？我是若雨啊，我跟了你这么多年，没有功劳也有苦劳。你身边那么多女孩你都看不上眼，我知道你是喜欢我的，你是因为公司制度才不能向我表白的对吧？要不然你以前为什么那么帮我？你还教会我那么多东西……你怎么能，你现在怎么能跟我说这样的话，你居然说你喜欢沈默？你说你要跟她在一起？"

方若雨的声音越来越轻，泪珠滚滚落下，她的目光变得呆滞，身子晃了晃，游魂似的往外走："怎么能这样，怎么会这样？不可能，不可能的。"

尚卫国上前拉住她，看着言辰皱眉道："要不你跟沈默换个地方？她这样子出去会出事的。"

言辰叹口气，牵起沈默的手："我们走。"

沈默现在整个人也是傻眼的状态，就这么给言辰牵着走出去，然后言辰走到桌边拿起她的包，出了小院又把她塞进车里。

言辰发动车子，不时担心地看一眼沈默，沈默紧抿着唇不说话，言辰心里越发没底儿。

"沈默，你生气了？你相信我，我跟方若雨真的没什么。沈默，你说句话啊？"

沈默摇摇头："没，我没生气。"

听到她说话，言辰算是松了口气："没生气就好，没生气就好，我们换个地方吃饭，你想吃什么？"

沈默又摇头道："我突然没胃口了，我想回家，你送我回去可以吗？"

言辰愣住，脸上掩饰不住的失望，他觉得自己跟沈默之间还真是波折丛生，几次约会要不这样要不那样，总之就一次也没真正成功过。

"要不我买些吃的，你拿回去吧，米拉是不是在家，拿回去你俩一块儿当晚饭吃行吗？"

听到言辰那小心翼翼的口气，沈默心下不忍："那好吧，多谢你了。"

"多谢"这两个字，又让言辰的心头一冷，他不敢再多说，开到经常去的那家菜馆点了几样菜打包，然后又回到车上。

看见沈默正坐在那儿看手机，他笑着问："是在给米拉发微信吗？"

"没，我在想如果明天方秘书不能去公司的话，项目中她负责那一部分怎么办？你现在让我负责人事方面的工作还有跟厂方协调，如果方若雨真的因为情绪问题请假或者是直接休年假，那么咱们团队等于少了一个人，而苗甜他们几个又都是技术方面的人才，方若雨的工作肯定不会给他们做，那就肯定要压给我和倩倩了，我在跟她商议这件事。"

沈默说得一本正经，一副公事公办的腔调，言辰愣愣地看着她，说不清心里的滋味。这个时候她思虑周全确实没错，可这些话不是该上班的时候对着言副总说的吗？

此刻沈默该面对的是言辰，是已经跟她表白过的言辰，而不是言副总啊！

这角色的转换让言辰猝不及防，可偏偏他又挑不出她的错来。

他叹口气道："你说得对，刚才是我太冲动了。不过沈默你也要知道，团队里的每一个人都很重要，但是我们也要时刻做好会有一个人离开的准备，这样我们才不至于措手不及。"

沈默盯着他的眼睛："所以这就是你在抗拒感情，这就是你的情感障碍吗？你是不是从没想过真的要改变？也已经习惯了不在乎身边的任何人，也已经根本不可能再去相信任何人？你是随时随地都在做好着任何人会离开你的准备吗？免得会让自己措手不及吗？"

"我……"言辰语塞，不知说什么好。

沈默显得有点失望，她转头看向车窗外："算了，送我回去吧。"

这一路上都没有人再说话，言辰是害怕说多错多，而沈默也说不清自己心里的想法。

回到家，沈默拎着饭盒下车，看都没看言辰一眼。

打开门看到米拉歪在沙发上一边玩手机一边看电视，她扬了扬手里的饭盒："吃过饭没？我带了好吃的回来。"

米拉坐起来放下手机："你不是跟言辰约会去了吗？怎么回来得这么早？"

"唉，别提了。"沈默叹着气，把刚才的事讲了一遍。

米拉一边听一边打开饭盒，看到里面的菜扬了扬眉："哇，言副总很下本啊，这些菜很贵的咧。"

沈默接过米拉递给她的筷子："其实我也不是跟他生气，我就是觉得吧，做女人挺可怜的，就像方若雨，跟了他几年，哪怕是一厢情愿吧，也不应该最后被这样对待吧。"

米拉皱着眉，筷子在空中虚虚一点："沈小默我不知道你还有圣母情结？言辰是为了给你出头才骂了方若雨，你反倒同情起方若雨了，你是不是有病啊？再说了，单恋的人这世上也不少，可是为什么别人能学会放手她就要死抓住不放呢？我不相信她不知道言辰不喜欢她，她那是故意给自己催眠呢。你可别说是言辰耽误她这么多年，是她自己耽误的好不好？我反倒觉得你应该跟言辰道歉，人家维护了你的尊严，而且还当着方若雨和尚老板说出了喜欢你想要跟你在一起这种话，这不就是跟你表白吗？你还在这儿矫情个什么劲,你真好笑。"

沈默托着腮,想了好一会儿,然后摇摇头:"我不喜欢这样,我还是觉得言辰有错,如果他老早就跟方若雨说清楚,也不能误会成这样。方若雨是什么人哪,那么漂亮那么傲,要是言辰严辞拒绝过她,我不相信她还能觍着脸贴上去!"

米拉瞪着沈默:"你真是不可理喻,所以你现在是什么意思?不打算接受言辰,还是打算借这件事再敲打敲打他?"

"没,我没你想的这么复杂。我就是觉得吧……我现在一点也不想考虑这方面的事,还是事业重要,我想做出一番成绩之后再考虑感情上的事。而且就算现在我答应了他什么,我们不是站在平行线上的,你明白吗?我不要做言辰背后的女人,我要做跟他并肩站立的女人。"

米拉站起来倒水,经过沈默身边时,拍拍她的头顶:"这话我同意,我精神上支持你。不过我也劝你一句,差不多得了,你别老是对人家忽冷忽热的,再把人家给吓跑喽。"

沈默白她一眼:"你还好意思说我,你跟张易斌呢?人家为了开解你,特意跑到你老家,又是给你拍照片又录下于老师的话安慰你,你打算怎么回报人家?"

米拉撇撇嘴,理不直气不壮地咕哝:"我又没让他去。"

"哎哟你这破孩子!"沈默朝倒完水走回去的米拉屁股上拍了一巴掌,"你知不知道,为了你,张易斌把工作都丢了?"

"啊?怎么会这样?他不是说他社长还要他拉队伍去我老家弄那个什么城市文明跟农村传统文化碰撞交流主题吗?"

"张易斌那是骗你呢,他怕你知道他为了你丢了工作,你心里过意不去。"

米拉放下茶杯,站在茶几边上搓搓手:"完了完了,这下完了,我最怕欠人情债,这个债该怎么还啊?"

"喊,这还不简单,把你偿还给他不就得了吗?反正我看你也不讨厌他,要不你俩试试看?"

米拉皱着眉："可是他……"

沈默生气地道："米大娘，你怎么还在纠结这个？张易斌虽然只是个摄影助理，可他真的很有才华，你看看他拍的那些照片，视角独特充满了感情，在这样的商业化速食时代，能拍出这种有韵味的东西，真的是太难得了。而且他的性格你应该了解啊，他这人不骄不躁胸襟宽广，我是觉得，他虽然没有黄粱的社会地位高，可是他的境界和心胸比他要高一万倍。"

米拉笑眯眯看着她："你把他夸得这么好，不然我让给你？"

"去你的，张易斌不是我的菜，我对他的感觉是大哥。"

米拉坐到沈默身边，搂住她肩膀："那言辰辰是你的菜了？"

沈默笑着推她一下："我们现在在说张易斌，你不许转移话题。"

"有什么好说的，我好歹也是知名时装设计师，虽然说暂时风评有点差吧，可是我是凭实力说话的，等我的新作品出来，哼，我会让所有人对我改观的。可是他呢……他社会地位没我高，赚的钱又没我多，可以说是要啥没啥了，按你的说法，他人好性格好，可是人好性格好换不来房子和钞票，也不能当饭吃吧。"

沈默听着直皱眉："那你到底是什么意思啊？你要是不想跟人家怎么样，我劝你早点说清楚，别纠纠缠缠的，耽误彼此的时间。"

没想到米拉低着头，居然难得地脸红了，她说话声音越来越小，小到最后沈默只好把耳朵贴在她脸上。

"这件事，总不能我主动吧？好歹我也算是个知名人士，他跟我在一起，那面子可是足足的，难道这里子也要我给吗？"

沈默愣了下，随即明白了米拉的意思，她指着米拉哈哈大笑："米大娘，你好虚荣，哈哈哈，你真的好虚荣……"

看到米拉红着脸冲她瞪眼睛，她赶紧搂住米拉："不过我喜欢，你放心，这事儿交给我，我去跟张易斌说，让他找个正式的场合隆重地向你求爱。哈哈哈，笑死我了！"

米拉"嗯"了一声:"你不许说得太直白,好像咱上赶着要怎么样似的。"

沈默忍着笑点头:"娘娘放心,臣妾明白。"

米拉扬着下巴,一脸傲娇地说:"嗯,跪安吧。"

说完她自己扑哧笑了,两个人瘫在沙发上,笑得上气不接下气。

第二天沈默上班后,坐在自己的工位上想起米拉昨天晚上的样子还是想笑,一向彪悍的米大娘居然也有这样娇羞的时刻。沈默后悔昨天没把她的模样拍下来,这样发给张易斌一看,也省得她再费口舌跟他去说米拉的诉求了。

正在胡思乱想之际,微信上的群组提示信息。

沈默还没得来及点开看,苗甜就敲敲隔断的玻璃:"言副总在群里呼叫,让我们上去开会呢。"

"哦哦。"

沈默答应着,转头看向自己旁边的林倩倩,见她居然也在出神,而且眼泛春光唇含浅笑。

她在林倩倩肩上拍了一下:"倩倩,发什么呆,言副总让我们去八楼开会呢。"

林倩倩回神:"哦,好的。"

两个人站起来跟在苗甜身后往外走,沈默问:"倩倩,你最近跟从前不太一样啊,是不是谈恋爱了?什么时候介绍你的男朋友给我们认识呀?"

"啊?"林倩倩略一抬眼,赶紧又垂下眸子,"没,没有啊,现在工作这么忙,哪有时间谈恋爱。"

沈默抿唇,几个人走进电梯里。

黄亚旗说:"贷款已经批下来了,言副总是不是要告诉我们好消息?"

苗甜道:"有可能,那接下来沈默和倩倩就要忙了,忙着公司工厂两头跑,对了,工厂那边的工程师安排好了没?"

沈默回答:"言副总还没有交代,应该一会儿会说吧。"

大家来到八楼言辰的办公室,沈默看见方若雨如常站在办公桌前,就是一愣。

她以为昨天晚上闹成那样,她今天应该请假或者是调休的,可是她还是来上班了,并且还要面对着言辰,沈默觉得,方若雨也挺坚强的。

方若雨的精神看起来很不好,眼睛有点肿,女孩们心细,苗甜和林倩倩不由得多看了她两眼。

坐下来后,言辰从办公桌后走出来,笑着对大家说:"大家也知道贷款已经批下来了,那么接下来,咱们就要进入试验性投产阶段。具体分工按咱们以前说过的,苗甜、黄亚旗和秦少洋各自负责自己专业口的部分,沈默和林倩倩负责跟工厂那边协调以及跟进工厂试验室的进度。司机班已经给咱们派了专用的车辆,以后你们如果要去厂区的话,可以打电话到司机班要车。我还跟人事部说过了,咱们团队因为以后要公司和厂区两头跑,不一定能够按时上下班打卡,所以这几个月的考勤也可以忽略不计。大家还有没有其他问题?如果没有的话,就按我刚才说的分工开始工作,沈默和林倩倩今天先跟工厂试验室沟通一下,到试验室找负责咱们这块的工程师,先把美国那边的试验数据发一份电子版,然后你们俩拿着纸质版过去跟工程师见个面。哦,对了,从今天开始,大家所有的工作步骤都需要录音或者录像存证,这样做一是为了以后的数据备份,二来也是为了防止某些人的恶意编派和诋毁,我知道这样做相当的繁琐,不过请大家多多理解。"

言辰的话说完,大家纷纷点头:"言副总您不用多说,我们都明白的。"

"您放心吧,您交代的步骤我们一定会认真遵守和完成的。"

言辰很满意地点点头:"那就没什么事了,大家回去工作吧,沈默留一下。"

大伙纷纷起身离开，沈默站起来，看到方若雨经过她身边时，正用充满恨意的眼神盯着自己。她叹口气，虽然不想这样，可是也回敬了一个冰冷的眼神。

办公室的门关上，沈默站在办公桌前，双手交握于身边，抿着唇一言不发。

言辰坐在椅子上，两手交叉搁在桌面上，他似乎在斟酌着如何开口，可是想了半天，却还是不知道怎么说。

沈默只好道："言副总，如果没什么事的话，我就先出去工作了。"

言辰抬头看着她问："你还在生气？"

沈默浅笑道："没有。"

"没有就好，我希望你理解我的难处。"

沈默皱了下眉，她的口气有点生硬："言副总，您其实不用跟我说这些的，因为现在是工作时间，我希望咱们只谈跟工作有关的事情。"

言辰愣了下，他失笑，随即点点头："你说得对，是我糊涂了，对不起。"

他身子后靠在椅背上，低下头吸了口气，再抬头时，已经恢复了平日的冷清淡然。

"我收到消息，有个别公司已经知道了我们团队研发的这个项目内容，而且想要出高价收购。"

沈默是头一次听说这样的事："怎么会有这种人，咱们辛辛苦苦研发出来的项目他们想买了去，这不是坐享其成吗？"

言辰浅笑道："市面上有些侦探公司，是专门帮企业窃取同行业公司商业机密的。这种行业虽然在咱们国内刚刚兴起，不过在北京这样的大城市和像咱们敬一这种大集团公司内，已经屡见不鲜。我要跟你说的是咱们这个项目，黄亚旗他们几个我不担心，因为他们只负责各自专业领域的部分，他们所持有的那一部分并不完全。而你这里，是将他们所有专业的数据整合到一块儿的，所以咱们团队现阶段最重要的机密文件是掌握在你手中的。沈默，你一定要小心谨慎，千万不能因为一时的疏忽被人钻了空子，把咱们的资料数据泄露出去。"

沈默听了十分紧张："啊？言副总，这么重要的事交给我，我怕做不好。"

"沈默，我相信你，你一定可以的。"

沈默咬着唇，过了一会儿问："司机班派给咱们的司机师傅是谁呀？还有那辆车我们每次坐进去前，要不要检查一下有没有监听设备？"

言辰失笑道："倒也没有那么严重，你只要保护好你手里的资料，防止团队以外的人接触到，在业务部里也要处处小心。"

"业务部里？"沈默重复着这句话，她想起秦少洋。

"秦少洋你可以不必担心，我们俩已经私下沟通过了，上次确实是因为他母亲重病他才把手头上自己研发的几个小项目给卖了出去，其实严格来讲，并不算是公司机密，他只是用了公司的设备而已。"

沈默没再说什么，她在思考该怎样妥善地保护好手里的资料。可是言辰说要她注意业务部里的人，除了秦少洋，还能有谁呢？难不成他是说言梦，只是碍于兄妹的情分，所以不好直说？

言辰看看表："你准备一下，先去把电子版发给工厂的试验室，然后再把纸质版送过去。司机班派的是杨师傅，不是薛山的亲信赵师傅，放心吧。"

沈默见言辰一下就猜到了自己的想法，笑着道："言副总怎么知道我在想什么？"

"你说呢？"言辰直视她的眼睛，笑得讳莫如深。

"好吧，那我出去了。"

言辰点点头，看着沈默走到门口，突然叫住她："沈默。"

"啊？"

"资料再重要，也没有生命重要，如果真的有任何危险，一定要先保全自己。"

听了这话，沈默吐吐舌头："你说得我更害怕了，我都想现在撂挑子，去米拉公司做个文员或者前台！"

"我知道你不会的。"

沈默笑了，她朝言辰摆摆手："我出去了。"

沈默走出去带上门，看见方若雨居然站在她原来办公室的门口，看见沈默出来，方若雨上前一步挡住她的去路。

沈默站定，看着方若雨问："方秘书你有什么事吗？"

"沈默，我放弃了，我以后不会再跟你争，我方若雨这辈子都没输过，可是我这次输了。尚老板说得对，我不该再把时间浪费在一个不懂我的人身上。"

沈默皱着眉说道："方秘书不用跟我说这些啊，这些跟我有什么关系呢？"

方若雨气愤地道："你知道吗？你最可恨的就是总是这种成竹在胸的姿态，好像世界都掌握在你手里，你是不是笃定了言辰会一辈子喜欢你？哈哈，我告诉你，不可能的，男人都是花心的，他们不会甘愿一辈子拴在一个女人身上的。你看着吧，等你人老珠黄的时候……"

沈默打断她，冷声说道："方秘书，有时候我真的猜不透，你到底是太自负呢，还是太自卑了。我跟言辰怎么样，跟你半毛钱关系都没有；同样的，你跟言辰怎么样，也跟我半毛钱关系都没有。你跟我说这些话一点意义都没有，有这个工夫，你还不如把自己手头的工作做好。至于我会选择跟谁在一起，还有人老珠黄的时候会不会被抛弃，那是我的事情，用不着你来操心。"

沈默说完这话，朝电梯走去。

方若雨看着沈默走进电梯，门缓缓合上，她走进自己办公室里，拿出手机拨给言梦。

言梦很快接听："若雨姐，怎么这个时候给我打电话，你不是说上班时间我们不能联系的吗？"

"梦梦，我们的机会来了，沈默要去工厂送一份机密文件，我需要你把那份文件调包然后交给我。"

"啊？你怎么不早点说？"

方若雨冷声道："你哥刚刚开会通知的，沈默现在搭电梯下楼，一会儿她就要去送文件，你看清楚，记住，这次无论如何都要成功。你不是很讨厌沈默吗？我告诉你，昨天晚上你哥亲口告诉我，他喜欢的是沈默，他这辈子要跟她在一起……"

方若雨还没说完，那头的言梦愤怒地说道："别说了！沈默那个贱女人有什么好的，我就不明白我哥到底喜欢她什么！若雨姐你放心，我这次一定要让沈默吃不了兜着走，我要让我哥看看，他心心念念喜欢的女人有多无能多差劲！"

方若雨假意关心道："嗯，你自己也要小心点，必要时可以让别人帮忙，比如那个于晴晴，她不是也一直看沈默不顺眼吗？你放心，出了事我一定保你。"

"行，我知道了若雨姐，沈默进来了，我不跟你说了。"

挂了电话，方若雨把手机搁在桌子上，她感觉自己手脚冰冷，心止不住地狂跳。

她自己都没发觉，她已经被嫉妒和不甘冲昏了头脑。生平头一回，她从沈默的身上尝到挫败的滋味，昨天晚上被尚卫国劝解时，她也想过跟沈默化敌为友和平相处的，她这次主动跟沈默认输，就是想让这件事了结。

她是想放下的，毕竟她也不想失去敬一副总经理贴身秘书这个被人尊重的职业称谓，她打心底里也不愿意离开言辰，那可是她多年来唯一崇拜和敬仰的男人。

只要沈默服个软，跟她握手言和，她方若雨愿意默认言辰和沈默的关系，起码她心里舒服一些，会觉得是自己甘愿把言辰让给沈默的，她甚至想，她还可以帮他们说服言梦不再从中作梗。可是沈默却总是摆出那样一副高高在上的姿态，话里话外夹枪带棒，还大有嫌方若雨多管闲事的意味。

沈默，你以为你是谁呀？我方若雨愿意把言辰让给你那是看得起你？可是你给脸不要脸，就怪不得我心狠手辣了！

刚才她在言辰办公室外偷听到两人的谈话，只要言梦把文件弄到手，言辰就会以为沈默把如此重要的文件弄丢了，怎么样也得治她个失职之罪吧。只要他们两人之间有了嫌隙，接下来的事情就好办了。

沈默，这次不死也要让你脱层皮。我方若雨得不到的男人，你沈默也不可能得到！

沈默走进办公室，就感觉言梦一双眼睛直勾勾盯着自己，她不明就里，便礼貌地冲她笑了笑。

坐回自己工位上，沈默开始忙碌，把电子版的文件发到工厂实验室之后，又打印了一份纸制的，然后拿出项目组的印章盖上齐缝章，又拿出一只文件袋把文件放进去，小心翼翼放进自己包里。

给司机班打过电话要车后，沈默叫林倩倩："倩倩，准备好了没？我们去工厂。"

林倩倩抬起头皱着眉："啊？我也要去啊？那中午能不能回来？"

昨天晚上她跟祝贺约好了，午休时要去给祝贺的母亲买礼物，现在沈默叫她去工厂，她心有不愿。

沈默道："当然了，以后如果我忙的话，跑工厂就是你的事了，你肯定得先去跟那边的工程师熟悉一下啊。"

"哦。"林倩倩应了一声，起身收拾东西。

沈默看她有些不情不愿的，就关心地问道："倩倩，你是不是有什么事？最近看你老是不在状态，如果有事你一定要告诉我，知道不？"

林倩倩摇头道："我没事啊，就是刚才言副总才开完会，没想到你的效率这么快。"

沈默笑着背起自己的包："我先去拦电梯，你快一点。"

"嗯。"

林倩倩答应着,眼神溜向祝贺的工位,然后在微信上给祝贺发信息,说自己现在要去工厂,中午如果回不来的话,就下午下班再去给他母亲买礼物。

她的一举一动全被赵婉儿看在眼里,听到祝贺特有的短信提示音响起,赵婉儿恨恨地攥紧了拳头。

那边沈默背着包走向门口,言梦端着茶杯站起来,一边往前走一边扭头跟于晴晴说着什么。

两个人不偏不倚撞在一起,言梦杯子里的东西悉数泼在沈默的大衣上。

"哎呀,对不起对不起,实在是太对不起了。"言梦赶紧把杯子搁在桌边,俯身拉着沈默的大衣用手替她擦污渍,"我早上的豆浆没喝完,就想着加点热水喝了,没想到撞到你了,沈默,真是对不起啊。"

言梦越擦,白色的液体越往大衣面料里面渗,沈默皱紧眉头说:"办公室里不能吃东西你不知道啊,你怎么这么不小心啊。"

于晴晴拿着纸巾盒走过来,抽出几张递给言梦:"这样不行的,要不去卫生间里弄一下吧,你把纸巾稍微湿一下,然后再擦应该会好一些。哎呀沈默,你这大衣很贵吧,看着料子很高档呢。"

大衣是米拉送给沈默的,今年的最新款,沈默当然心疼,听到于晴晴这么说,她也没有多想,就对言梦说:"你别管了,我自己去卫生间弄一下。"

言梦冲于晴晴使个眼色,硬拉着沈默的衣角:"这怎么行,我给你弄脏的,我得帮你弄干净,不然太过意不去了。"

于晴晴把纸巾盒搁在桌上,有意无意地碰了下言梦的杯子,杯子落在地上哗啦一声摔成了碎片,引得全办公室的人都抬头看过来。

于晴晴拉住沈默的包带:"我帮你拿着包,赶紧让言梦帮你弄一下，要不然影响大家工作，在办公室里吵吵闹闹也不好啊。"

事已至此，沈默也不好再多说什么，她一手提着大衣那一角，用胳膊肘夹着包："不用了，我自己背着就行了。"

"别跟我客气，大家都是同事嘛。"于晴晴很强硬地把包抢过来，沈默不好再去抢，就对站起来的林倩倩说，"倩倩，你帮我拿着包，在电梯口等着我。"

"哦，好的。"林倩倩心不在焉地答应着，视线还盯着手机，因为祝贺还没有回复她。

沈默和言梦从卫生间里出来，看见林倩倩背着自己和沈默的包站在电梯口。

"沈默，电梯来了，快点啊。"

林倩倩朝沈默招手，沈默"嗯"了一声，快步走进电梯。

言梦回到办公室，看见于晴晴冲她得意地一笑，她欣然点点头，做了个OK的姿势。

一旁的赵婉儿弯唇冷笑，刚才她看见于晴晴趁着林倩倩发信息的时候，把沈默包里的一个文件袋拿出来，又塞进去一份。她虽然不知道于晴晴跟言梦在搞什么鬼，不过两人肯定没安好心。

言梦坐下来，在电脑微信上问："怎么样？得手了吗？"

于晴晴回答："那当然，你也不看看是谁出马，不过你答应要送我的那个包，可不许忘了啊。"

言梦说："放心吧，中午咱俩就去买，你把文件放哪儿了，一会儿记得带到休息室交给我。"

"行，没问题。"

言梦发了个飞吻的表情，正准备处理手头的工作，她的手机响了，看到电话是言辰打来的，她愣了一下才接听。

言辰在电话那头说："你到我办公室来一趟。"

"你办公室？现在吗？哥，有什么事不能在电话里说？"

"言梦，这里是公司，我不是你哥，我只是你的上级，马上到我办公室来。"

言辰挂了电话，言梦撇撇嘴，拿着手机起身，跟于晴晴说了一声，便离开工位去了八楼。

赵婉儿见言梦离开，小声问于晴晴："晴晴，你和言梦在搞什么鬼？"

于晴晴促狭地眨眨眼，她眼前晃着那个她看中好久但是一直舍不得买的包包，说道："没什么，我们只是在搞恶作剧。"

"恶作剧？捉弄谁呀？是不是沈默，说出来让我也开心开心？"

于晴晴笑着摇摇头："婉儿，不好意思啊，现在还不能说。"

赵婉儿撇撇嘴："有什么了不起的。"

她转过头盯着电脑，心里愤愤不平，言梦没来业务部之前，于晴晴就是她的跟屁虫，一个劲儿地对她阿谀奉承百般讨好，可言梦来了之后，于晴晴就没有以前那么听话了，反而跟言梦走得比她还近。

哼，有什么了不起的，不就是因为言梦是言副总的亲妹妹吗？而她赵婉儿的父亲虽然是市里的领导，可到底县官不如现管。

赵婉儿想到这儿，对言梦的怨恨更加深了几分，同时又觉得于晴晴太势利了，再想想刚才沈默叮嘱林倩倩帮她拿好包，可见是很宝贝包里那份被于晴晴偷换的文件。

可巧的是林倩倩当时在发短信耽误了时间，要不然于晴晴也不会这么容易就把文件调换了。

那如果现在她把文件藏起来，到时候沈默找不到文件的话，言副总要问责的，就是四个人了！

刚好这时市场调研部的主任叫于晴晴过去，赵婉儿假装不小心把水笔弄掉，然后弯下腰去捡，偷偷把于晴晴刚才放进抽屉里的文件拿出来，放进自己的包里。

她刚刚捡到笔坐正身子，于晴晴就回来了："咦，婉儿你在干什么？"

"我的水笔掉了。"赵婉儿感觉自己的心脏狂跳，她晃晃手里的笔，假装镇定地回答。

于晴晴不疑有他，主任说她昨天交的那份报告有问题让她重新修改，她坐下来修改报告，便把偷来的文件这事给忘到脑后了。

第四十章　你跟我都不会受到牵连

言梦来到言辰办公室，关上门她看到言辰板着脸坐在办公桌后面，笑着叫了声"哥"，快步走过去挽住言辰的胳膊，一边摇晃着撒娇，一边说："人家正上班呢，你让人家上来干吗？别告诉我你想我了啊。"

言辰抽出手，冷声道："站过去。"

看到言辰指着桌子前的位置，言梦瘪瘪嘴："怎么了嘛，这里又没有其他人。"

"你最近在业务部做得怎么样？工作还习惯吗？跟同事们相处得如何？"

言梦俏皮地笑："哥，我就知道你还是关心我的。"

言辰皱眉道："回答我的问题。"

"哦，还可以啊，周经理分配给我的工作也不是很重要的那种，我跟同事们相处也挺愉快的。"

言辰靠在椅背上，看着言梦，面无表情地问："是吗？"

言梦眨着眼睛，一脸的无辜："那当然了，你妹妹我这么可爱，同事们都很喜欢我呢。"

"你学的是行政管理，现在在业务部浑浑噩噩地混日子，你不觉得可惜吗？还有，你当初应聘的也是人事部，别以为我不知道你是怎么到业务部去的。言梦，我刚才跟父亲打电话商量了一下，为了你的前途考虑，我们一致同意让你继续出国深造……"

言梦打断他的话，气愤地道："哥，你这是什么意思？我已经出国两年了，好不容易回来了，你为什么还要送我出去？我就这么碍你的眼吗？"

言辰回视她:"你知道为什么。"

"哥!你是为了沈默是不是?沈默有什么好啊,你就这么喜欢她?喜欢到甘愿放弃我这个亲妹妹?"

"我这么做是为你好,不仅仅是为了沈默,我是为了公司的项目。我是怕你被有心人利用,言梦,你现在还太不成熟了,你根本就不知道自己……"

言梦几乎暴跳起来:"哥,我已经二十三岁了,你居然还说我不成熟?我很清楚我自己想要什么,过什么样的生活,我不需要你打着为我好的旗号送我出国!你就是为了沈默,你心里是不是只有这个女人!"

言辰疲惫地捏捏眉心,放下手的同时他的眸子变得果决阴冷:"我现在是在通知你,不是在跟你商量。给你两个选择,一是你自己辞职,二是我直接开除你。你好好考虑一下答复我,以这个周末为限。"

"言辰!你别太过分,你如果再逼我,我不知道我会做出什么来!"

言梦的话没说完,言辰的手机响了,他冲言梦一摆手,拿起手机,看到是沈默的号码。

他接听后,听到沈默焦急的声音:"言副总,不好了,我包里的文件被人调换了。"

言辰霍地站起来:"怎么会这样?你们现在在哪里?"

沈默回答:"我们现在还在路上,我不太放心,就把文件拿出来再检查一遍,结果发现文件被人调换了。对了,刚刚在公司我要出办公室的时候,言梦把杯子里的豆浆倒在我身上,然后她拉着我去卫生间清洗。当时于晴晴把我的包拿走了,不过我叮嘱倩倩帮我拿包了,可是我问倩倩,她说她马上就把包接过来了,所以我也不清楚是什么时候被调换的。"

言辰紧抿着唇,目光凌厉地瞪着站在那儿的言梦,言梦也看着他,看到他的眼神突然变了,不由自主地挺了挺背,感觉手心渗出冷汗。

"照你这么说，很有可能是公司内部的人做的，那文件应该还在公司，你现在有什么打算？"

沈默回答："我已经把电子版发给工厂实验室了，我给您打电话，是想让你帮忙查一下当时业务部的监控，看看有没有什么蛛丝马迹。另外如果我现在再回去也解决不了问题。所以我想请示您，我刚才出来的时候以防万一带上了章印，我是否可以到工厂实验室里用他们的电脑打印一份文件出来，盖上压缝章把文件交给工程师，至于文件丢失的事情，等我回去后再处理，好吗？"

言辰沉吟片刻，回答道："可以，我同意你这么做。"

沈默松了口气："好的，言副总，我知道了。"

沈默要挂电话，却听言辰又道："如果外套湿了的话，回去换一件，别着凉了。"

沈默"嗯"了一声："知道了，我挂了。"

言辰听到沈默挂了电话，把手机摔在桌面上，盯着言梦好一会儿，直看得她全身发毛。

"哥，你干吗这样盯着我啊？是不是出了什么事？是沈默打来的吗？你别听她瞎说，她就是那种挑拨是非的狐狸精，也只有你才会相信她的话！"

言辰问："言梦，你非得这样吗？你现在把实话说出来还来得及，只要把文件交出来，我可以当这件事没发生。"

言梦愣住，她没想到这么快就东窗事发了，可是事情又没经她的手，如果要追究的话，也只能追究她不小心泼了沈默一身豆浆而已。

想到这儿，言梦委屈地说："哥，到底出了什么事啊？我真的什么都没做，怎么沈默一有事你就冤枉到我头上呢？"

言辰不再说话，拿起话筒打给保安部，让他们调出刚才那个时段业务部的监控。

放下电话，他盯着言梦："是谁指使你做的？你有没有想过这

233

样做的后果？也许你只是想恶作剧捉弄一下沈默，可是你知不知道，这文件关系着多么重要的项目？如果文件丢失，不仅仅是公司资金上的损失，我还有我的整个团队，都可能被牵连进去，我甚至可能会被薛总以渎职罪论处。"

听到言辰这么说，言梦瞪大了眼睛，她的原意也确实只是想让沈默出丑，她可没想到，文件丢失的问题居然会这么严重。不过应该没什么大事，因为她相信于晴晴会把文件收好的，等她回到五楼，午休时趁着办公室没人，把文件拿出来随便丢在公司哪个地方，让人捡到再交还给沈默不就好了吗？这样沈默肯定会以为是自己把文件弄丢的，她自然也就不敢再声张了。她可没想到螳螂捕蝉黄雀在后，赵婉儿已经把文件私自藏起来了。

见言梦低着头抠手指，言辰烦躁地捶了下桌面，他现在是一刻也不想看见这个妹妹了，心里更加坚定了把她送出国的想法。

不一会儿保安部经理亲自上来，将拷贝好的录像交给言辰。

言辰道谢后，保安部经理离开，他把U盘插在电脑上，打开视频观看。

方若雨先是看见言梦上来，然后又看见保安部经理上楼来，她害怕言梦又捅出娄子来把自己牵扯进去，便敲了敲门走进言辰办公室。

看到两人都盯着显示器，她便走过去，看到播放的正是业务部的监控录像，不由得心一沉。

画面上言梦正拉着沈默的大衣，用纸巾给她擦着衣服上的豆浆，于晴晴说着话把沈默的包拿过来放在桌上。然后言梦和沈默走出办公室，于晴晴坐回到工位上，把沈默的包竖在隔断玻璃内，玻璃不是透明的，所以没有人看清她在里面做了什么。大约十秒钟后，林倩倩走进画面，拿起沈默的包也走出办公室，等到她走出去之后，画面戛然而止。

只看监控录像，确实是看不出什么来，言辰反反复复看了好几次，眉头越皱越紧。如果是于晴晴把文件调包的话，要说十秒的时间可以完成，可是隔断玻璃挡着她的动作，监控没拍到，问她她会承认吗？既然没有证据，怎么可以随随便便把公司员工叫过来审问，也许当时人家真是出于一番好意上前帮忙呢？

想到这儿，言辰内心是深深地无奈，他叹了口气，对言梦的态度和缓了许多："言梦，我现在不再想追究你撞沈默那一下到底是不是故意的，现在最主要的是要把文件找回来，你明白吗？"

方若雨听了吃惊地问："什么文件？言副总，不会是咱们项目的文件吧？哎呀，那文件要是给商业间谍偷了去卖给别的公司可就糟了，您不是让沈默负责文件的吗？是她把文件弄丢了，她真是太不小心了！"

言辰看向方若雨："方秘书，你进来有什么事？"

方若雨愣了下："我看到您把言梦叫上来，不一会儿保安部经理又上来，所以我担心……"

言辰的目光冷厉，声音里带着隐忍的怒意："你担心什么？"

方若雨语塞："我……言副总您也知道，梦梦跟我是好朋友，而且还是我介绍进公司的，她如果有事我当然也得负责任。"

言辰紧抿着唇，冷冷盯着她，虽然一句话不说，可是眼神中的威慑还是让方若雨心虚地低下头去。

言梦指着监控录像道："哥，你也看到了，我只是不小心把豆浆泼在沈默身上了，我别的什么都没做，你不能冤枉我。"

言辰冷哼一声："你最好是什么都没有做。我刚才说的事你考虑一下，你们都出去吧。"

看着两人走出去，言辰拿起电话，打到了信息管理部……

方若雨和言梦走出言辰办公室，言梦拉住方若雨，很激动地正要说话，方若雨一扬下巴，示意她小心头顶的监控。

言梦会意，两个人在走廊里分手，方若雨回到办公室，而言梦则搭电梯回五楼业务部。

站在电梯里，言梦心里很不安，她想了想，在微信上呼叫于晴晴。

"晴晴，文件你放好没？我现在从言副总的办公室出来了，一会儿找个借口，把文件交给我吧。"

于晴晴回答："放心吧，文件我收得好好的，不过呢，我得等中午的时候才能给你。"

"中午?！不是说一会儿休息室给我吗？"

"嘿嘿，我想了想，等到中午你给我买了包，咱俩一手交包一手交文件，要不然中午我把文件给了你，你反悔了怎么办？"

言梦皱紧眉头。

"晴晴，你怎么能这样呢？咱们说好的，你不能不守信用！"

于晴晴很嚣张地发过来一个吐舌头的表情。

"梦梦，咱俩可是好姐妹，你可不能这么说我。再说这件事可大可小，我帮你是有风险的，万一被言副总知道，你是他亲妹妹没事，我很有可能会丢工作的哟，所以还是小心为上，我想你能理解哈。"

事已至此，言梦也没有办法了，于晴晴看中的那个包两千多块，言梦为了一个恶作剧损失这么多钱其实也有点心疼。

其实她是打算一会儿去休息室等于晴晴把文件给她后，中午她推说钱不够给她买个便宜点的包的，可谁知道于晴晴居然会来这一手。

"行，午休时你记得带着文件，到时候我给你买包。"

电梯到了五楼，言梦收起手机走出去，她的心沉甸甸的，开始有点后悔今天这件事做得太冲动了。

回到工位上，言梦无心工作，盯着电脑屏幕发呆，于晴晴在微信上呼叫她好几次她都假装没有看见。

大约半小时后，保安部经理带了两个保安上来，直接走进周经理的办公室。

办公室里所有同事一看这架势不对，开始议论纷纷，有人猜测是不是周经理丢了什么东西，还有人猜测是不是业务部有什么机密文件泄露出去了。

言梦并不害怕,因为刚才言辰也看过监控了,整件事确实跟她没有关系。

可是于晴晴却心虚起来,文件现在就在她的抽屉里,万一东窗事发,言辰只会为了保言梦把所有罪责推卸到自己身上,到时候别说两千块钱的包了,她可能工作都要丢掉。

过了一会儿,周经理板着脸和保安部经理一块儿从办公室出来,看到大家都伸着脑袋看向这边,厉声道:"不用工作吗?都看什么看?"

大家赶紧正襟危坐,虽然眼睛盯着面前的电脑,耳朵却都直直地竖着。

只听周经理说:"于晴晴、言梦,放下手头的工作,跟我到言副总办公室去一趟。"

于晴晴一听这话,脸色顿时变得惨白,站起来的时候肚腿子打颤,求助似的看向言梦。

言梦莫名其妙,她不明白,自己不是已经洗脱嫌疑了吗?为什么言辰还要见她,而且这次是通过她的直属领导通知的?

两个人跟着周经理和保安部经理走出办公室,余下的两个保安并没有离开,而是开始搜查言梦和于晴晴的工位。

来到言辰的办公室,于晴晴不等言辰审问,就一边哭一边抖抖擞擞地把事情的经过讲了一遍。

言梦瞪大了眼睛,心里还存着一线希望,嘴里狡辩道:"我没有,她这是在血口喷人,哥……言副总,刚才你已经查过监控了,我真的什么都没有做过。"

言辰冷冷看着她,把桌上的两张纸扔向她,那两张A4纸轻飘飘地落在言梦脚边,她弯下腰捡起来,脸顿时白了。

那正是她刚才在电梯里,用微信跟于晴晴讨要文件的对话。

于晴晴是用电脑微信登录的,使用的是公司的局域网,信息管理部很容易就能查到她工位上电脑里的聊天记录。

"言辰,你……"言梦颤抖着手,指着言辰,她不相信他的亲哥哥居然会做得这么绝，仅仅是为了一份文件，不，是为了沈默这个女人！

他为了沈默，竟然不惜破坏自己在公司的颜面，要知道查出她这个做妹妹的偷窃公司的机密文件，也等于是往他自己脸上抹黑啊。

言辰面无表情，就连声音都是淡漠的："言梦，现在人证物证都在，你还有什么话说？"

言梦倔强地瞪着言辰，泪水顺着脸颊滚滚落下："哥，你非得做到这样吗？你就为了……"

言辰打断她："我可以再给你一个机会，你告诉我，是谁指使你这么做的？"

"没，没人指使我。要杀要剐你看着办吧！"

言梦仰着脸，她想把眼泪咽回去，言辰所做的种种让她心灰意冷，她突然觉得自己从前那么可笑，为了她这个哥哥付出了那么多，而他居然没有一点感动，还使出手段陷害自己。

这一切全都要怪沈默这个女人，她不能供出方若雨，如果她被赶出公司，起码方若雨还能留下来，她相信方若雨不会善罢甘休，一定会替自己报复沈默的。

外面响起敲门声，周经理走过去开门，不一会儿紧锁眉头走回来，向言辰汇报道："言副总，小刘和小赵已经找过言梦和于晴晴的工位，除了她俩私人的东西外，没有找到什么文件之类的东西。"

于晴晴和言梦同时瞪大了眼睛，言梦看向于晴晴，而于晴晴则惊讶地大叫，"不可能！我明明就放在我手边的抽屉里的，我记得很清楚"。

言辰冷声道："于晴晴，你最好老实交代，你要知道你擅自偷盗公司机密文件属于侵犯商业秘密罪，如果公司报案的话，很有可能处以三年以下的刑罚。如果造成公司几十万元以上的损失，将会判处三年以上的刑罚。"

于晴晴吓得面如土色:"言副总,我真的没有啊,我是听了言梦的话想要捉弄一下沈默,因为她上次让我在餐厅摔倒出丑,而且言梦也答应了,只要我偷到文件交给她,她就会给买我一直舍不得买的包包。我真的没想盗取公司的机密文件,我也不知道那是机密文件啊,我以为言梦也是想捉弄沈默的。我真的把文件放进我的抽屉里,打算中午等言梦给我买了包后再把文件交给她的啊。"

言梦听到言辰说得这么严重,也害怕了,她抓住于晴晴:"于晴晴,你老实说,你是不是把文件藏起来了?"

于晴晴哇哇大哭:"我没有,我真的没有。"

周经理皱着眉问:"那你把文件放进抽屉里,你有没有出去过,中间有没有事情发生?"

于晴晴早就吓得六神无主,怎么可能把赵婉儿捡水笔的行为跟文件被盗联系到一块儿,她使劲想了想,最终还是摇头。

言辰一挥手,冷声道:"既然都不知道文件在哪儿,报警吧。"

于晴晴和言梦一听,吓得脸色惨白。

于晴晴竟然扑通跪了下来,她抓住言梦的衣服:"言梦,你害死我了,你快说,是不是你把文件藏起来了?你就是不想给我买那个包对不对?我不要了,我不要了还不行吗?"

"我没有,我真的没有啊,刚才言副总叫我来他办公室,然后我又回业务部,这中间我都在监控范围内,我真的没有偷藏文件啊。言副总……哥!你要相信我啊!"

言辰原本也是诈她俩,见再也问不出什么结果来,他皱紧眉头对周经理说:"周经理,这是你部门的人,你看着处理吧。"

周经理很为难,于晴晴犯下重大过错,他是可以把她开除,可是言梦呢?她再有错也还是言辰的妹妹,他不知道言辰把她交给自己处理,是想自己手下留情呢还是怎样。

"请问言副总……"

言辰烦躁地摆摆手:"根据公司制度,该怎样处理就怎样处理，公司里没有兄妹，只有上级和下属。"

听到言辰这么说，周经理点点头："好的，言副总，我明白了。"

说完他转身对于晴晴和言梦说："你们俩跟我回业务部。"

言梦不甘地看向言辰，却见他把视线移开，她心里凉凉的，既有愤怒又有不甘，可也知道再说什么都没用了，只好跟着周经理往外走。

于晴晴一边走一边呜咽着指责言梦："言梦，你害死我了，你这次真的害死我了！"

言梦冷冷回应："要怪只能怪你自己，谁叫你那么贪婪的！"

办公室里只剩下保安部经理一人，他尴尬地咳嗽一声："言副总，没什么事的话我也回去工作了。"

言辰疲惫地道："嗯，这件事先不要对外声张，毕竟文件还没有找到，传出去的话对公司会有不利影响。"

保安部经理道："我明白，我会叮嘱他们的。"

"嗯，你出去吧。"

保安部经理走出去，言辰靠着椅背，仰头盯着天花板。

言梦和于晴晴的话他相信是真的，那么文件到什么地方去了？现在是在公司内部，还是已经流传出去了？

这件事到底只是言梦一个人单纯的恶作剧行为，还是一次有预谋的行动？

他不得不再次怀疑到薛山头上，可是吴主任已经被他揪出来了，薛山应该会顾忌着董事会多少安生一些时日的。而且薛山这么做也没有意义，项目投产已成定局，他把文件拿走又能如何，总不可能监守自盗真的把文件卖给敌对公司吧。

言辰的心情从未有过地糟糕，因为他知道，文件丢失的事很快就会传到薛山耳朵里，他正愁找不到理由打击他言辰打击这个项目呢，现在好了，言梦给薛山创造了一个绝佳的机会，而且言辰可以肯定，薛山这回会直接对沈默下手。

沈默原本打算在工厂试验室观摩学习一下的，可是林倩倩一直催着要回公司，所以她只好跟工程师告别，和林倩倩一起回到公司。

回到业务部已经到了午休时间，沈默和林倩倩走进业务部，看见大家都坐在工位上没动，而言梦和于晴晴的两个工位却空了，上面的东西也收拾得一干二净。

周经理站在他办公室门口正在讲话，看到两人回来便说："你们俩先去工位上坐一下，我们开个小会再下去吃饭。"

两人点点头，回到自己工位坐下，林倩倩见赶得及跟祝贺一起去给他母亲买礼物心下稍安，一边听周经理讲话一边拿出手机给祝贺发信息。

而沈默则皱紧眉头，她直觉言梦和于晴晴人不见了跟上午的事有关。

周经理说："因为言梦和于晴晴上午在工作中出现了重大失误，所以经人事部核准，公司做出开除两人的决定，立时生效，两个人在解除劳动合同书上签过字，等于是同意公司对她俩开除的决定。这件事跟其他同事们没有关系，请大家不要在工作时间议论，也不要在公司其他部门恶意杜撰原因和传播，毕竟这是咱们业务部关起门来的事。一下子开掉两名员工，传出去也不大好听，请大家都有点集体荣誉感，如果我发现有人以讹传讹的话，只要让我找到源头，我就不会放过任何一个人。"

周经理说完环视一圈，见大家都敛容屏气，很满意地点点头："我要说的话说完了，大家都下去吃饭吧。"

等到周经理走回自己办公室，大家纷纷站起身往外走，没有人敢交头接耳议论纷纷的。

苗甜叫沈默和林倩倩："你们俩刚回来，咱们去餐厅吃饭？"

沈默摇头，她想上楼找言辰，问清楚到底出了什么事，文件有没有找到。

而林倩倩急着跟祝贺约会，自然也不会跟苗甜一块儿去餐厅吃饭。

见两人都不愿意跟自己去，苗甜气鼓鼓地道："喂，你们俩不会是刚才在外面背着我偷吃了吧？"

沈默笑着道："我们哪敢啊，我跟米拉约好了要去找她的，你乖哈，明天中午我再陪你吃。"

自从上次酒会后，米拉就成了苗甜崇拜的对象之一，听到沈默说要去找自己的偶像，苗甜笑着说："那好吧，记得替我跟米拉问好。倩倩你呢？"

"哦，我中午约了大学同学见面，我得出去吃，不好意思啊甜甜。"

苗甜只好说："那好吧，我下去找黄亚旗和秦少洋。"

沈默跟苗甜挥手再见，一边往外走一边拿出手机准备给言辰打电话，见林倩倩还站在那儿盯着手机，就问道："倩倩，你不去在门口等你朋友吗？"

林倩倩正低头盯着微信上祝贺刚刚发给她的话，完全没听到沈默说什么。

"对不起啊倩倩，刚才孙主任找我，让我中午开车载他出去一趟，晚上咱们再去给我妈买礼物吧。"

沈默走回到她跟前："倩倩，我跟你说话呢？你最近怎么总是魂不守舍的？"

林倩倩抬起头，看见沈默看向自己手机，赶紧把手背在身后："哦，没有啊，你刚刚跟我说什么？"

"我说，你怎么不下楼去等你朋友。"

"哦哦，我在给她发微信问她走到哪儿了，沈默，你急着去找米拉你先走吧，不用等我。"

"哦，那好吧。"

沈默走出办公室，站在那儿等电梯，看看左右没人，就给言辰打了电话。

言辰很快接起："我现在在办公室，你上来吧。"

"好的。"

沈默挂断电话，想一想还是走了楼梯，来到八楼，方若雨的办公室里没人，应该是下楼吃午饭去了。

敲了两下门，沈默推门进去，看见言辰紧锁眉头坐在沙发上，手中夹着一根烟。

沈默关上门，走过去取过他手里的烟，摁灭在烟灰缸里。

她站在他面前，笑着问："怎么突然抽起烟来？是不是有什么烦心事？"

言辰紧抿着唇，过了一会儿叹口气道："言梦和于晴晴的事你已经知道了吧？"

"嗯，真的是她们把文件给调换了，那现在找到没？"

言辰摇摇头道："她俩被抓了个现行，可是于晴晴一口咬定文件被她放进自己工位的抽屉里，但是保安搜过之后没有发现。"

"啊？那现在就是说，很有可能文件已经流到公司外，也有可能已经落到敌对公司的手里了？这可怎么办啊？咱们的项目刚刚投入生产，如果技术被其他公司剽窃的话……"

言辰一摆手，打断沈默的话："我倒不担心这个，就算有敌对公司买到咱们的项目数据，他们也要先试验后才会投入生产的，而且第一手资料在咱们手里，他们现在纸上谈兵也不是那么容易就有成果的。我担心的是，薛山很快就会知道文件丢失的事，我担心他会拿你开刀，因为毕竟文件是从你的包里丢失的。沈默，如果薛山真的找你……"

"我不怕。"沈默坐下来，主动握住言辰的手，"你知道吗？发现文件不见的那一刻，我有想过在街边随便找家复印店，把文件打印出来然后盖上印章送到工厂，这样神不知鬼不觉，你跟我都不会受到牵连。可是我没有这么做，你知道为什么吗？因为我不怕，我相信邪不压正，我相信公道自在人心。而且你忘了吗，你说过的，你会对我负责，所以你会站在我身边支持我的，对吗？"

迎着沈默真挚而热切的眼神，言辰心潮澎湃，这是第一次，沈默这样主动跟他表白。

"沈默……"千言万语堵在胸口，结果只化作了一句呼唤。

沈默见言辰表情犹豫，以为他是误会了，赶忙接着道："我可不是说让你替我出头，我只要你像米拉那样精神上支持我就够了。你放心吧，我不再是刚进公司时那个什么都不懂的新人了，这些日子我也看到学到不少，如果薛山找我的麻烦，我能处理好的。"

说到这儿，沈默垂眸，犹豫了一下接着道："反正是打工嘛，东家不打打西家，我原本答应做薛山的生活助理，就是想把欠我爸妈的五十万尽快还清，现在他们说要留给我做嫁妆，我无债一身轻了。我还不信了，就算离开敬一，凭我的学历还能在北京饿死？"

沈默想要收回手，却被言辰握紧："沈默，我没这么想过，整件事原本就是因我而起，我怎么可能袖手旁观？"

两个人脉脉对视，沈默感觉到言辰指尖传来的温度，心跳不由得快了半拍，她的脸红了。

这小女儿的娇态让言辰的心化成温柔的水，他笑着问："饿不饿，我们出去吃饭？"

沈默点点头："就附近吃吧。"

想了一想，她俏皮地眨眨眼："不知道上次你跟那位漂亮的女士一起吃饭的西餐厅味道如何？"

言辰眸光深深，抿着唇笑，故意问道："哪一次？我怎么不记得？"

"就是上次呀，我和倩倩看见你们坐在橱窗里，桌上摆着好大一束红玫瑰，那位女士看起来相当不错，八卦一下，后来为什么分手了？"

两个人站起身往外走，言辰"哦"了一声："那次啊，因为她泼了我一身咖啡所以分手了。对了，我的衬衫呢？沈助理自告奋勇帮我处理衬衫上的咖啡渍，难不成把衬衫也一块儿处理了？"

沈默狡黠地笑："嘿嘿，不好意思，咖啡渍我弄不掉所以送去干洗了，后来忘了拿，过了好久拿回家了，结果搬家的时候不知道搬哪儿去了。"

"原来是这样，沈助理，我的衬衫很贵的知道吗？为了赔偿我的损失，今天中午罚你请客。"

"啊？唉，早知道不提玫瑰女士这件事了。"

"嗯，以后不许在我面前提起关于任何女士的事。"

"那是不是可以提男士？"

"你说呢？……"

第四十一章　石董事长的家宴

言梦被赶出公司后，并没有立刻回家，她在公司对面的商场里坐着，抽泣着给方若雨打了电话。

方若雨也没料到言辰居然会如此绝情，她心里很乱，也没有心情去劝言梦，就让她在那儿等着，中午她俩见面再谈。

下了班后她先联系言梦，然后从地下停车场开车出来，载着言梦打算送她回家。

言梦一直在哭，碎碎念着言辰的冷漠，诅咒着沈默不得好死。

方若雨皱紧眉头不说话，现在言梦被言辰果断开除，她在公司里没人可以当枪使，她得想想下一步该怎么做。

十字路口停车等红灯，言梦突然抓住方若雨的胳膊："若雨姐，你看！"

言梦的指甲几乎掐进方若雨的肉里，她痛得叫道："你先放开我，你让我看什么啊！你掐得很痛你知不知道？"

言梦指着街角的西餐馆，方若雨看到，落地窗后面沈默和言辰面对面坐着，笑语嫣嫣含情对视。

"气死我了，沈默这个贱人，她的命怎么这么好，为什么每次都能被她逃脱！若雨姐，现在怎么办啊，我哥为了那个女人把我开除，以后谁在公司帮你整治她！"

方若雨紧紧攥着方向盘，眼前渐渐变得模糊，她想不明白，沈默到底有什么好，言辰数次为了她责骂她这个贴身秘书也就罢了，现在居然为了保护她不惜开除自己的亲妹妹。

后面响起喇叭声，方若雨起步往前开，言梦的喋喋不休让她厌烦，她突然大吼："别吵了！"

言梦愣住，委屈地说："若雨姐，你居然吼我，要不是为了你，今天的事根本就不会发生，我也不会被我哥开除。"

方若雨呵斥道："你还好意思说？你怎么这么笨，明明言总就没抓到你的把柄，我都叫你注意监控了，你为什么还要给于晴晴发微信？"

"我……我也是想早点把文件拿到手呀，谁想到她变卦了呢，谁又想到她会用电脑登录微信，我哥竟然冷血到让信息部的工程师监控于晴晴和我的电脑呢？"

"说来说去就是你没脑子！真是猪一样的队友！早知道就不该费尽心机把你安排进敬一，真是枉费了我的苦心。"

言梦吃惊地看着方若雨，在她的印象里，若雨姐总是温柔宽容的，对待她就像亲姐姐那样，她偶尔的任性妄为被言辰责骂，若雨姐也总是体谅理解，还会站在她这一边安慰她。可这会儿是怎么了？若雨姐为什么像变了一个人，到底哪个是真正的她，还是以前她对自己的好全是装出来的，目的只是利用自己，现在自己对她没有利用价值了，她就直接变脸了？

言梦不是傻子，她只是从小被父母宠坏了没有经历过波折不会看人，再加上本性自私才会被方若雨利用。

方若雨看向前方，她并没有注意到言梦的表情："什么事都办不好，叫你偷个文件还能把文件丢了！你知不知道，如果文件被敬一的敌对公司拿到手，会造成多大的损失？这不仅是沈默被开除的事，还很有可能牵连到我哥！你哥已经怀疑是我指使你做的了，你觉得如果薛山对他下手，他会放过我吗？我告诉你言梦，不可能！你的弱智不仅害了你自己，我和你哥也会被你害死的！"

言梦的泪水止住了，她的声音很轻，难以置信地问方若雨："若雨姐，原来你一直都不是在帮我？你只是为了你自己，你只是想得到我哥？"

方若雨冷笑："你呢，你帮我又是为了什么？你不也是为了霸占你哥吗？你当我不知道，你这变态的恋兄情结，你得不到你哥，就把希望寄托在我身上，想让我帮你完成夙愿。呵，言梦，咱俩谁都不比谁高尚，你没有立场来指责我！"

"停车！"言梦突然厉声尖叫，手抓着门把手就要开门。

方若雨吓了一跳，操作中控开关，锁上车门："言梦，你疯了，你知不知道这样做很危险？"

"停车，你这个坏女人，我不要跟你在一起，我恨你，我恨死你了！"

言梦似乎失去了理智，转身过去抢夺方若雨的方向盘，方若雨踩下刹车，努力打着方向盘靠在路边。

"言梦，到底想干什么，你上来抢我的方向盘，万一出车祸怎么办！"

言梦的目光中充满恨意，她拉开车门，一脚踏出踩在路面上："方若雨，我会把所有的一切都告诉我哥，你的真面目，从一开始就是你在挑拨，你让我讨厌沈默，还哄骗我去偷公司的文件，现在出了事，你推脱得一干二净。你等着吧，我今天被我哥开除，明天的此时，你就会得到一样的下场！"

方若雨大惊，眼看着言梦关上车门扬长而去，她回神拔下车钥匙追上去："言梦，你听我说，我刚才是气急了，言梦，你听我解释啊。"

就在她快要抓住言梦衣角的时候，言梦突然转身，她举起手机："方若雨，你再靠近我一步，我现在就给我哥打电话。"

方若雨顾不得行人惊异的目光，温声劝道："梦梦你听话，我先送你回家好不好？你知不知道你现在告诉你哥，他会更生你的气？也许以后都不会理你了。对了，你哥不是说要把你送出国吗？你想想，如果他知道我们曾经串通起来做过那么多的事，他这辈子都不会原谅你了，你真的想失去这个哥哥吗？"

见言梦犹豫，方若雨上前握住她的手："梦梦，我刚才也是气急了才会说那些话的，这些事是我不好，我也有责任的，不能全怪你。真的，你知道的，我一直都当你是亲妹妹，你别生姐姐的气好吗？"

她拖着言梦的手走回到车边，打开门小心翼翼地劝道："梦梦，我先送你回家，一切等我晚上下班，咱们俩约出来再商量，好不好？"

言梦没再说话，她乖乖地坐回到车里，方若雨松了口气，绕过车头坐回去，然后发动车子往言家开去。

送言梦回到家，方若雨回去上班，整个下午一颗心都吊着，她害怕言梦真的把什么都告诉言辰，她也害怕言辰真的跟她撕破脸，不留一丝情面地把她开除出敬一。

可是直到下班，一切风平浪静，甚至有两次她去言辰办公室找他签字时，言辰的表情都跟以前一样，好像上午的事情根本就没发生一般。

下了班，方若雨逃也似的离开敬一大厦，从地下停车场出来，直接往我家小馆开去，她心里堵得厉害，她需要找个人倾诉和疏解。

方若雨自己都没发觉，不知从什么时候起，她变得开始依赖尚卫国了。

十字路口，方若雨紧锁眉头，焦急地盯着红灯数秒。

跟她平行站在右拐道上的黑色奔驰车里，薛山正在打着电话，一边皱眉一边点头答应着什么。

赵师傅正要起步，看见直行道上的车辆飞也似的冲了出去，笑着摇摇头："别看方秘书是个小姑娘，开起车来还挺猛的。"

薛山挂了电话，随口问道："方秘书，哪个方秘书？"

"您忘了，就是言副总身边的贴身秘书方若雨啊。"

薛山毫不在意地"嗯"了一声："哦，是她啊。"

赵师傅说："嗯，我有次送完您回家，到公司交车时刚好碰到她的车抛锚，所以我认得她的车牌号。"

薛山是知道方若雨和言辰的那些八卦的，也知道自从沈默跟在言辰身边后，言辰对沈默很照顾，方若雨一直就看她不顺眼。

吴主任"下线"后，他想再物色个人帮自己对付言辰，可他毕竟是敬一的老大，自然不好直接去游说方若雨帮他。

此刻听了赵师傅的话，有意无意地问："这个方秘书跟随言辰多年，听说两个人的工作配合得很默契？"

赵师傅嘿嘿笑了："薛总您还不知道啊，听说言副总和方秘书已经因为沈助理闹崩了。"

薛山假装惊讶地问："方秘书是言辰的秘书，沈助理以前是言辰的生活助理，都是工作关系，方秘书怎么可能因为沈助理跟言辰闹崩，老赵，不了解真相不好乱讲的。"

赵师傅自从进公司就做薛山的专职司机，平常上下班接送薛山的路上就喜欢给薛山讲些公司员工之间的八卦，一方面减压，另一方面也是为了在薛山面前表忠心。此刻听薛山这么说，他急切地道："薛总您没听说吗？今天言副总开掉了他亲妹妹和业务部另外一个员工，明面上说是因为他妹妹和那个员工工作中存在重大失误，其实还有另外的说法，早就在公司传开了。"

"哦？是什么说法？"

赵师傅得意地道："我听保安部的人说，还是因为沈默，好像是方秘书授意言副总的妹妹捉弄沈默，她今天故意泼了沈默一身豆浆，所以言副总就把他妹妹给开了。"

薛山失笑："就因为泼了沈默一身豆浆，不可能吧，别说言辰不是那样小气的人，沈助理也不是那样的人。再说了，如果像你说的，是方秘书授意言副总的妹妹干的，那言辰应该也处分方秘书啊?"

"薛总您忘了?言副总那个AI项目方秘书从头到尾都有参与,也算是里头的骨干分子,现在贷款批下来正式投入生产,言副总怎么可能在这时候动方秘书呢?所以人家说,言副总为了震慑方秘书,就只有拿自己的妹妹言梦开刀了,而且啊,我还听说言梦之所以能进业务部,当初就是方秘书在中间操作的,她的目的就是想让言梦在业务部刁难沈默,因为言副总对沈默好,方秘书吃醋嘛。言梦年轻头脑简单,被方秘书利用了,您还记得吗,上次言梦被全公司通报批评,不就是因为她往沈默箱子里放死麻雀吗?这次她又捉弄沈默,言副总不能动方秘书,忍无可忍之下就把言梦和跟她合伙的那个员工给开除了。"

薛山听了皱紧眉头,这样看来,方若雨跟言辰的矛盾已经激化,之所以还没爆发,也许就差一根火柴了。

赵师傅接着说:"不过说来也奇怪,如果说言梦和她的同伙只是因为她俩捉弄沈默被开除,为什么言副总还让周经理和保安部经理把她俩带到自己办公室问话?听说还派了两个保安在她俩的工位上搜查了一番,好像还惊动了信息管理部的网管,这阵仗看着像是在找什么东西啊。"

薛山没说话,他两手搁在腿上,拇指互相轻轻敲击,皱着眉头思索着什么。

赵师傅没听到薛山的回应,以为他对这个话题不感兴趣,便闭上嘴巴专心开车。

直到车子停下,赵师傅转身叫他:"薛总,到了。"

薛山回神,看到车子停在岳父石敬一家的别墅门口,他捏了捏眉心,对赵师傅说:"嗯,你开车回去吧,不用等我,一会儿我坐我太太的车回家。"

"好的,薛总。"

赵师傅下车,替薛山拉开车门,看着他走进别墅大门,这才开车离开。

石董事长别墅的装修风格，跟薛山家别墅纯欧式的风格完全不同。

一进门扑面而来的是浓浓的国风情调，精致的雕梁画柱，清一色的红木家具，再加上墙上齐白石和唐寅的真迹，乍一看倒是没有家的温暖，反而像是一座博物馆。

石梅的母亲早年病逝，石敬一忙于钻研自己的专业领域没有再娶，后来又中风瘫痪，多年来由一位保姆照顾生活起居。

今天是每月一次的家庭聚会，其实也没有什么亲戚参加，只有薛山夫妻和石董事长的一些学生。

薛山到得早，石梅替他开了门，接过他脱下来的大衣，笑着道："父亲在书房，你去跟他聊会儿天，我去厨房看看。"

薛山点点头，走到书房门口，下意识拉了拉西服下摆，这才敲了两下门，然后推门进去。

看到石敬一坐在偌大的书桌后面，戴着老花镜看文件，他走过去叫了声"爸。"

石董事长抬起头扫了他一眼，淡淡地说了句"来了"，不等薛山回答，便又低下头去。

薛山便垂手恭敬地站在那儿，这么多年来，他对石董事长的敬畏从未改变过，哪怕后来从他的学生变成女婿。

按说现在的薛山已经是社会上有头有脸的人物，甚至于敢因为投资谈不拢跟市里的领导拍桌子叫板。可是面对着石董事长，只要他冰冷的眼神在他身上扫过，薛山就打心眼儿里发怵，虽然他自己也想不通，自己明明就没做什么错事，这惧意到底从何而来。

过了好一会儿，石敬一抬起头，他放下文件，又取下眼镜捏捏眉心，一抬头看见薛山还站在那儿，很意外地问："嗯？你怎么站着，干吗不坐？"

薛山抿了抿唇，脸上笑容生硬："我看您在忙，怕打扰您。"

"你啊……你这是回自己家里来，这么拘谨干吗？在家里我只是你的岳父，咱们不存在上下级的关系。"

看到老人重新戴上眼镜，启动电动轮椅，薛山赶紧绕到书桌后握住轮椅把手，附和着道："爸，您说的是。"

石敬一瞟了他一眼，叹口气，索性松手让薛山推着他。

他指指门口："你的师兄弟们应该都到了吧，咱们出去吧。对了，我今天还请了……"

石敬一话没说完，外面响起敲门声，石梅推门进来，先是笑着对他说："爸，您的学生们都来了，大家都在等您呢。"

见石敬一点点头，薛山推着他往外走，却见石梅冲自己使了个眼色，表情十分难看。

薛山不明就里，可当着岳父的面又不好多问，同样用眼神问妻子怎么回事。

就听石敬一淡淡地道："最近你们公司有位副总经理挺冒进的，是个挺有才志的青年，听说他开拓了一个精密仪器应用于人工智能的项目，我挺有兴趣的……"

薛山听到这儿，知道岳父说的是言辰，他正要泛泛地附和两句，就听石敬一接着道："所以我今天也邀请了他过来吃晚饭，大山，你没有什么意见吧？"

薛山的脑子里嗡的一声，只觉全身的血往上涌。

岳父居然请言辰来参加他的家庭聚会，他们认识多久了？言辰什么时候搭上岳父这条线的？是不是自己在公司里做的一切岳父都知道了？言辰又在他老人家面前说了自己多少坏话？岳父今天把言辰请来是不是有别的意图？

"大山，你怎么不说话？"石敬一仰起头，看着身后的薛山。

跟老人对视，薛山感觉他那双睿智的眸子能看穿自己的内心，他心跳如鼓，掩饰地笑着道："爸您说的是言辰吧？嗯，他是我一手带出来的，在公司几位副总中确实是出类拔萃，我也一直想介绍你们认识一下，没想到原来你们早就认识了？"

石敬一笑了笑却并未回答，而是视线收回看向前方。

薛山夫妇并肩往前走，石梅用口形问薛山："到底怎么回事？"

薛山皱眉摇头，心里生出浓重的危机感。

客厅里的言辰正跟其他几位客人寒暄，他其实也是莫名其妙。

下班后他到地下停车场取车时接到个陌生电话，电话里的声音很苍老，说自己是石敬一，是薛山的岳父，问能否有幸请言辰到家里共进晚餐。

敬一集团是石敬一一手创建的，这件事公司的高管都知道，据说这位董事长把公司交给薛山后，便成立了董事会管理公司股权，自己则选择隐退生活，听说是重新回到校园里搞科研去了。

石董事长在敬一集团一直是个神秘的存在，没有人见他在公司出现过，更没有人见过他的庐山真面目。

听到石敬一亲自邀请自己到家里吃晚饭，言辰并没有受宠若惊的感觉，一颗心反而悬了起来，他不确定是不是薛山在石董事长面前说了什么，更加不确定这是不是薛山为了阻挠AI项目的另一步棋。

言辰之所以答应来参加这个晚宴，一是为了探探石董事长的口风，二来也是想向石董事长阐述证明AI项目的可行性以及会给公司带来巨大效益的远景。

"大家都来了啊。"

听到石敬一爽朗的笑声，客人们纷纷起身，言辰看过去，只觉得这位老人很面熟，可一时也想不起在哪里见过。

今天来的客人不算言辰一共五位，全都是石敬一以前的学生，如今在社会上都是小有成就，他们虽然走出校园多年，却一直跟石敬一保持联系，每个月只要有空就会来参加石老的家庭聚会。

"老师，一个月没见，您身体还好啊？"

"老师，我前几天去昆明出差，给您带回来了上等的普洱，您有空尝一尝。"

"老师，您发表在期刊上的论文我们都看到了，我还在课堂上推荐给了我的学生……"

石敬一很高兴地看着大家，双手下压笑着道："好好，大家都好，晚饭已经准备好了，大家到餐厅边吃边聊。"

有人从薛山手里接过轮椅，其他人簇拥在旁，说说笑笑推着老人往餐厅走，言辰跟他们不熟，便被落在了后面。

薛山放慢脚步，跟言辰并肩，他看向言辰，脸上是和煦的笑容："小言跟我岳父认识很久了？以前怎么没听你提过？"

言辰浅笑："我跟薛总如今好像没有机会坐下来闲话家常吧？"

薛山表情一僵，随即又恢复笑容："今天到家里来做客，随意就好，工作上的成见就暂时放一放，暂时放一放。"

言辰"嗯"了一声："薛总请放心，什么话该说什么话不该说，我心里很清楚，不过还是得看董事长的意思，有些事他老人家如果问了，我不说实话也不大好。薛总您觉得呢？"

薛山眼神变得阴冷，言辰却只是淡淡地看了他一眼，快步跟上其他客人。

长方形的餐桌上，菜肴已经摆好，石敬一坐在主人席位，他热情地招呼大家就座。

薛山坐在他左手边位置，石梅正要坐在他右手边，石敬一却朝言辰招招手："小言呀，你坐到这儿来。"

大家都诧异地看着言辰，言辰愣了下，依言坐在石敬一身边，石梅尴尬地笑了笑，只好绕过父亲坐到薛山身边。

等到大家就座，石敬一举起杯子："我跟大家介绍一下，这位是言辰，咱们敬一集团的副总经理，是位很有志向的年轻人，他最近开发的一个项目我很感兴趣。小言呀，你跟大家简单说说？"

言辰是有备而来的，当下也没客气，便简略地把AI项目从想法的产生到如今投产这整个过程大致讲了一遍。

在座的都是搞精密仪器出身，听了言辰的介绍都很有兴趣，于是纷纷抛出问题，一时间餐桌上围绕着言辰热烈地讨论起来，倒把薛山这个正牌女婿给晾在了一边。

薛山的心情极差，可脸上却不敢表露，整个晚餐过程中一直保持着谦逊的笑容，有时候石敬一偶尔问他一两句，他回答得也很得体，并且装出全力支持言辰项目的态度。

直到晚餐结束，薛山也没说上几句话，石梅和他代替石敬一送客人出门，石敬一却单独把言辰留下，并叫到书房里谈话。

薛山和石梅站在书房外，石梅诧异地问："怎么回事呀？言辰是什么时候跟爸认识的？"

薛山阴着脸："我怎么知道！"

石梅叹口气道："明年换届的事，你还是得抓紧点，你也知道爸这个人，他一向不会任人唯亲。看他这意思，好像挺喜欢这个言辰的……"

薛山哼了一声："这还用你说。"

说完他一甩袖子朝客厅走去，他心想，看来是不能再对言辰手软了，一定要在明年换届之前，把他赶出敬一。

方若雨开着车来到我家小馆，跟收银台的服务员打声招呼，熟门熟路地走进后厨。

看见尚卫国正系着围裙在掌大勺，就抱着胳膊靠墙站在那儿看着他。

看着看着，方若雨突然觉得，尚老板其实也挺帅的，他身上没有言辰的那种冷清，却总给人一种岁月静好的感觉，就这么看着他，她那颗躁动郁闷的心渐渐静了下来。

尚卫国把菜装盘，炒锅里接了些水重新坐在火炉上，一转身看见方若雨站在那儿，吓得差点把手里的盘子扔了。

"吓我一跳，方小姐什么时候来的，怎么站在那儿不出声？"

方若雨笑了，她走过来把言辰的专属圆凳拉出来坐下："站了好一会儿，这不能怪我不出声，只怪尚老板做菜太专心。"

尚卫国哈哈一笑："做事专注是负责任的表现，我先把菜送出去。"

方若雨点点头，看着尚卫国快步走出厨房，她手肘支在台面上托着腮，看着锅下的火苗发呆。

"你跟言辰又怎么了？"

听到尚卫国的问话，方若雨回神，倔强地摇头："没，没怎么。"

尚卫国不置可否："你们公司里的事，我多少也听到一些。其实你有没有仔细想过，这么多年来你的坚持究竟是为了什么？是为了得到言辰这个人呢，还是因为受不了求而不得的挫败感？也许你只是想向世界证明，你方若雨从来都没有失败过，可是这有什么意义呢？就算让你得到言辰，他的心不在你这儿，你成功也就等于失败了啊。"

方若雨皱着眉："已经走到现在，我不能回头了，要不然我就对不起我这些年来的努力。"

"所谓的努力又是什么？你蝇营狗苟苦心算计，到头来是失去的多还是得到的多？有时候执着不一定是一件好事，试试放手，也许就不会活得这么辛苦这么累了。"

方若雨腾地站起来："我就不！我知道你跟言辰和沈默是一伙的，哼，我就不该来找你寻求安慰。"

尚卫国一摊手："方小姐这话错了，谁都无法安慰你，除非你自己找到心灵的平静。你自己好好想一想，从开始到最初，不论是言辰还是沈默，他们都没有想要跟你站在敌对的立场上。"

"所以是我在没事找事，自取其辱了？所以我喜欢言辰是我犯贱，所以我利用言梦是我卑鄙，所以我做什么都是错的，我就是个彻头彻尾的混蛋小人？"

方若雨歇斯底里地大吼，把这些日子以来积压的情绪全都吼了出来，她泪流满面，抬起头时看到尚卫国的目光里满是同情和怜悯，她的心抽动了一下，抓着包快步往外走去。

"不！我方若雨这辈子还没输过，我不需要同情和怜悯！我不认输，我不能认输，我要斗到底，哪怕鱼死网破！"

尚卫国眼看着方若雨这么离开很是担心，可是店里的客人很多,他又走不开,他拿出手机给言辰打电话,言辰的手机却一直处于语音转接的状态。没办法,他只好在微信上给言辰留言,问他今天是不是发生了什么事,方若雨的状态很不好,让他最好关注一下。

方若雨开着车离开小馆,尚卫国的话句句让她心痛,其实她内心深处很清楚,从沈默出现在言辰身边那一刻,她就已经输了,输得一败涂地。

可是她不甘心,她真的不甘心!

包里的手机响了,她一手握着方向盘,一手把手机拿出来,看到来电居然是言梦的名字,她厌烦地把手机扔在副驾驶座上。然而拒接并没有让言梦气馁,手机铃声索魂般地在车子里萦绕,方若雨愤然地将车子停在路边,看都没看就拿起手机接听。

"言梦,你是不是疯了!"

那边却是个男人的声音:"喂,是方秘书吗?"

方若雨愣住,就听对方接着说:"方秘书你好,我是薛山。"

方若雨彻底蒙了,半天都没说话,而那头的薛山并不着急,自我介绍完之后就静静地等着,似乎一切都在他的掌握之中。

过了好一会儿,方若雨才反应过来:"薛……薛总您好,您怎么会有我的电话?"

"呵呵,我手机里也有员工通信录的,因为我也是敬一的员工之一呀。"

这并不高明的幽默倒是让方若雨的紧张减轻了一些,她也笑了:"薛总这么晚了给我打电话,有什么吩咐吗?"

"明天早上八点半,请方秘书到我办公室来一趟,我有些事想跟方秘书商量。"

方若雨再一次发蒙,敬一堂堂总经理,约她上班前半小时在办公室见面,还说有事要跟她商量?

他可是敬一的老大,跟下属需要商量吗?直接命令不就好了?

方若雨忙不迭地回答:"好的,薛总,我记住了,明天早上八点半，我准时到您办公室。"

"好的，那就这样。"

薛山挂了电话，方若雨却忘了开车，她盯着手机发呆，她猜不出薛山约她见面要说什么，她只是言辰的贴身秘书，如果有任何工作安排，薛山不是应该直接找言辰吗？

除非……方若雨眼睛微眯，那个想法在脑海里闪了闪，她摇头强迫自己忘掉。

怎么可能呢？薛总是那样崇高的存在，听说他之所以坐上敬一把手的职位是他一步一个脚印踏踏实实干出来的，虽然这里头也有他岳父石董事长的助力，可如果薛总是扶不起的阿斗，那也不可能有今天的成就。所以他怎么可能会找自己对付言辰呢？不会的，不可能，这绝对不可能。

可是反过来想想，言辰现在在公司呼声很高，而明年的总经理换届选举在即，有没有可能，薛山是想让自己站在他那一头？

手里的手机再次响起，方若雨扫了眼，是个陌生的号码，她没有多想，滑向接听。

那边传来言梦愤怒的声音："方若雨，你不是说晚上给我打电话吗？我刚才给你打了十几通，你为什么不接？我换我妈的电话给你打你才肯接，你老实说，你是不是把我拉进黑名单了？"

方若雨告诉自己，这毕竟是言辰的妹妹，而且以前也算是帮过自己的，就算自己跟言辰没结果，可现在到底是上下级的关系，真的闹僵了总是不大好的。

她好脾气地道："梦梦，我刚才在开车，确实是不方便接听电话，后来又有个电话打进来，我一直在接电话，对不起啊。"

言梦厉喝道："别说了，找个地方我们见一面！"

方若雨皱着眉，言梦的口气让她很不快，可她还是压抑着说："梦梦，我今天很累，要不咱们约到明天中午见行吗？你被公司开除的事我也很遗憾，可是现在已经这样了，你要是想再回公司也不可能了，就算我愿意帮你，你哥也不会同意啊。"

"我不管，都是因为你，我现在失业了，你得对我负责，否则我就把你教唆我干的那些坏事全都告诉我哥。"

方若雨皱紧眉头："梦梦，你现在说这些是什么意思？我怎么听不懂？"

"方若雨，你少给我装糊涂，你这么精明的人耍着我玩了这么久，你会听不懂？我因为你被公司开除，因为你跟我哥的关系破裂，现在我爸妈还不知道我被我哥开除了，如果知道，他们肯定要骂死我的……"

方若雨冷笑："所以你想要怎样？"

"你说呢！"言梦的声音陡然尖厉，"我要你赔偿我的损失。"

方若雨冷笑一声，按下录音模式："言梦，你再说一遍？"

"方若雨，我因为你被公司开除，我因为你跟我哥的关系决裂，我现在要你赔偿我的损失，一口价，十万块！"

"哈哈哈哈……"方若雨爆发出一阵大笑，"言梦，我真的没有看错你，你还真是猪一样的队友！你真是枉费了你父母和你哥把你送到国外读书的苦心。我不可能给你一分钱，你想找你哥告状，你尽管去告吧！"

第四十二章　工厂出事了

言辰今天到公司很早，因为昨天晚上他跟石敬一谈过之后很受启发，回家连夜把项目中需要进一步完善的地方写了出来，打算今天早上到公司再整理一下，然后召集项目组全体成员开会讨论。

八点四十五分，言辰走出电梯，看到方若雨办公室的门开着，她正坐在那儿照镜子。

言辰的脚步慢了下来，心中有几分诧异，这么多年方若雨都是踩着点儿上班的，今天怎么会来这么早？

方若雨不经意间抬头，恰好跟言辰对视，她别转视线，意识到这样不妥，赶紧站起身恭敬地跟言辰打招呼："言副总早上好。"

言辰点点头算是回应，打开办公室的门走进去，想一想又觉得不太对劲，以前方若雨习惯唤他"言总"，今天却改称"言副总"。

不过言辰也只是想了想并没有在意，他坐下来继续昨天晚上的思路，把要点汇总后，拿出手机，在群里通知大家上来开会。

发完信息，他给方若雨打电话，让她到自己办公室里来。

过了一会儿，方若雨敲门进来，站在办公桌前："言副总找我有什么事？"

言辰抬头："你先等一下，等大家上来一块儿开个临时会议。"

"哦，那我去拿平板做会议记录。"方若雨说完，转身就要走出去。

言辰皱着眉，他总觉得今天方若雨不大对头，可是要真说出是哪里不对吧，具体又说不出来。

"方秘书，你没什么事吧？"

方若雨步子一顿，后背明显僵直："没……没事啊，言副总为什么这么问？"

"嗯？没事就好。项目现在已经进入关键时刻，我希望大家团结一致，争取提前结束试验生产阶段。"

方若雨咬了下唇，轻声说道："言副总放心，我会把我负责的那部分做好的。"

她拉开门要走出去，刚好苗甜、沈默他们正打算敲门进来，沈默的手还举在空中，差点拍到方若雨的脸上。

两个人都愣在那儿，方若雨满脸的厌恶，沈默笑着道歉："对不起方秘书，我没想到你会走出来。"

方若雨"哼"了一声快步往自己办公室走，苗甜吐吐舌头："孔雀小姐今天心情好像不大好。"

黄亚旗嘿嘿一笑："我发现方秘书只要看见沈默，心情就会不好，你们说这到底是为什么呢？"

"去你的！"沈默抬手，作势要打黄亚旗，听到言辰一声咳嗽，她收回手，笑眯眯地看过去。

言辰讳莫如深地看她一眼，然后招呼大家过来坐下开会。

会议时间很短，讨论也很热烈，言辰跟负责技术方面的几位达成共识后，再由沈默记录，然后她负责跟工厂试验室那边沟通。

会议结束，大家起身离开，言辰道："沈默留下来，一会儿你要去工厂，我有几句话交代。"

方若雨今天并没像往常一样，特意磨蹭着留到最后，反而比其他人先打开门走了出去。

沈默看着她的背影微微侧头，等大家都走出去关上门，沈默转过身问言辰："你有没有觉得……方秘书不大对劲？"

言辰笑着道："她对不对劲跟我都没关系，你晚上有没有空，我们一起吃饭？"

沈默笑靥如花："言副总，就为这事儿单独把我留下啊，在微信上说不就可以吗？"

言辰看着她的脸，感慨道："倒是很希望你能变得小小的，然后把你装进口袋里带着，走到哪里都能看到你。"

沈默脸红红的，眼睛越发的亮，她摇摇头："言副总，工作时间请不要说些有的没的，这样不好。"

"咳……那好吧，我把你留下是想告诉你，文件还没有找到，薛山随时有可能找你，不过你也不用太担心，把心态放平好好工作，其他的事交给我。"

沈默"嗯"了一声："我知道。那言副总，没什么事的话我出去了。"

言辰笑着点点头，沈默突然伸出手，抚了下他的手背，转身快步跑了出去，留下一串笑声。

看着办公室的门闭合，言辰心里又甜又暖，感觉沈默的笑声似乎还在空中回荡着，于是这一整天他的心情都很好，甚至方若雨打错了文件，他也没有像往常那样严厉地批评她。

接下来的几天里，项目进行得很顺利，工厂试验室根据不断改进更新的数据报告，已经做出相应的图纸，只要应用于设备的实物试验通过，就可以投入生产了。公司里也是风平浪静，薛山根本就没有找沈默谈话，甚至在高管会议上，对言辰也是和颜悦色的。

沈默和言辰私下就目前的状况讨论过，沈默甚至有种错觉，好像丢文件的事根本就没发生过。言辰却告诉她，不可掉以轻心，最好还是要提防身边所有的人，哪怕是表面上跟她最亲近的。

周一一大早，米拉开车送沈默上班。

沈默坐在副驾驶座上，看看这儿摸摸那儿："这就是你在深圳买的车呀？那你当初为什么不直接开到北京来呢？你这一通折腾，周五搭飞机回深圳，周六再开二十几个小时回北京，你不累呀？"

沈默摆弄着仪表台上的摆件，米拉伸手拍了她一巴掌："你系好安全带，跟刘姥姥似的摸来摸去干什么？当初没把车开过来，是因为不知道公司和住的地方都会选在哪儿，现在安顿下来了，才能把车弄过来。再说了，路上又不用我开车，我有专职司机！"

沈默撇撇嘴："哟哟，人家张易斌到你公司是做摄影师的，可不是给你当司机的。哎对了，这几天忙一直没空问你，怎么样了啊？他有没有跟你表白？"

提到这事儿米拉就来气："没！我说你到底跟他说没说呀？"

沈默一脸委屈地拿出手机："说了呀，你看看，我这还有聊天记录呢，我微信上跟他说的，那叫一个言辞恳切。"

"沈小默，你也太不把我当回事了，这么重要的事你居然是在微信上说的，我问你，你们家言副总跟人谈生意难不成也在微信上谈啊？"

"呃。"沈默挠挠头，"那能一样吗？难不成我告诉张易斌让他主动跟你表白，我还得焚香沐浴静心祷告三天，然后跟拜佛似的向他虔诚祈求？"

米拉扑哧笑了:"沈小默,我发现你现在变得能说会道了,是不是跟你们家言副总学的?"

"你能不能别老我们家我们家,言副总他不是我们家的,他是敬一集团的。"说到这儿,沈默笑眯眯地小声道,"言辰辰才是我们家的……"

"呕!"米拉做呕吐状,"沈小默你真不害臊。"

"哈哈哈,我为什么要害臊,谈恋爱是正大光明的事。我可不像某些人,明明心里有人家还非得挣个什么里子面子的,等人家跟你表白,有病!"

米拉瞪了她一眼,正要说话,余光瞥见路边牵着手的一对男女:"咦,那不是林倩倩吗?"

沈默看过去时,车子已经开到那两人前面,她转过身,看到牵着林倩倩的正是祝贺。

米拉笑着说:"林倩倩又找男朋友了?动作够快的啊。这小姑娘看着胆小柔弱,谈恋爱这事上还真不含糊。"

没听到沈默说话,米拉看向她,见她皱着眉头:"沈小默你怎么了,人家谈恋爱你不高兴啊?"

沈默说:"不对劲,我说这阵子倩倩怎么这么不对劲呢,原来她又跟祝贺弄到一块儿了。"

"啊?那个男的就是你们说的软饭天王?"

"软饭天王"这称谓让沈默差点笑喷,不过想想倒也挺贴切,祝贺跟林倩倩在一块儿吃的用的几乎都是她花钱,后来找上赵婉儿,虽然少有支出,可也是为了以后得到更多。

米拉接着道:"我说你认识这姐们儿是怎么回事啊?这男的哪儿好啊让她这么痴情一片?当初为了富家女把她给甩了,怎么现在又跟他和好了?让我猜猜,这软饭天王应该还没跟那富家女断吧?"

沈默想起那天在休息室外,听到于晴晴夸赞赵婉儿钻石手链的事,当时于晴晴还故意大声说这手链是祝贺给她买的。这才几天工夫呀，林倩倩当时明明也听到的啊，这丫头也太不长心了。

沈默摇摇头道："唉，我也不知道。"

米拉把车子停在敬一大厦门口，一脸严肃地对沈默说："我可跟你说啊，这事你不能管。林倩倩的路是她自己选择的，要死要活那是她的命，跟任何人都没关系。你俩还没好到可以对彼此的感情生活指指点点的地步吧，而且就算两人关系再好，但凡涉及恋爱和金钱的事情，最好都不要插手，以免将来里外不是人。"

沈默歪着头说道："那你当初还答应借我五十万？你还让我帮你求张易斌主动表白？"

米拉一巴掌拍在沈默背上："咱们俩的关系跟你和林倩倩能一样嘛！再说了，我什么时候让你求了，我是让你给他提个醒！哼，反正我是都市精英，我又不恨嫁，你爱提不提。"

沈默搂住米拉的脖子，吧唧在她脸上亲了一口："米大娘，我好爱你哟！你放心吧，你的终身大事交给我了。"说完她松开米拉，拿着包转身下了车。

米拉一脸嫌弃地抹着被她亲过的地方："死丫头，口红印弄我脸上，我回公司还得补妆。"

沈默打了卡来到五楼，走进办公室，看见林倩倩的位子还空着，她暗自叹气，心里明明知道米拉说得很对，可还是忍不住替林倩倩担心。

沈默坐下来，打算等林倩倩来了一块儿去工厂，经过一个周末，也不知那边的进度怎么样了。

电脑上的时钟跳到九点，才看见林倩倩气喘吁吁地跑进来，她的高跟鞋动静太大，引得其他同事朝她看过去。

她低下头捂着包，蹑手蹑脚地走到自己位置坐下，把包搁在身后，拿出手机和平板电脑。

沈默皱着眉，刚才在路边看见她的时候明明时间是很充裕的，怎么还是会差点迟到呢？而且刚才她是跟祝贺一块儿走的，祝贺却没来，人又上哪儿去了？

"倩倩。"沈默小声叫她。

林倩倩像惊弓之鸟似的弹了一下，随即瞪大了眼睛看着沈默："啊，怎么了？"

沈默担心地问："你没什么事吧？"

"没，没有啊。"

沈默抿了抿唇，只好道："你准备一下，一会儿我们去工厂看看，上周五去的时候苏工说周一所有的图纸都能出来了，我们过去看看进度，好跟言副总汇报。"

林倩倩垂下眼帘，点点头说："好的。"

沈默不再说话，开始处理手头的工作，大家都忙碌起来，一个小时很快过去了。沈默已经把手头的工作完结，她关掉电脑，把平板电脑和手机放进包里，对林倩倩说："倩倩，能走了吗？"

"啊？"林倩倩好像失了魂似的，抬起头怔了一下才回神说："能，能走。"

沈默越发地疑惑，她感觉自己那颗想要管闲事的心正以光速长出一双翅膀，马上就要从嘴里飞出来了。可是想想米大娘的话，她告诫自己要忍住，一定要忍住。

沈默给司机班打了电话，等林倩倩收拾好东西，两个人出了办公室走进电梯。

看着电梯上的红色液晶数字，沈默长叹一声，还是问出了口："倩倩，你要是有什么事需要帮忙的话，尽管说，我们是朋友，我一定会帮你的。"

林倩倩看了沈默一眼，又迅速低下头，嘴巴张合着，最终却说道："没有啊，我挺好的，没什么事。"

"哦，你房东是不是快回来了，你还打不打算搬到我们那儿去合租？"

"啊？不……应该不用了吧。我现在已经习惯那边了，住得挺好的，跟新邻居相处得也不错。"

哼，恐怕不是新邻居，应该是新室友吧。

见沈默不再说话,林倩倩有些过意不去:"沈默,谢谢你啊,你一直这么关心我。"

沈默苦笑道:"没事,我们是好朋友嘛。"

叮——

电梯到了一楼,两个人走出来,看见门口停着一辆八成新的面包车。

言辰派给她们的专职司机杨师傅一脸歉意地说:"沈助理对不起呀,咱们的车周五送去年检了,他们说好了周一早上让我去取不耽误咱们用的,可是谁知道我刚才一打电话,说还没弄完呢。公司里其他车辆又出去了,只有这辆旧面包了。"

沈默笑着道:"没关系的,反正都是四个轮子,能走就行。"

杨师傅呵呵笑着,拉开车门,做了个请的姿势:"两位小姐请上车。"

沈默也幽默地朝杨师傅一鞠躬:"多谢司机师傅。"

沈默和林倩倩上了车后,杨师傅帮她们拉上车门,这才绕过车头坐上驾驶座,发动车子时还笑着说:"出发喽。"

沈默也笑了,却看见林倩倩皱着眉头一脸不舒服的样子。

"倩倩,你怎么了?"

林倩倩摆摆手:"我没事,就是闻到这股汽油味想吐。呕……"

林倩倩说着话突然捂住嘴巴,沈默赶紧从包里给她掏纸巾:"倩倩,你没事吧,是不是吃错东西了?"

好在林倩倩没吃早饭,所以也只是干呕了几声,接过沈默递过来的纸巾,林倩倩摇头:"我也不知道,这几天老是这样,我怀疑是吃错东西了。"

杨师傅插话道:"吃错东西这事可大可小的,林小姐还是到医院检查一下的好。"

沈默也表示同意:"是呀倩倩,要不一会儿咱们从工厂回来,时间早的话,就顺道去趟医院?"

林倩倩点点头:"好,谢谢你们了。"

沈默让林倩倩靠在自己肩上,对杨师傅说:"杨师傅,看看路边有没有小超市,停一下车我帮倩倩买瓶水。"

"行。"

于是杨师傅把车停在路边,沈默下去买水,上车后杨师傅重新发动车子,林倩倩闻到汽油味儿,又呕了起来。

沈默担心地说:"这样不行呀,看起来好像很严重的样子。要不咱们现在去医院,我给苏工打个电话,看看图纸出来没。"

林倩倩忙道:"不用不用,就是杨师傅发动车子的时候有股汽油味,车子一开起来就没事了,不能因为我一个人耽误工作,言副总知道了会骂的。"

沈默心想,我家言辰辰哪有你们说的那么冷血,他只是外表冷,好不好?

看着林倩倩又喝了几口水好像缓过来了些,沈默点点头:"那好,一会儿从工厂回来的时候,一定得带你去医院。"

"知道了,沈默你好啰嗦,像我妈一样。"林倩倩难得开了句玩笑,沈默也笑了。

她心想,也许米拉说得对,林倩倩愿意跟祝贺在一起,那是她自己的事,是好是坏也是她的命,自己没必要因为这个而觉得心里不舒服,就拿以前的心态来对待这位朋友,不就行了吗?如果将来她真的需要帮忙,那就尽自己所能帮助她,这样才算是真正合格的朋友。

看着林倩倩靠着自己闭上眼睛,沈默替她将乱发理到耳后。包里的手机响了,她拿出来一看,正是工厂试验室打来的电话。

"喂,沈助理,不好了,工厂出事了!"

沈默皱着眉:"苏工你不要着急,到底出了什么事?"

"是这样的,我们早上来上班时电脑网络就不太正常,不过因为这边是郊区,偶尔会出现这种情况,所以我们也没有在意。可是就在刚才,我刚把图纸绘好准备打印出来,电脑闪了闪就黑屏了。"

沈默心想，只是电脑故障应该没什么大不了的，让工厂维护电脑的工程师修一下不就行了？

却听苏工接着道："我赶紧打电话叫来网络工程部的同事，他们说是被黑客入侵了！"

沈默问："工程师怎么说的？"

"工程师已经断了全厂的网络，但是要消灭病毒不太容易，除非所有电脑重新格式化，可这样一来，我们的数据就无法恢复了，那么没绘出来的图纸也只能重新绘制了。"

两人对话的时间里，车子已经开到工厂门口，杨师傅按了按喇叭，保安探出头来看到是总公司的人，便开闸放他们进去。

沈默对苏工说："我已经到厂里了，我现在就上去。"

见沈默挂了电话，林倩倩问："出了什么事？"

"试验室电脑被黑客攻击了，图纸今天出不来，要等电脑修好了才行。"

"啊，怎么会这样？说起来咱们这个项目还真是一波三折。"

听到林倩倩这句无心的话，沈默的眉头皱得更紧了。

两人下了车，来到厂部办公大楼的三楼试验室，所有人都在忙碌着。

苏工一头的汗水，看见她俩长叹一声："都怪我，是我的错，我周六下午还来了一趟厂子，当时想着赶紧把图纸绘出来不耽误周一投产的，结果我女儿给我打电话……"

沈默安慰道："没事的，发生这样的事谁也不想的。现在先评估一下损失有多严重，我先汇报给言副总，咱们再想办法。"

苏工指指桌上的那些图纸："图纸已经绘出三分之二了，还有几个零部件和电子元件的图纸没有绘出来。我们平常已经很小心了，做图纸和处理数据的电脑因为有重要资料，所以一般都不联外网只联厂部的局域网，用于同事之间的数据交流，可没想到还是中招了。"

"工程师不能恢复电脑上的数据吗？"

苏工摇摇头："他说这是新型病毒，他也没见过，应该是从国外传进来的。如果想要恢复数据就得先找到病毒的属性和根源，可是这也需要时间。最快的方法就是把电脑全部格式化，然后根据沈助理你发过来的资料重新进行数据测量重新绘图。虽然这也会耽误几天工夫，可总比等候他们找到病毒根源时间短。而且因为我们之前已经处理过相关数据，这次再重新做的话，会比上次节约一半时间。"

沈默点点头，沉思了一会儿说："我同意苏工的处理办法，但是我还是得向言副总汇报一下。"

苏工有些担心："唉，弄成这样不仅没完成言副总交办的任务，还拖慢了项目进度，我们真是……"

沈默笑着道："没关系的，大家都不想的，言副总会理解的。我先出去给他打电话。"

"好的，好的，那真是麻烦沈助理了。"

沈默笑了笑，拿着手机走出试验室，站在走廊里给言辰打电话。

此时的言辰正在接待石敬一，他没想到今天石敬一居然会亲自到公司来，也没跟薛山打招呼，来了就直奔他这个副总的办公室。

石敬一坐在轮椅上，摆摆手让司机下楼等着，他看着言辰微微躬身给自己沏茶，笑着道："你不用紧张，我平常是个闲人，就喜欢到处逛逛。那天晚上跟你聊过之后，一直就想着你这个项目的事，我又不知道你的电话，所以今天专程到公司来找你探探近况。小言你不会介意吧？"

言辰双手举起杯子递到石敬一面前，恭敬地回答："我怎么会介意呢？那天跟石董事长谈过之后受益良多，我还对项目的几点做了改进，我也想过跟你汇报一下的，可是又觉得太唐突了。"

"是因为薛山吗？"石敬一微笑着朝言辰眨眨眼，两个人心照不宣地笑了。

言辰摇头："也不全是。"

石敬一也笑了："我这个女婿啊，以前不这样，我还记得他刚跟着我做科研的时候，人憨厚实在，或许是……"

言辰打断他："石董事长，既然您今天来了，那我跟您说说我的想法？"

石敬一见言辰不愿多聊关于薛山的话题，心中对这年轻人的好感又多了一分，他点点头："好啊，你快说说你都改进了哪几点。"

于是言辰坐下来，把自己在项目中改进的几点阐述了出来，石敬一认真听着，时不时插一两句话。两个人谈兴正酣，沈默的电话打了过来，言辰跟石敬一说声抱歉，便接通了电话。

听到沈默的汇报，言辰皱紧了眉头，这黑客入侵也真会挑时候，好像他知道图纸出来后项目开始投产，一切就要成为定局一般。

言辰想了想说："你跟苏工说，先不要着急格式化，我让信息管理部的小路过去看看，他是电脑网络高手，如果他能解决问题恢复数据的话更好，如果他也不能消除病毒，那再格式化也不迟，反正时间也已经耽误了，也不在乎这一天半天的。"

沈默答应了后，言辰挂了电话，请石敬一稍等，他要处理一些公务。

石敬一摆摆手："你忙你的，看到你忙我就想起我刚创业那会儿了，倒是有点感慨。"

言辰笑了笑，走回办公桌后，给信息管理部打电话，然后又到司机班叫车，让他们送小路去厂区。

做完这一切之后，言辰重新回到沙发边坐下，石敬一关切地问出了什么事。

言辰把事情讲述了一遍，石敬一听了沉默了一会儿，慢慢地说："这个时机也太巧了，你这边图纸一出来就能投产了，按这个进度，元旦前说不定就可以先小批量地投入市场。这事儿一出来，你的进度就得被拖至少半个月，有意思，真有意思。"

言辰笑着道："也许只是巧合。"

"对了，我有一位学生邵刚，就是那天晚上你见过的，他的儿子是电脑高手，听他说还参加过国际电脑网络大赛，获过奖，我想他在这方面应该比较精通，要不要我帮你联系一下？"

言辰迟疑着，他想到石敬一跟薛山的关系，他相信老人是出于好心想要帮他，可是薛山会怎么想呢？

石敬一看言辰有些犹豫，淡然一笑："你不用想太多，我帮你纯粹是因为你这个人，我喜欢跟你这样的年轻人交朋友，你有冲劲有干劲，又正直坦率不计功利，这年头这样的年轻人不多了。而且你想想，我毕竟是敬一的董事长，如果你手里这个项目投产的话，我是最大的受益者啊，我帮你等于是让你给我赚钱的，你有什么可犹豫的？"

说到这儿，石敬一还朝言辰眨眨眼，言辰也笑了，方才的顾虑放在一边，他点点头："行，那就多谢石董事长了，您这边先联系这位高手，小路现在去工厂看看，如果他解决不了，咱们就请这位高手出马。"

"呵呵，就这么定了。"

石敬一很高兴，他拿出手机给自己的学生打电话，言辰坐在沙发上，替他把茶水换成新的。

邵刚很快接听电话，听老师说了事情后，爽快地答应道："没问题的，老师，裕博刚好在家休年假，您什么时候需要他过去，随时给他打电话，我一会儿把他的电话号码短信发给您。"

石敬一道："那就太谢谢你了，过几天带裕博到家里来坐坐，我上次见这孩子，还是他上高中的时候。"

"行啊，老师，我们主要是怕您忙，要不然早就带着他去拜访您了。对了，老师，前几天大山也找过我，说想找裕博问些电脑网络方面的知识，大山是不是帮您问的？"

石敬一脸色沉了沉，随即回答道："呵呵，是的，我想让他找公司里的工程师帮忙，没想到他倒求到你头上来了。"

"老师说哪里话，咱们都是一家人，有什么求不求的。那就先这样？我还要开个会，我先把裕博的手机号发给您。"

石敬一道："好的，那你忙吧。"

挂了电话没一会儿，石敬一收到一条短信，他打开来，把电话号码念给言辰听："这是我学生儿子的号码，你记一下，他叫邵裕博，如果公司里的工程师也解决不了的话，你可以给他打电话。"

言辰拿出手机记下号码："好的，那多谢石董事长了。"

"你这小子，还跟我客气。"

"哈哈，您喝茶……"

这边这两位忘年交聊得很开心，却不知薛山在自己的办公室里已经如坐针毡。

那天跟方若雨密会后，方若雨按他的吩咐，言辰那边有任何动向都会单线通知他，刚才方若雨打电话告诉他，有位气度不凡坐着轮椅的老人来拜访言辰，薛山一听就知道是自己的岳父石敬一。

打从薛山接任敬一总经理这个职位这么多年，石敬一从未踏足敬一集团总公司，可是现在他不但邀请言辰参加他的家庭聚会，居然还这么主动地到公司来找言辰。

这说明了什么！这说明了什么？薛山心中警铃大作，原本找到黑客攻击厂部电脑这件事，他做了之后还有些后悔，可此时因为岳父的举动，他心中的悔意荡然无存了，只有对言辰深深的嫉妒和忌惮。

工厂那边的沈默和林倩倩在试验室一直等着公司信息管理部的同事过来，可是看看时间差不多快中午了，苏工便邀请他们先到工厂食堂吃午饭。

沈默知道林倩倩早上就没吃东西，于是也没有推辞，沈默给杨师傅打了电话，让他也到食堂来吃饭，然后沈默、林倩倩、苏工还有几个研究员便一起去食堂。

刚迈进食堂的门槛，空气中的油味又让林倩倩干呕起来，沈默赶紧扶住她："你这样不行呀，要不我带你上医院看看吧。"

林倩倩摇头："不用不用，你还得在这儿等着工程师过来呢，你怎么走得开？"

沈默皱着眉道："可是你老是吐也不是办法啊？"

其中有个女研究员大约四十几岁的年纪，看到林倩倩这样，就笑着问："小姑娘结婚了没有啊？"

沈默笑着说："没有呢，我们倩倩连男朋友都没有，大家要是有合适的给我们介绍介绍？"

大姐听了脸色一僵，笑了笑也没再说什么。

见大家都看着自己一个人，林倩倩很不好意思："要不我去车里等着吧，你们去吃，我实在是吃不下，我一闻到这油烟味就想吐。"

沈默也不好意思让大家都等着，于是对杨师傅说："杨师傅，要不您先去吃饭，我陪着倩倩在车里等您，一会儿你俩先回去，你顺道送倩倩去医院？"

杨师傅回答："行啊，可是你怎么回去啊？"

"没关系的，一会儿信息部的同事肯定会坐车过来，到时候我坐他的车也是一样。"

"那好吧，我现在就送林小姐去医院。"

沈默道："那怎么行，您也辛苦一上午了，还是先吃了饭再去吧。"

"没事没事，看病要紧，再说我们跟着你们出来办事，公司有餐补的，放心吧沈助理。"

沈默也没再勉强，扶着林倩倩到车边，看着她上车离去，才又回到食堂跟苏工和几位研究员会合。

大家坐下来吃饭时，那位大姐坐在沈默身边，一直看着沈默。

沈默就笑着问她:"大姐,你是不是有什么话想跟我说啊?"

大姐赶紧摇头:"没有没有,就是刚才那个小姑娘……"

"啊?倩倩怎么了?"

"哎,你过来,我悄悄跟你说。"

大姐一脸神秘,拉着沈默走到一边小声道:"我看那个小姑娘像是怀孕了,你最好让她去检查一下,你不是说她没有对象吗?唉,这年头这些姑娘哎,如果不要的话,就赶紧想办法,肚子大了就不好处理喽。"

大姐说完,走回去接着吃饭。

沈默却愣在那儿,林倩倩怀孕了?这怎么可能!不不不,如果她早就悄悄跟祝贺复合了,也是有可能的。看林倩倩的样子,她应该还不知道自己怀孕了吧?

沈默想起当初林倩倩信誓旦旦跟自己说,以后要专心工作不再想那些感情的事,等到做出一番成绩之后再找男朋友时的表情。这才多久呀,事情怎么会走到这一步?林倩倩真是太不长心了,可这种事,她自己不开口的话,作为朋友怎么能主动说呢?

哎,但愿大姐是看错了吧,但愿林倩倩只是胃不舒服。

比起担心林倩倩,沈默现在更担心的是图纸能不能绘出来,她叹口气坐回去一边吃饭,一边注意着手机,害怕错过言辰或者是小路打过来的电话。

第四十三章　为咱们的孩子想想

医院里,林倩倩看着手里那张诊断书,心里半是兴奋半是担忧。

她怀孕了,这是她和祝贺的孩子!

她曾经梦想着要跟祝贺结婚组建一个家庭的,到时候再把他母亲接过来,然后再添一个孩子,他们一家四口幸福开心地生活在一起。

现在孩子提前到来,虽然意外,可也算是惊喜。

如果告诉祝贺,他一定会很开心吧,因为前几天她给祝贺的母亲买的礼物让他寄回老家,后来祝贺告诉她,他母亲收到了那条围巾,说很喜欢,还让他对她表示感谢。

可同时她又想,她现在还在公司实习,如果周经理知道她未婚先孕,会不会把她开除?

原本她跟祝贺的生活就捉襟见肘,自己失去工作再大着个肚子,就凭祝贺的那点工资要怎么生活呢?不过没关系的,她上学时英文学得还不错,可以去小学的补习班教英文,还能在网上找些翻译的活儿来做。

最主要的是,她怀孕了,这是她跟祝贺的孩子,是他们爱的结晶!

一想到这一点,林倩倩就把所有的担忧给抛开了,心里是满满的幸福感。她急不可待地要把这个消息告诉祝贺,拿出手机来拨给他,可是响了半天都没有人接听。这个时间段祝贺应该还在上班,难不成他又跟孙主任一块儿出去办事了?

林倩倩把诊断书叠好放进包里,打算给沈默打个电话,如果她还在工厂的话,就说自己不舒服下午不想去公司了,反正她们现在的工作时间很弹性,她可以忙里偷闲休息一下午。她打算去买点菜晚上给祝贺做顿好吃的,再把这个好消息告诉他,他听了一定会很开心。

走出医院,林倩倩给沈默打电话,电话那头的沈默听到她想休息,就关切地问:"倩倩,你去医院了吗?没什么事吧?"

林倩倩心情很好:"没事啊,就是这些天太累了,所以想偷偷休息一下午,沈默,你会帮我圆谎的哦?"

沈默问:"医生有没有说是哪里出了问题。"

林倩倩犹豫了一下,回答道:"没关系,这几天吃错东西了,胃不太好,开了点药让我回去休息。"

沈默似乎松了口气道:"哦,那就好,那你休息吧,放心吧,有人问起我会帮你遮掩的。"

林倩倩道:"沈默,谢谢你了。"

她打算要挂电话,沈默却叫她:"倩倩……"

"嗯?还有什么事吗,沈默?"

沈默犹豫了一下:"倩倩,你要记住我是你的好朋友,你有事我一定会帮你的。"

林倩倩笑着说:"沈默你是怎么了?我知道的,你放心吧我不会有事的。"

挂了电话,林倩倩去超市买了好多东西,回到家就开始进厨房忙活,把菜洗了鱼也腌上,一切都准备停当。

看看时间快下班了,她就给祝贺打电话,这次倒是一打就接通了。

"祝贺,你下班早点回来,我在家里做好了饭等着你。"

那头的祝贺好像很忙,不耐烦地道:"知道了,你下午怎么没来上班?"

"哦,我们从工厂出来后我身体不太舒服,就跟沈默请了假去了趟医院。"

祝贺并没有问林倩倩是不是生病了:"不跟你说了,主任叫我呢。我下班就回去,我也有事跟你商量。"

"嗯,那你早点回来,我有个好消息要告诉你。"

祝贺没再说什么,林倩倩听到电话那头有人叫祝贺的名字,她体贴地道:"我不耽误你了,你赶紧工作吧。记住早点回来。"

林倩倩掐着时间,五点半开始做饭,祝贺坐地铁回来,差不多刚刚好。

听到钥匙开门的声音,林倩倩把做好的糖醋鱼放在餐桌上,看见祝贺开门进来,赶紧跑过去帮他拿拖鞋。

"你回来了?今天累不累?"

祝贺看见折叠小桌上摆了一桌子的菜:"哇,今天什么日子,做这么多好吃的？宝宝，有你在家等我真好，我觉得好温暖。"

林倩倩拉着他的手，嗔怪道："去你的，就会说好听的。赶紧去换下衣服，然后洗手吃饭。"

祝贺搂着林倩倩坐到沙发上："宝宝，你先坐下，我有事要跟你商量。"

"什么事啊？"

祝贺握住她的手半蹲在她跟前，用郑重而又真挚的口气说："我跟你说了，你可不许生气，你要知道我现在做的一切都是为了我们的将来。"

林倩倩皱着眉："到底什么事啊？"

祝贺起身从包里拿出一份文件，递到林倩倩面前："我在公司捡到这份文件，同行的朋友看了，他们都很有意向想买下来。"

"什么文件？"林倩倩接过来翻看，只看了两页，霍然站起来，"这是我们项目组丢失的文件，怎么会在你手里！"

"宝宝，你先坐下来听我说，别生气啊，你气坏了身子，我会心疼的。这文件真的是我在公司楼梯间捡到的，当时我以为是谁丢了不要的。结果下班在地铁上刚好碰到智太公司的同行，他看了这份文件很有兴趣，说想买下来，这个数！"

祝贺伸出手比了一个"八"的手势，接着道："宝宝，不是八千也不是八万，是八十万啊！你想想，如果我们有这八十万的话，虽然不能在北京买房，可是生活条件是不是能好许多？咱们可以换个大房子住得舒服点，你也能买你喜欢的衣服不用天天算计着那点工资花了。再说了，这文件反正你们项目组已经以为是弄丢了，那我们捡到别人不要的东西，不算是偷吧？宝宝……为了我们俩的将来，你好好考虑一下行吗？"

其实那文件是赵婉儿交给祝贺的，她原本是打算看沈默、林倩倩，还有言梦和于晴晴因为文件丢失被言辰批评的笑话，哪知道言辰这么狠，居然把言梦和于晴晴开除了。她倒不是怕被开除，她是怕自己真的牵连进去被开除的话，她父亲知道了会骂死她，而且会把她的信用卡收走。所以她就跟扔垃圾似的把文件扔给了祝贺，可是一想到林情情跟祝贺眉来眼去的模样又气不过，反正她也把祝贺当成是解闷的工具，就恶作剧地跟他说，这文件说不定很值钱，他可以拿去打听一下。

贪财的祝贺还真信了赵婉儿的话，给其他公司的同行打了电话，并且拍了几张照片过去，然后人家开价八十万，但条件是不仅要收这数据报告，还要看到根据数据报告绘出的图纸。

能够弄出图纸的人，肯定得是项目组的成员，于是祝贺就想到从林情情这里下手。

林情情皱紧眉头，瞪着祝贺："祝贺，你怎么能这样，你知不知道倒卖公司文件是犯法的？你捡到文件应该交给公司，而不是自己私自售卖！"

祝贺干脆跪在了林情情面前，苦着脸说："情情，你想想，这八十万对我们有多重要啊，现在我们恋爱的事一直在公司不敢公开，你难道想一辈子偷偷摸摸？只要有这八十万周转一下，我们中间一个人就可以离开公司，到时候我们就可以正大光明地在一起了。租个大点的房子结婚，然后生个孩子，把我妈接过来住。对了，你以前不是说，你很担心你妈吗？只要有了钱，你愿意的话，也可以把你妈接过来呀，到时候咱们一家人团团圆圆在一块儿，等咱们结了婚有了孩子，就有两个妈妈帮你带，这样你生完了如果还想上班的话，也可以出去上班。"

听到祝贺这么说，林情情愣住了，她一直都不敢在祝贺面前提起她想接她母亲到北京住的事情，没想到祝贺今天竟主动提出来了。

她心里很感动，一手抚在小腹上，觉得祝贺真是个有担当的男人，而且还把他们的未来规划得这么周到："祝贺，你真好，我就知道我没看错你，你没把文件交出来，就是为了我们的未来吗？"

"是的是的，为了我们有个家，为了我们未来的孩子。"祝贺忙不迭地点头，起身坐在她身边搂住她。

林倩倩眼眶湿了，她低声道："祝贺，我怀孕了。"

祝贺听了，脑子里嗡的一声，后背僵直颤声问："你说什么？"

林倩倩从口袋里拿出那张诊断书："我今天下午去医院检查，我怀孕了。"

祝贺接过那张轻薄的纸，打开来看到上面写着"早早孕"三个字，顿时觉得有千斤重。

他脸色铁青，愣愣地盯着那张纸，直到林倩倩叫他："祝贺，祝贺，你怎么不说话了？"

祝贺心一横，一下子搂住林倩倩，把下巴搁在她肩上，哽咽着道："倩倩，太好了，我们有孩子了。"

林倩倩大大松了口气，悬了一下午的心算是落了地，她流着泪点头："嗯嗯，我们有孩子了。"

祝贺扳着她的肩膀，直视她眼睛："倩倩，正是因为这样，这八十万对我们来说才更重要啊。"

林倩倩愣在那儿，她半张着嘴，不知道说什么好。

其实她也知道，以他俩现在的生存条件，添个孩子无疑是雪上加霜，可如果有了这八十万，一切都不一样了。

见林倩倩犹豫，祝贺接着道："倩倩，不为我们俩，也得为咱们的孩子想想啊，就咱俩现在这点工资，你觉得能养得起一个孩子吗？而且我们都是实习生，一旦公司知道你怀孕了，我们中间肯定要有个人离职，那我一个人的工资怎么养活咱们三个人？到时候恐怕连房租都付不起啊。"

"可是……"林倩倩想起沈默对她的关心，想起她下午电话里的话，她知道如果自己答应了祝贺，那就等于是背叛了自己的朋友。

祝贺眼珠一转，很心痛地说："倩倩！如果你不愿意的话，那我现在就打电话回绝他们，明天我们一起把文件交给言副总。唉，可是我们的孩子怎么办？难道要让他出生在这样的隔板房里？条件这么差，倩倩，我们太对不起我们的孩子了！"

林倩倩的眼泪像断了线的珠子一样往下淌，祝贺把她搂进怀里，心疼地说："倩倩你别哭，都是我不好，是我没本事，不能让你和孩子过上好日子，一切全是我不好。"

林倩倩呜咽着道："你别这么说，我知道你已经尽力了。"

祝贺一脸坚毅，拿出手机说："唉，我就知道说出来你不会同意，我现在给他们打电话。"

祝贺假装拨号，林倩倩一下抓住他的手，颤声道："别，别打。"

"倩倩，我知道你跟项目组的同事们关系都很好，沈默又是你的好朋友，我不能让你对不起他们啊。"祝贺心头狂喜，脸上却是很痛苦的表情。

林倩倩含着泪道："别，别说了，你把文件卖了吧，今天的事就当没有发生过，为了……为了我们的孩子。"

"倩倩，难为你了。那我现在跟他们说。"

祝贺在林倩倩额头亲了一下，站起身走到一边，装模作样地拨了个号，然后把手机放在耳边。

"喂？王哥，嗯嗯，我考虑好了，我明天把文件交给你。什么！你们怎么能这样啊，那不行，我不能让我女朋友冒险的。哼，算了，你们说话不算数，这笔交易我不做了！什么，王哥，话不是这么说的！王哥，我求求你，这份工作对我很重要的，我女朋友现在怀孕了，就算咱们交易做不了，可也算是同行啊，你不能到我公司举报我的，这样我和我女朋友都会失去工作的。喂喂，王哥，王哥你听我说啊！"

祝贺愤怒地把电话挂了，然后把手机扔在桌子上："太不像话了，我就说他们一次出这么高的价一定有问题。"

林倩倩瞪大了眼睛："怎么了，他们怎么说？"

"唉！他们变卦了，原先说好只要文件的，现在却说，要把用这份文件测绘出来的图纸加到一块儿才给八十万，他们不知道从哪儿打听到你是我的女朋友，还知道你就在项目组里。我一听他们让你偷图纸就不同意了，结果他们说……唉！"

林倩倩过来抓着祝贺扯头发的手："他们说什么呀？"

"他们说如果你不愿意偷图纸的话，就把我们偷卖文件的事告到我们公司，让公司把我们开除！"祝贺的脸皱成一团，演得要多逼真有多逼真，"倩倩，怎么办呀，都怪我不好！这下好了，我不但连累了你，还连累我们的孩子。呜呜，我该死，我真该死，我不该一时生出贪念的……"

祝贺一边说一边用拳头捶头，林倩倩呆呆地看着他，手还握着他的手腕，却一点力气都没有了，身子随着祝贺的动作晃动着，宛如狂风中枝头上摇摇欲坠的落叶。

祝贺哭嚎着，半天却不见林倩倩有所表示，他扑通跪下，抱住林倩倩的腰："倩倩，你说怎么办呀？我们该怎么办呀？如果你不答应的话，我们明天就会失去工作，我们的孩子怎么办啊？我不想失去这个孩子，我也不想失去你啊。"

林倩倩攥紧了拳头，眼前男人的脸贴着自己的小腹，这也许是这个孩子这辈子跟他所谓的父亲距离最近的一次了。

她狠了狠心，仰起脸把泪咽下："好，我答应你。"

一大早上班，言辰便召集项目组全体成员开会。

昨天工厂试验室被黑客入侵的事大家也都知道了，只是下午下班时没见沈默回来，也不知道结果如何。刚上班又被言辰叫上来开会，也来不及问沈默，所以大家的心情都很沉重。

言辰站在办公桌前抱着双臂，看到大家都垂着头，就笑着道："怎么了这是，这么早就没精神了？"

沈默冲他眨眨眼："大家一定是还在担心图纸的事吧。"

苗甜抬起头，忙不迭地点头："嗯，是的是的，沈默，刚才上来得急还没来得及问你，怎么样了啊，工厂的电脑恢复了没，会不会影响我们的进度？"

"咱们言副总英明神武，请到了一位专家级的人物，昨天晚上挑灯夜战，终于在凌晨两点多把电脑恢复好了，今天图纸应该已经打印出来了。"

"真的！这太好了。"大家一齐鼓掌欢呼，一时间办公室里热闹了起来。

"哎哟，我昨天晚上可是一夜没睡好。"

"就是呀，我想在群里问问的，可是又怕问了惹你们不高兴。"

"嗯嗯，沈默，你昨天晚上一直在工厂盯到两点多呀，你真是太辛苦了。"

沈默看向言辰，两人相视一笑，他俩一块儿在工厂陪着邵裕博修复电脑，所谓有情饮水饱，虽然熬了大半夜，却一点也不觉得累。

大家很高兴地商量着图纸绘出来后的远景，就连平常寡言的秦少洋也加入了讨论。现在图纸出来了，小批量生产应用于试验器械中，只要成功，就可以马上投入大批量生产了。

言辰嘱咐沈默这几天多跑工厂，随时注意工厂那边的情况，多跟工程师沟通，如果有任何情况记得随时汇报。

会议开了一个多小时结束，大家起身离开会议室。

言辰注意到整个会议过程中，方若雨都是一副心事重重的样子，便叫住她道："方秘书留下来。"

方若雨闻言关上门，转过身走到办公桌前站定："言副总有什么吩咐？"

言辰沉吟了一会儿才道："现在项目已经进入一个关键时刻，我不想因为我们之间的不愉快影响工作，我之前提过公关部经理空缺的事，方秘书考虑得怎么样了？"

这话里话外的意思就是，那天在小馆既然把话摊开说了，你方若雨再留在我言辰身边彼此都会觉得尴尬，如果因为两个人的事闹出什么岔子来影响项目进度就不好了，所以不如把你从项目中抽走，也免得以后生变。

方若雨紧抿着唇不说话，她心里有她自己的思量。工厂电脑被黑客入侵的事，她是今天早上才知道的。听到这个消息，她也觉得很意外，她刚跟薛总通风报信说图纸就要绘出来了，那边工厂电脑就被黑了，而且听说严重的话要把硬盘全部格式化了，这样的话所有资料都没有了，一切都得从头再来，那项目无疑又得往后拖。

她虽然怀疑是薛山搞的鬼，可是想想又觉得不太可能，薛总如果做成这样那就有点太丧心病狂了。

之前在小馆里，言辰当着沈默的面对她的严辞拒绝让她失了颜面，再加上言梦那个蠢货居然敢敲诈她十万块钱。她正愤慨之余，薛山找她合作，让她帮他在言辰身边做眼线，所以她没有多想就同意了，可是事后冷静下来却有点后悔。

薛山的目的是扳倒言辰并把他赶出公司，那这对她方若雨又有什么好处？她想要得到的是英俊高贵的言副总，而不是落魄失败的可怜虫言辰。身在高管层这么多年，她也明白一个道理，薛山利用她给的信息扳倒了言辰之后，肯定会为了封口也把她赶出敬一。到时候她既没有得到自己心爱的男人，又丢了这份体面的工作，她这又是何苦呢？

而现在呢，就算得不到言辰，起码还能保住眼前的职位，而且她知道言辰是个善良正直的人，就算两个人闹得再僵，他也不会像薛山那样为了自己的利益不顾一切。

至于薛山那边，她会见机行事，她会给他放一些无关紧要的消息，毕竟他还是敬一的总经理嘛。

"方秘书？"言辰皱着眉，"你有没有听我说话。"

方若雨抬起头："言副总，那天之后我就考虑过了，以前都是我的错，我不该把私人感情跟工作混为一谈。我以后不会这样了，请您再给我一次机会。"

言辰很意外，他盯着方若雨的眼睛，似是要看清楚这是不是她的真心话。

方若雨也直视着他："言副总请放心，我以后只会是您的贴身秘书，我会全力配合您的工作，其他的我不会再妄想了。"

言辰抿了抿唇，突然眼神一冷："方秘书，工厂出图纸的事情只有项目组成员知道，怎么会这么巧刚好在图纸快出完的时候电脑被黑客入侵？"

方若雨交握在身前的手互相攥紧，指甲掐进肉里："言副总为什么要问我呢？我是今天早上才知道工厂电脑被黑的事啊。"

"好吧，那我换一个问题。薛总有没有找过你？"

方若雨的心脏快要跳出来了，她因为心虚脸涨得通红，眼底蒙着一层雾，可是在外人看来，却是既委屈又楚楚可怜的模样。

"言副总为什么要这么问，我是您的贴身秘书，薛总找我做什么啊？难道您以为我是薛总放在项目组的卧底？言副总，我在您身边这么多年有没有做过背叛您的事？我喜欢您是没错，可正是因为喜欢您才更加明白这个项目对您来说有多重要，你和我们整个团队付出了多少心血，我怎么会做出让您伤心的事呢？言副总，您这样怀疑我，比当着沈默的面拒绝我还让我难受您知道吗？"

看着方若雨的眼泪快要下来了，又说得如此言之凿凿，言辰也不想再多纠结，反正现在问题已经解决，而且方若雨掌握着项目组第一手资料，如果真的因为把她调走而闹僵，倒真是无法预料她会做出什么事来。

言辰点点头："行，我知道了，你出去吧。"

方若雨"嗯"了一声，转身走出去，门在她身后关上，她大大松了口气，看来卧底真不是谁都能当的，权衡利弊，她还是决定背靠着言辰这棵大树。薛山为了权力居然能做出损害公司利益的事，这种人太可怕了。

而另一方面，方若雨也并不担心言辰知道她给薛山透露过消息，因为他那个蠢货妹妹敲诈勒索的录音还在她手机里，如果将来言辰因为这个要开了她，这录音就可以当做她保留职位的筹码。

大家回到业务部各自坐下来工作，苗甜看见沈默拿起包，就笑着打趣她："沈助理又要去工厂了？我看你以后得天天跑，不如在工厂弄个办公室算了。"

沈默也笑了："办公室？我可不敢想，弄个工位还差不多，一会儿去了我跟孙厂长商量一下。"

林倩倩看见沈默拿包，也赶紧收拾东西拿着包站起来。

沈默说："倩倩，你不是不舒服吗？要不你今天在公司待着吧，我一个人去工厂就行。"

林倩倩忙道："没事，我好多了，言副总说了我是你的副手，你一个人风里雨里地跑工厂，我却在公司吹空调，言副总知道了要骂我的。"

沈默笑着道："那好。"

沈默给杨师傅打电话要车，然后和林倩倩一块儿走出办公室。

两个人站在电梯里，沈默关心地问："倩倩，早上一直没空问你，你昨天去医院检查，没什么事吧？"

林倩倩摇头，视线看向电梯上方的红色液晶数字："没，就是最近吃饭的问题，胃不太好，医生给开了药。"

既然可以吃药，那肯定就是没怀孕了，沈默一直替林倩倩捏着把汗，此刻才算是放下心来。

"没事就好，你以后也要注意身体，别累坏了。"

"嗯，我知道，沈默……"

"嗯，怎么了？"

"谢谢你啊，你对我真好。"

沈默挽住林倩倩的胳膊："傻瓜，咱们是好朋友嘛，你对我也不错呀。"

电梯来到一楼，杨师傅的车已经等在门口，看见两个姑娘走出来，笑盈盈地替她们拉开车门。

"林小姐，你昨天去医院检查没什么事吧？我说要等着你送你回去，你还非不让。"

"没事，有一点胃病，医院里人太多了，要挂号排队什么的，让您等半天不好意思,杨师傅谢谢你了。"

"哎,不用这么客气,大家都是同事嘛。"

两人上了车,林倩倩坐在靠窗的位子,脸朝向车窗外,看起来兴致不高的样子,沈默以为她还是身体不舒服,便一路跟杨师傅聊着天没有打扰她。

到了工厂试验室,苏工正伏案看着刚打印出来的图纸,看到沈默和林倩倩,很高兴地朝她俩招手:"沈助理你们来了,图纸出来了,我正在做最后的检查,一会儿就可以拿到车间投入第一批生产了。哎,昨天幸亏有你和言副总,要不然我们还真不知道怎么办好呢。"

沈默走过来,笑着说:"主要是言副总找到个高手,要不然我也不知道该怎么办了。"

"言副总为了这个项目,真可谓是呕心沥血了。沈助理,您看看这图纸……"

苏工正打算跟沈默解释一番,那边有个研究员叫他:"苏工,您过来看看这个数据。"

苏工应了一声,放下图纸走过去跟研究员一起一边盯着电脑,一边商量着。

林倩倩看着那些图纸,心里很焦急,她不知道该用什么方法支开沈默,让她有机会能够偷偷拍下来。

恰在此时,沈默的电话响了,她拿出来看到是个陌生的号码,皱了下眉接听:"喂,哪位?"

对方不知说了什么,沈默道:"我听不清楚,你大点声。什么银行卡出了问题?"

沈默不由自主地提高音量,感觉到自己影响了大家,便跟林倩倩点点头,走出试验室到走廊里接电话。

林倩倩一看机会来了,赶紧拿出手机,装作是发短信,左右看看没有人注意她,对着图纸拍了起来。

刚拍了两三张图纸,林倩倩正准备把最后一张绘制着核心部分的图纸抽出来放在上面,身后听到沈默说:"什么人哪,一会儿说我银行卡出了问题,一会儿又说打错了。"

林倩倩赶紧把手机放回包里,转过身勉强笑着问:"出了什么事,谁打的电话呀?"

"不管了,一会儿咱们跟苏工一块儿去车间看看。"

"嗯,好的。"林倩倩嘴上答应着,心里却在惦记最后一张图纸没拍上,不知道祝贺会不会怪她。

苏工那边处理好了之后,就带着沈默和林倩倩,拿上图纸去了车间,他把图纸交给技工,跟沈默二人解释着生产的流程和方式。

沈默一边认真听着一边记录,她是生平第一次下车间,对一切都很好奇,不停地问东西东,这让苏工很高兴,觉得总公司下来的言副经理的助理真是个勤奋好学的好姑娘。

二人在工厂一直待到下午才回公司,林倩倩回到业务部等下班,沈默则直接上八楼去跟言辰汇报工作。

走出电梯时,沈默刚好碰到方若雨,方若雨礼貌地跟她打招呼:"沈助理上来找言副总吗?他刚开完会回来,在办公室呢。"

沈默一愣,她呆呆地看着方若雨,意识到自己的失态,赶紧冲她笑笑:"知道了,谢谢方秘书。"

"不用客气,应该的。"说完,方若雨走进电梯。

沈默走进言辰办公室,好奇地问道:"你给方若雨吃了什么啊?她今天对我态度好得不得了,太吓人了。"

言辰正在电脑上工作,听了这话抬起头笑着说:"她对你态度好,不好吗?这有什么吓人的。"

"不是呀,她以前对我那么恶,突然变得这么礼貌,我觉得好危险。"

沈默拉开椅子坐在言辰对面,手肘支在桌子上捧着脸:"是不是那天你在小馆里吼了她,方秘书彻底想开了?"

言辰淡笑:"不知道,也许吧,早上的时候我跟她提过,如果她觉得面对我不愉快,我可以调她去公关部做经理,她拒绝了说愿意留下来,我也没勉强。总之只要她以后安心工作就好,毕竟大家也是多年的同事,工作上的配合也算默契。"

沈默撇撇嘴:"嗯,看来方秘书的工作能力言副总还是欣赏的。"

言辰笑了,伸出手捏捏她脸颊:"你吃醋啊?"

"去你的。"沈默打开他的手,"我才不会,我对我自己有信心,我对我的眼光也有信心。"

"你的眼光?"

"对呀?用米拉的话说,你现在可是我们家的言副总,就是我的人,我看上的人能有错吗?"

沈默狡黠地眨眨眼,言辰心里甜丝丝的,靠着椅背抱起双臂:"哦,原来我是沈助理的人哪。"

"对的对的。好了,不说这些了,咳咳,我现在向我们家言副总汇报一下今天的工作。"

"嗯,你们家言副总洗耳恭听……"

第四十四章 女人要自强自立

林倩倩下班回到家,一个人呆呆地坐在沙发上,房东家的猫在笼子里喵喵叫,她也没有心思去喂食。

祝贺回来,摸着门口的开关打开灯,看见林倩倩坐在黑屋子里吓了一跳。他关上门走过去,搂住林倩倩问:"你回来怎么不开灯呀?一个人坐在黑屋子里干吗?"

林倩倩摇头:"我没事,你坐一会儿,我去给你做饭。"

祝贺拉住她道:"不用了,我刚才在路上叫了外卖,应该快到了。我给你点了牛排,你现在怀着孩子,要吃点营养的,对了,我还在网上买了孕妇专用奶粉,以后每天早晚喝一杯知道吗?一定要把身体养得棒棒的，这样我们的孩子生出来才会健康。"

林倩倩搂住祝贺的腰，感动地说："老公，你对我真好。外卖太贵了，以后咱们还是在家里做吧。"

祝贺抚摸着她的头发，亲了亲她额头："傻瓜，你现在肚子里有宝宝，当然要吃得好一点了。再说你是我孩子的妈，我不对你好对谁好呀？对了，今天去工厂怎么样，有没有收获？"

"我……"

外面响起敲门声，祝贺起身去开门，是外卖送到了。

他把折叠小桌打开，然后把牛排套餐拿出来打开盖子，连带桌子搬到林倩倩面前："宝宝，牛排是切好的，我特意点了你喜欢的菲力牛排，快点趁热吃。"

祝贺用叉子叉了一块牛排送到林倩倩嘴边："快点啊，凉了就不好吃了。"

林倩倩眼圈红红的，她把牛排吃下去，笑着，眼泪又流了下来："老公，你也吃啊。"

祝贺笑眯眯看着她，一脸的温柔："你吃，我看着你吃就觉得开心。"

林倩倩心里一半难受一半开心，开心的是祝贺从来没对她这么温柔体贴过，难受的是沈默把她当成好朋友，她却利用她的友谊欺骗她，甚至欺骗了大伙儿。

祝贺替林倩倩把吸管插进红茶里："老婆，喝口红茶。我今天看见你和沈默走的时候，估摸着时间差不多了，就给沈默打了个电话假装是银行的，老婆，你有没有趁那个时候拍到图纸？"

林倩倩心想，虽然是拍了，可是还差最重要的一张，也不知道什么时候还有机会，与其现在说让他失望，还不如到时候把完整的图纸送到他面前。

"没……那会儿沈默是出去接了个电话，可是苏工一直在我身边呢，还有研究员大姐也在，所以我没机会。"林倩倩放下叉子，眼巴巴看着祝贺，"老公，你没生我气吧？"

祝贺笑了，摸摸她的脸颊："怎么会呢，傻瓜，不过能快还是尽量快点，王哥他们那边催呢。倩倩，你不知道，我都想好了，等钱拿到手，咱们就先去领证，到时候把你爸妈和我妈接到北京来，咱们痛痛快快地去玩一场。然后等你爸妈走了，我们就租个大点的房子，让我妈留下，到时候帮我们带孩子。到那时候你干脆辞职算了，你不是一直都说想做英语老师吗？你辞职后就在家上网课算了，这样还有空带孩子……"

　　林倩倩憧憬着祝贺给她画的大饼，心里对沈默的内疚渐渐地消失无踪了。她暗下决心，明天一定要找机会把最后一张图纸给拍下来。

　　吃过晚饭，祝贺收拾了垃圾，还主动喂了房东的猫，给林倩倩烧了洗脚水，说是晚上泡脚对身体好。

　　上床之后，祝贺专门在平板上找了个喜剧电影，搂着林倩倩一块儿看起来。林倩倩很开心也很放松，在祝贺的怀里渐渐地睡着了。

　　可能是因为怀孕的关系，也可能是晚上的牛排吃得太多，林倩倩半夜醒来想上卫生间，一摸身边祝贺却不在，床铺是温温的，林倩倩想，也许祝贺上厕所了吧。

　　这套房子是三室两厅，房东把房间租给了不同的租客，最大的客厅又用隔板隔出两个小间来，林倩倩和祝贺住的就是其中一间。

　　这隔间房里没有暖气，卫生间也在外面的走廊里，林倩倩看见祝贺的棉服还在床上扔着，她心想这人也真是的，天气这么冷，上卫生间就算是一会儿，也得把衣服披上啊，要不然感冒了怎么办？

　　她披上自己的棉服，然后一手抱起祝贺的棉服，揉着眼睛开门走出去。

　　"祝贺？"她小声叫着，害怕把邻居吵醒。

　　叫了两声没有人答应，她走到卫生间门口敲了敲门，门应声而开,里面却空无一人。

林倩倩正觉得奇怪,听见走廊那头的阳台上有人说话:"什么?你现在在酒吧?大小姐,这都两点多了,你怎么还在外面喝酒啊?"

听出是祝贺的声音,林倩倩皱紧了眉头,听到祝贺叫对方"大小姐",林倩倩更加疑惑。

她蹑手蹑脚走到阳台门口,看见祝贺只穿着薄绒睡衣,一手拿着手机,一手正不停地在手臂上搓着。

"宝宝,你听我的话,别喝了赶紧回家吧,酒吧里都是坏人,你喝多了会被人骗的。"

"我就是心疼呀,哎,我真的去不了,我要是能去的话,还用你给我打电话吗?对呀,今天下班时我们不是说好的吗?咳,你怎么又生气了?我也想过去陪你呀,可是我图纸不是还没到手吗?什么,冤枉啊,我真的没有跟她做那事儿。你不知道,我现在看见她就反胃,要不是为了骗她给我弄图纸,我至于对她低声下气吗?哎,那当然了,我最爱的当然是你,我的婉婉……"

"咣当"一声,好像是什么东西碎了,祝贺吓了一跳,转过身看见房东种的那盆富贵竹倒在地上,林倩倩就站在旁边,长发散在肩头,披着一件黑色长款羽绒服,脚边堆堆叠叠的,看不清是什么。

冬夜里苍白的月光照着她的脸,显得她的脸更加惨白,她双眼直勾勾地盯着祝贺,嘴唇不住颤抖着。

祝贺蒙了两三秒,回过神后听到电话那头赵婉儿醉醺醺地说:"祝贺,我跟你说话呢,你敢不理我,你知不知道我可以……"

祝贺挂了电话,看着林倩倩,颤声问道:"倩倩,你怎么会在这儿呀?"

他迈步往前,林倩倩突然尖叫:"你别过来!"

祝贺吓得站定,双手在身前摇晃:"好好,我不过去,倩倩,你听我解释啊,倩倩……"

祝贺话还没说完，林倩倩转身就跑。

祝贺骂了句脏话追上去，他忘了刚才林倩倩脚边堆着的东西，跑到门口被绊倒，骂骂咧咧地抓起来一看，竟然是他自己的棉服。

祝贺愣了下，心里多少有些不忍，可最终摇摇头套上棉服，抬脚追了上去。

大门敞开着，却不见林倩倩的踪影，祝贺心里着急，探头在楼梯旋角上下查看，看见上面几层好像有衣角一闪，他突然想到上次林倩倩在他身下说的那句话："如果你再骗我，我就死给你看。"

祝贺的脑袋一下子蒙了："倩倩，你站住，你听我解释啊。"

一路追上去，祝贺气喘吁吁地来到楼顶，看见林倩倩已经站在半米高的围墙上，风吹着她的棉服在身后飘摇，她的身子也在飘摇，好像随时都要落下去。

"倩倩……"祝贺颤声唤她，一边慢慢往前走，"你别这样，你听我解释好不好？"

林倩倩厉声尖叫："你别过来，你滚，我不想看见你！"

"倩倩，都是误会，你知道我最爱的是你啊，你肚子里有我们的孩子，你要替……"

"闭嘴，你给我闭嘴！祝贺，你为什么要这样啊？我一心一意地对你，你为什么要这样对我？"

林倩倩歇斯底里地大叫着，双手抓着头发，随时都有掉下去的危险。

祝贺的心提到了嗓子眼儿，他只要往前走一步就被林倩倩喝止，他再也不敢妄动，站在那儿双手在身前乱摇："倩倩，你听我解释好不好？我之所以还跟赵婉儿联系，是想从她那里要回我给她买的东西啊。你不知道，自从知道你怀孕以后，我就决定了要跟你好好过日子。再想想从前赵婉儿哄着我给她买了那么多奢侈品，我心疼！我想把那些东西要回来换成钱，可以用在我们的孩子身上啊……"

"你滚！你再往前走一步我就跳下去，我再也不会相信你了，祝贺,我再也不会相信你了!你滚开,你滚开!"

祝贺急得没办法,他害怕吵闹声惹来街坊四邻,万一有人报警,势必会惊动公司,林倩倩情绪激动之下,说不定就会把偷文件和图纸的事全部讲出来,到时候他不但得不到赵婉儿,说不定还会被送进监狱。

"倩倩,一切都是我的错,你先下来好不好?你就算不为你自己,也要为你肚子里的孩子想想啊,你站那么高太危险了!你快下来呀!"

林倩倩仰头看着天空,眼泪汹涌而出,她后悔极了,后悔自己没听沈默的话,后悔自己太弱智,后悔自己明明知道祝贺那么坏却还对他抱希望。

现在什么都没了,她背叛了朋友和公司,她肚子里还怀着"渣男"的孩子,她还有什么脸去见自己的父母?她活着还有什么意义?

"倩倩,我要怎样才能让你下来啊,倩倩,你别这样,我求你啊,算我求你了。"

祝贺彻底给吓住了,欺骗感情是一回事,可是背负上两条人命又是一回事,他就算再冷血,林倩倩腹中骨肉毕竟是他的,见林倩倩如此决绝,他已经六神无主了。

"把你手机给我,我要给沈默打电话!"

"好好,你先下来,你下来好不好?"

"不要!你滚开不许碰我,你再碰我我现在就跳下去。"看着祝贺渐渐走近,林倩倩尖叫着阻止。

祝贺没办法,只得拿出手机:"好好,我把手机给你,我现在过去,你别动,你千万别动。"

林倩倩指着离自己两米远的地方:"你把手机搁在那儿,然后后退,你敢往前一步,我就跳下去。祝贺,我如果死了就是一尸两命,警察会查到孩子是谁的,只要查到你,一切事情都会牵扯出来,你知道后果!"

给林倩倩这么一吓，祝贺再不敢有什么想法，乖乖把手机放在那儿，看着林倩倩摇摇晃晃走过去拿手机，心脏都快要跳出来。

睡意正酣的沈默听到枕边的手机响，闭着眼睛摸起来接听，听到那头有个女人在抽泣，以为是夜半鬼铃，吓得一下子坐起来。

"沈默，我错了，我不该相信这个'渣男'，我对不起你，对不起言副总和大家，呜……"

沈默瞪大了眼睛："倩倩，是你吗？你现在在哪儿，你怎么了？"

"沈默，我怀孕了，我以为他会好好对我，可原来他一直在骗我。我没脸见你们，没脸面对我的父母，我……"

沈默从床上跳起来，一边往身上套衣服一边道："倩倩，我听不懂你在说什么，你等着我，我们见面再说好吗？"

"不用了，我现在什么都没了，沈默，谢谢你一直这么照顾我，我挂了。"

"慢着，倩倩，你这算什么，你是打算自杀吗？那我问你，你自杀前，是不是得把欠下的债还清？"

"债？什么债？"

沈默跑到门口，一边穿鞋一边道："林倩倩，你还欠我一千块钱，你忘了吗？你不会准备背着我的债去死吧，你如果死了，我找谁要这一千块钱？"

米拉打开门，揉着眼睛埋怨道："这大半夜的不睡觉，你抽什么疯？什么一千块钱，为了一千块钱你折腾什么，你至于吗？"

沈默食指搁在唇边嘘了下，接着对林倩倩说："你等着我过去，你把钱还给我，到时候你要生要死都跟我没关系了。"

林倩倩冷冷地笑了，她以为沈默会劝她，哪知道她居然也这么冷血，心里只记着钱："好啊，你来吧，我在我家顶楼的天台上。"

"行！你等着我，林倩倩，如果你敢在我到来之前跳楼，我会追到你家里问你父母要这一千块钱的。"

林倩倩直接挂了电话，沈默把手机往羽绒服口袋里一塞，弯下腰赶紧穿鞋子。

"什么什么？林倩倩要自杀？这丫头是不是抽疯了？"

"具体不清楚，她应该是怀了祝贺的孩子，她说祝贺骗了她……"

"'渣男'不死她去死，她是不是有病！你等着我，我开车送你去。"

"那你快点！"

十五分钟后，两个人来到林倩倩租住的小区楼下，米拉拔下车钥匙，一边往外头张望着。

"奇怪啊，怎么没有警察，怎么没有消防车，怎么没有围观群众？"

沈默好气又好笑："赶紧的吧，你当拍电影啊？"

下了车沈默抬头看向八楼天台，似乎影影绰绰有个影子在那儿晃，沈默心里一紧，脚步加快往里跑。

"哎，你慢点，我说得也没错呀。这种时候不是应该第一时间打电话报警，然后叫消防队过来在下面拉气垫床吗？"

沈默不理她，奔过去按电梯，旧小区晚上电梯停了，她骂了一句，只得跑去爬楼。

米拉跟过来骂了句，"真他×的，'渣男'，全因为那个'渣男'，'渣男'都该死！"

马不停蹄地跑到天台上，沈默看见祝贺抱着膀子站在那儿，林倩倩坐在围墙上面，正面朝里，脸上的泪水已经干了，一双眼睛直勾勾盯着祝贺。

"你傻站着干吗？为什么不拉她下来？"

祝贺委屈地道："我一抬脚她就威胁说要跳下去。"

"为什么不报警？如果她真的跳下去怎么办？你负得起这个责任吗？"

祝贺嗫嚅着，他自然不敢把自己内心的想法说出来："我……

我觉得她应该不会跳,她不是那种人。沈默,你快帮我劝劝她吧,她是失心疯了,还有,她现在说话颠三倒四的,你什么都不要相信。"

"哈哈哈……"坐在那儿的林倩倩突然爆发出大笑声,"祝贺,我今天算是看清你了,我以前真是叫猪油蒙了心,我居然会相信你!哈哈哈,我太天真了,我跟你在一起快六年了,你现在说我失心疯!"

沈默朝祝贺使眼色,示意他接着跟林倩倩说话,自己慢慢地往林倩倩身边走过去。

祝贺接着道:"倩倩,你听我的话,快下来不要闹了,这里太冷了,你会冻坏的。天亮了我们还得上班呢,又没请假,无故旷工会……"

林倩倩突然大叫:"沈默你别过来!你跑来不就是为了要那一千块钱吗?我刚才已经跟祝贺说了,他欠我这么多,这一千块钱他帮我还,给你他的手机,让他现在还给你!"

林倩倩把祝贺的手机扔过来,沈默并没有接住,吧嗒掉在地上,祝贺心疼地闭了下眼。

沈默依旧慢慢往前走:"我不要他还,我是借给你的,要还也是你来还。林倩倩,你脑袋有坑是不是,为了这种渣男去死,你值得吗?"

"我不是为他,我是为我自己,我信错了人,我好后悔。沈默,我怀了他的孩子,我满心欢喜地告诉他,以为他会很开心。哪知道他居然利用这个孩子骗我,他说他会跟我结婚,原来只是想骗我帮他偷图纸。"

"啊!沈默你别听她瞎说,没有的事……"

沈默皱着眉:"什么图纸,你下来慢慢告诉我。"

"不,你别过来!"

沈默只好站在那儿,可是手已经差不多可以够到她的身子了:"好好,我不过去,你现在告诉我,是不是咱们项目组的图纸?"

"嗯。"林倩倩抹了把泪,"他说捡到了上次你丢的文件,有人出价八十万,但条件是必须拍到根据文件绘出来的图纸。我太傻了,我真是太傻了,我没脸再活下去了……"

"不是这样的,沈默,我承认我还跟赵婉儿在一起,是我半夜接赵婉儿的电话被她听到了,她气不过才编出这些话来污蔑我的,你别相信她的话!你问问她,她说这些有什么证据?"

林倩倩瞪大了眼睛,泪水滚滚而下:"祝贺,我真是瞎了眼,我今天才看清,原来你竟是这种人。"

"林倩倩,你别把自己当贞洁烈女,我问你,是我强迫你的吗?我俩在一起的时候,哪一次不是你主动贴上来……"

"啪!"一声脆响,祝贺的脸颊火辣辣地疼。

米拉一手叉着腰,一边甩着打麻的手:"他×的'渣男',我就看不惯你们这种男人,要点脸行不?"

林倩倩也被米拉这一巴掌给吓住了,就在她愣神儿的工夫,沈默已经奔上前抱住她的腰,把她给拖了下来。

两个人倒在地上,林倩倩回过神扑打着挣扎着:"你别管我,你为什么要拉我下来,你让我去死,你让我死了算了。"

米拉走过来破口大骂:"放开她,让她去死,都这样了还活个什么劲啊!被'渣男'骗还被搞大了肚子,现在还涉嫌盗取公司机密文件,就算你救了她,她也得吃牢饭,让她死了算了。不是我说你沈小默,这种不知好歹的东西你就不该管她,你还没看明白吗?这'渣男'就是她的全世界,没了'渣男'所有人在她眼里就是个屁。林倩倩我问你,你不是口口声声说沈默是你好朋友吗?她大半夜不睡觉跑来救你,你当真以为她是为了讨那一千块钱啊?还有你爸妈,他们辛辛苦苦把你拉扯这么大,养得如花似玉的,你他×居然为了这么个'渣男'寻死,你脑袋里装的是大便吗?"

林倩倩吃惊地看着米拉:"你……你怎么能这么说我?"

"我这么说你怎么了?我说的还是轻的呢!我告诉你,你现在死了正好,'渣男'把屎盆子往你头上一扣,到时候就说是你盗窃公司机密,还说是你勾引他你才怀孕的。嘿,等你死了,你成了勾引别人男朋友的小三,成了盗窃犯。你父母到北京来领你的骨灰,他们听到的会是什么?他们心里会怎么想?你倒是一蹬腿两眼黑什么也不管了,你有没有想过活着的人怎么办?"

林倩倩愣了一会儿,喃喃道:"不是的,不是的,不是我做的,不是我做的。"

沈默搂住她:"我知道,我都知道,我们都相信你,所以你要说出来呀,跟大家说出来,跟言副总说出来。倩倩,这里太凉了,我们先下去好不好?"

林倩倩抓紧沈默的胳膊:"你们真的相信我?言副总会相信我吗?他会吗?"

沈默赶紧点头,"会的会的,我们大家都相信你。来,倩倩,你能站起来吗?"

林倩倩扶着沈默的胳膊慢慢站起身,感觉到两腿之间又湿又凉,她颤声道:"沈默,我……我好像流血了。"

医院里,沈默给言辰打电话请完假,看见米拉揪着祝贺的衣领子正在骂:"赶紧交费去,医生说了,这孩子保不住了,林倩倩现在要做手术,你他×是个死人吗?"

祝贺脑袋耷拉着:"我……我没钱。"

米拉攥着拳头:"我!"

沈默拉住她:"算了,我们去交。祝贺,事情的经过我已经跟言副总汇报过了,你一会儿可以去上班,也可以跑,但是你要想清楚再选择。"

祝贺抬起头,哭丧着脸哀求道:"沈默,看在倩倩的面子上,你能不能……"

米拉气得又攥起拳头:"我这辈子头回看见你这么逊的男人!林倩倩是倒了八辈子血霉才会喜欢你,她真该去看眼科!"

沈默想笑,强忍着板起脸:"你不用求我,你知道求我也没用。对了，言副总还说，今天上班他会找赵婉儿谈话，你手里的文件到底是哪儿弄来的，相信很快就会弄清楚。"

米拉和沈默交完费回来，祝贺已经离开了，看着林倩倩被推进手术室，两个人疲惫地坐在长椅上。

米拉问："林倩倩拍的图纸还没交给祝贺，她应该不算盗窃公司机密文件吧？"

"嗯。"沈默点点头，"我跟言辰汇报过，他说林倩倩也是被骗，不会有事的，人事部那边算林倩倩休假，公司里不会有人知道这件事的。"

米拉点点头："这小可怜儿，希望经过这次的事会长大，不会再只相信爱情能给她带来一切了吧。"

沈默看着米拉："米大娘，我好崇拜你，你是怎么做到吵架时思维清晰逻辑缜密，骂人一套套的？怎么我一到吵架的时候就卡壳，吵完才发现，好多想骂的话都没骂出来呢？"

米拉瞪眼道："你这是夸我呢还是骂我呢？"

"嘿嘿，夸，当然是夸。"沈默一脸讨好，"米大娘，商量个事呗。"

"你想让林倩倩住到咱们家，你怕她再想不开？我倒是无所谓，多一个人住也热闹，不过我估计这姑娘不会再那么蠢了。她要是再想不开，就真的无药可救了。"

沈默眉开眼笑，搂住米拉的脖子，在她脸上吧唧亲了一口："米大娘，我就知道你刀子嘴豆腐心，刚才说那些话就是为了刺激林倩倩，我更崇拜你了。"

米拉嫌弃地推开她，用手背擦着脸颊："真恶心，你别老拿我练习，想亲你家言辰辰直接亲去。"

沈默脸一红："嘿嘿，我不爱亲他，就爱亲你。"

米拉撇撇嘴："鬼才信。不过你要有个心理准备，我可不能帮你照顾她。我最近挺忙的，我打算过一阵弄个服装秀，也算是打响我们Aromatic时装公司在北京的头一炮，不过主题我还没想好。"

沈默道："你能同意让她搬来住我就挺感激了，怎么还好意思让你帮着照顾她呢。"

林倩倩从手术室里出来的时候麻醉药劲还没过，沈默和米拉帮着护士把她抬到了床上。

睡梦中的她双手攥着被角喃喃着，脸色虽然惨白，额头上全是汗水。

米拉叹口气道："这孩子要想好起来，估计得好些日子呢。"

沈默替林倩倩把乱发理到耳后："放心吧，一切都会好起来的。你忙你就走吧，我在这里守着。"

"那好，我回去换衣服上班，要不要帮你捎什么东西来？"

沈默摇头："不用了，你赶紧忙你的去。"

米拉离开后，沈默一个人守着林倩倩，却没料到过了一会儿，祝贺竟然又来了。

他耷拉着脑袋在门口站了半天，沈默站起来打电话的时候才看见他。

"你怎么又来了？"

祝贺走进来，把手里的袋子放在旁边的空床上："我给她拿了点东西，还有她的手机。刚才手术费多少钱，我现在还给你们。"

沈默冷冷道："不用了，你走吧，我想倩倩醒来不想看见你。哦对了，我会把倩倩带到我们家住，那边的房子你看着处理吧。"

祝贺点点头："嗯，我明白。沈默你放心，我一会儿去公司就主动找言副总澄清一切。"

沈默看着他："算你还有点良心。"

祝贺因为这句话竟然红了眼睛，他看着床上的林倩倩，喃喃道："其实我也不想这样的，我只是想生活得好一点。我们……也有过好的时候啊。"

沈默厌烦地皱着眉："你现在想起来你们有过好的时候了？你欺骗她利用她的时候怎么没想过你们好的时候？你走吧，现在说这些一点意义也没有。你如果真的想对倩倩有个交代，最好兑现你刚才的话，跟言副总说清楚一切事情都跟倩倩没关系。"

祝贺抹了把脸，转身离开。

沈默走出去打完了电话回来关上门，却看见林倩倩不知何时已经醒了，正眼神空洞地盯着天花板。

沈默问："倩倩，你什么时候醒的？刚才他说的话你都听见了？"

林倩倩没说话，眼泪却顺着脸颊直往耳朵里流，沈默拿出纸巾替她擦眼泪："别难过了，医生说了，流产就等于小产，这个时候要注意身体，要坐好月子的，不然会落下病根知道吗？"

"沈默，你说我还有将来吗？我现在都这样了，我以后还怎么活？要是给我妈知道我……"

祝贺拎过来的那个包里，传出手机铃声，沈默拿过来打开，拿出林倩倩的手机，屏幕显示着两个字："妈妈"。

沈默把手机举在林倩倩跟前："怎么办，要不我帮你接，就说你在忙？"

林倩倩摇头，强把泪水咽下，接过手机滑向接听。

她还没说话，那边便传来母亲苍老的声音："倩倩，是你吗？我是妈妈呀。"

林倩倩的泪水夺眶而出，她努力平复情绪："嗯，妈妈我知道。"

"倩倩，今天是你的生日，我刚才就想打给你，想着你应该还没起床，这会看看时间你应该快上班了，所以给你打个电话。乖女儿，你好不好啊？有没有按时吃饭？祝贺有没有给你买生日蛋糕啊？早上一定要吃鸡蛋知道吗？"

"妈妈……"林倩倩哽咽着，泪水一个劲儿地往下淌，"我很好，您不说，我都忘了今天是我的生日了。"

林母迟疑着："女儿啊，你是在哭吗？是不是出了什么事？"

"没有没有，妈妈，我是接到您的电话太开心了。"

"哦哦，那就好，那就好。你春节会回来吗？到时候要带着祝贺回来呀。倩倩啊，妈妈有件事想告诉你，可今天是你的生日，说了又怕你不高兴。"

林倩倩接过沈默递过来的纸巾擦着泪水："妈妈，您说吧，今天您说什么我都不会不高兴的。"

林母沉吟了一会儿，叹口气道："唉，反正你早晚都要知道的。倩倩，我上个月跟你爸爸离婚了，你放心，我们是和平分手，他不会再打我了，真的。倩倩，这件事我一直不知道该怎么跟你说，你不会怪我吧？"

林倩倩的心抽痛着，眼前浮现出她小时候酒醉后的父亲回家把母亲打得满院子跑的情景。

"妈妈，我怎么会怪您呢？您有权利争取自己的幸福啊，当年要不是因为我，您也许早就跟爸爸离婚了。妈妈，我理解您，等到我在北京安定了，我就接您过来好吗？"

林母很欣慰地笑了："不用的，我这些年跟着你二姨学做生意，也存了点钱，我不用你养我，你照顾好你自己就行。倩倩呀，妈妈现在才明白，女人要自强自立，只有靠自己才能生活得好。妈妈错了，妈妈以前总是教育你要好好读书，这样才能遇到好男人，有个好依靠。得，这样是不对的，女人天生比男人要弱小，可正因为这样，才更要自强自立。倩倩啊……"

"妈妈，我明白的，我都明白的，您不用多说，以后您一个人在家，要注意身体，有事就给我打电话。我春节回家看您。"

"嗯嗯，把这件事说出来，妈妈心里就舒服多了。你给你爸打电话的时候也别怪他，这些年他也不容易。倩倩，你要好好的知道不？妈妈祝你生日快乐啊。"

挂了电话，林倩倩把手机捂在胸口，呜呜痛哭着，沈默坐在她身边，替她拍着背，又拿纸巾给她。等到她宣泄够了，沈默倒了杯水让她暖手，轻声问道："今天是你的生日啊？"

"嗯。"林倩倩点点头，仰起脸苦笑，"我妈妈不提，我自己都忘了。呵呵，真好呀，我的生日，我孩子的忌日。"

"别这么说，你要这样想，这个孩子就算来到这个世界上也不会开心的，因为他有个那样的……"

"父亲"两个字还没说出口，林倩倩打断她："我妈告诉我，她终于跟我爸离婚了。"

"啊？怎么会这样？"身在幸福家庭的沈默不理解，林倩倩的父母到了这个年纪怎么还会闹离婚。

林倩倩叹气道："其实我爸妈早就该离婚了，我爸是个工人，脾气暴躁，一有点不顺心的事就喝酒回家打骂我妈，所幸他还有人性没有打过我。我妈这么多年一直忍耐着不离婚，就是因为我……"

沈默这才明白："原来是这样啊。"

"以前我妈总是教育我，要好好读书，这样才能找个有文化有学识的男人，他们读了那么多书肯定不会打老婆，肯定是女人最好的依靠。可是你看看我现在？"

沈默搂住她的肩膀："倩倩，你要这样想，今天是你的生日，就是你的新生。从今天开始，你要把以前所有伤心的事都忘记，努力过着真正属于你自己的人生。"

林倩倩低着头，眼泪再次涌了出来："沈默，我还可以吗？"

"傻瓜，为什么不可以啊？你那么聪明能干，而且做事细心负责，长得又好看……"

听到沈默这么夸自己，林倩倩不好意思地笑了，她握住沈默的手："沈默，我骗了你，我利用你去拍图纸，对不起。"

"别说了，那些事我都忘记了，我跟米拉商量过了，以后你搬到我们家去住，书房一直都给你留着呢。"

林倩倩羞愧地说："你们还愿意收留我？"

"当然了，我们求之不得呢，这下子有人分摊房租了。不过咱们可商量好，以后家务活儿可包给你了，你知道我和米拉不擅长这个。"

林倩倩连连点头："行，没问题。"

又休息了一会儿，医生过来检查林倩倩的情况，通知她可以办手续回家。

沈默去给林倩倩办手续，却被收费处告之，刚才有位先生替林倩倩又缴了两千块钱，办完手续可以把剩下的退还。

沈默挺意外的，回到病房跟林倩倩说起刚才祝贺来给她送了衣物，并替她缴费的事。

林倩倩笑笑，只是说了句"知道了"。

第四十五章　我今日的地位不是你给的

回到家里，沈默让林倩倩坐在沙发上休息，自己忙里忙外地给她收拾房间铺床，然后扶着她去床上躺好，还拿了平板给她看电影解闷。

中午沈默又在美团上找了家养生粥铺，买了鸡粥和几样小菜，跟林倩倩一起吃过午饭，这才跟她说了一声，去公司上班。

沈默到公司时还是午休时间，她想言辰一定还在办公室里，所以就没打招呼直接搭电梯上了八楼。

电梯门打开，沈默迈步走出去，看见秘书室的门半开着。

沈默心想，方若雨午休时一向是会出去吃饭的，今天怎么还在公司，难不成言辰派给她什么重要的工作需要加班？

来到言辰办公室，沈默正准备敲门，就听见秘书室里传出方若雨的声音。

"我也没想到，言副总会这么快就把黑客的问题给解决了。我当时想，既然问题已经解决了，我再跟您汇报已经没有意义了……"

"对不起薛总，是我的错，我不该想当然的。您放心，我以后一定不会这样了，言副总只要有什么动向，我第一时间会向您汇报的。嗯嗯，我明白了，好的，薛总，我知道了。"

沈默皱紧眉头，看到言辰并没在他办公室里，她转身走到秘书室，轻轻推开门站在那儿。

方若雨打完了电话，抬起头看见沈默，吓得一下子愣住了。

过了有四五秒，她才僵硬地笑了下："沈默你找言副总吗？他下班时出去了。"

说完她低下头，假装整理文件。

可沈默却没有要走的意思，她盯着方若雨，冷声问："你刚才是在给薛山打电话吗？是你跟他汇报工厂图纸绘出来的事，所以他找了黑客袭击工厂的电脑？"

方若雨的手攥成拳，咬紧牙关犹豫了一会儿，抬起头瞪着沈默："我不明白你在说什么，薛总的名字也是你叫的？"

"方若雨，言副总待你不薄，这些日子来你做错了多少事，他都姑息你了，你为什么还是不知好歹？"

方若雨一拳捶在桌面上，恼怒道："什么叫我不知好歹，我做错了什么？要不是因为你，言副总会冷落我吗？我喜欢他有错吗？他原本就是我的男人，你凭什么插足抢走他？我就是见不得你们好，我就是要拆散你们！"

沈默瞪着方若雨好一会儿，突然笑了："方若雨，你这么自私，根本就不明白什么叫爱。枉我还曾经把你当成我的情敌，我错了，你根本就不配！你到现在还不明白吗？每个人都是独立的个体，言辰不属于任何人。喜欢一个人是希望他好，不论他做怎样的选择都会支持他祝他开心快乐，而不是不择手段自以为是地想要得到他。今天的事我不会告诉言辰，我希望你好自为之，我也要劝你一句，不要再枉费心机做些有的没的，没有用的，言辰喜欢的人是我！你，永远没有机会！"

沈默转身，大步走了出去，方若雨瞪着大开的门，呆呆地坐在那里。

只听见外面沈默在跟谁说话，声音听起来很是娇羞："咦，你什么时候回来的？"

然后就是言辰的声音，满满的宠溺和温柔："我站在这儿有一会儿了。"

"啊？我刚才说的话你不会都听到了吧？"

"嗯……我没想到，你居然这么泼辣。"

"嘻嘻，你吃饭了没？对了，你刚才去哪儿了？"

"本来想下去吃饭，可是转了一圈，发现一个人吃饭很没有意思，所以又回来喽。现在你来了，不如你陪我再下去一趟？"

"好呀，你想吃什么，我以后都陪着你。"

两个人的声音渐远，方若雨呆呆坐着，她环顾四周，办公室里明明很空旷，可是沈默和言辰的声音仿佛还萦绕在她的耳旁。

她突然笑了，起初只是无声的笑，而后笑声渐大，直到歇斯底里笑得上气不接下气，她伏在桌面上良久，抬起头已经是泪流满面。

她觉得自己像个笑话，费尽心机蝇营狗苟，一心只想要得到那个叫言辰的男人，可到头来又得到了什么呢？

原来自己的深情人家根本就不在乎，原来所有的表白都不及沈默一句普通的问候。

——你吃过饭了吗？

——没有，你不在身边，一个人吃饭没有意思。

——那好啊，我陪你吃饭去。你想吃什么，我以后都陪着你。

这才是真正的爱情吗？爱情不应该是喜欢他就拼命想办法得到他吗？难道爱情的真谛只是成全和给予，如果是那样的话，深爱的那个人离开了，那自己剩下什么，岂不是太傻了吗？

可自己现在就不傻吗？瞧瞧自己现在变成什么样了，为了一个明知道得不到的男人，真的值得吗？

当初进敬一时的那个方若雨不是这样的啊，她一心向上只想努力工作出人头地，怎么走着走着就迷失了呢？

想到这些，方若雨再也抑制不住，趴在桌上放声大哭起来……

而此时坐在公司附近西餐厅里的沈默和言辰，可没有一点愁云惨雾的味道，两个人相对而坐手握着手，傻傻地看着对方笑。

沈默的脸先红了，她想要缩回手，却被言辰紧紧握住。

言辰问："你刚才说的话都是真心话？"

沈默眨眨眼："哪一句？情敌，还是没机会？"

"你说你喜欢的人是言辰。"

沈默缩回手："去你的，我才没有这么说，我说的是言辰喜欢的人是我。"

"那就是说，言辰是在单相思，你不喜欢言辰喽？"

"谁说的，我不喜欢我干吗……"

沈默意识到言辰在套话，赶紧闭上了嘴巴，言辰眸底黑沉，温柔地看着沈默，直看得她垂下头去。

"沈默？"

"嗯？"

"沈小默……"

"嗯？"

"默默……"

"干吗啊？"

"没事，就想叫叫你。"

沈默翻个白眼："言辰辰，别忘了你的身份，恢复你的高冷范儿，不要这么黏糊糊的好吗？"

"不要，我现在不是言副总，我只要做你的言辰辰。"

"呕……"

"先生小姐，请问点好餐了吗？"服务员冷冷的声音打断了两个人的情话，沈默拿起菜单挡着脸，笑得肩膀抖个不停。

言辰瞥她一眼，咳嗽一声："要两客牛排套餐，麻烦快点。"

服务员收了菜单离开，言辰伸手又抓住沈默的手，沈默也不躲了，索性跟他十指交扣。

沈默笑着问："这么说，方若雨跟薛山勾结的事你早就知道了？"

"也不算知道了，只是觉得方若雨最近有点奇怪，警惕而已。"

"那你打算怎么办？"

言辰看着沈默："如果是沈助理，你会怎么办？"

沈默狡黠地眨眼："我呀，就什么也不做喽，等着看他们表演，然后抓到把柄一次击破。"

"嗯，就听你的。对了，林倩倩怎么样了？"

"目前看起来还不错，她今天生日，我想跟米拉商量一下，晚上我们给她办个生日会，好让她开心一点。"

言辰赞许地对沈默说："我家默默真是个善良细心的好姑娘，拜托你关心你朋友之余也关心一下我，把去我家的事提上日程好不好呢？"

晚上下班后，沈默和米拉约好回家给林倩倩过生日，米拉开车来接沈默，然后去取了下午沈默定做好的蛋糕。

等到了她们家楼下时，沈默拎着蛋糕下车，看见米拉从后备箱里拿出几个袋子，就好奇地问："米大娘，你拿的什么？"

米拉晃晃袋子："给倩倩的生日礼物哦，我设计的春装，刚出炉还热乎着呢，市面上可还没卖的。"

"啊！"沈默作势要去掐米拉脖子，"米大娘，不带这样的，我刚介绍你认识新欢你就忘记我这原配了！你只知道给你新欢准备礼物，那我的呢？"

米拉哈哈大笑："放心吧，原配和新欢都有，我怎么可能忘了你呢。"

"这还差不多！"

米拉钩住沈默的脖子，揽着她上楼："我这辈子只有一个原配，那就是你沈小默，你的位子是无法撼动的。"

"哈哈，这辈子能有你这个闺蜜，我知足矣，米大娘，你真是我的宝藏，从你身上我不但学到了职场知识，还能不花钱穿当季新衣服,哇,我简直不要太幸福!"

米拉白了她一眼:"想不到你这么市侩!"

"嘿嘿,你现在才发现,晚了,货物售出概不退还,我这辈子吃定你了。"

两个人说说笑笑到了门口,米拉嘘了一声,对沈默说:"你进她房里关上门跟她说话,我把生日蜡烛点上,咱们让她 surprise(惊喜)下?"

沈默做个OK的姿势,开了门蹑手蹑脚走进去,把蛋糕放在门口鞋架上,然后去敲敲书房的门:"倩倩,我回来了。"

她走进去随手带上门,看见林倩倩歪在床边,手里拿着上次言辰给她那本《与机器人共舞》,看见她回来,就要掀开被子下床,"你回来了,怎么不提前给我打个电话,我好给你和米拉做晚饭啊。"

沈默过去替她拿外套披上:"不用不用,你现在是病人,应该好好养着,做饭洗衣服的事少不了你的,你放心吧,不用着急。"

林倩倩苦笑:"那今天晚上你们俩也不能饿着啊,我在家躺了一天,中午饭还没消化,我不吃没关系,你们俩是工作了一天啊。我去看看冰箱有什么吃的,明天你俩上班走了,我去把我在那边的东西收拾一下搬过来,顺便去超市买点菜回来。"

沈默故意拖延时间,拿起那本书笑着问:"怎么想起来看这么枯燥的书?我当初是因为这个项目,要不然我才不看呢。"

"嗯,我想我也是团队的一分子,以前做你的副手心不在焉的,也没想着要学习这方面的知识,现在重新做人,我要认真工作好好生活跟你学习,既然现在在AI团队里,就要多掌握这方面的知识啊。"

沈默拍拍她的肩,一副老前辈语重心长的模样:"小同志,我看好你哟。"

林倩倩笑了,走过去打开门:"怎么米拉没跟你一起回来吗?"

外面黑漆漆的,林倩倩奇怪道:"咦,怎么停电了?不对呀,我房里灯亮着呢?"

就在这时,沈默接过躲在沙发处的米拉递过来的寿星帽戴在林倩倩头上,米拉跳出来,手上举着点燃蜡烛的蛋糕:"生日快乐!"

林倩倩愣在那儿,嘴唇颤抖着,呆呆望着蛋糕上闪烁的蜡烛,眼泪扑簌簌往下淌。

米拉跟沈默对视,沈默赶紧道歉:"对不起对不起,我们想着给你个惊喜的,是我们太着急了……"

"不,不是的。"林倩倩哽咽着,"沈默,米拉,我是太感动了,真的,谢谢你们,这辈子是头一次,有人肯花心思帮我庆贺生日,小时候家里条件不好,妈妈最多给我煮个鸡蛋什么的。这几年在北京,只有我给祝贺过生日的份儿,他从来都没想过给我过一回生日,我真的是……"

米拉皱着眉想痛骂祝贺,沈默在她背上拍了一下,笑眯眯地道:"哎哟吓死我了,我还以为我们又惹得你不开心了。快点,寿星女,许个愿,把蜡烛吹了吧。"

米拉一转身,把蛋糕护在身前:"那怎么行,还没唱生日歌呢,寿星女得表演个节目,我们才给吃蛋糕。"

"啊?"沈默和林倩倩傻傻地瞪着米拉。

米拉哈哈笑着:"我逗你们呢。来吧,快许个愿,我们一起帮你吹蜡烛。"

"嗯。"林倩倩双手合十举在胸前,闭上眼睛。

过了一会儿她睁开眼睛,看到沈默和米拉都直勾勾盯着她,有点羞涩地说:"许好了。"

"许的什么愿?"米拉好奇地问。

沈默打了她一下:"那怎么能随便说,说出来就不灵了。"

林倩倩笑着道:"其实也没什么,希望我父母身体健康,希望我以后的日子里事业有成,希望我的好朋友们平安幸福心想事成。"

"哇，你的愿望有点多哦，老天爷他老人家不知道忙不忙得过来。"

知道米拉是在开玩笑，林倩倩也笑了："没关系，如果忙不过来，那就把我那份取消，只留下我父母和我好朋友的。"

米拉歪着头："好朋友是……"

林倩倩眼圈一红："当然就是你们俩喽。"

沈默道："好了，别逗她了，倩倩，快吹蜡烛吧。"

"嗯，我们一起吹。"

第二天早上上班，沈默看到朋友圈林倩倩发的动态上写着："现在才发觉，曾经的自己那么狭隘，原来人生不只有爱情，还有事业、家人和朋友"，配图正是昨天晚上吃剩一半的生日蛋糕和米拉送给她的连衣裙。

沈默会心地笑了，毫不犹豫地给她点了一个赞。

因为林倩倩请假，沈默只好自己跑工厂，跟苗甜他们打了声招呼，沈默正准备打电话叫车，她的手机就响了。

看到来电是苏工打来的，沈默放下座机的话筒，接起电话。

苏工那头很着急地说："沈助理，不好了，刚才孙厂长告诉我，说咱们准备试投产用的那批零件不合格，薛总直接给孙厂长下了命令，说暂停投产。"

"什么！"沈默霍地站起来，"怎么会这样？您有没有告诉言副总？"

"言副总的手机无人接听，所以我才打给沈助理你的。"

沈默说："明白了，苏工您先别着急，也许言副总在开会，我这就上去找他。"

"嗯嗯，沈助理你要快呀，唉，咱们这个项目还真是多灾多难。"

沈默挂了电话，苗甜他们问："出了什么事？是工厂打过来的电话吗？"

沈默回答："苏工说咱们试投产要用到的那批零部件不合格，薛总直接下命令让工厂停产了。"

"什么！"

"太不像话了！"

"是呀，那些零部件是根据数据报告绘出的图纸精确压模而成的，怎么可能不合格！"

苗甜站起来："沈默，我们一起去找言副总。"

大家来到八楼，言辰的办公室里空无一人，沈默看见方若雨坐在秘书室里，就上前敲门。

方若雨抬头，看着大家一块儿上来了，显得很诧异："你们有事吗？言副总被薛总叫到办公室里去谈话了。"

苗甜气愤地道："肯定是说咱们项目叫停的事，不太像话了！薛总这很明显是故意的。"

方若雨问："出了什么事，咱们的项目又怎么了？"

大家互相看着，没有人愿意回答方若雨的话，一直以来他们都打心眼儿里排斥方若雨，虽说她是言辰的贴身秘书，项目她也是从头到尾参与的，可是谁都不愿意认可她是其中的一分子。

方若雨低下头，看起来有些失落，沈默到底于心不忍，就对她说："刚才苏工打电话说，薛总暂停了我们的项目，说是因为根据图纸做出来的零部件不合格。"

方若雨抬起头，跟沈默对视，迎着沈默清亮的眸子，她想起昨天晚上去小馆里尚卫国说的话："你仔细地回想一下，自始至终，沈默真的是故意要接近言辰的吗？抛开你跟沈默对立的角度，你又觉得沈默到底是个什么样的女孩？其实你的内心深处早就有答案了，只是你的好胜心拼命告诉你，不能认输，你不想承认自己输给一个你自认为哪点都不如你的女孩，你觉得言辰选择她而不选择你是对你智慧与美貌并存人设的污辱。可是你想过没有，在爱情里根本就没有道理和逻辑可循，爱就是爱，不爱就是不爱。到了今天，如果你还要一味地纠缠下去，你的所作所为反而更加稳固了他们两人的感情，而到头来你白白浪费了精力和感情，还有你已经剩余不多的美丽年华。"

尚卫国的话很扎心，让方若雨难受，可是现在的她能明白了，那是为了她好，更是因为对她的关心。

就在方若雨愣神的时间里，苗甜气愤地攥着拳："我们一块儿上去找薛总，问问他到底为什么要这样，我们一心一意为了公司，他却总是不停地使绊子。"

秦少洋倒是一脸的坦然，黄亚旗缩了缩脖子："啊，直接跟老大开怼，会被开除的吧？"

沈默思忖着，苗甜拉一拉她的袖子："沈默，你怎么说？"

沈默想了想道："可以提出疑问，但不能质问，毕竟他是我们的老板，就算他不仁，我们也不能不义。"

秦少洋听了点头表示赞同："沈默说得对，我们就算再气愤，也不能失了礼数，我们毕竟是言副总的下属，不能让言副总难做。"

黄亚旗见伙伴们都这样说，摩拳擦掌道："嘿，既然大家都穿一条裤子，脱了都得露腚，行，那就一块儿上！"

苗甜嫌弃地瞪着他："去你的，谁跟你穿一条裤子！"

大伙儿就都笑了起来，秦少洋往门口走："走吧，我们上去。"

方若雨突然站起来："我跟你们一块儿去。"

"你？"大家异口同声，全都惊讶地看向她。

方若雨脸上微红，嗫嚅道："我也是团队的一分子呀，而且我也有话当着薛总的面说。"

众人对视，然后又集体看向她："啊？"

沈默笑了，上前朝方若雨伸出手："欢迎小伙伴。"

方若雨勉强一笑，跟沈默碰了碰指尖，然后跟大家一块儿走出办公室。

来到顶楼，大家走出电梯，看见程昊站在薛山办公室门口皱着眉一脸担心的模样。

沈默小声问:"你站在这儿干吗?"

程昊吃惊地看着大家:"你们怎么都上来了?这是打算揭竿而起了?"

沈默摇摇头:"不,我们只是来提出疑问,而且希望得到薛总的答复。"

程昊后撤身子,看着沈默笑了:"沈默同学,你现在跟以前不一样了啊,学会理性理智地看待问题了。"

"嘿嘿,人总是要长大的嘛,我的成长离不开程老师的鼓励和栽培。"

程昊双手抱拳,半开玩笑地道:"好说好说。"

他一猫腰:"言副总在里面,你们就当没看见我,我也没看见你们,再见。"

说完他朝沈默眨眨眼,快步走回自己办公室关上门。

要进去跟敬一的老大对峙,大家都有些紧张,沈默吸了口气,抬手去敲门。

里面传来薛山愠怒的声音:"进来!"

沈默推开门走进去,看见言辰满面怒容站在办公桌前,薛山面前摊着的,正是他们的数据报告和图纸。

言辰看见大伙儿鱼贯而入,皱着眉问沈默:"你们上来做什么?"

沈默毫不畏惧地看着薛山:"我们来问问薛总,我们的工作流程哪一点出了问题,请薛总批评指正,给我们学习的机会。"

薛山看着站在后面的方若雨,眼神更冷。

他站起来走出办公桌,环视所有人,最后视线定格在沈默身上:"沈助理,你不知道你现在这是越级行为吗?如果你有任何情况或者问题需要汇报,应该找你们的言副总。"说到这儿,他冷笑一声,"言副总,这就是你教出来的好下级,真是有样学样啊。"

这分明就是在影射当初言辰拿着项目计划书直接找到董事会的事情,言辰紧抿着唇不说话,沈默却接口道:"言副总是一位好领导，跟着好领导我们当然要有样学样。我们不仅从言副总身上学到了宽容待人的美德和过硬的专业知识，更学到了他一心为公司发展不计较个人得失的奉献精神。薛总，作为公司的一把手，有这样的下属，您不是应该感到高兴吗？为什么您此刻看起来如此恼怒？如果我们团队做错了什么，还请您明示，您说我们的零部件不合格，请问您是基于哪一种数据考量做出的判断？况且就算我们的零部件真的不合格，我们也可以修改图纸加以改良，您不经过言副总和我们团队所有成员的同意，就擅自勒令工厂停产，这样做是不是不太合适？"

薛山一拍桌子："我是敬一的总经理，我有权做任何决定！零部件不合格，再重新修改试验，只会徒增人力物力的消耗，公司资金有限，没必要浪费在你们这个小项目上面！"

苗甜气得攥着拳："薛总，资金是我们言副总自己跑出来的贷款，专款专用，怎么能说是浪费公司资金？"

薛山一脸不屑，目光更加阴沉，他瞪着言辰："言副总，你就教你的下属这样对领导说话？"

言辰对沈默使眼色："够了，你们下去吧，有什么问题我会跟薛总协商处理的。"

沈默挺着胸："现在已经不是言副总您个人跟薛总之间的事情了，为了这个项目，大家都投入了心血和时间，这个项目就像我们每个人的孩子一样，我们一点点地看着它成长到今天，眼看就要开花结果，我们不能看着它夭折，这是对项目的不负责任，也是对我们所有人付出的侮辱。"

"沈默！"言辰皱紧眉头，刚才大家没上来之前，他已经跟薛山摊牌，他薛山不就是害怕言辰夺走他总经理的位置吗？他愿意在项目成功后自愿辞职，只要薛山保证团队每个成员得到应有的待遇，项目以后得到长足的发展。

现在沈默他们上来一搅和，他害怕薛山反悔，甚至会殃及所有人都丢了工作。

薛山背着手，在桌子前踱步，冷笑着道："好，真是好，我今天真是长见识了。我接手敬一总经理这么多年，这还是第一次遇到普通员工敢上来挑衅……"

薛山话没说完，后面的方若雨突然平静地道："薛总，在我跟您汇报了工厂即将根据我们团队的数据报告绘出图纸后，是不是您找黑客入侵了工厂试验室的电脑？"

此言一出，办公室里静可闻针，沈默和言辰倒是没什么表情，其他人全都用震惊的表情看向薛山。

薛山也愣住了，他没料到方若雨居然敢直接把这件事揭出来，要知道她说出这件事，就等于是承认了她自己背叛言辰做了薛山的走狗。

"怎么回事，这不可能吧？"

"是呀，薛总怎么可能为了一己私利找黑客入侵工厂的电脑？"

"工厂试验室又不只针对咱们一个项目，如果数据不能恢复，也会影响其他项目的进度啊？"

薛山脸上一阵红一阵白，所有人的眼睛都盯着他。

他恼羞成怒，大吼道："方秘书，你是不是跟言辰串通好了来污蔑我的，你知不知道我可以告你诽谤？"

就在此时，办公室的门打开，一辆轮椅慢慢地被推了进来……

石敬一竟然这个时候出现，薛山心中半是惊讶半是惧怕，他甚至怀疑是不是言辰事先安排好的。可此刻也不及细想，薛山快步走过去，从司机手中接过轮椅："爸！您怎么来了？"

言辰也很吃惊，迎上前恭敬地道："石董事长好。"

石敬一满是皱纹的脸上虽然带着笑容，眼神却深邃明亮，他浅笑着道："我去你办公室找你，见你不在那儿，所以就跑来看看大山，没想到你也在这儿啊。这些年轻人是……"

苗甜他们听到薛山和言辰对老人的称呼，知道这位就是敬一集团传说中的董事长，不由得有些紧张，恭敬地唤道："石董事长好。"

沈默看着石敬一，觉得这位老人很面熟，好像在哪里见过。

正思忖间，石敬一对其他人点头微笑，最后将视线落在她的身上："你是沈默吧，我们见过的，我后来还听张行长说起过你。"

沈默这才想起来，这正是那天在元丰银行门口遇到的那位老人，她吃惊之余听到石敬一竟然说张行长跟他谈起过自己，赧然地笑了："是的，我就是沈默，石董事长好。"

言辰笑着道："石董事长，他们都是我们AI团队的成员，项目进行到今天，大家都功不可没。"

言辰一一介绍了大家的名字，石敬一自己操作轮椅，上前跟年轻人们握手，还礼貌地寒暄了几句。

看到敬一的幕后老大如此宽仁和蔼，年轻人们既兴奋又开心，只顾着跟石敬一讲话，便把刚才对薛山的质问搁在了一边。

言辰毕竟还是以大局为重的人，介绍完全体成员，他冲沈默使个眼色："既然石董事长上来找薛总有事，那大家都回去工作吧。"

他此言一出，大家互相看看，虽然不愿意离开，可毕竟当着董事长的面，如果不听言副总的话，倒真显得他不会管理下属了。

正犹豫间，却听石敬一道："我刚才进来的时候，看见大家好像是在讨论问题？这样很好嘛。我其实也是来找言副总说说话的，也没什么大事，我不耽误你们的工作，你们继续讨论……"

言辰的示意沈默是看见的，可是她却不愿意就此罢休，刚才话讲到一半，薛山并没拿出个态度来，反正都说了索性现在说个清楚，而且现在薛山的岳父敬一集团的董事长在这里，也趁这个机会让董事长听听，他的好女婿在公司都做了些什么。

听到石敬一这么说，沈默正要开口，言辰咳嗽一声，皱眉瞪着她。

沈默紧抿着唇，她不想违背言辰的意思，她也明白他是从大局考虑，可是又不甘心，如果今天他们不能跟薛山说个分明的话，那大家付出那么多心血的项目将会毁在薛山手里。

石敬一是什么人？他进来时就察觉到办公室里的气氛正剑拔弩张，此刻大家都不说话，只是碍于他在场。他淡笑一声，看向薛山，问道："大山，我刚才进来的时候，好像听你说什么诽谤？这话从何说起啊？"

薛山脸色铁青，恨恨地瞪了言辰一眼，赔着笑道："哦，是这样的，是言副总带着他们团队成员过来跟我商讨问题，有家公司最近研发出一个新项目，跟言副总的项目……"

"不是这样的！"沈默再也忍不住，愤怒地打断薛山的话，"薛总，都到了这个时候，您为什么还要说谎呢？"

言辰愠怒道："沈默！你跟大家先下去工作，一切让我来解决！"

"言副总，今天我们大家上来了，就是想跟薛总把话说清楚，都说到这份儿上了，为什么我们不能说？既然我们都是公司的员工，那就是公司的一分子，公司的兴衰荣辱我们大家都有份的！"

沈默此言一出，大家纷纷附和："是呀，我们辛辛苦苦没日没夜地改数据测试程序是为了什么呀？还不是为了公司的发展吗？"

"就是，言副总带着我们研究这个项目吃了这么多的苦，薛总，您不能再因为一己之私给我们使绊子了。"

"薛总，您今天给个痛快话儿，如果你非要暂停我们这个项目，那也得说出个让我们信服的理由来！不能这么不清不楚地搪塞我们。"

薛山紧抿着唇，听着大家对他的声讨，再看看石敬一的脸色越来越沉，要说心里不紧张，那是假的。可他毕竟是多年来叱咤商界呼风唤雨的总经理，他怎么可能让这些年轻人看出自己的慌乱。

他环顾一周，目光凛冽地扫过每个人，用郑重而威严的声音道："大家都冷静一下，我知道你们有意见，有意见当然可以提，但不是像你们这种提法，你们知不知道，你们这样公然地上来闹，有多影响公司的工作秩序,在其他部门的员工看来,领导你们的言副总根本就没有给你们带个好头。而且你们进来之前,我已经跟言副总协商过了,只要重新测绘图纸,把其中的零部件调试好,经过检测合格,这个项目肯定可以继续运行。你们上来找我之前,没有跟言副总沟通过吧?如果公司的每个团队都像你们这样无组织无纪律的话,那所有的高管还怎么领导下属,还要公司制度有什么用?"

这冠冕堂皇的一席话并没有平息大家心头的怒火,反而等于是添了一把柴,薛山以为拿出自己总经理的威严就能够震慑住在场的年轻人,可是却不知道,在他们的眼里,他早已威信扫地了。

言辰紧皱眉头,他顾念旧情,不想把事情闹大,更不想在石敬一面前揭穿薛山,可听到他此刻说的话,口口声声都是在指责大家无理取闹,指责他这个团队领导没有做好表率。

这道貌岸然的行径让言辰彻底断了心底那点念想,他叹了口气:"所以现在薛总的意思是说,我们所有人是在您的办公室里无理取闹?我们之所以这样做是因为我这个团队领导没有跟大家沟通好?"

薛山干笑:"呵呵,只要认识到错误就好,以后工作中多注意,一定要……"

言辰打断他:"那么请问薛总,当我把 AI 项目的计划书摆放在您面前时,您以公司资金不足为由拒绝我的项目是出于什么目的?后来您又多次出手阻挠项目是何用意?跟公司有业务往来的各大银行都不愿意贷款给我们的项目是否是您在幕后指使?就在工厂试验室即将绘制完成项目图纸之际,电脑被黑客入侵又是何人所为?我们现在试投产的零部件,所有的生产数据都经美国权威认定的试验室测试所出,您所谓的不合格,又是根据何处的测试标准?"

这一连串的逼问让薛山彻底乱了阵脚,余光瞥见石敬一冰冷的眼神,薛山愤怒地瞪着言辰:"言副总,请注意你的说话方式!难道你认为这一切都是我在幕后指使?我为什么要这么做?你把项目搞好了,集团受益,我面上也有光,我何必阻挠你!言副总,你就算对我再有意见,我还是你的上级,你这样污蔑我我可以现在就开除你!"

言辰笑了,他失望地摇摇头,退后一步不想再说一个字。

方若雨一直站在后面静静地看着听着,此刻听到薛山的话更加后悔自己当初的选择,要有多厚颜无耻的人才能把所有的罪责都推卸到别人身上,为了握住手中的权力无所不用其极。

她走上前,站在沈默身边:"薛总,别的我不知道,您指使我把言副总的一切动向汇报给您,让我在言副总身边做您的卧底,这您不能否认吧?"

薛山急赤白脸:"我什么时候说过?"

方若雨也不着急,淡笑着拿出手机来,操作几下放出那天早上跟薛山的对话录音。

"我知道你对言副总有意见,我对他现在的有些行为也很失望,可是他毕竟是公司的骨干人才,而且还是我一手带出来的,我想再给他一次机会,方秘书,你愿意帮助我吗?"

"薛总想我怎么做?"

"把言副总的一举一动随时汇报给我,方秘书,你能做到吗?"

听到这儿,薛山脸色变得惨白,他转过身,两手按在桌沿上,颤声道:"方秘书,我没想到你居然如此阴险。"

"呵……"方若雨笑了,她那张艳若桃花的脸上满是嘲讽,"论阴险,我比不过薛总您。"

石敬一一直听着没有说话,看到办公桌上的文件和图纸,他操作轮椅绕到桌后,拿起那些资料认真看着。

薛山见此情景,再也无法假装镇定,他瞪着言辰:"你带的好团队!出去,马上给我出去!"

言辰不为所动地回视他:"请薛总拿出零部件不合格的证据,彻底说服我们团队所有人同意工厂停产,我们才能出去。"

"你……"薛山颤抖着手,"言辰,放肆,你太放肆了!你知不知道你如今的地位是我给你的，我现在就可以开除你！"

言辰冷冷看着他："不，我今日的地位不是你给的，是我一步一个脚印脚踏实地干出来的，这么多年来，我一直当你是我的上级是我的老大哥，可现在的你……你的所言所行再没有半点让我值得尊敬的地方。你现在说要开除我？你以为我还会乖乖听任你的摆布？石董事长就在这儿，我可以直接向董事会投诉，根据《公司法》，我可以联合公司所有高管弹劾你！"

说到这儿，言辰看向石敬一："当然，如果董事会和石董事长也同意你的作为，我没话说，我只能说，我对敬一集团很失望，我对山哥你更失望！"

言辰说完，薛山涨红着脸瞪着他，而其他人则看着言辰，苗甜激动地攥着拳头，眼圈微红。

黄亚旗和秦少洋用敬佩的目光看着言辰，再看向薛山时，一副同仇敌忾的模样。

没有人再说一句话，突然"啪啪"的鼓掌声响起，大家莫名其妙，看向石敬一。

第四十六章　你还记得你的初衷吗

石敬一不知何时已经放下文件，面带微笑地鼓着掌，他看看薛山，又把目光投射在几位年轻人身上。

"大家今天说得都很好，也各自有各自的立场。还有没有人发言？没关系的，在这个房间里人人平等，谁都有发言的权力，怎么样？苗甜？黄亚旗？秦少洋？你们一定也有很多话想说吧？沈默呢，你想说什么？"

大家面面相觑，不明白石敬一葫芦里卖的什么药，苗甜和黄亚旗关于薛山从中作梗的事也只是有个片面的了解，并没有亲身经历，所以他俩摇摇头，都表示无话可说。

秦少洋咬着下唇好一会儿，最终鼓足勇气道："我曾经因为老家的母亲重病筹不到住院费，所以利用公司电脑设计过一些程序出卖给同行公司，这件事后来被吴主任发现，他以此要挟我，让我偷取我们的项目资料并交给薛总……"

薛山咆哮道："秦少洋，你在说什么？我什么时候指使吴学立让你偷盗资料了？"

秦少洋看着他："薛总，到了这个时候，大家都摊开来说吧，一个人可以丢了手中的权力，可以丢了工作，可是不能丢掉人格和尊严，那样活着跟动物有什么区别？"

石敬一睿智的眼神盯着秦少洋："嗯，小伙子你接着说。"

"吴主任把我约到公司附近的小餐馆里，可是被沈默发现了，然后她叫来了言副总。言副总知道后问明了缘由并没有责怪我，他给了我机会，让我自己做选择……"

说到这儿，秦少洋垂下头，再抬起头时，他眸子亮晶晶的："我选择留下，就像沈默说的，这个项目是我们每个人的孩子，我们看着它从一颗种子直到现在快要开花结果，它的每一次成长都凝结着我们的心血和期望。可是我也明白，我曾经对不起大家，对不起公司，我曾经想过，等到项目成功的那一天，我就选择辞职离开敬一的……"

秦少洋长长地叹了口气，接着道："只是我没想到，竟会是这样！AI项目做大了不是好事吗？它不仅能填补我们国内AI技术方面的空白，还能给公司带来巨大的经济效益，薛总为什么要想尽办法阻挠呢？如果国内数一数二的集团公司老总都是这样的胸襟的话，我真的没什么话好说了，那么我们这些年轻人发愤图强努力奋斗的意义何在？只要稍有冒头就会被顶头上司打压排挤，害怕我们有所成威胁到他们的地位，那么这个公司还有什么希望？石董事长，我不知道您今天为何而来，我就想问一句，我们到底错在哪儿了？言副总又错在哪儿了？为什么我们要受到这样的待遇，为什么我们想要创新就这么难？"

石敬一面色凝重，他两手交叉搁在腿上，长长吁出一口气来，他又看向沈默："沈默呢，你有没有什么想说的？"

沈默浅笑，上前一步盯着薛山的眼睛："既然大家都说了，那我也说两句吧，不过我所说的不是为了我们这个项目，而是为了我自己，为了我曾经把薛总当做恩师和前辈来崇拜的那颗心。薛总，您还记得当初您把我派到言副总身边时，对我说的那番话吗？您说言副总是敬一集团重点培养的对象，您还说您很看重他，希望我待在他身边，能够从他身上多学经验，您还说我只有像言副总那样优秀，才有资格成为您的左膀右臂，您才能像对待言副总一样对我委以重任。您知道当初我听完您这席话有多么激动吗？我沈默这辈子都没被人这样赏识过，我当初进敬一，是因为您的肯定和提拔，跟言副总一样，您对我有知遇之恩，我敬重您、崇拜您、更加感激您，我愿意为您鞍前马后，我愿意为了公司的壮大奉献我的一切。可是我现在分不清楚了，当时的您跟现在的您是一个人吗？我更加不明白，您当初把我派到言副总身边到底是为了栽培我还是有其他的用意呢？我不敢想，也不敢妄加揣测您的深意，我只能说我现在很失望，甚至可以说是很伤心。薛总，您跟我说过，您也是从我们这个年纪过来的，您能理解我们的坚持和努力，你也会支持我们的创新并给予肯定。那您能不能告诉我，您还记得您的初衷吗？我们现在站在您眼前，我们一心为公司所做的一切，都抵不住您内心深处那点私欲吗？如果当年的您站在我们现在的立场上会怎么做，如果当年的您像我们一样遇到您这样的领导又会作何感想？请问薛总，我们究竟是该对您的命令一味屈卑驯服，还是该为了心中的理想坚持不懈？"

沈默说完了这番话，因为激动，胸口剧烈地起伏着。

所有人沉默良久，突然不知道是谁，率先鼓起掌来，这掌声仿佛让大家突然醒悟，随之而来的，是整齐而热烈的掌声，在薛山的办公室里回荡……

薛山脸色灰败，紧抿着唇一言不发。

石敬一看着女婿这副模样，怒其不争地在心中长叹，他把桌上的文件和图纸收拢整齐，轻咳一声道："既然大家都发表了意见，那我也说说我的可以吗？"

大家看向他，石敬一目光锐利地环视一周，缓缓开口道："有争议，是好事，但是如果都带着怨气来讨伐，那就不对了。如果大家对你们薛总的管理方式有意见可以提，但是这样聚到一起大闹总经理办公室，传出去毕竟影响公司的形象。不过年轻人嘛，有冲劲有干劲是好事。这一点我就得说说薛总了，作为公司的决策人，对他们应该支持并给予指导，而不是在意见相左时一味地反对，拿手中的权力压人。你看看，你次次如此，大家服不服？不服嘛，可如果你把你这么做的原因开诚布公地跟大家说明并坐下来讨论的话，还会造成今天的局面吗？沈默有句话我非常赞同，大家能够站在这里，一同为这个项目努力，是因为各自都有自己的初衷，更有着想要实现的抱负和理想。所以今天大家的行为我也理解，但是我并不赞成，尤其是你，言副总……"

石敬一说到这儿，用手指虚空点点言辰，语气严肃中带着几分亲切："薛总刚才说得对，你的团队在不跟你沟通的情况下就直接冲到总经理办公室来，这是你的领导方式有问题呀。"

言辰点头，诚恳道："石董事长说得对，这确实是我的错。"

沈默皱着眉："不是的，言副总不知道……"

石敬一打断她，笑着道："沈默呀，你可能不知道，你们薛总多次在我面前提起过你，说你直爽善良，工作能力强，学东西很快又认真负责，是个不可多得的好苗子。后来我又听张行长说起你救了他父亲的事，我也觉得你是个很不错的姑娘，我个人对你也是很认可的。还有团队中的各位同事，你们在工作中的辛苦付出，我和薛总还有言副总，有目共睹，每个人的付出我们都不会忘记，也给予肯定。之前我也曾经跟你们言副总就这个项目多次研究过，刚才你们讨论的时候我看过图纸和试验报告了，薛总的顾虑是好的，也是为了项目下一步实施的稳定考虑。这样吧，我会把这些数据报告和图纸带回我的试验室做次测试。大家请放心，给我两天时间，只要试验结果没问题，两天后立刻投入试生产！"

石敬一这一番话，既替薛山维护了面子，又把大家以下犯上的错误给化解成了年轻人的干劲和冲动使然，所有人面子里子都顾及到了，大家就算再有怨气，也消减了不少。况且董事长都跟他们定下承诺，他们如果要再跟薛山说个黑白分明，就有些不识好歹了。

言辰冲石敬一恭敬地领首，他劝道："好了，既然石董事长拍板了，那大家就回去工作吧。咱们等石董事长的消息。"

石敬一也道："是呀，大家上来这么久了，别耽误了手头的工作，言副总，带着你的团队下去吧，我跟你们薛总谈两句。"

"好的，董事长。"

大家跟石敬一打过招呼，便跟着言辰走出薛山办公室。

走进电梯里，黄亚旗拍着胸口："吓死我了，我都没想到我这辈子敢公然叫板总经理。"

苗甜笑着说："就是呀，到现在我的心还怦怦乱跳呢。不过说起来，沈默你好厉害呀，你不知道，你刚才那番话说得我激动得热泪盈眶，真是说到我们的心坎里了。"

沈默脸色微红，嗫嚅道："我当时也没想那么多，就是想把大家的心声说出来。"

言辰没说话，瞥了她一眼，抿着唇微笑。

方若雨和秦少洋等于不打自招地把背叛大家的事给抖了出来，此刻两人各站一个角落，低着头不说话。

沈默看看方若雨："方秘书，真是谢谢你了，要不是你那段录音拿出来，薛总的气焰根本就不会下来的。"

苗甜赶紧也道："就是就是，方秘书，你好厉害呀，你这是反间计吧。哎，是不是你跟言副总商量好的，故意同意给薛总当卧底，然后再趁机录音抓到他的把柄，这才让我们反败为胜。"

方若雨听了这话抬起头，脸上带着尴尬的笑，承认也不是，不承认也不是。

沈默暗暗捅了下言辰,言辰"嗯"了一声,淡淡地道:"是的,这个计划还是方秘书提出来的。"

方若雨愣了下,看向沈默和言辰,沈默冲她狡黠地眨眨眼,方若雨的眼圈一下子红了,小声说:"没什么的,我也是团队的一分子,为团队出力是应该的。"

黄亚旗站到秦少洋身边,拍拍他的肩膀:"臭小子,你藏得够深的啊,我们都说你最近沉默寡言的不爱搭理人,还以为你失恋了,原来是这么回事呀?你傻不傻,伯母有病你说一声呀,大家虽然工资不高,可是你凑一点我凑一点,好歹也能应应急呀。"

听了这话,秦少洋鼻子一酸,瓮声瓮气地问:"你们不怪我?"

"我们当然怪你,怪你不把我们当兄弟姐妹!傻瓜,以后有事说出来大家一起分担,不要自己扛着!"

其他人频频点头:"对对,大家是一个集体,互相照顾不分彼此是应该的,秦少洋,你以后可不能这样了。"

秦少洋眼底湿湿的,重重点头道:"嗯,我记住了,以后我再也不会这样了。"

电梯来到八楼,言辰和方若雨先走出去,其他人继续回到五楼业务部。

方若雨跟在言辰身后,见他正要推开办公室的门进去,她张口想要叫他,可所有的话堵在心头却说不出口。直到看到言辰的门缓缓关上,她才快步跟了进去。

言辰坐回办公桌后,看见她跟进来丝毫没觉得惊讶,而是静静地看着她。

方若雨咬着嘴唇,站在那儿好一会儿才道:"言副总,对不起。"

"没事,一切都过去了,以后你好好工作就好。"

方若雨美眸蒙上一层雾,哽咽着道:"我做错这么多事,您不怪我吗?"

"嗯，其实现在想起来，我也有不对的地方，也许是我给了你错误的信息才让你有所误会的，要说怪的话，也不能只怪你一个人。"

"可是我……对了，我还录了言梦的录音，她被您开除后给我打电话说……"

言辰摆摆手："我知道，那天晚上言梦给你打电话的时候，我父亲听到了，他后来告诉了我，我们已经批评过言梦了，这个事得跟你说声对不起。你放心吧，我已经在安排她出国的事了，过了元旦，美国那边的学校就会有消息，她不会再找你麻烦了。"

"言副总，我不是这个意思，我是真的觉得无地自容，我做错了这么多，可是你和沈默刚才还替我遮掩。"

提到沈默，言辰的目光变得柔和，他浅笑道："沈默说过，她相信每个人内心深处都是善良的，我们应该给所有人一个机会。"

方若雨听了这话，心里难过得想死，想想自己从前对沈默做过的那些行径，更加觉得羞愧难当。

言辰见她涨红脸站着发呆，笑了笑道："没事了，一切都过去了，方秘书，我们还是好搭档好同事。"

方若雨低垂着头，"嗯"了一声说："明白了，言副总我出去工作了。"

看着方若雨推门出去，言辰靠在椅背里长长出了一口气，想想今天真是惊险，如果当时薛山不分青红皂白让团队所有人离职的话，他就算找到董事会又能如何？董事会成员全以自己的利益为先，再加上薛山是石敬一的女婿，他们根本不可能站在他这一边，言辰心里很清楚，他当时那样说，只不过是为了威慑薛山，可是那作用力，实在是太小了。

再想想刚才石敬一话里话外的意思，还是在做和事佬，薛山毕竟是他的半子，而他言辰呢，再有能力也不过是为敬一集团谋利的一枚棋子。今天这一役，虽然他们团队险胜，那全是因为石敬一的突然出现才扭转了局面。可是以后呢？以后又该怎么办？

他跟薛山已经彻底撕破脸,甚至于薛山现在都会怀疑大家直接上楼声讨他就是他言辰指使的,嫌隙已生,那便是梗在心里的刺,再想想董事会的嘴脸和难看的吃相,他言辰就算再为敬一鞠躬尽瘁又如何呢?

想到这些,言辰皱紧了眉头,也许,是到了说再见的时候了。

而此时薛山的办公室里,气氛几乎降至冰点。

石敬一的轮椅依旧停在办公桌后,他两肘撑在扶手上,十指交叉,冷冷地看着垂头站立的薛山。

此时的薛山像个做错了事的小孩子一样,垂头丧气站在那儿等着班主任的训斥。时间一分一秒地过去,没有人说话,薛山甚至连大气都不敢出,他希冀着这会儿有个电话打进来或者有下属敲门进来汇报工作,可是又害怕。

任何一点动静都可能打破此时的僵局,那么他就可以松口气了。可是让下属看见自己这副模样岂不是太丢人了吗?

在经过了刚才的闹剧之后,再在岳父面前对下属下达命令,要如何维持自己的气度和总经理的尊严?

薛山不禁开始后悔,后悔当初不该因为惧怕言辰的冒头而使出种种不理智的手段,现在想想,他这种杀敌一千自损八百的方式实在是太低级太弱智了。

"大山,你在想什么?"在薛山胡思乱想的时候,石敬一突然开了口,吓得他打了个激灵。

他赶紧抬起头,跟岳父对视,随即又低下头:"没,没想什么。"

石敬一看着他:"刚才沈默有句话问得好,大山,你知道是哪句吗?"

薛山抬起头,有些不明所以:"啊?"

"你还记得你的初衷吗?"石敬一的口气并不严厉,反而有些语重心长,"我到现在还记得,我第一次见你的情形,我跟你师母搭班车回学校，看见你把书包里的烙饼拿出来分给老乞丐和她的小孙女。当时你穿着件洗得发白的灰外套，脚上是双有些开胶的解放鞋，记得你师母对我说：'这孩子看着家里条件不大好啊，这书包里的烙饼可能是他这一周的口粮吧？他把烙饼给了老乞丐，他吃什么呀？'"

薛山愣住了，他这是第一次听岳父说起这件事，他一直以为，岳父之所以愿意把他收为徒弟带进他的试验组里，是因为他学习成绩优异，肯吃苦。

石敬一接着道："后来我在课堂上看见了你，知道你叫薛山，又听你们辅导员说你是个踏实肯吃苦的孩子，学习成绩很好，家里条件虽然不好，却很乐于帮助其他同学。大山，你觉得我当年带你进我的试验组，只是单纯地因为你学习刻苦吗？要知道在大学里想找到学习刻苦的孩子是很容易的，我当初看中你，是因为你的品性让我感动，也正因为如此，我把梅梅嫁给了你，后来又把公司交给你管理。嗯，你还记得你当初对我说过什么吗？你说爸，你放心，我不会忘记我的初衷，我会把公司做大做好造福社会，为国家的强大贡献一份微薄的力量。我也明白现在这个社会物欲横流，而你身居高位呼风唤雨，难免会迷失自己。可是你的初心呢？大山，你有没有问过你自己，你的初心还在不在？秦少洋那个孩子说得对，如果每个人都为了私欲忘记初心忘记做人的准则，那跟动物有什么区别？"

石敬一说完了，薛山却久久没有抬头，他想起许多往事，那些这么多年来他以为自己早已忘却的过去，突然就像潮水一样翻涌上来。

他想起自己收到大学录取通知书时的雀跃，他跑到田地里告诉正在劳作的父母，可是问及学费要缴多少时，他们满是皱纹的脸显得那样为难和无奈。

他想起村支书把全村人为他捐助的学费送到他们家里，父母哭泣着带着他，一家三口跪在村口给大家磕头的情景。

他想起当年被石敬一赏识后的惶恐和不安，想起石梅答应嫁给他时他内心的感动。

想起这么多年来对岳父知遇之恩的感激，却想不起来，自己是从何时开始惧怕他的。

如今仔细地回想，也许就像岳父说的，是开始渐渐迷失的时候吧，当所有人都对他唯命是从，当他享受并得意着身居高位带来的满足感，他就已经开始忘记了自己的初心，以至于走到今日越错越多，也越来越愚蠢。

薛山走到石敬一面前，满是悔意地道："爸，我错了。"

听到薛山这句话，石敬一欣慰地笑了："言辰是个人才，可是他的性格太过耿直，以他现在的修行，还撑不起敬一这么大的构架。况且你管理敬一这么多年所做的一切努力，我都看在眼里呢，大山，你内心的危机感不是来源于言辰，而是你自己施加给你自己的。唉，是你多心了。当初你心里有疑惑，为什么不来找我，跟我谈谈呢？我记得从前你有什么事都会到家里来，我们坐下来喝喝茶下盘棋，互相谈谈心。是从什么时候起，我们疏远了呢？"

薛山满面羞愧："爸，是我错了，这些年我被权力冲昏了头脑，我开始享受这一切，我以为这些都是我应得的，是原本就属于我的。我以为言辰想要把它们全部都拿走，我感到恐慌和害怕，我……"

薛山说不下去了，站在石敬一面前的他好像突然间跨越了时光，一下子又回到二十年前的校园，变成那个站在石教授面前因为试验失败而沮丧的憨厚青年。

石敬一仰头看着他，笑着道："好了，该说的话也说完了，我老头子也该回去了。"

见石敬一操作轮椅，薛山赶紧上前扶住："爸……"

"不用你，你工作吧，把小赵叫进来推我出去。"

薛山赶紧走到桌子前给石敬一的司机小赵打电话，看着桌上的文件和图纸，他不知是不是该装起来让石敬一带走。

"这个项目你看着处理吧,我今天上来其实也是凑巧,我挺喜欢言辰这个小伙子的,本来是想上来跟他聊聊天,嘿,没想到居然让我看到一出戏。"

薛山脸色通红,羞愧道:"我一会儿就告诉言辰,让他通知工厂开始投产。"

石敬一斜睨他:"那倒不用,两天还是等得起的,你毕竟是敬一的老大。"

岳父如此维护自己的脸面,更加让薛山感动得不知说什么好。

不一会儿小赵上来,跟薛山打过招呼,推着石敬一朝门口走去。

就在他们要走出去的那刻,石敬一突然道:"哦,对了,我看你得做好准备,这个项目圆满完成时,也许你需要重新物色一位能干的副总经理了。"

"啊?怎么会……"薛山没听明白,还想再问时,石敬一已经离开,办公室的门缓缓地关上了。

两天后,薛山亲自给言辰打电话,告诉他AI项目可以继续进行。

言辰第一时间把这个好消息告诉了大家,大家欢呼雀跃,开始进入新一阶段的繁忙。

林倩倩在休息了一周后便销假上班,看到祝贺的工位上又换了一位新同事,她只是淡然地笑了笑,随即便接过沈默手中的文件投入工作中。

一转眼圣诞节就要到了,工厂试生产出来的电子配件以及零部件开始运用于部分领域的人工智能设备中。沈默跑工厂的次数少了,可是最近言辰却总是亲自到工厂试验室找苏工,好像两个人又在商讨什么新项目。

这让沈默很好奇,可是当她问起苏工和言辰的时候,两个人都是神秘一笑却不回答。

沈默见问不出个所以然来,也只好把这件事放下。

这天下午快下班时，言辰在微信上给沈默发信息，让她晚上跟他一块儿回家吃饭。

之前沈默总是以工作太忙、项目未出成果为由搪塞过去，其实是因为不好意思去见言辰的家人。

现在整个项目已经初见成效，沈默不能再推却，只好答应了下来，她在微信上问米拉，晚上要去言辰家里吃饭，给老人带什么礼物好，言行需要注意什么呢？

米拉表示无可奈何。

"我怎么知道，我又没见过公婆。我倒是挺期待你见过了之后传授我些经验，这样我以后见张易斌的爸妈就有攻略了。"

"哟，都准备见张易斌的父母了，那他是不是跟你表白了？喂，怎么没听你说起啊？"

米拉翻个白眼。

"表白个屁，那家伙对我好是挺好，可是一直都没开口求爱。老实说，我现在都不知道我俩的关系到底算什么。"

"这个张易斌，看来我还是得敲打敲打他。算了，我当你是我人生导师以为你什么都懂，原来米大娘你也有不知道的事啊。得，这回你在我心里是彻底走下神坛了。鄙视你，哼，坚决鄙视你。"

米拉发过来一个摊手耸肩的表情。

"Whatever！不跟你说了，我忙去了，对了，我的服装展示会定在平安夜那晚，到时候给你几张入场券，跟你的小伙伴们说，不要再安排其他节目哟。"

"知道了知道了，啰嗦……"

沈默笑着正要收起手机，言辰发来信息。

"楼下停车场等你。"

沈默回复。

"知道了，马上下来。"

收拾好包包，沈默跟林倩倩告别，然后走出办公室去搭电梯。

电梯门打开，沈默看到方若雨站在里面，她走进去，大大方方地跟她打招呼:"方秘书下班了?"

"嗯。"方若雨看见她按了负一楼,就问道,"是去跟言副总约会吗?"

沈默笑着道:"对呀,他说要带我回他家吃晚饭,我好紧张。"

现在的方若雨虽然已经对言辰释然,可是感情哪里是说放下就能放下的,听到沈默这么说,她心里还是有些酸楚,可是也知道沈默个性直爽,说这些并没有向她炫耀的想法,反而是把她当做朋友一般的交谈。她想了想道:"其实也不用紧张,就做你自己就好了。沈默,其实你是个很有亲和力的人,性格很好,我想言副总的父母会喜欢你的。"

沈默愣了下,她看着方若雨,半是调侃半是亲昵地道:"方秘书,我真是没想到,原来你对我的印象这么好啊?"

方若雨赧然一笑,佯装嗔怒道:"以前是我不对,我都已经跟你道过歉了,你要是再提,我就收回我刚才说的话。"

沈默哈哈笑起来:"好好,我不提了。对了方秘书,平安夜我朋友的公司要办服装展示会,你有没有兴趣观看,有的话我帮你留两张入场券啊?"

沈默主动示好,方若雨很是感动:"好啊,那太谢谢你了。是不是米拉,我记得我在小馆里见过她的,她是服装设计师吧?"

"对呀,就是她。"沈默说到这儿眨眨眼,"两张哦,方秘书可以邀请尚老板一块儿参加。"

方若雨脸红红的,垂下眼眸说:"不明白你在说什么。"

"哈哈,没关系,难得糊涂嘛。"

第四十七章　做最真实的自己

电梯到了负一楼,方若雨跟沈默道了别,往自己的车边走去。

沈默笑盈盈上了言辰的车,言辰笑着问:"沈助理人缘真好,这么快就跟方秘书做朋友了？"

沈默撇撇嘴："怎么，难道你还希望我俩像以前一样因为你天天掐架呀？"

言辰变戏法似的拿出一个小纸袋递给沈默："不敢不敢。"

沈默接过来："是什么？怕我去见你父母紧张得心脏病发，给我买的速效救心丸？"

"小小年纪乱说话，掌嘴！不过话说回来，你要是真的不想去的话，我们还可以再拖拖，要不然等过了元旦言梦出国后再去？"

沈默打开袋子，看见里面有个首饰盒，一边拿出来一边说："算了吧，反正早晚都要去，横竖都是一刀，早挨比晚挨好，要不然天天都想着这事儿。"

"瞧你这话说的，去我家吃顿饭跟逼你上刑似的。"

沈默打开盒子，看到里面放着个运动手环，她拿出来戴在六腕上，笑眯眯凑过去，在言辰脸颊上亲了一口："好了好了别生气，去你家不是上刑，只是我还没做好心理准备嘛。对了，无缘无故送我个手环干吗？"

言辰得了香吻，心里很高兴："你试试不就知道了。"

"哦。"

沈默点开手环电源，就看见屏幕上出现一个可爱的卡通小姑娘，捏着裙摆跟她鞠了一躬，接着竟然开口说话了："主人你好，我叫默默，请问有什么吩咐？"

那分明是沈默的声音，可是再加上些机器人的变声，听着怪里怪气的，逗得沈默哈哈大笑。

"这是个什么玩意儿啊？哈哈哈，太搞笑了。"

没想到那个默默一本正经地回答道："我不是玩意儿，我是你的小可爱，我可以陪你聊天解闷，还能帮你做许多事情呢。"

"呃……那你告诉我，你爸爸是谁？"

"我的爸爸叫言辰辰，我的妈妈叫沈小默，我是敬一集团第一代人工智能手表，我可以帮主人指路订外卖，还可以做你的备忘录记事簿，如果你需要查找资料我也可以直接帮你联网哦。"

沈默笑得停不下来，她转过头问言辰："孩子他爸，我们什么时候生了个表啊？"

默默回答："不许骂人，骂人不是好孩子！"

"哈哈哈……乐死我了，哈哈哈，默默你太好玩了！"

言辰也忍俊不禁，他轻咳一声："好了默默，你可以休息了，等我们需要了再叫你。"

"好的爸爸，爸爸妈妈晚安。"

沈默问："这刚才还叫主人呢，怎么一会儿就变爸爸妈妈了，这机器人是个精神病吧？"

言辰笑着回答："它可以根据声音辨别出来主人的身份，因为我事先在它的程序里设计了你和我的声音，而且标注给它这是爸爸和妈妈的声音，所以我俩跟它交谈后，它会就自动识别了。"

沈默恍然大悟道："哦……原来那几天你天天去工厂找苏工，就是为了弄这个呀？"

言辰"嗯"了一声："这只是我的一个新想法，把咱们的AI技术应用于普通人的生活中，如果可行的话，老年人和失明残障人士只要让家人或者是其他人帮他们在手机里下载APP，然后跟手环衔接好开始使用，就能给他们的生活带来许多便利了。"

沈默连连点头："对对对，还可以聊天，简直太可乐了。嘿嘿，言副总，这是你送我的圣诞礼物吗？"

言辰看她一眼："嗯，算是你勉强答应陪我回家吃饭的奖励吧。怎么样，喜欢吗？"

沈默端详着手表："喜欢喜欢，简直太喜欢了。不过要是可以更换配套的腕带就更好了，毕竟如果年轻人用的话，还是喜欢个性别致与众不同的感觉啊。"

言辰思忖着："嗯，你说的有道理，制作配套的腕带也可以当做一项业务来开发。"

沈默晃晃手表，得意地说："看我现在多聪明。哈哈哈，我今年得了块表,笑死我了。"

言辰斜睨她:"不许骂人,要不然教坏孩子!"

"哈哈哈……"

到了言辰家楼下,沈默拿出镜子照来照去:"我怎么样,今天穿这样你家人不会不喜欢吧?"

言辰笑着道:"我还是第一次看见沈小默不自信的模样。"

沈默白他一眼,打开车门:"买礼物的时候让你提意见你又不提,只好照我爸妈的喜好买了,也不知道你爸和你阿姨喜不喜欢。"

言辰看她抱着那束康乃馨,转身拎起后面的茶叶和营养品:"不过就是吃顿饭,不用搞得这么正式。"

敲门时言辰感觉到沈默的手心微汗,小声道:"不用紧张,我家人很好相处的。"

沈默撇撇嘴问:"是吗?"

言辰知道她是在指言梦,不由得苦笑。

门打开,言辰的继母赵秀慧满面笑容:"默默来了,快请进快请进,晚饭马上就好,还有一个菜就能开饭了。"

沈默红着脸,双手把花送到赵秀慧面前:"阿姨好,送给您。"

赵秀慧很是意外,接过花开心地道:"谢谢默默,我这是生平头一回收到鲜花,你真有心。"

沈默赧然:"以前我在家的时候老是给我妈买花,也不知道您喜不喜欢。"

"喜欢喜欢,太喜欢了,来来,快进来吧。"

言辰的父亲言世明从厨房走出来,身上还系着围裙:"回来了,赶紧洗洗手,马上开饭了。"

言辰笑着问:"做的什么菜啊,您今天还亲自下厨?"

言世明很高兴地说:"今天你和默默回来吃饭,我当然要露一手了。"

看到餐桌上摆满了菜肴,沈默惊叹道:"哇,好丰盛呀。"

赵秀慧对沈默的第一印象极好："全是些家常菜，也不知合不合你的口味？"

沈默忙不迭地点头："合，简直太合了，我好久都没吃过家常菜了。我一直都觉得还是家里的饭好吃，一家人坐下来团团圆圆热热闹闹地吃饭，是最开心的事了。"

赵秀慧听沈默这么说，对她更加喜欢了，拉着她的手坐下来道："默默，你以后要常来，我看着你就觉得亲。"

言辰见沈默跟继母相处融洽也很开心，走进厨房看到父亲刚把菜盛出来，便端起盘子问："爸，言梦呢？她不在家呀？"

言世明努努嘴道："知道你要带默默回来吃饭，你阿姨让言梦去她二姨家了，她不懂事，再弄得默默不开心就不好了。"

言辰心里暖暖的，继母为了给初次登门的沈默留下个好印象，居然把亲生女儿给打发出去了。想起小时候总觉得继母是来掠夺父亲对他的关爱的，长大后又刻意跟他们一家人疏远，其实这么多年来，他们一直关心着自己，只怪自己到今天才明白。

父子俩从厨房出来，沈默看见言世明就要站起来："叔叔好。"

言世明笑着道："快坐快坐，都是一家人，不用这么客气。"

一家四口坐下来吃饭，赵秀慧不停给沈默夹菜："默默多吃点，你一个人在北京不容易，以后想吃家常菜就到家里来，阿姨和叔叔给你做。"

沈默不住点头："谢谢阿姨，放心吧，我和言辰以后一定常回来看你们。"

言辰夹了一块鱼放进赵秀慧的碗里："阿姨你吃吧，别管她，她又不是小孩子了。"

这是这么多年来，言辰头一回对赵秀慧表示关心，老人激动地看着言辰，眼圈渐渐红了。

言辰低下头，感觉到父亲的手在自己肩上轻轻拍了拍，他抬起头来，举起茶杯："爸，阿姨，我以茶代酒，敬你们一杯。"

言世明欣慰地笑了，他知道儿子的心结已经解开，他也端起杯子:"好好,我们大家碰一个,以后咱们一家人都要开开心心健健康康的……"

方若雨开车经过言辰的车边时,恰巧看见沈默亲吻言辰的脸颊,她心里酸酸的,落寞之情油然而生。

想想回家也是一个人,她开着车在街上闲逛,就这样走走停停,不知不觉便来到了小馆门口。

车停下来,方若雨伏在方向盘上,她想起电梯里沈默的话:"两张入场券,你可以带着尚老板一块儿来哦。"

方若雨苦笑,这些日子以来,自己的所有丑态都被尚卫国看在眼里,而他还是言辰最好的朋友。他明明知道自己只是把他当做树洞来利用,却从来都没有责怪和拒绝过她。现在的她一身伤痕,她并不清楚自己能不能重新开始。哪怕能够重新开始,她方若雨又有什么资格拉上尚卫国,这不是等于让人家做备胎吗?那尚卫国以后如何面对言辰,她方若雨不是也显得太没脸没皮了吗?

可是不到这里来,又能去哪里呢?回到家里守着那套空房子,只会让自己更加难过。

小馆对于现在的她来说仿佛是家一般的存在,能够给予她精神上的支持,而尚卫国亲手做出来的食物,不仅慰藉了她的胃,更加温暖了她的心。

说到底又能怪谁?是她自己一步步走到如今,她的所有行为导致了今天她孑然一身无可依靠。

有人敲车窗,方若雨泪眼蒙眬地抬起头,看见尚卫国站在外面,她赶紧擦干泪水。

打开车窗,她强笑着问:"你怎么在这儿啊?"

尚卫国微笑着看着她道:"我正想问你呢,监控里看见你停下车却不进来,我以为你不舒服,就出来看看。"

"哦?你认得我的车?"

"这话说的,你几乎天天来,我怎么可能不认得?你怎么了,是胃痛吗?要不要带你去看医生?"

方若雨笑了:"你不就是医生?"

"我只能看心,不能看身的。"

方若雨摇头:"不,你能的。你的粥就能治我的病,尚卫国,我饿了。"

尚卫国目光温柔,他朝她伸出手:"下来吧,早准备好了,枸杞猪肝养生粥,海鲜小豆腐,既补脑又补心。"

方若雨苦笑:"我现在才发觉,原来你是在骂我没脑子。"

"没关系,以前没有以后有就好了,世间万事都是在不断变化中的,人类也一样。"

方若雨将手交给他握住,下了车后尚卫国并没有松开,两个人牵着手往小院里走。

"你可以放开我了。"

尚卫国看着她,目光灼灼:"如果你想的话,我可以放开,不过我更愿意牵着,那你是想我牵着还是放手?"

方若雨红了眼睛,垂眸啜嚅道:"你不会嫌弃我吗?你不怕别人说我拿你当备胎吗?而且我现在还没有准备好……"

"嗯,我明白。不用着急,时间有的是,慢慢来。其实当备胎也没什么,把备胎做到转正也是一种本事。"

"呵……从来没听过这种说法。"

尚卫国拉着她站在门口的灯下,抬手抹去她眼角的泪水:"现在听说了?以前在厨房里,我做菜你说话,你跟我说了许多,我却没空对你说我自己的事,不如你以后听我说,你想听吗?"

方若雨含泪点头:"好,我想听,你说什么,我都想听。"

平安夜那天下班,大家都没有回家,在公司附近组团吃过晚饭,便往敬怡酒店参加米拉的时装展示会。

言辰借了公司那辆奔驰商务车,自己充当司机,拉着大伙儿出发。

坐在车里,沈默在微信上跟程昊开玩笑,问他为什么不跟他们一起,是不是因为薛总的关系,所以要跟他们这帮人划清界限。

程昊微笑。

"沈默同学你真该打,想什么呢!我不跟你们一块儿吃饭,是因为我还得去接个人。"

"哦?!接谁呀?程老师,老实交代,你有什么秘密?"

"哈哈,实不相瞒,我得去接我女朋友。"

沈默表示很吃惊。

"哇,程老师什么时候找的女朋友,保密工作做得真好,怪不得问我要了两张入场券。"

"是我的学妹,前阵子同学聚会遇到的,觉得挺谈得来,就处一处喽。"

提到学妹,沈默不由得想到程昊跟黄梁是师兄弟关系,就八卦地问:"对了,你师兄黄梁最近有没有消息?"

"听说他那位美女老板结束了北京公司的旅程回美国后,黄梁就回老家做投资理财了,最近没有联系过,说不定现在已经赚大发了。"

"喊,要真是那样,老天爷也太不公平了,那样卑鄙的人都能发财。"

程昊发了个鄙视的表情。

"沈默同学,心态要放平,你这样不好哦。"

"不跟你说了,接你的女朋友去吧,咱们会场见。"

收起手机,言辰见沈默满面笑容,就问她:"跟谁聊天呢,聊得满面笑容?"

沈默瞥了一眼后面坐的同事们,都各自做着"低头族",小声问言辰:"怎么,你吃醋了?"

言辰想去握她的手,被沈默一下打开:"别这样,大家看着呢。"

言辰哈哈笑道:"怕什么,早晚要公开的。老实交代,刚才在跟谁聊天?"

"是程昊,我问他为什么不跟我们一块儿吃晚饭,他说他要去接他女朋友。"

"哦,是这样。"

沈默斜睨他道:"这样,是哪样?"

"我的情敌名花有主,我放心了……"

"早就跟你说过,程昊只是我的老师!"

言辰浅笑道:"老师也好情敌也罢,反正现在警报解除。我早就做好准备要跟大家宣布我们的事,如果你再不点头,我就先斩后奏了。"

"哼,不知道你在说什么!你开快点,现在晚会还没开始,米拉请了好几位知名模特来走秀,我们女孩子要去后台找她们合影要签名。"

言辰笑着摇摇头,脚踩油门往前开去。

不多时来到敬怡酒店门口,可看见眼前的景象,大家都惊呆了。

只见路边围了好些看热闹的群众,酒店门口停着几辆警车,警灯闪烁着,四五个全副武装的警察站在那儿,一副严阵以待的模样。

大家下了车就要往酒店里走,警察拦住他们:"警察办案,请不要擅闯。"

言辰正要说话,酒店经理小跑着过来:"警察同志,这是我们敬一集团的副总经理,是我们的领导啊。"

警察放行让他们进去,言辰皱着眉问怎么回事。

酒店经理叫苦不迭:"十楼多功能厅今天晚上不是让人包了嘛,有位姓米的服装设计师要在这里走秀,记者们早早就到酒店大厅等着,刚才米设计师的助理过来请记者们先入场,没想到他们中间混进来一个坏人,偷偷跑上去拿着刀把米设计师给劫持了。我们一看赶紧报警,这不,刑警队的警察同志们就来了,里里外外都给围起来了,这会儿正在劝解那个劫持犯呢。"

沈默一听这话,拔腿就往电梯跑,可是警察在那儿堵着不让上去，她就跑向安全门。

林倩倩和苗甜他们一看也赶紧跟上去："沈默，你慢点！等等我们。"

言辰沉着脸，问现在情况如何，又问那个人的体貌特征，经理接过保安科长递过来的平板电脑，看走廊里的监控。

看到那个人的模样，言辰吃惊地道："是他！"

酒店经理诧异地问："啊，这人您认识呀？"

言辰把平板电脑还给经理，找到警察队伍里的负责人，讲了一下他所知的关于黄梁的情况，又把米拉跟他的纠葛讲了一遍。

这边警察根据言辰讲述的情况去通知跟黄梁有关系的人，言辰便搭电梯上了十楼。

远远便看见多功能厅门口站着三四个警察，沈默他们被拦在外面，正翘首往里面看着。

言辰走过去说明了情况，并告知警察这个犯人他们都认识，也许可能帮助劝解他。

警察跟下面的领导通过话后，这才同意放他们进去。

大家进了多功能厅，警察正在劝解黄梁。

黄梁揽紧米拉的脖子刀尖抵在她脖颈上，缩在舞台逼仄处，看见沈默他们走进来，疯狂地大笑道："熟人都来了，好好，我今天就让你们看看，这个女人是怎么死在我手里的。"

沈默厉喝道："黄梁，你疯了？你知道你现在在干什么吗？米拉哪里对不起你，你为什么要这么对她？"

黄梁大吼："你说呢？！你们还有脸来指责我，要不是她，我能混到今天这地步？！我现在什么都完了，珍妮同我分手，我丢了北京的工作，六年啊！我干了六年，结果什么都没了！"

"你还有脸说！你那样陷害米拉，在网络上买水军诋毁她的名誉，她念着旧情没有告你，你竟然还……"

言辰示意沈默噤声，他往前走了一步，黄梁吼道："别过来，再过来我就杀了她！"

言辰冷声问："你想要什么？你也算是高知人士，你不会不明白，你今天的行径会有什么后果吧？不如大家都直接一点，你说你的诉求，我们看看能不能满足你。"

"是！是我买水军在网上搞臭她的名声，可是我说的有哪句话是假的？她要是没有卖身上位，她能有今天的本事？那么多服装设计师多少年没熬出头来，她深圳的老总凭什么给她钱让她到北京开公司？我和珍妮的事被她抖出来，我什么都没了，我原想着出口气回老家做生意，结果我的钱全赔光了！我实在没办法了，银行收了我的房子，债主堵着我的门！我就是想找她借点钱周转，可是这女人太无情了！她不借钱不说，居然还对我破口大骂！你个臭婊子，你凭什么骂我?！你说我卖身求绿卡，他×的你还不是一样！"

米拉虽然被他勒得喘不过气来，依旧大骂道："你这个渣男，你自己脏就觉得别人跟你一样脏，你没有真凭实据就往老娘身上泼脏水，我的钱就算烧成灰也不会给你一毛，你有本事今天就弄死我！"

眼看着黄梁的刀尖几乎戳进米拉的皮肤里，沈默心惊肉跳地喊道："黄梁，你不就是要钱嘛，你要多少钱，米拉不给我给！你放开她，现在这么多警察都在下面，你就算杀了她，你也逃不掉的！"

黄梁凄然大笑："晚了，什么都晚了！反正我今天也是死路一条，临死我也要拉个垫背的！我现在落到这步田地，全是这个女人造成的，我今天就杀了她然后再自杀！"

"放开她！"突然一声怒吼传来，张易斌大步奔了进来，"你就是想拉个人跟你一起死是不是？我来跟她换！"

黄梁瞪着张易斌道："你？就你，你算个什么东西！你不过就是米春花身边的一条狗，你也配！"

张易斌拧眉怒目道："随便你怎么说，米拉是我的女人，我有责任保护她，她的事我扛了！黄梁，我不像你，怯懦卑鄙，只会在阴暗的角落里做些见不得光的事！你要算是个男人，咱们就一对一地较量，你欺负一个手无寸铁的弱女子，你还要脸吗？"

听到张易斌那句"米拉是我的女人"，米拉瞪大了眼睛，眼角渗出泪水。

黄梁怒极，刀尖又往米拉脖子里深入几分，张易斌又着急又心疼，索性一不做二不休，朝黄梁走了过去。

"你站住，你想干什么，你信不信我现在就杀死她！"

"你？就你，黄梁，不是我看不起你，你不敢！妄想靠女人的男人，就他×是个软蛋。我今天把话撂在这儿，只要米拉今天有分毫差池，我张易斌就算是当着警察的面，也要杀了你为她报仇！"

黄梁的眼底闪过惊慌，原本警察害怕他伤害米拉一直不敢上前，却没想到张易斌直接来了个横的。

眼看着张易斌一步步逼近，黄梁挟着米拉慢慢后退："你……你别过来，你再过来我真的杀了她！"

一直在舞台后门埋伏的警察瞅准机会，突然一个箭步掠到黄梁身边，动作敏捷地将黄梁擒下。

张易斌快步上前，接住了软软倒地的米拉："米拉，你没事吧？"

大家一齐围了过来，沈默看着米拉脖子上的伤口，哭着道："米拉，吓死我了，你觉得怎么样，我们上医院吧。"

苗甜和林倩倩拿出手机："我们打120，你们赶紧扶着米拉去搭电梯。"

米拉靠在张易斌怀里，笑着对大家说："我没事，我真的没事，不过就是吓到了，缓一缓就好了。"

沈默又气又急："这都什么时候了，你还假装坚强，你乖乖听话，必须去医院检查一下。"

"沈默，我真的没事，今天晚上的秀对我来说有多重要你又不是不知道，你看我现在，能跑能跳的，就是脖子上受了点小伤，真的不碍事的。"

言辰皱着眉："你确定你没事？"

米拉重重点头："我没事，言副总，这里你是老大，你能不能跟警察说一声，等我的服装秀结束了，我再去警局帮他们做笔录？"

言辰看向张易斌："你的意见呢？"

米拉靠着张易斌，双手紧紧环着他的胳膊，两个人对视，看到米拉充满了信赖又带着几分娇柔的眼神，他叹口气："唉，听她的吧，我今天晚上会看着她的，大家放心。"

于是言辰下去跟警察交涉，米拉和张易斌继续今晚服装秀前的准备工作，沈默和苗甜等人也无心再去找模特签名合照了，前前后后簇拥着米拉保护着她。

直到服装秀开始，沈默他们才找到自己的位子坐下，这时程昊也带着女朋友来了，互相介绍后，女孩落落大方地跟大家握手寒暄。

大厅里的灯光暗了下来，随着音乐声响起，舞台幕布上出现一幅幅背景照片。

沈默看到惊呼："哇，这不是张易斌在米拉老家拍的照片吗？"

随着照片一张张地转换，其他人也赞不绝口："这是张易斌拍的？好有意境啊！"

"对呀，每张照片都很有温度，你们看这张，哇，还有这张……"

恰在这时，模特们迈着猫步从出口缓缓走来，她们身上的服装剪裁新颖，颜色除了充满乡土风情的大红大绿外，还有搭配浓郁的碎花撞色图案。

这种平常看起来很LOW甚至可以说是俗气的面料，在米拉的精心设计下，焕发出了无限的生机和魅力，再在张易斌照片的映衬下，给人一种高级而又接地气的感觉。

观众们先是惊愕，随即发出此起彼伏的赞叹声，整个会场气氛热烈，镁光灯不停地闪烁着，许多外籍宾客满脸都是惊艳之色。

沈默他们激动极了，不断地议论着说"这套好看，那套简直太完美了"。

苗甜的手都拍红了，说自己这辈子能认识米拉真是太荣幸了，她要把自己最崇拜的偶像换成米拉，胡歌从此排在第二位。

沈默恨不得拉着全场的来宾告诉他们，设计这些服装的米设计师，是她的闺蜜，她俩是天底下最好最好的朋友。

晚会接近尾声时，米拉身穿一套同样是宝蓝色点缀白色百合花的露肩礼服裙，在模特们的簇拥下款款走到舞台尽头。

观众们掌声雷动，米拉的朋友们全都激动地站了起来。

随着音乐声渐渐平息，米拉接过主持人递来的话筒，看得出她有些紧张。

沈默双手掬在嘴边，突然大喊："米拉加油！米拉，你是最棒的！"

观众们先是哄笑，紧接着鼓掌，有些人也随之欢呼起来，米拉热泪盈眶，哽咽着道："谢谢大家，谢谢大家对今天这场服装秀的肯定和喜欢，我的努力离不开大家的支持。"

米拉朝观众们鞠了一躬，大家再次爆发出掌声。

米拉站直身子，吸了口气接着道："相信刚才早到的嘉宾们都目睹了一场关于我的闹剧，给大家带来惊扰，在此我深深地道歉，至于那场闹剧的原因，如果有兴趣的朋友们，可以去搜索一下前阵子关于我的微博热点……"

说到这儿，米拉一脸无奈，顽皮地耸了耸肩，惹得观众发出善意的笑声。

她接着道："我生在偏僻贫困的小山村里，父母都是地地道道的农民，他们勤劳善良朴实，靠种地为生。我原名叫米春花，我的父母之所以给我取这个名字，是希望我以后的生活像春天的花朵一样美好……"

说出自己的身世，米拉的眼睛湿润了，她低下头，深深吸了口气："后来我努力求学，终于走出了那个小山村。一个人在外闯荡多年，我也算获得了一些成就，可同时也渐渐地迷失了自己。我曾经刻意地隐瞒我的出身，甚至为自己改了名，我以为把自己伪装成大家闺秀就能被世人认可和接纳。可后来才发觉，如果我连自己的本来面孔都忘了，就算有再大的成就又有什么意义呢？在朋友和爱人的帮助下，我才渐渐意识到，如果一个人连自己的出身都不能去面对，又如何面对生活中的挫折？真正的成功者，应该勇于面对自己的内在，应该有崇高的信仰，有率真的心。我以前做得不够好，我希望以后在大家的帮助下，能够不断地完善自己改变自己。在这里，我也希望每个人都做自己人生中的主角，不用刻意伪装自己，放下心来做最真实的自己，过最向往的生活。谢谢大家！"

米拉说完，对观众再次鞠躬，全场观众同时起立，整个会场的气氛鼓舞人心，掌声经久不绝。

沈默激动极了，她接过苗甜准备好的花束，打算上台献花，却被言辰拉住，并示意她看向舞台。

而此时的舞台上，张易斌已经捧着巨大的花束双手献到米拉面前，就在米拉含羞接过的同时，张易斌半跪下来，捧着一枚戒指。

米拉热泪盈眶，转身把花束交给身边的模特，任由张易斌把戒指套在她的手指上。

两个人紧紧拥在一起，观众席里有人大喊："亲一个，亲一个！"

此时灯光师不失时机地把舞台上的灯光调暗，在浪漫的音乐声中，两个人渐渐靠在了一起……

第四十八章　千言万语化作祝福

米拉的服装秀很成功，第二天所有媒体网络铺天盖地地报导昨天晚上的盛况，还有好事群众深挖米拉和黄梁的往事，并把黄梁过去的恶行全都公布了出来。

接下来的几天里，网络上的声浪纷纷偏向米拉，她的公司也因此在北京业内声名鹊起，订单接到手软。

那天张易斌公开求爱，终于抱得佳人归，两个人好得蜜里调油，米拉也跟转了性一样从生猛彪悍一下变成了小鸟依人，以至于沈默只要一看见两人腻在一块儿就不忍直视。

AI项目稳定有序地往下进行着，言辰送给沈默的手环在经过进一步的试验试用后，小批量地生产出了一批，秦少洋还专门为手环研发了一个APP。

言辰将这批手环作为年终福利的一项，分发给公司高管和项目组全体成员，还给石敬一送去了一只，并得到了良好的反馈。

元旦过后，AI项目的第一批产品终于面市，在一次小型的业内发布会上，通过袁梓翔牵头，签下了美国一个很大的订单。

薛山虽然没有再对项目指手画脚，却是一直暗中观察着他们的动向。虽说上次石敬一算是给他吃了一颗定心丸，可眼看着言辰在公司风头更盛，加之之前言辰跑到家里跟他叫板，后来又带领整个团队跑到他办公室跟他对峙，要说薛山能彻底放下对言辰的猜忌，那是不可能的。所以当他得知项目组现在有了成绩之后，他还是决定见沈默和言辰一面，一来是想探探他们的口风，二来也是想对言辰稍加安抚，希望他能老老实实在他麾下效力，不要再有任何非分之想。

这天一早，言辰和沈默刚到公司，就接到程昊的电话，说薛总请二位到他办公室面谈。

沈默在五楼搭电梯，到了八楼停下，看见言辰走进来很是诧异："咦，你也去见薛总？"

言辰浅笑，跟她并肩站着，一手按下关门键，一手很自然地牵住她的手："猜到薛山要跟我们说什么了吗？"

沈默也笑了，她点点头："嗯，不外就是好好工作，我很看好你们哦,在敬一发展会有很好的前途哦。尤其是你啦,言副总,不要再抱着任何不切实际的想法哦,敬一集团是姓石的,而我是石家的半子,你是没有任何机会的哦……"

言辰笑着捏捏她的鼻子:"小丫头,好好说话,是不是港台剧看多了?"

沈默眨眨眼:"先生,我这样子说话你不觉得很可爱嘛?"

"顽皮!"

电梯到了顶层,两个人会心一笑,言辰问:"准备好了吗?"

沈默一昂头,像个骄傲的小战士:"当然!"

两个人走出电梯,程昊看见他俩还牵着手,笑着道:"这是打算昭告天下了?祝福哦。"

沈默笑着道:"多谢程老师。"

薛山坐在办公桌后,看到言辰和沈默走进来,威严而不失和蔼地朝两人招招手:"沈默,言副总,坐坐,快坐下。"

他站起身,随手拿起桌上的文件,看到两人在沙发上坐定,面带微笑地走过去:"项目组的报告我看了,恭喜你们呀,短短时间就获得这么大的成就,还签下了美国的订单,这下董事会可以过个放心年了。"

言辰浅笑:"我们能有这样的成绩,跟薛总的支持和理解是分不开的。"

薛山的表情僵了下,随即自我解嘲地笑了:"以前都是误会,是我的错,我确实没你们这些年轻人有远瞻性,我得自我检讨呀。言副总,明年你如果有什么新项目的话,我一定一百个支持,放心吧,不管是人力还是资金,只要你有要求,我保证第一时间满足。"

说到这儿,他又看向沈默:"哎呀,沈默可是我看着一路成长起来的,想想当初刚进公司时还在我身边做生活助理,现在已经能够独当一面了。对了言副总,沈默现在也算是你的直属下级了,这么优秀的人才,你不打算升一升吗?我看你也需要一个项目经理帮你运筹帷幄,我是挺看好沈默的,言副总认为呢?"

言辰和沈默对视一眼,沈默站起来,朝薛山深深鞠了一躬:"薛总,其实我一直都很感激,当初您给我这个机会让我在您身边学习,如果不是您的话,我根本就不可能加入言副总的项目组,也不可能学到这么多东西,并且交到许多好朋友。而且,我也遇到了我想要相守一生的人……"

沈默微笑着朝言辰伸出手,言辰的目光温柔,握住她的手也站了起来:"薛总,我同样感激您,过往不论有多少风风雨雨,我永远都铭记着是您栽培我给我机会,也给我提供敬一这个平台让我施展自己的才能。您对我和沈默都有知遇之恩,这一点不论将来我们走到哪里都不会忘记的。"

听两人这话锋不对,薛山皱着眉:"你们……这是什么意思?"

两个人同时拿出两个信封:"薛总,我们今天是来向您辞职的。"

薛山的眼神闪了闪,随即现出诧异而惋惜的表情:"啊?怎么会这样?其实你们俩谈恋爱的事我也有耳闻,我之所以想让沈默升职就是想着把你俩调开,也给你们交往的机会,你们完全不必担心你们的恋情跟公司制度有冲突……"

沈默笑着道:"薛总,我们辞职并非因为我俩在谈恋爱。"

薛山诚恳地道:"哦,那是为了什么?如果你们对目前的福利不满意,我可以下发一个通告,你们项目组对公司有重大贡献,所有成员的薪资提高三成。"

言辰道:"薛总,其实一直以来,我都想走出去做点事情,以前没有行动,一是时机未到,二来我也需要长足的准备,再加上……"

言辰想说,"再加上我以前总是顾念着你对我的知遇之恩,想帮你做事把敬一搞好当做报答你,然而你并不领情。"

看着言辰的表情,薛山也猜到了七八分,他尴尬地笑笑:"看来是没有挽回的余地了?那能不能透露一下,你俩一块儿辞职,接下来打算干什么?"

沈默回答:"干回我的老本行,我和言辰想开一家人力资源公司。"

薛山点头:"嗯,我记得当初你跟我说过,你的专业是人力资源管理。年轻人创业是好事,可是公司却一下子少了两位骨干,唉,你们不再考虑考虑吗?"

薛山话里是挽留的意思,可口气却并不诚恳,言辰心头冷笑:"不了,薛总。"

薛山朝言辰伸出手:"既然如此,别的话我也不多说了,以后只要需要我帮助,尽管联系我,希望咱们还有合作的机会。"

言辰和沈默又跟薛山聊了两句,便离开了他的办公室。

薛山坐在沙发上,端起面前的茶杯喝了一口,他想起那天岳父的话:"我看你得做好准备,这个项目圆满完成时,也许你需要重新物色一位能干的副总经理了。"

原来岳父早就看出言辰打算离开敬一,可笑他薛山还一直在想着如何拿捏住言辰,既想利用他的才干却又不得不防备着他。

现在好了,他薛山不费一丝力气就拔除了这个眼中钉,今年敬一总经理的位子他是连任定了。

只是可惜了沈默,薛山当初之所以选中沈默,起初是因为她的诚恳和直爽,后来又在工作中看到她的能干尽责,他其实是很想把她当做心腹来培养的。哪知道阴差阳错却便宜了言辰,不过也无所谓了,这世上有才干的年轻人多的是,走了一个沈默,说不定以后还会有比沈默和言辰更听话更有能力的人出现。

想到这儿,薛山的心情豁然开朗,他端着杯子站起来,哼着小曲走到办公桌后坐定,开始翻阅起文件来。

一个月后,一家名为"辰默"的第三方人力资源公司在北京成立,开业当天在公司里举办了一个小型酒会,原敬一AI团队的所有成员都到场祝贺。

程昊带着礼物过来时，正看见沈默一身职业装，端着酒杯在招呼客人。

只见她将长发绾在脑后，正跟客人侃侃而谈，笑容从容而自信。

程昊看着她不禁感慨，他想起当初那个率真的女孩，跟人说话时大眼睛心无城府地盯着对方，直看到人的心里去。

这才多久的时间啊，沈默变得成熟知性，举手投足散发着无穷的魅力，让人感觉既亲近又端庄。

言辰走过来，笑着朝程昊伸出手："程秘书来了，有没有跟沈默打招呼？"

程昊跟他握手："没呢，我看她在忙，就没上去打扰。嗯，沈默长大了。"

言辰看着沈默，眼角眉梢全是温柔："是呀，这几天见客户，全是她出面洽谈，现在已经是可以独当一面的女强人了。"

"你俩都这么能干，相信将来一定能把公司做大做强。不过言副总，噢不，现在应该叫言总了，干事业的同时爱情也要兼顾哦，你跟沈默打算什么时候结婚？"

言辰听到这话笑了："不知道，我听沈默的。"

这时沈默端着酒杯走过来，笑盈盈地道："哟，程老师什么时候来的，怎么不叫我？"

"看你在忙嘛，现在您是沈总了，我怎么敢打扰。"

"去你的！不许取笑我。"

程昊笑着道："薛总让我带了礼物来，我放在接待处了。"

"是吗？那你记得回去替我们多谢薛总。"

"好说好说……"

沈默的电话响了，她抱歉地对程昊说："不好意思，我接个电话。"

看着沈默走到一旁接电话，言辰和程昊寒暄着，不一会儿沈默回来，皱紧了眉头。

言辰问道："谁打的电话，有什么事吗？"

"是警局打来的，说他们抓到丁佳雯了，现在关在第一看守所，她说她想见我。"

程昊奇怪地问："谁是丁佳雯？"

"说来话长，就是当初骗我五十万的那个……"

沈默话还没说完，对着门口绽放一个大大的笑容，言辰和程昊一齐看过去，看见林倩倩快步走了进来。

"对不起对不起，我来晚了。"

沈默上前跟她拥抱："怎么这么快就回来了，你母亲的身体好些了吗？"

林倩倩挽着沈默的胳膊，跟言辰和程昊打过招呼，笑着说："好多了，你打电话说今天开业，我怎么能不回来呢。我妈让我代她跟你们问个好，还说祝你们生意兴隆财源广进呢。"

"那得多谢阿姨了。倩倩，你下面准备怎么办，是继续留在北京呢，还是打算回老家去？"

林倩倩从包里拿出一个文件袋，双手举至沈默的面前："我的礼物，打开看看？"

沈默接过来道："什么呀这是，搞得这么神秘？"

打开来一看，却是一份简历，沈默诧异地问："这是什么意思？"

林倩倩冲着沈默和言辰一弓身："沈总，言总，你们好，我今天是来祝贺兼应聘的，我以前在敬一集团人事部做实习生，后来有幸调入言总的AI项目团队辅助沈总做协调和其他工作，虽然我没有接触过人力资源管理，可是我会用心学的，希望你们收下我这个新手，给我一个学习和展示自我能力的机会。"

沈默的眼圈一下子红了，她再次给林倩倩一个大大的拥抱："傻丫头，我还跟言辰商量呢，想拉你入伙，可是我们新开张工资不高，又怕你不肯做……"

林倩倩也抱紧了她："怎么会呢，能跟你们一块儿工作，我求之不得呀。言总沈总,我这算不算是面试通过了?"

言辰朝她伸出手:"欢迎加入。"

米拉和苗甜风风火火地从外面走过来,看见沈默眼圈红红的,米拉打趣道:"哟,这是整的哪一出?不会是言总当着大家的面向沈总求婚了吧?"

沈默吸吸鼻子:"去你的,是倩倩打算到我们公司工作了。"

"好事呀!"米拉眨眨眼,拿手挡着嘴靠近沈默耳边,嗓门却还是很大,"反正是熟人,头几个月生意不好做,先拖欠她的工资。"

"哈哈哈……"大伙一块儿笑了起来,沈默推了米拉一下,"米大娘,你真行!"

"那当然,我行我知道呀。对了,接待处谁送了个大貔貅啊,老坑玻璃种,死贵死贵的,我在深圳见过,十好几万呢,沈小默,你什么时候认识这么大手笔的人啊?"

"是薛总送的,原来这么贵呀?不行,不能放接待处,再给人顺了去。我赶紧去抱到办公室里藏起来。"

大家再次大笑,米拉指着沈默:"你现在好歹也是沈总了,有点大样儿成吗?"

沈默耸耸肩:"在你们面前,我还是觉得做回自己最舒服。"

周日那天,沈默和言辰开车去了趟第一看守所,隔着玻璃看着蜡黄干瘦的丁佳雯,沈默有种恍若隔世的感觉。而丁佳雯看着成熟美丽的沈默,一瞬间竟有点恍惚:"沈默,是你吗?"

沈默站在那儿,冷冷地道:"是我。"

丁佳雯愣愣地看着她:"你变了,变得跟从前不一样了。"

沈默苦笑道:"你跟警察说想见我,就是想说我变了?如果没有其他的事,对不起,我很忙。"

沈默转身就要离开,丁佳雯站起来,手抓着铁栅栏:"沈默,我别走,我请你来是想说……对不起。当初我是被陈志强骗了,他说让我带着你那五十万跟他一块儿回他老家，他说他爱我……可是我没想到，他居然是在骗我。他把我带回他老家后，就把那五十万给赌光了，后来还强迫我去接客，我心里太苦了，我想自首的，可是我没有勇气。后来，他又引诱我染上了毒瘾，我觉得我自己快完了！可是临死前我一定要对你有个交代，所以我才买了张车票回到北京，我就是想求得你的原谅啊！"

说到这儿，丁佳雯扑通跪了下来，她朝着沈默站的方向不停磕头，手上戴着的手铐砸在地面上，发出啪啪的声音。

那声音在空洞的监视间里回荡，使得这空空的房间更加冰冷。

言辰走过来拥住沈默的肩，轻拍她的后背，安抚地道："算了，她现在也受到应有的惩罚了。"

沈默点点头，她走回到栅栏边："丁佳雯，你起来吧，我原谅你了。"

"什么？你说真的？"

"嗯，你要好好改造，在里面把毒戒掉，出来之后重新做人。你的家人在等着你回去呢，在你坚持不住的时候，一定要多想想他们。"

丁佳雯泣不成声："沈默，谢谢你，我记住了，我一定好好改造，一定。"

回去的路上，沈默有些唏嘘："想想当初我俩毕业后一块儿到北京来闯荡，站在天安门前牵着手，发誓要做一辈子的好知己好朋友，却没想到现在变成这样……"

言辰安慰道："别多想了，丁佳雯还年轻，改造几年出来，还可以重新做人的。"

沈默托着腮，看向窗外，今天的天气好得离谱，连日来的雾霾散尽，碧空万里无云。

言辰笑着道："别想了，咱们说点开心的事。"

"其实吧，我觉得我每天都挺开心的，公司渐渐上了轨道，我们的父母身体都很健康，朋友们也都各自有了归宿，就算是单身的事业也稳定了下来。就差……"

言辰挑眉:"就差什么?"

沈默嘟着嘴道:"就差某个人的一句话了,唉,张易斌都跟米拉求婚了,米拉还说,准备跟我一块儿办集体婚礼呢,难不成这个人等着我主动求婚啊?"

言辰笑出了声:"沈小默,你还是那样一鸣惊人,你还记得不,我们第一次见面,你管我叫渣男。"

沈默瞪大了眼睛:"哇,你居然还记得。"

言辰从口袋里掏出一张纸:"我记得的事可多呢。"

沈默接过来:"什么呀,叠得这么整齐。欠条!'我沈默,今欠言副总十九万元整,约定三个月后偿还,如有违约,言副总可诉诸法律'……"

"不是吧你,这欠条你居然还留着呢,言辰辰,你不要紧吧?!"

言辰哈哈大笑:"怎么办,你还欠我这么多钱,现在三个月已经过去了你还没还,你打算怎么补偿我?"

沈默撇撇嘴:"信不信我现在就撕了它,我销毁证据。"

言辰变戏法儿似的掏出个首饰盒:"撕了也没用,我已经印在脑子里了。不过如果你没钱还的话,我倒有个办法。你把这个戴上,答应做我的妻子,以后跟我过日子给我生孩子,这账就一笔勾销了。"

沈默接过盒子打开,看到里面秀气又晶莹的钻戒,眼睛亮了,她毫不犹豫地试戴,想想又有点亏:"你这求婚也太不真诚了吧,就连戒指都要我自己戴,你还连个花和承诺都没有。"

"哼,那你取下来还给我。"

沈默赶紧缩回手:"嘻嘻,我还是戴着吧,这么好看的戒指,我可舍不得还给你。"

言辰笑了,抓住她的手,放在唇边吻了下:"十九万骗个老婆,想想挺值的。"

"去你的！"

因为年三十大家都要回各自的老家过春节，所以约定了在腊月二十九那天，在我家小馆来一次聚餐，一来是慰劳这一年来的辛苦，二来也算是给今年画上一个完美的句号。

尚卫国头一天就挂上了春节休息的牌子，第二天一大早就去菜市场买了许多食材回来开始准备，看看时间差不多了，便开始做菜。

沈默和言辰先到小馆，一进门看见桌上已经摆满了凉菜，沈默解下围巾，赞叹道："哇，尚老板真乃神人也，我们还没来，凉菜都准备好了，这得从早上就开始准备吧。"

言辰笑着道："嗯，主要是有人帮忙。"

"有人帮忙？什么人？店里的服务员不是都放假回家了吗？"

两个人正说着话，方若雨端着两盘菜从厨房里走出来，看到她扎个丸子头不施脂粉，穿着轻便的家常衣服袖子还高高挽起，再加之纤腰上还系着围裙，沈默惊得下巴差点掉下来。

"方……方秘书是你吗？"

方若雨俏脸一红："我已经辞职了，你叫我若雨就好。"

"呃。"沈默走过去，拉着方若雨上上下下地打量，"看惯了你穿职业装的模样，现在这样我都不敢认了。好……好居家好贤淑啊，不过也真好看，嘻嘻。"

"沈默，你就别取笑我了。你们先坐，我进去帮忙，桌上的茶是我刚沏的，那边有果盘，我买了瓜子和糖果，你们先吃着吧。"

沈默盯着方若雨走进厨房，眼睛都直了："这什么情况啊？"

言辰失笑道："也许过完春节，小馆里就会多一位老板娘了。"

沈默想去厨房瞧热闹，却被言辰拉住，说是会打扰尚卫国和方若雨的二人世界。

随着热菜上桌，大家陆陆续续都来了，还带来了礼物。

十几个人围坐在一起，女孩子们互相交换着礼物，时不时发出清脆的笑声，男生们则讨论着自己专业领域方面的话题。

沈默拉着方若雨坐到自己身边："若雨，你是什么时候辞职的？"

方若雨笑着道："你和言副总辞职后不到一个星期，我就辞职了。"

"为什么呢？我们走之前，言辰不是把你安排到公关部当经理了吗？"

方若雨看着跟言辰说话的尚卫国："这么多年都过着朝九晚五的生活，觉得累了，就想换一种生活方式。"

米拉也笑了："对呀，其实尝试一下新的生活方式也不错，最重要的是，身边有可以嘘寒问暖的人互相照顾。"

米拉深情地看向正拿着单反相机向黄亚旗和秦少洋展示作品的张易斌，沈默撇撇嘴："米大娘，你现在天天秀恩爱，我真是受不了。"

苗甜和林倩倩也异口同声道："是呀偶像，你照顾一下我们这些单身狗的情绪好不好？"

几个女孩子都笑了起来，这时尚卫国站起来，拿起酒杯用筷子敲了两下："大家静一静……"

众人一起看向他，尚卫国笑着说："今天呢，咱们大家聚在一块儿，算是提前吃年夜饭了。大家这一年来也都挺辛苦的，我别的不会只会做菜，这顿饭就当是我个人送给大家的新年礼物了。祝贺大家在新的一年里平平安安万事如意，做事业的风风火火，找对象的心想事成。另外，我还想跟大家宣布一件事，那就是……"

尚卫国话没说完，沈默的手机响了，她赶紧拿出来跟大家道歉："对不起对不起。"

看到是父母发过来的视频请求，沈默按下同意。

老沈和老宋肩并着肩出现在屏幕里，看到沈默开心极了："乖女儿，在干什么呢？放假了没有啊，什么时候回来呀？小言有没有跟你在一起，你俩会不会一块儿回来过春节？"

"爸，妈，你俩问这么多，到底想我先回答哪个？"

老两口都笑了："一个个回答，哎哟，你那边看起来挺多人的呀，你们是在聚餐吗？"

沈默站起来举着手机，让父母看清所有人，大家都热情地打着招呼："叔叔阿姨好，提前给您俩拜个早年。"

老两口高兴得合不拢嘴："好好好，大家都好。大家过年不回家的话，都跟默默一块儿到我们家来吧。"

言辰跟沈默并肩站在一块儿："叔叔阿姨，我和沈默明天就回去了，今天我们俩和朋友们提前聚餐，算是一块儿过节了。"

"好好好，太好了。小言呀，你和默默早点回来，记得提前打个电话，我们好去接你们。好了好了，不耽误你们了，你们吃好玩好啊。"

沈默的父母关闭了视频通话，张易斌看到米拉神往的样子，便拿出手机拨通了米拉家里的电话。

上次米拉的哥嫂走后不久，米拉就汇款回去，帮着把家里的房子翻新盖成了小楼，还出钱给他们装了电话。

电话很快接通，听到那边的"喂喂"声，他把手机送到米拉跟前。

"春花，是你吗？你春节回来不？俊强和俊丽都盼着姑姑回来呢，对了，上次到咱家那小伙，是不是你对象呀？春节也跟你一块儿回来吗？"

米拉愣了好一会儿，张易斌拍拍她，她才醒悟过来："哎，大嫂是我，我是春花，家里都好吗？"

"都好都好，上个月俺们才搬到新房里住，你哥还烧了炕，家里可暖和了。于老师前两天还上家里来问起你呢，问你春节回不回，春花，春节可一定要回来呀，回家里来咱们一家人团团圆圆过个年……"

米拉鼻子酸酸的，忙不迭地点头："嗯嗯，大嫂我明天就回去了，我和张易斌已经订了机票了。"

"好好好，俺去跟你大哥说，他在院子里赶羊呢，要不你等下俺让他听电话？"

"不用了大嫂，我明天晚上就到家了，你们早点休息，我挂了啊。"

"好好，挂吧挂吧，知道你在城里忙，明天晚上俺们等着你回来吃年夜饭。"

看到沈默和米拉都跟家里通话，大家也各自拿出手机给老家的亲人打电话，告诉他们明天就能回去一块儿吃年夜饭了。

闹闹哄哄了好一会儿，大家心情都十分激动。

尚卫国举起酒杯，开玩笑道："亲友团问候完了，是不是可以正式开饭了？"

大家都笑了起来："可以可以。"

沈默挑挑眉，笑着问尚卫国："别着急呀尚老板，你刚才不是说要宣布一件事吗？"

尚卫国看向方若雨，满目深情："其实也不用说了。"

大家开始起哄："尚老板，快说快说，我们等着八卦下酒呢。"

方若雨放下酒瓶，走到尚卫国跟前，落落大方地牵起他的手，然后笑着道："他想说的就是这个，大家现在都看到了吧……"

大家先是一愣，随即不约而同地鼓起掌来。

尚卫国道："好了，我要宣布的已经宣布了，下面该你们的言副总发言了。言副总，站起来说两句？"

言辰笑了，他端起杯子站起来，轻咳两声："嗯，大家都是自己人，客套的话我就不说了。就我个人而言，这一年我收获良多，我找到了工作上精诚合作的伙伴，找到了可以共度一生的知心爱人，重拾了家庭的温暖，现在也有了一份喜爱的事业。这一年，有笑有泪，也许我们当中有些人失去了什么，但同时肯定也得到了什么；有些人成长成熟终于能够面对真正的自我，有些人却选择跟从前的生活方式说再见而去寻找心里的梦想……吃过这顿辞旧迎新饭，大家都要把过往不开心不顺遂的一切抛弃，在新的一年里忘记不快努力向前。千言万语化作两个字——祝福！祝福大家，新的一年里开开心心万事如意，奔事业的事业有成，'单身狗'早日'脱单'！"

听了这话，大家一齐站起来举杯："新年快乐！万事如意……"

北京的冬天很冷，可是小馆里却温暖如春，清脆的碰杯声和大家的欢声笑语在小馆里回荡，此起彼伏的祝福声，伴随着浓烈的爱情和友谊，飘向空中，飘向新的一年……

—全文完—

2021年4月25日初稿于山东
2021年12月7日二稿于山东
2023年4月6日三稿于山东